李白集校注

[唐]李白 著
瞿蜕園 朱金城 校注

李白集校注卷二十七

序二十首

暮春江夏送張祖監丞之東都序

吁嗟哉！僕書室坐愁，亦已久矣。每思欲遐登蓬萊，極目四海，手弄白日，頂摩青穹，揮斥幽憤，不可得也。而金骨未變，玉顔已緇，何嘗不捫松傷心，撫鶴嘆息？誤學書劍，薄遊人間。紫微九重，碧山萬里。有才無命，甘於後時。劉表不用於禰衡，暫來江夏；賀循喜逢於張翰，且樂船中。達人張侯，大雅君子，統泛舟之役，在清川之湄。談玄賦詩，連興數月，醉盡花柳，賞窮江山。王命有程，告以行邁，烟景晚色，慘爲愁容。繫飛帆於半天，泛淥水於遥海。欲去不忍，更開芳樽。樂雖寰中，趣逸天半。平生酣暢，未若此筵。至於清談浩歌，雄筆麗藻，笑飲醁酒，醉揮素琴，余實不愧於古人也。揚袂遠別，何時歸來？想洛陽之秋風，將膾魚以相待。詩可贈遠，無乃闕乎？

【校】

〔題〕張祖監丞，文粹作張承祖。

〔何嘗〕嘗，兩宋本、繆本、郭本俱作常。

〔達人〕此上文粹有遇字。

〔王命〕兩宋本、繆本俱作國祖。何校陸本作國租。

〔晚色〕晚，文粹作之。

〔不忍〕忍，文粹作去。

〔天半〕半，咸本注云：一作外。

〔此筵〕筵，文粹作時。

〔將膾魚〕文粹作膾伊魚。

【注】

〔監丞〕按：唐文粹張祖作張承祖，卷十八有江夏送張丞，似即其人。據舊唐書職官志，諸監皆有監丞。

〔揮斥〕莊子田子方篇：夫至人者，上闚青天，下潛黄泉，揮斥八極，神氣不變。郭象注：揮斥猶縱放也。

〔賀循〕晉書卷九二張翰傳：賀循赴命入洛，經吴閶門，於船中彈琴。翰初不相識，乃就循言譚，便大相欽悦，問循知其入洛，翰曰：吾亦有事北京。便同載即去，而不告家人。

〔泛舟〕左傳僖十三年：秦輸粟于晉，自雍及絳相繼，命之曰汎舟之役。

〔膾魚〕見卷二十二秋下荆門詩注。

奉餞十七翁二十四翁尋桃花源序

昔祖龍滅古道，嚴威刑，煎熬生人，若墜大火。三墳五典，散爲寒灰。築長城，建阿房，并諸侯，殺豪俊，自謂功高羲皇，國可萬世。思欲淩雲氣，求仙人，登封太山，風雨暴作。雖五松受職，草木有知，而萬象乖度，禮刑將弛。則綺皓不得不遁于南山，魯連不得不蹈于東海，則桃源之避世者，可謂超昇先覺。夫指鹿之儔連頸而同死，非吾黨之謂乎！二翁耽老氏之言，繼少卿之作。文以述大雅，道以通至精，卷舒天地之心，脱落神仙之境。武陵遺跡可得而窺焉。問津利往，水引漁者，花藏仙谿。春風不知從來，落英何許流出！石洞來入，晨光盡開，有良田名池，竹果森列，三十六洞，別爲一天耶？今扁舟而行，笑謝人世，阡陌未改，古人依然，白雲何時而歸來，青山一去而誰往？諸公賦桃源以美之。

【校】

〔建阿房〕建，文粹作起。

〔則桃源〕文粹無則字，是。

〔笑謝〕兩宋本、咸本、繆本笑上俱有然字。何校：然字疑衍。

【注】

〔桃花源〕見卷二古風第三十一首注。

〔祖龍〕見卷二古風第三十一首注。

〔三墳〕左傳昭十二年：是能讀三墳五典八索九丘。正義：孔安國尚書序云：伏羲、神農、黄帝之書，謂之三墳，言大道也。少昊、顓頊、高辛、唐、虞之書，謂之五典，言常道也。

〔指鹿〕史記秦始皇本紀：趙高欲爲亂，恐羣臣不聽，乃先設驗，持鹿獻於二世曰：馬也。二世笑曰：「丞相誤耶！謂鹿爲馬。」問左右，左右或默，或言馬以阿順趙高。或言鹿者，高因陰中諸言鹿者以法。後羣臣皆畏高。

〔少卿〕王云：史記老莊申韓列傳：老子修道德，其學以自隱無名爲務。居周久之，見周之衰，乃遂去至關。關令尹喜曰：「子將隱矣，彊爲我著書。」於是老子乃著書上下篇，言道德之意五千餘言而去。莫知其所終。文選有李少卿與蘇武詩三首，老氏之言，少卿之作，俱切李氏事用。

〔三十六洞〕王云述異記：人間三十六洞天，知名者十耳，餘二十六天出九微志，不行於世也。

夏日陪司馬武公與羣賢宴姑熟亭序

通驛公館南有水亭焉。四甍翬飛，巉絶浦嶼。蓋有前攝令河東薛公棟而宇之；今宰隴西李公明化開物成務，又横其梁而閣之。晝鳴閑琴，夕酌清月。蓋爲接輶軒祖遠客之佳境也。製置既久，莫知何名。司馬武公長材博古，獨映方外。因據胡牀岸幘嘯詠而謂前長史李公及諸公曰：此亭跨姑熟之水，可稱爲姑熟亭焉。嘉名勝槩，自我作也。且夫曹官紱冕者，大賢處之，若遊青山、卧白雲，逍遥偃傲，何適不可？小才居之，窘而自拘，悄若桎梏，則清風朗月，河英嶽秀，皆爲棄物，安得稱焉？所以司馬南鄰，當文章之旗鼓；翰林客卿，揮辭鋒以戰勝。名教樂地，無非得俊之場也。千載一時，言詩紀志。

【校】

〔題〕兩宋本、繆本、咸本日下俱有奉字。王本注云：繆本于日下多一奉字。

【注】

〔武公〕王云：武公名幼成，爲宣州司馬，見後趙公西候亭頌。

〔姑熟亭〕王云：江南通志：太平府當塗縣有采虹橋，即下浮橋，唐李陽冰建亭在其上。李白序之，名姑熟亭，蓋走蕪湖道也。

〔公館〕按：接待來往者止宿之處爲公館，唐人文集中常見。

〔翬飛〕詩小雅斯干：如鳥斯革，如翬斯飛。鄭箋：伊洛而南，素質五色皆備成章曰翬。翬者，鳥之奇異者也。正義：斯革斯飛，言簷阿之勢似鳥飛也。

〔李公明化〕按：當即卷二十一陪族叔當塗宰遊化城寺升公清風亭詩中之「當塗宰」，卷二十九化城寺大鐘銘中之「李有則」。

〔開物〕易繫辭傳：夫易，開物成務，冒天下之道，如斯而已者矣。

〔方外〕世説簡傲篇：桓宣武……引謝奕爲司馬。奕既上，猶推布衣交，在温座席，岸幘嘯詠，無異常日。宣武每曰：我方外司馬。

〔姑熟之水〕王云：方輿勝覽：姑熟溪在太平州當塗縣南二里，西入大江。

〔翰林〕王云：翰林白自謂，於時爲客，故曰客卿。按：翰林客卿見前注，是長楊賦中語，白無自居於翰林之理，此指在坐賦詩之人耳。王説非。
〔名教〕世説任誕篇注引竹林七賢論：是時竹林諸賢之風雖高，而禮教尚峻。迨元康中，遂至放誕越禮。樂廣譏之曰：名教中自有樂地，何至於此？

【評箋】

按：卷二十八趙公西候新亭頌作於天寶十四載，則此篇亦當作於是年。

江夏送林公上人遊衡岳序

江南之仙山，黄鶴之爽氣，偶得英粹，後生俊人。林公世爲豪家，此土之秀。落髮歸道，專精律儀。白月在天，朗然獨出。既灑落於彩翰，亦諷誦於人口。閑雲無心，與化偕往。欲將振五樓之金策，浮三湘之碧波。乘杯泝流，考室名岳，瞰憩冥壑，凌臨諸天。登祝融之峯巒，望長沙之烟火。遥謝舊國，誓遺歸蹤。百千開士，鮮有此者。予所以歎其峻節，揚其清波，龍象先輩，迴眸拭視。比夫汩泥沙者，相去如牛之一毛。昔智者安禪於台山，遠公託志於廬嶽，高標勝概，斯亦嚮慕哉？紫霞摇心，青楓夾岸，目斷川上，送君此行，羣公臨流，賦詩以贈。

【校】

〔題〕文粹無上人二字。

〔諷誦〕誦，兩宋本、繆本俱作詩。王本注云：繆本作詩。

〔人口〕人，兩宋本、繆本、文粹俱作金。王本注云：繆木作金。

〔鮮有〕鮮，文粹作稀。

〔如牛〕牛上，文粹有九字。咸本如作九。

【注】

〔黄鶴〕方輿勝覽卷二八：黄鶴山一名黄鵠山，在江夏縣東九里，去縣西北二里有黄鶴磯。

〔白月〕王云：法苑珠林：西方一月分爲黑白。初月一日至十五日名爲白月，十六日已去至於月盡名爲黑月。此文所云白月，則指滿月而言也。華嚴經：何況如來金口所説。

〔祝融〕王云：一統志：祝融峯在衡山縣西北三十里，位值離宫，以配火德。乃祝融君遊息之所。上有青玉壇，道書以爲第二十四福地。湖廣通志：衡山有七十二峯，其最高者爲祝融峯，舊傳高九千七百三十丈，或云祝融峯去地二萬丈。唐盧載詩：「五千里地望皆見，七十二峯中最尊」，是也。峯頂有風穴，每將雨則風自穴發，又有雷池，禱雨皆驗。按唐書地理志：潭州長沙郡隸江南西道，領長沙、湘潭、湘鄉、益陽、醴陵、瀏陽六縣。

〔龍象〕王云：僧中能負荷大法者謂之龍象。

〔汩〕音骨。

〔智者〕傳燈録：智顗禪師，荆州華容人。十五禮佛像，誓志出家，怳焉如夢見大山臨海際，峯頂有僧招手接入一伽藍，云汝當居此。年十八，依僧法緒出家。陳大建七年，隱天台山佛隴峯，有定光禪師先居此峯，謂弟子曰：「不久當有善知識領徒至此。」俄而師至，光曰：「憶疇昔舉手招引否？」師即悟禮像之徵，悲喜交懷，乃執手共至菴所。其夜聞空中鐘磬之聲，師曰：「是何祥也？」曰：「是揵椎集僧得住之相。此處金地，吾已居之，北峯銀地，汝宜居焉。」開山後，宣帝建修禪寺，割始豐縣調以充衆費。及隋煬帝請師受菩薩戒，號師爲智者師，自始受禪教，終乎滅度，常披一壞衲，冬夏不釋。來往居天台山二十二年，建造大道場一十二所，國清最居其後。

〔遠公〕神僧傳：釋慧遠欲往羅浮，及届潯陽，見廬峯清浄，足以息心，始住龍泉精舍，此處去水本遠，遠乃以杖扣地曰：「若此中可得栖立，當使朽壤抽泉。」言畢，清流引出，浚以成溪，於是率衆行道，昏曉不絶，釋迦餘化，於斯復興。自遠卜居廬阜三十餘年，影不出山，跡不入俗，每送客遊履常以虎溪爲界。

金陵與諸賢送權十一序

斯高柄秦，嬴世不二。三傑伏草，與漢並出。莽夷朱暉，耿鄧乃起。自古英達，未必盡用于當年，去就之理，在大運爾。我君六葉繼聖，熙乎玄風；三清垂拱，穆然紫極，天人其一哉！所以青雲豪士，散在商釣。四坐明哲，皆清朝旅人。吾希風廣成，蕩漾浮世。素受寶訣，爲三十六帝之外臣。即四明逸老賀知章呼余爲謫仙人，蓋實録耳。而嘗採姹女於江華，收河車於清溪，與天水權昭夷服勤爐火之業久矣。之子也，沖恬淵静，翰才峻發，白每一篇一札，皆昭夷之所操。吁！捨我而南，若折羽翼，時歲律寒苦，天風枯聲，雲帆涉漢，冏若絶電。舉目四顧，霜天崢嶸，銜杯叙離，羣子賦詩以出餞，酒仙翁李白辭。

【校】

〔題〕英華權十一下多昭夷二字。

〔熙乎〕乎，文粹作于。

〔豪士〕英華豪上多之字。注云，集本文粹無之字。

〔翰才峻發〕文粹作才翰駿發。王本注云：唐文粹作才翰駿發。

〔羽翼〕羽，英華作兩，注云：集作羽。

〔寒苦〕苦，文粹作色。王本注云：唐文粹作色。

〔絶電〕電，兩宋本、繆本、文粹俱作雷。英華作電。王本注云：繆本作雷。

【注】

〔權十一〕按：卷十三獨酌清溪江石上寄權昭夷，卷十九答高山人兼呈權顧二侯等篇，亦疑即此人。

〔斯高〕王云：李斯、趙高執秦國之柄，毒痛天下，致嬴氏甫二世而亡。於是三傑輔漢高，以出定天下。王莽篡漢，耿弇、鄧禹之徒乃起而佐光武，以致中興。夷，滅也。朱暉，火之光暉也。漢以火德王，故云。史記：高祖曰：運籌策帷帳之中，決勝於千里之外，吾不如子房。鎮國家，撫百姓，給餽饟，不絶糧道，吾不如蕭何。連百萬之衆，戰必勝，攻必取，吾不如韓信。此三人皆人傑也，吾能用之，此吾所以取天下也。

〔耿鄧〕按：謂耿弇、鄧禹。

〔商釣〕王云：商釣，或隱於市，或漁於水也。

〔四坐〕王云：四坐明哲謂坐中諸賢。旅人謂未登仕籍，奔走四方。猶仲尼旅人之意。

〔廣成〕見卷二古風第二十五首注。

〔賀知章〕見卷二十三對酒憶賀監詩注。

〔姹女〕王云：姹女，汞也。河車，鉛也。皆煉丹藥物。參同契：河上姹女靈而最神，得火則飛，不見埃塵。陰真君金液還丹歌云：「北方正氣名河車。」

〔江華〕王云：唐書地理志：道州江華郡屬江南西道。清溪在池州秋浦縣。

〔天水〕唐書宰相世系表：權氏出自子姓，商武丁之裔，封於權，其地南郡當陽縣權城是也。楚武王滅權，遷於那處，其孫因以爲氏。秦滅楚，遷大姓於隴西，因居天水。

春于姑熟送趙四流炎方序

白以鄒魯多鴻儒，燕趙饒壯士，蓋風土之然乎！趙少翁才貌瓌雅，志氣豪烈，以黄綬作尉，泥蟠當塗。亦雞棲鶴籠，不足以窘束鸞鳳耳。以疾惡抵法，遷於炎方。辭高堂而墜心，指絶國以摇恨。天與水遠，雲連山長。借光景于頃刻，開壺觴于洲渚。黄鶴曉别，愁聞命子之聲；青楓暝色，盡是傷心之樹。然自吴瞻秦，日見喜氣。上當攫玉弩，摧狼狐，洗清天地，雷雨必作。冀白日迴照，丹心可明，巴陵半道，坐見還吴之棹。令雪解而松柏振色，氣和而蘭蕙開芳。僕西登天門，望子於西江之上。吾賢可流水其道，浮雲其身，通方大適，何往不可？何必戚戚于路岐哉？

【校】

〔燕趙〕趙，英華作魏，注云：集作趙。

〔風土〕土，英華注云：集作俗。

〔少翁〕翁，英華作公，注云：集作翁。王本注云：文苑英華作公爲是。

〔瓌雅〕雅，英華作雄，注云：集作雅。
〔亦雞棲〕亦下英華有猶字。
〔鸞鳳〕鳳，郭本、咸本俱作凰，注云：一作鳳。王本注云：一作凰。
〔以摇恨〕以，英華作而，注云：集作以。
〔借光景〕借，英華作惜。
〔西江〕西，英華作滄，注云：集作西。
〔路岐〕英華作岐路，注云：集作路岐。

【注】

〔姑熟〕王云：在晉時爲姑熟，在唐時爲宣州當塗縣。趙蓋爲當塗縣尉者也。
〔趙四〕今人詹鍈云：趙四當即當塗尉趙炎。按：文中有遷於炎方句，恐未合故犯其名，未敢謂即其人也。
〔青楓〕楚辭招魂：湛湛江水兮上有楓，目極千里兮傷春心。
〔狼狐〕按：狼疑當作琅，狐疑當作弧，琅弧玉弩，見卷一大獵賦。
〔雷雨〕易解卦：雷雨作解，君子以赦過宥罪。
〔天門〕見卷二十二天門山詩注。

秋于敬亭送從姪耑遊廬山序

余小時大人令誦子虛賦，私心慕之。及長，南遊雲夢，覽七澤之壯觀，酒隱安陸，蹉跎十年。初，嘉興季父謫長沙西還，時予拜見預飲林下，耑乃稚子，嬉遊在旁。今來有成，鬱負秀氣。吾衰久矣，見爾慰心，申悲導舊，破涕爲笑。方告我遠涉，西登香爐。長山横蹙，九江却轉，瀑布天落，半與銀河争流，騰虹奔電，潨射萬壑，此宇宙之奇詭也。其上有方湖石井，不可得而窺焉。羡君此行，撫鶴長嘯，恨丹液未就，白龍來遲。使秦人著鞭，先往桃花之水。孤負宿願，慚歸名山。終期後來，攜手五嶽，情以送遠，詩寧闕乎？

【校】

〔秀氣〕秀，英華作壯，注云：集作秀。

〔導〕咸本、英華俱作道。王本注云：當作道。

〔涕〕英華注云：集作啼。

〔方告〕方，英華注云：集作乃。

〔奔電〕電，英華作雷，注云：集作電。

〔滌〕英華作激，注云：集作滌。
〔慚歸名山〕英華、文粹作慚未歸於名山。王本注云：文苑英華作慚未歸于名山。

【注】

〔耑〕音端。
〔子虛賦〕見卷一大獵賦注。
〔雲夢〕方輿勝覽卷三一：雲夢澤在安陸縣南五十里。
〔嘉興〕按：此指白之叔父爲嘉興令者，據舊唐書地理志，嘉興爲蘇州屬縣。
〔方湖〕慧遠遊廬山記：自託此山，二十三載，再踐石門，四遊南嶺，東望香爐峯，北眺九江，傳聞有石井方湖，中有赤鱗湧出，野人不能叙，直嘆其奇而已。
〔白龍〕王云：用陵陽子明事，見卷十二登敬亭山……詩注。

送黄鐘之鄱陽謁張使君序

東南之美者有江夏黄公焉。白竊飲風流，嘗接談笑，亦有抗節玉立，光輝烱然。氣高時英，辯折天口，道可濟物，志棲無垠。鄱陽張公朝野榮望，愛客接士，即原嘗春陵之亞焉。每欽其辭華，懸榻見往。而黄公因訪古跡，便從貴遊，乃僑裝撰行，去國遐陟。諸子銜酒惜别，沾巾分贈。沉醉烟夕，惆悵凉月。天南迴以變夏，火西飛而獻秋。汀葭颯然，海草微落。夫子行邁，我心若何！毋金玉爾音，而有遐心。湖水演沔，朂哉是行。共賦武昌釣臺篇以慰别情耳。

【校】

〔竊飲〕竊，兩宋本、繆本作切。

〔嘗接〕嘗，郭本作始。王本注云：郭本作始。

〔烱然〕烱，兩宋本、繆本俱作冏。王本注云：繆本作冏。

〔見往〕往，王本注云：當作待。

〔沾巾〕兩宋本、繆本俱作脱巾。王本沾下注云：繆本作脱。

〔分贈〕兩宋本、繆本、咸本俱作贈分。按：贈分猶言贈别臨分，沉醉與惆悵分貼銜酒與沾巾，當以沾巾贈分爲是。

〔演沔〕演，兩宋本、繆本俱作悠。王本注云：繆本作悠。

【注】

〔鄱陽〕舊唐書地理志：江南西道饒州：隋鄱陽郡。

〔天口〕文選任昉宣德皇后令：辯折天口而似不能言。李善注：七略曰：齊田駢好談論，故齊人爲語曰：天口駢。天口者，言田駢子不可窮其口若事天。

〔懸榻〕見卷十四寄崔侍御詩注。

〔僑裝〕王云：廣韻：僑，客也。撰，定也。僑裝，謂客行之裝。撰行，謂定行日。遐陟，遠行也。

〔遐心〕詩小雅白駒：毋金玉爾音，而有遐心。正義：言汝雖不來，當傳書信，毋得自愛音聲，貴如金玉，不以遺問我而有疏遠我之心，恐遂疏己，故以恩責之，冀音信不絶。

〔演沔〕王云：廣韻：演，水長流貌。韻會：沔，流滿貌。△沔音免。

〔釣臺〕王云：太平寰宇記：釣臺在武昌城下，有石圻臨江懸峙，四眺極目。武昌記云：釣臺在城南。方輿勝覽：釣臺在武昌北門外大江中。郡志：孫權嘗整陳於釣臺。

早春于江夏送蔡十還家雲夢序

吾觀蔡侯奇人也。爾其才高氣遠，有四方之志。不然，何周流宇宙太多耶？白遐窮冥搜，亦以早矣。海草三緑，不歸國門，又更逢春，再結鄉思。一見夫子，冥心道存，窮朝晚以作宴，驅烟霞以輔賞。朗笑明月，時眠落花。斯遊無何，尋告睽索。來暫觀我，去還愁人。乃浮漢陽，入雲夢，鄉栧云叩，歸魂亦飛。且青山緑楓，累道相接，遇勝因賞，利君前行。既非遠離，曷足多歎？秋七月，結遊鏡湖，無愆我期，先子而往，敬慎好去，終當早來。無使耶川白雲不得復弄爾。鄉中廖公及諸才子爲詩略謝之。

【校】

〔亦以〕以，郭本作已。按古字通。

〔來暫觀我〕何校陸本云：觀疑歡。按：觀我用易觀卦「觀我生」語，何説非。

〔耶川〕耶川，咸本作晚耶，非。

【注】

〔耶川〕王云：耶川即若耶溪，與鏡湖俱在會稽。詳見卷六子夜吴歌第二首注。

〔廖公〕按：當即本卷送戴十五歸衡岳序之邵中廖侯。所謂鄉中即安州。

秋日于太原南栅餞陽曲王贊公賈少公石艾尹少公應舉赴上都序

天王三京，北都居一，其風俗遠，蓋陶唐氏之人歟！襟四塞之要衝，控五原之都邑，雄藩劇鎮，非賢莫居。則陽曲丞王公，神仙之胄也。爾其學鏡千古，知周萬殊。又若少府賈公，以述作之雄也，鰲弄筆海，虎攫辭場。又若石艾尹少公，廊廟之器，口折黄馬，手揮青萍。咸道貫于人倫，名飛于日下。實難沉屈，永懷青霄。劍有隱而氣衝七星，珠雖潛而光照萬壑。今年春，皇帝有事千畝，湛恩八埏，大搜羣才，以緝邦政。而王公以令宰見舉，賈公以王霸昇聞。海激佇乎三千，天飛期於六月，必有以也，豈徒然哉？有從兄太原主簿舒，才華動時，規謀匠物。乃歖翠幕，筵虹梁。瓊羞霞開，羽觴電舉。然後抗目遠覽，憑軒高吟。屏俗事于煩襟，結浮歡于落景。俄而皓月生海，來窺醉容；黄雲出關，半起秋色。數君乃輟酌慷慨，摇心促裝。望丹闕而非遠，揮玉鞭而且去。白也不敏，先鳴翰林。幸叨玳瑁之筵，敢竭麒麟之筆。請各探韻，賦詩寵行。

【校】

〔歖〕郭本作點。

〔高吟〕此下兩宋本、繆本有汾河鏡開，漲藍都之氣色，晉山屏列，横朔野之郊原。王本注云：繆本于此下多汾河鏡開，漲藍都之氣色，晉山屏列，横朔野之郊原四句。

【注】

〔陽曲〕王云：按唐書地理志：太原府有陽曲縣，有石艾縣。天寶元年，更石艾爲廣陽縣。容齋隨筆：唐人呼縣令爲明府，丞爲贊府，尉爲少府，李太白集有餞陽曲王贊公賈少公石艾尹少公序，蓋陽曲丞尉、石艾尉也，贊公、少公之語益奇。

〔賈少公〕按：卷二十六有與賈少公書，當即其人。

〔上都〕按：新唐書地理志：上都初曰京城，……肅宗元年曰上都。此文雖作於開元中，蓋已有此稱，特肅宗時始定爲正名耳。

〔三京〕王云：三京謂西京、東京、北京也。唐以雍州爲西京，河南爲東京，太原爲北京。通典：開元十一年，以并州高祖起義之地，置太原府，號曰北京。太平寰宇記：并州大都督府，天授元年置北都兼都督府。開元十一年元宗行幸至此，以此州王業所興，又建北都，仍改并州爲太原府，立起義堂碑以紀其事。

〔陶唐氏〕王云：通典：今之并州爲太原府，古唐國也。昔帝堯爲唐侯所封之國。太平寰宇記：并州太原郡，其人有唐堯之遺教，君子深思，小人儉陋。

〔四塞〕王云：盧諶理劉司空表：咸以并州之地，四塞爲固，東阻井陘，西限藍谷，前有太行之嶺，後有句注之關。

〔五原〕王云：五原，漢武帝所置郡，唐時鹽州、豐州、勝州皆其故地，去太原四百餘里。

〔神仙〕王云：王氏一支相傳，出自周靈王太子晉，即與浮丘公仙去者，故曰神仙之胄。

〔黄馬〕文選劉孝標廣絶交論：騁黄馬之劇談。李善注：莊子曰：惠施，其言黄馬驪牛三，辯者以此與惠施相應，終身無窮。司馬彪曰：牛馬以二爲三，兼與别也。曰馬曰牛，形之三也。曰黄曰驪，色之三也。曰黄馬曰驪牛，形與色之三也。

〔青萍〕見卷九鄴中贈王大勸入高鳳石門山幽居詩注。

〔日下〕王云：日下謂帝都。

〔七星〕王云：七星謂北斗之星，暗用豐城劍氣衝牛斗間事。

〔千畝〕王云：玉海：開元二十三年正月己亥，耕籍田，大赦，賜勳爵。所謂湛恩八埏、大搜羣才，正指斯事。

〔三千〕莊子逍遥游篇：鵬之徙於南冥也，水擊三千里，摶扶摇而上者九萬里，去以六月息者也。

〔太原主簿舒〕今人詹鍈云：按丹陽房粲之四世孫舒官工部郎中。

〔翠幕〕文選潘岳籍田賦：翠幕默以雲布。

〔虹梁〕文選班固西都賦：抗應龍之虹梁。李善注：梁形似龍而曲如虹也。

〔羽觴〕王云：楚辭：瑶漿蜜勺，實羽觴些。王逸注：羽，翠羽也。觴，觚也。漢書：酌羽觴兮銷憂。劉德注：羽觴，酒疾行如羽也。孟康曰：羽觴，爵也，作生爵形，有頭尾羽翼。如淳曰：以瑇瑁覆翠羽於下徹上見。師古曰：孟説是也。张衡西京賦：羽觴行而無數。劉良注：羽觴，杯上綴羽以速飲也。

【評箋】

王云：按唐書，改京城爲西京，東都爲東京，北都爲北京，乃天寶元年事，而太白供奉翰林正在天寶初年，此文有「天王三京」及「先鳴翰林」二句，疑是其去國以後之作。然天寶改元以後不見有耕籍事，或是史臣失書亦未可定。而改石艾縣爲廣陽，則正在天寶元年，此文猶稱石艾，不稱廣陽，知爲天寶以前作也。三京之稱，或在先時已有此名，而翰林謂文翰之林，蓋先作詩以爲文林之倡耳。

送戴十五歸衡岳序

白上探玄古，中觀人世，下察交道，海内豪俊，相識如浮雲。自謂德參夷顔，才亞孔墨，莫不名田口進，實從事退，而風義可合者，厥惟戴侯。戴侯寓居長沙，稟湖岳之氣；少長咸洛，窺霸王之圖。精微可以入神，懿重可以崇德，謨猷可以尊主，文藻可以成化，兼以五材，統以四美，何往而不濟也？其二三諸昆，皆以才秀擢用，辭翰炳發，昇聞天朝，而此君獨潛光後世，以期大用。鯤海未躍，鵬霄悠然。不遠千里，訪余以道。邳國之秀，有廖侯焉。人倫精鑒，天下獨立。每延以宴謔，許爲通人。獨孤有鄰及薛諸公，咸亦以爲信然矣。屬明主未夢，且歸衡陽，憩祝融之雲峯，弄茱萸之湍水。軒騎糾合，祖於魏公之林亭。笙歌鳴秋，劍舞增氣，況江葉墜緑，沙鴻冥飛，登高送遠，使人心醉。見周張二子，爲論平生雞黍之期，當速赴也。

【校】

〔戴侯寓〕兩宋本、繆本俱無戴侯二字。郭本無寓字。王本注云：繆本缺戴侯字，郭本缺寓字。

〔後世〕世，王本注云：一作時。

〔悠然〕悠，郭本作愍。

〔邵〕邵，郭本作却。王本注云：郭本作却，誤。

【注】

〔口進〕王云：人物志：夫名非實用之不效，故曰名由口進，而實從事退。中情之人，名不副實，用之有效，故名由衆退，而實從事章。

〔五材〕〔四美〕王云：姜子所謂五材者，勇、智、仁、信、忠也，勇則不可犯，智則不可亂，仁則愛人，信則不欺，忠則無二心，四美承上四句而言。

〔廖侯〕按：即本卷早春於江夏送蔡十還家雲夢序中之廖公。

〔獨立〕王云：獨立猶獨步之意。

〔通人〕後漢書卷六五鄭玄傳：袁紹客多豪俊，並有才説，見玄儒者，未以通人許之。

〔未夢〕書説命序：高宗夢得説，使百工營求諸野。按：未夢即未獲知遇之意。

〔茱萸〕王云：水經注：邵陵水東北出益陽縣，其間逕流山峽，名之爲茱萸江。海録碎事：濆江一名茱萸江，在衡山縣。一統志：茱萸灘在湖廣寶慶府城北四十里，濆江水勢險惡，昔人置銅柱於岸側以固牽挽，俗謂五十三灘四十八灘。此其首也。

〔雞黍〕王云：李善文選注：謝承後漢書：山陽范式，字巨卿，與汝南張元伯爲友，春別京師，以秋爲期。至九月十五日，殺雞作黍。二親笑曰：「山陽去此幾千里，何必至？」元伯曰：「巨卿信士，不失期者。」言未絶而巨卿至。

早夏于將軍叔宅與諸昆季送傅八之江南序

易曰：觀乎人文，以化成天下。窮此道者，其惟傅侯耶！侯篇章驚新，海内稱善。五言之作，妙絶當時。陶公愧田園之能，謝客慚山水之美。佳句籍籍，人爲美談。前許州司馬宋公蘊冰清之姿，重傅侯玉潤之德。妻以其子，鳳皇于飛，潘楊之好，斯爲睦矣。僕不佞也，忝于芳塵。宴同一筵，心契千古。清酌連曉，玄談入微。歡攜無何，旋告睽拆。將軍叔雄略蓋古，英明動神。天王貴宗，誕育賢子。八龍增秀以列次，五色相輝而有文。會言高樂，曉餞金門洗德，紘觴怡顏。朱明草木已盛，且江嶂若畫，賞盈前途，自然屏間坐遊，鏡裏行到，霞月千里，足供文章之用哉！征帆空懸，落日相逼，一季揮翰，詩其贈焉。

【校】

〔題〕兩宋本、繆本俱作早夏于江將軍宅云云。王本注云：繆本于字下多一江字。何校陸本云：江下疑有王字。按：何氏之意以爲既稱叔則必爲唐之宗室，然是時江王元祥已無嗣王者矣。

〔驚〕王本注云：當作警。

〔無何〕何，郭本作間。王本注云：郭本作間。

〔拆〕兩宋本、繆本俱作坼。王本注云：一本作析，繆本作坼。

〔叔雄〕雄，王本注云：舊本皆作英，今依劉本。

〔怡顔〕王本注云：上下似有闕文。

【注】

〔傅八〕按：卷九有淮海對雪贈傅靄詩，未知即其人否？

〔易曰〕出繫辭傳。

〔冰清〕晉書卷三六衛玠傳：玠妻父樂廣有重名，議者以爲婦公冰清，女壻玉潤。

〔鳳皇〕左傳莊二十二年：初，懿氏卜妻敬仲，其妻占之曰吉，是謂鳳凰于飛，和鳴鏘鏘。杜預注：雄曰鳳，雌曰凰。雄雌俱飛，相和而鳴鏘鏘然，猶敬仲夫妻相隨適齊，有聲譽。

〔潘楊〕文選潘岳楊仲武誄：潘楊之穆，有自來矣。又云：既藉三葉世親之恩，而子之姑又余之伉儷焉。

〔八龍〕後漢書卷九二荀淑傳：有子八人，儉、緄、靖、燾、汪、爽、肅、專，並有名稱，時人謂八龍。初荀氏舊里名西豪，潁陰令勃海苑康以爲昔高陽氏有才子八人，今荀氏亦有八子，故改其里曰高陽里。

冬日于龍門送從弟京兆參軍令問之淮南覲省序

紫雲仙季，有英風焉。吾家見之，若衆星之有月。貴則天王之令弟，寶則海岳之奇精，遊者所謂風生玉林，清明蕭灑，真不虚也。常醉目吾曰：兄心肝五藏皆錦繡耶？不然，何開口成文，揮翰霧散？吾因撫掌大笑，揚眉當之。使王澄再聞，亦復絶倒。觀夫筆走羣象，思通神明，龍章炳然，可得而見。歲十二月，拜省於淮南。思白華之長吟，眺黄雲之晚色。目斷心盡，情懸高堂。傾蘭醑而送行，赫金鞍而照地。錯轂蹲野，朝英滿筵，非才名動時，何以及此？日落酒罷，前山陰烟，殷勤惠言，吾道東坐。想洛橋春色，先到淮城。見千條之緑楊，折一枝以相贈。則華萼情在，吾無恨焉。羣公賦詩，以光榮餞。

【校】

〔吾道東〕何校陸本云：東下疑有脱誤。

【注】

〔令問〕按：卷十三有秋夜宿龍門香山寺奉寄……從弟幼成令問詩，當亦指此令問。

〔紫雲〕王云：紫雲仙似其從弟之號。

〔王澄〕晉書卷三六衞玠傳：琅邪王澄有高名，少所推服。每聞玠言，輒歎息絶倒。故時人爲之語曰：衞玠談道，平子絶倒。

〔白華〕文選束晳補亡詩：白華朱萼，被於幽薄。吕延濟注：喻孝子事父母之潔白，如朱萼承白華於幽薄之中而鮮潔也。

〔醑〕王云：玉篇：醑，美酒也。△醑音胥上聲。

〔吾道〕按：後漢書卷六五鄭玄傳：（馬）融喟然謂門人曰：「鄭生今去，吾道東矣。」此句當用此事。坐字未詳。

〔華萼〕王云：謝瞻詩：「花萼相光飾。」吕延濟注：花萼喻兄弟也。琦按：萼，花蒂也。花萼相倚附，不能相離，故古人取之以爲兄弟之喻。

江夏送倩公歸漢東序

謝安四十，卧白雲于東山；桓公累徵，爲蒼生而一起。常與支公遊賞，貴而不移。大人君子，神冥契合，正可乃爾。僕與倩公一面，不忝古人。言歸漢東，使我心痗。夫漢東之國，聖人所出，神農之後，季良爲大賢。爾來寂寂，無一物可紀。有唐中興，始生紫陽先生。先生六十而隱化，若繼跡而起者，惟倩公焉。蓄壯志而未就，期老成于他日。且能傾産重諾，好賢攻文。即惠休上人與江鮑往復，各一時也。僕平生述作，罄其草而授之。思親遂行，流涕惜别。今聖朝已捨季布，當徵賈生。開顔洗目，一見白日。冀相視而笑於新松之山耶？作小詩絶句，以寫别意。辭曰：

彼美漢東國，川藏明月輝。寧知喪亂後，更有一珠歸。

【校】

〔謝安〕繆本句首有昔字。王本注云：繆本作昔謝安四十。

〔累徽〕累，兩宋本作素。
〔冥契〕英華作契冥，注云：集作冥契。
〔一面〕郭本、咸本俱無一字。王本注云：郭本缺一字。
〔言歸漢東〕此下英華注云：古本作興言歸東。
〔季良〕季，郭本作李。王本注云：郭本作李，誤。
〔攻文〕英華作工文。
〔辭曰〕兩宋本、繆本無此二字。咸本作李白辭曰，注云：一本無此四字。王本注云：繆本少辭曰二字。
〔彼美〕王本注云：按繆本詩中重録此文，而寂寂作寂寞，辭曰作李白辭，彼美作路入，凡六字不同，蓋未及删正也。咸本注云：一作路入。按：英華作路入，注云：集作彼美。

【注】

〔倩公〕按：卷三十漢東紫陽先生碑銘云：有鄉僧貞倩雅仗才氣，請予爲銘。與此序語意相合，倩公即貞倩，其人蓋由釋入道者。
〔漢東〕王云：漢東，隨州也。本春秋時隨子之國，其地在漢水之東。左傳：漢東之國隨爲大，是也。後世以其地置州，謂之隨州，隋時改稱漢東郡，蓋依此立名。唐自天寶以前名隨州，天寶初改漢東郡，乾元初復爲隨州。

〔謝安〕王云：世説注：續晉陽秋曰：謝安悠游山水，以敷文析理自娱。桓温在西藩，欽其盛名，諷朝廷請爲司馬。以世道未夷，志存匡濟。年四十，起家應務。晉書：謝安寓居會稽，與王羲之及高陽許詢、桑門支遁游處，出則漁弋山水，入則言詠屬文，無處世意。參見卷七東山吟注。

〔心痗〕詩衛風伯兮：願言思伯，使我心痗。毛傳：痗，病也。

〔神農〕王云：元和郡縣志：厲山亦名烈山，在隨州隨縣北百里。禮記曰：厲山氏，炎帝也。起於厲山，故曰厲山氏。太平寰宇記：荆州記云：隨地有厲鄉村，有厲山，下有一穴，是神農所生穴也。穴口方一步，容數人立。今穴口石上有神農廟在。方輿勝覽：荆州記：隨州厲山有石穴，云是神農所生，遂即此地爲神農社，常年祀之。

〔季良〕王云：季良，隨之賢大夫，諫隨君無追楚師，事載左傳桓公六年。按：左傳作季梁。

〔紫陽先生〕見卷三十紫陽先生碑銘。

〔惠休〕見卷十二贈僧行融詩注。

【評箋】

按：文中已捨季布一語，當是乾元二年遇赦以後之作。

餞李副使藏用移軍廣陵序

夫功未足以蓋世，威不可以震主。必挾此者，持之安歸？所以彭越醢于前，韓信誅于後。況權位不及于此者，虚生危疑，而潛包禍心，小拒王命。是以謀臣將啖以節鉞，誘而烹之。亦由借鴻濤于奔鯨，鱠生人于哮虎。呼吸江海，横流百川。左縈右拂，十有餘郡，國討未及，誰當其鋒？我副使李公，勇冠三軍，衆無一旅。横倚天之劍，揮駐日之戈。吟嘯四顧，熊羆雨集。蒙輪扛鼎之士，杖干將而星羅。上可以決天雲，下可以絶地維。翕振虎旅，赫張王師，退如山立，進若電逝。轉戰百勝，僵屍盈川。水膏于滄溟，陸血于原野。一掃瓦解，洗清全吴。可謂萬里長城，横斷楚塞。不然，五嶺之北，盡餌于修蛇，勢盤地蹙，不可圖也。而功大用小，天高路遐。社稷雖定于劉章，封侯未施于李廣。使慷慨之士，長吁青雲。且移軍廣陵，恭揖後命。組練照雪，樓船乘風，簫鼓沸而三山動，旌旗揚而九天轉。良牧出祖，烈將登筵。歌酣易水之風，氣振武安之瓦。海日夜色，雲帆中流。席闌賦詩，以壯三軍之事。白也筆已老矣，序何能爲？

【校】

〔此者〕英華無者字。

〔潛包〕包，兩宋本、繆本、咸本俱作苞。王本注云：繆本作苞。

〔國討〕討，英華作討。王本注云：文苑英華作討。
〔長吁〕吁，英華注云：集作呼。
〔旌旗〕旗，英華作旆，注云：集作旗。
〔烈將〕英華注云：集作列。
〔雲帆〕帆，文粹、兩宋本、繆本俱作河。王本注云：繆本作河。
〔之事〕事，英華作士。

【注】

〔藏用〕王云：通鑑：上元元年，宋州刺史劉展領淮西節度副使，剛強自用，爲其上者多惡之。時有謠言曰：手執金刀起東方。節度使王仲昇使監軍使、内左常侍邢延恩入奏：展倔彊不受命，姓名應謠讖，請除之。延恩因說上曰：「展方握強兵，宜以計去之。請除展江淮都統代李峘，俟其釋兵赴鎮，中道執之，此一夫之力耳。」上從之，以展爲都統淮南東、江南西、浙西三道節度使。密勅舊都統李峘及淮南東道節度使鄧景山圖之。延恩以制書授展，展疑之曰：「展自陳留參軍數年至刺史，可謂暴貴矣。江淮租賦所出，今之重任，展無勳勞，又非親賢，一旦恩命寵擢如此，得非有讒人間之乎？」因泣下，延恩懼曰：「公素有才望，主上以江淮爲憂，故不次用公，公反以爲疑，何哉！」展曰：「事苟不欺，印節可先得乎！」延恩曰：「可。」乃馳詣廣陵，與峘謀，解印節以授展。展得印節，乃上表謝恩，悉舉宋州兵七千趨廣陵。延恩知展已得其情，還奔廣陵，與李峘、鄧景山發兵拒之，移檄州縣言展反。展亦移檄言峘反，州縣莫知所從。峘引兵渡江屯京口，景山將萬人屯徐城。展素有威名，御軍嚴整，江淮人望風畏之。展倍道先期至，使人問景山曰：「吾奉詔書赴鎮，此何兵也！」景山不應。展使其將孫待封、張法雷擊之。景山衆潰，與延恩奔壽州，展引兵入廣陵，遣其將屈突孝標將兵三千徇濠楚，王晅將兵四千略淮西。展軍於白沙，設疑兵於瓜州，若將趨北固者。峘悉鋭兵守京口以待之，展乃自上流濟襲下蜀，峘軍聞之自潰，峘奔宣城。甲午，展陷潤州。丙申，陷昇州。李峘之去潤州也，副使李藏用謂峘曰：「處人尊位，食人重禄，臨難而逃之，非忠也。以數十州之兵食，三江五湖之險固，不發一矢而棄之，非勇也。失忠與勇，何以事君？」藏用請收餘兵，竭力以拒之。峘乃悉以後事授藏用，藏用收散卒得七百人，東至蘇州，募壯士得二千人，立柵以拒展。與展將張景超、孫待封戰於郁墅，兵敗奔杭州，景超遂據蘇州，待封進陷湖州。景超進逼杭州，藏用使其將温晁屯餘杭，展將下江州徇江西，於是屈突孝標陷濠、楚等州，王晅陷舒、和、滁、廬等州，所向無不摧靡，聚兵萬人，騎三千，横行江淮間。上命平盧兵馬使田神功將所部精兵三千討展，展聞之，始有懼色，自廣陵將兵八千拒之，選精兵二千渡淮，擊神功於都梁山。展敗走，至天長，以五百騎據橋拒戰，又敗。展獨與一騎亡渡江。上元二年正月，張景超引兵攻杭州，敗李藏用將李疆於石夷門。孫待封自武康南出，將會景超攻杭州，温晁據險擊敗之。辛亥夜，神功遣特進范知新等將四千人自白沙濟，西趨下蜀，展擊之不勝，弟殷勸展引兵逃入海可延歲月。展曰：「若事不濟，何用多殺人父子乎！死早晚等耳。」遂更率衆力戰，將軍賈隱林射展中目而仆，遂斬之。孫待封詣藏用降，张景超聚兵至七千餘人，聞展死，悉以兵授張法雷，使攻杭州，景超逃入海，法雷至杭州，李藏用擊破之，餘黨皆平。

〔彭越〕王云：漢書高帝紀：十一年春正月，淮陰侯韓信謀反長安，夷三族。三月，梁王彭越謀反，夷三族。此云越醢於前，信誅於後，恐誤。漢書黥布傳：漢誅梁王彭越，盛其醢以偏賜諸侯。

〔謀臣〕按：此指邢延恩也。

〔一旅〕左傳哀元年：有田一成，有衆一旅。杜預注：方十里爲成，五百人爲旅。

〔蒙輪扛鼎〕王云：左傳：狄虒彌建大車之輪而蒙之以甲以爲櫓，左執之，右拔戟，以成一隊。杜預注：蒙，覆也。史記：項籍長八尺餘，力能扛鼎。裴駰注：韋昭曰：扛，舉也。索隱曰：説文云：扛，横關對舉也，音江。

〔干將〕見卷十一贈潘侍御論錢少陽詩注。

〔五嶺〕王云：杜氏通典：自北徂南入越之道，必由嶺嶠，時有五處：塞上嶺一也，今南康郡大庾嶺是。騎田嶺二也，今桂陽郡臘嶺是。都龐嶺三也，今江華郡永明嶺是。甿渚嶺四也，今江華界白芒嶺是。越城嶺五也，今始安郡北零陵郡南臨源嶺是。西自衡山之南，東窮於海，一山之限也。文謂五嶺之北，蓋指江南江西二道而言。

〔劉章〕漢書文帝紀：高后崩，諸吕謀爲亂，欲危劉氏。丞相陳平、太尉周勃、朱虚侯劉章等共誅之。

〔李廣〕漢書卷五四李廣傳：廣與望氣王朔語曰：「自漢擊匈奴，廣未嘗不在其中，而諸妄校尉以下，材能不及中，以軍功取侯者數十人，廣不爲後人，然終無尺寸功，以得封邑者，何也！豈吾相不當侯邪！」

〔三山〕王云：元和郡縣志：三山在潤州上元縣西南五十里，晉王濬伐吴，宿於牛渚，部分明日前至三山，即此也。江南通志：三山在江寧府江寧縣西南五十七里，下臨大江，三峯排列，故名。晉王濬伐吴，順流鼓棹，徑造三山，即此地。

〔武安〕見卷六發白馬注。

【評箋】

王云：按通鑑：上元二年秋七月，以試少府監李藏用爲浙西節度副使。冬十月，江淮都統崔圓署李藏用爲楚州刺史。考異曰：劉展亂紀云：劉展既平，諸將争功疇賞，未及李藏用，崔圓乃署藏用爲楚州刺史，領二城而居盱眙。按實録：七月，藏用已除節度副使，蓋恩命未到耳。又獨孤及有爲杭州李使君論李藏用守杭州功表云：今都統使停，本職已罷。孤軍無主，莫知適從。將士嗷嗷，未有所隸。天高聽邈，無人爲言。遂使殊勳見委，忠節未録。口不言賞，賞亦不及。恐非聖朝旌有德表有功之義。此文所謂社稷雖定於劉章，封侯未施於李廣，蓋亦有深慨矣。未幾而藏用之牙將高幹挾故怨使人詣廣陵告藏用反，先以兵襲之，藏用走，幹追殺之，崔圓不能明其冤，遂簿責藏用將吏以驗之，將吏畏，皆附成其狀。獨孫待封堅言不反，且曰：「吾始從劉大夫奉詔書來赴鎮，人謂吾反。李公起兵滅劉大夫，今又以李公爲反，如此誰則非反者？吾寧就死，不能誣人以非罪。」圓亦斬之。蓋大亂之後，刑賞之謬若此。

今人詹鍈云：王譜繫此文上元二年下，注云：通鑑：上元二年七月，以試少府監李藏用爲浙西節度副使。十月，江淮都統崔圓署李藏用爲楚州刺史，領二城而居盱眙。文有社稷雖定於劉章，封侯未施於李廣，移軍廣陵，恭揖後命等語，知是十月以前之作。按序云：組練照雪，樓船乘風，簫鼓沸而三山動，旌旗揚而九天轉。元和郡縣志：三山在潤州上元縣西南五十里，則餞送之地當在金陵。

澤畔吟序

澤畔吟者，逐臣崔公之所作也。公代業文宗，早茂才秀。起家校書蓬山，再尉關輔，中佐于憲車，因貶湘陰。從宦二十有八載，而官未登于郎署，何遇時而不偶耶？所謂大名難居，碩果不食。流離乎沅湘，摧頹于草莽。同時得罪者數十人，或才長命夭，覆巢蕩室。崔公忠憤義烈，形于清辭，慟哭澤畔，哀形翰墨。猶風雅之什，聞之者無罪，覩之者作鏡。書所感遇，總二十章，名之曰澤畔吟。懼奸臣之猜，常韜之于竹簡，酷吏將至，則藏之于名山。前後數四，蠹傷卷軸。觀其逸氣頓挫，英風激揚，横波遺流，騰薄萬古，至於微而彰，婉而麗，悲不自我，興成他人，豈不云怨者之流乎？余覽之愴然，掩卷揮涕爲之序云。

【校】

〔題〕郭本作澤畔吟詩序。

〔關輔〕關，兩宋本、繆本俱作開。

〔摧頹〕頹，兩宋本、繆本、咸本俱作頽。王本注云：繆本作頽。

【注】

〔蓬山〕後漢書卷五三竇章傳：是時學者稱東觀爲老氏藏室，道家蓬萊山，（鄧）康遂薦章入東觀爲校書郎。章懷太子注：蓬萊，海中神山，爲仙府，幽經祕録並皆在焉。

〔湘陰〕舊唐書地理志：江南西道岳州湘陰：漢羅縣。

〔碩果〕易剥卦：碩果不食。孔穎達正義云：處卦之終，獨得完全，不被剥落，猶如碩大之果，不爲人食也。

【評箋】

今人詹鍈云：按澤畔吟作者即是崔成甫。成甫，崔孝公沔之子，故稱其代業文宗。公嘗爲校書郎，故稱其起家校書蓬山。舊唐書韋堅傳：天寶元年三月，擢堅爲陝郡太守，穿廣運潭。潭成，陝縣尉崔成甫以堅爲陝郡太守，鑿成新潭，又致揚州銅器，翻出此詞，廣集兩縣官，使婦人唱之。序中再尉關輔一語，即指其爲陝縣尉而言。成甫嘗攝監察御史，故稱其中佐於憲車。崔成甫贈李十二詩云：「我是瀟湘放逐臣」，與序中所稱貶湘陰事亦合。唐詩紀事於崔成甫下録李白澤畔吟序一條，全唐詩崔成甫小傳云：官校書郎，再尉關輔，貶湘陰，有澤畔吟，李白爲之序。皆不爲無據。按此序不及爲豐城令事，當是天寶十四載以前成甫尚未宰豐城時作。

按：有唐通議大夫守太子賓客贈尚書左僕射崔孝公（沔）墓誌後崔祐甫附記云：「孝公長子成甫，服闋授陝縣尉，以事貶黜。乾元初卒于江介。成甫之長子伯良，仕至殿中侍御史。次子仲德，仕至太子通事舍人。少子叔賢，不仕。并早卒。今有伯良之子詹、彦，并未仕。仲德之子，未名。」此與澤畔吟序中「再尉關輔，中佐于憲車，因貶湘陰」及「流離乎沅、湘，摧頹于草莽」等語相合。可證澤畔吟乃崔成甫所作無疑。又崔祐甫上宰相箋中之「長兄宰豐城間歲」，乃指曾爲向城縣令之成甫同祖長兄孟孫。故澤畔吟序中不及成甫爲豐城令事。又白文中所云「同時得罪者數十人」，蓋指李林甫構陷韋堅之冤案，成甫亦在其中。舊唐書韋堅傳云：「五載正月望夜，堅與河西節度、鴻臚卿皇甫惟明夜遊，同過景龍觀道士房，爲林甫所發，以堅戚里，不合與節將狎昵，是構謀規立太子。玄宗惑其言，遽貶堅爲縉雲太守，惟明爲播川太守。尋發使殺惟明于黔中，籍其資財。六月，又貶堅爲江夏員外別駕。又構堅與李適之善，貶適之爲宜春太守。七月，堅又長流嶺南臨封郡，堅弟將作少匠蘭、鄠縣令冰、兵部員外郎芝、堅男河南府户曹諒并遠貶。至十月，使監察御史羅希奭逐而殺之，諸弟及男諒并死。……倉部員外郎鄭章貶南豐丞，殿中侍御史鄭欽説貶夜郎尉，監察御史豆盧友貶富水尉，監察御史楊惠貶巴東尉，連累者數十人。」見郁賢皓李白詩中崔侍御考辨（文史哲一九七九年第一期）。并參見卷九贈崔侍御詩注「又按」。

夏日諸從弟登汝州龍興閣序

夫槿榮芳園，蟬嘯珍木，蓋紀乎南火之月也。可以處臺榭，居高明。吾之友于，順此意也。遂卜精勝，得乎龍興。留寶馬于門外，步金梯于閣上。漸出軒户，遐瞻雲天。晴山翠遠而四合，暮江碧流而一色。屈指鄉路，還疑夢中；開襟危欄，宛若空外。嗚呼！屈宋長逝，無堪與言。起予者誰？得我二季。當揮爾鳳藻，挹予霞觴，與白雲老兄俱莫負古人也。

【校】

〔題〕兩宋本汝州作沔州。

〔遐瞻〕遐，王本作霞，誤，今依各本改。

〔挹予〕兩宋本、繆本、郭本、咸本、文粹俱作搜乎需觴。英華作飛乎鸞觴。王本注云：郭本、繆本作搜乎需觴，文苑英華作飛乎鸞觴，今從劉本。

【注】

〔南火〕王云：南火謂大火星，於仲夏昏時正當南方。

〔高明〕禮記月令：仲夏之月，鹿角解，蟬始鳴，半夏生，木堇榮。是月也，可以居高明，可以遠眺望，可以升山陵，可以處臺榭。鄭玄注：順陽在上也，高明謂樓觀也，闍者謂之臺，有木者謂之榭。

〔友于〕今按書君陳：孝乎惟孝，友于兄弟。後人遂以友于爲兄弟之歇後語。如杜詩：「山鳥山花皆友于。」

秋夜于安府送孟贊府兄還都序

夫士有飾危冠、佩長劍、揚眉吐諾、激昂青雲者，咸誇炫意氣，託交王侯。若告之急難，乃十失八九。我義兄孟子，則不然耶！道合而襟期暗親，志乖而肝膽楚越。鴻騫鳳立，不循常流。孔明披書，每觀于大略；少君讀易，時作于小文。四方賢豪，眩然景慕。雖長不過七尺，而心雄萬夫。至于酒情中酣，天機俊發，則談笑滿席，風雲動天。非嵩丘騰精，何以及此？白以弱植，早飲香名。況親承光輝，恩甚華萼，他鄉此別，誰無恨耶？時林風吹霜，散下秋草；海雁嘶月，孤飛朔雲。驚魂動骨，戞瑟落涕。抗手緬邁，傷如之何！且各賦詩，以寵行路。

【校】

〔咸誇〕咸，英華作莫不，注云：集作咸。

〔不過〕過，英華作滿，注云：集作過。

〔動天〕天，英華作人，注云：集作天。

〔騰精〕騰，英華作之，注云：集作騰。

〔飛朔〕英華作鶴翔，注云：集作飛朔。

〔落涕〕英華作涕流，注云：集作落涕。

〔行路〕行，兩宋本、繆本、咸本俱作岐。王本注云：繆本作岐。

【注】

〔安府〕王云：安府，安州也。唐於州設中都督府，故曰安府。

〔孟贊府〕按：卷二十六有代壽山答孟少府移文書，當即指其人。

〔危冠〕莊子盜跖篇：使子路去其危冠，解其長劍。陸德明音釋：李云：危，高也，子路好勇，冠似雄雞形。

〔少君〕王云：漢武帝外傳：薊遼字子訓，齊國臨淄人，李少君之邑人也。見少君有不死之道，遂以弟子之禮事少君而師事焉。性好清浄，嘗閑居讀易，時作小小文疏，皆有意義。此文以爲少君事，疑誤。

〔華萼〕王云：太白與孟雖異姓，而情不啻昆弟，故曰恩甚花萼，而稱之曰義兄也。

〔抗手〕王云：舉手拜别也。

〔緬邈〕王云：緬邈，遠行也。張九齡詩：「云胡當此時，緬邈復爲客。」

春夜宴從弟桃花園序

夫天地者，萬物之逆旅也；光陰者，百代之過客也。而浮生若夢，爲歡幾何？古人秉燭夜遊，良有以也。況陽春召我以烟景，大塊假我以文章。會桃花之芳園，序天倫之樂事。羣季俊秀，皆爲惠連；吾人詠歌，獨慚康樂。幽賞未已，高談轉清。開瓊筵以坐花，飛羽觴而醉月。不有佳詠，何伸雅懷？如詩不成，罰依金谷酒數。

【校】

〔題〕英華宴下有諸字，桃下無花字。

〔夫天地者萬物之逆旅也〕此句下，郭本、咸本俱注云：一本作夫萬物者天地之逆旅也。

〔桃花〕英華作桃李。

〔吾人〕英華作古今。

〔佳詠〕詠，英華作作，注云：集作詠。

〔酒數〕酒下，兩宋本、繆本、咸本俱有斗字。王本注云：繆本數字上多一斗字。

【注】

〔逆旅〕見卷二十四擬古第九首注。

〔秉燭〕文選魏文帝與吴質書：古人思秉燭夜遊，良有以也。

〔大塊〕見卷十一贈張相鎬二首詩注。

〔金谷〕石崇金谷詩序：遂各賦詩，以叙中懷，或不能者，罰酒三斗。

【評箋】

四六法海云：太白文蕭散流麗，乃詩之餘。然有一種腔調，易啓人厭，如陽春、大塊等語，殆令人聞之欲吐矣。陸務觀亦言其識度甚淺。

冬夜於隨州紫陽先生餐霞樓送烟子元演隱仙城山序

吾與霞子元丹、烟子元演，氣激道合，結神仙交。殊身同心，誓老雲海，不可奪也。歷行天下，周求名山。入神農之故鄉，得胡公之精術。胡公身揭日月，心飛蓬萊。起餐霞之孤樓，鍊吸景之精氣。延我數子，高談混元。金書玉訣，盡在此矣。白乃語及形勝，紫陽因大誇仙城。元侯聞之，乘興將往。別酒寒酌，醉青田而少留；夢魂曉飛，度淥水以先去。吾不凝滯於物，與時推移，出則以平交王侯，遁則以俯視巢許。朱紱狎我，緑蘿未歸。恨不得同棲烟林，對坐松月。有所款然，銘契潭石。乘春當來，且抱琴卧花，高枕相待。詩以寵別，賦而贈之。

【校】

〔題〕英華樓下有上字。

〔歷行〕行，兩宋本、咸本俱作可，英華作考。

〔精術〕術，英華作字，注云：集作術。

〔大誇〕英華誇下有其字。

〔青田〕青，咸本作月。

〔凝滯〕兩宋本、繆本俱無凝字，郭本作疑。

〔款〕咸本作疑。英華作感歎，注云：集作款。

【注】

〔隨州〕見卷二十五題隨州紫陽先生壁詩注。

〔紫陽先生〕見卷十三憶舊遊寄譙郡元參軍詩注。並參見卷二十五題隨州紫陽先生壁詩，卷三十漢東紫陽先生碑銘。

〔餐霞樓〕輿地紀勝卷八三隨州：餐霞閣舊與譙門對峙，今移於郡治之西。

〔仙城山〕輿地紀勝卷八三隨州：仙城山在州東八十里。……又名善光山。清一統志德安府：仙城山在隨州東南八十里。

〔元丹〕王云：元丹，疑即元丹丘也。蓋名與字之稍殊耳。上安州裴長史書曰：故交元丹親接斯議，是其結納固已久矣。元演約是其弟。胡公即紫陽先生。參見卷三十紫陽先生碑銘。

〔元演〕今人詹鍈云：元演似即元參軍。參見卷十三憶舊遊寄譙郡元參軍詩。

〔神農〕王云：初學記：盛弘之荆州記曰：隨郡北界有厲鄉村，村南有厲山，山下有一穴，父老相傳，云神農所生。林西有壍兩重，壍内周圍一頃二十畝，地中有九井，神農既育，九井自穿，汲一井則衆井水動，即以此爲神農社，年常祀之。庖犧生乎陳，神農育乎楚，考籍應圖，於是乎在。

〔胡公〕即紫陽先生。見卷三十漢東紫陽先生碑銘。

〔混元〕王云：後漢書：外運混元，内侵毫芒。章懷太子注：混元，天地之總名也。　按語意以混元指道家之説，故下文云：金書玉訣盡在此矣。

〔金書〕武帝内傳：尊母欲得金書祕字六甲靈飛左右策精之文十二事，授劉徹。梁丘子黄庭内景玉經序：黄庭内景經一名大帝金書，扶桑大帝君宫中盡誦此經，以金簡刻書之，故曰金書。太平廣記：張楷有玉訣金匱之學，坐在立亡之道。

〔青田〕古今注：烏孫國有青田核，莫測其樹實之形。至中國者，但得其核耳。得清水則有酒味出，如醇美好酒。核大如六升瓠，空之以盛水，俄而成酒。劉章得兩核，集賓客設之，常供二十人之飲。一核盡，一核所盛以復飲，飲盡隨更注水，隨盡隨盛，不可久置，久置則苦不可飲，名曰青田酒。

【評箋】

按：憶舊遊寄譙郡元參軍詩云：「相隨迢迢訪仙城，三十六曲水迴縈。一溪初入千花明，萬壑度盡松風聲。銀鞍金絡到平地，漢東太守來相迎。紫陽之真人，邀我吹玉笙。餐霞樓上動仙樂，嘈然宛似鸞鳳鳴。」可與此文相印證。知仙城實爲山名，非泛言也。又文中朱紱狎我之句，似白已有出山之意矣。

李白集校注卷二十八

記頌讚二十首

任城縣廳壁記

風姓之後，國爲任城，蓋古之秦縣也。在禹貢則南徐之分，當周成迺東魯之邦。自伯禽到于順公，三十二代。遭楚蕩滅，因屬楚焉。炎漢之後，更爲郡縣。隋開皇三年，廢高平郡，移任城于舊居，邑乃屢遷，井則不改。

【校】

〔題〕英華作兗州任城縣令廳壁記。

〔古之秦〕英華作秦之古，注云：集作古之秦。咸本注云：一云秦之古縣也。王本注云：文苑英華作蓋秦之古縣也。

〔周成〕英華作成周。王本注云：文苑英華作成周。

〔到于〕到，英華作至，注云：集作到。

〔順公〕順，王本注云：當作頃。

〔三十二〕二，王本注云：當作三。

〔因屬〕因，英華作國。王本注云：文苑英華作國。

〔邑乃〕乃，英華作雖，注云：集作乃。王本注云：文苑英華作雖。

〔不改〕改，英華作失，注云：集作改。

【注】

〔任城〕舊唐書地理志：河南道兖州任城：漢縣。

〔廳壁記〕按：唐語林卷八：朝廷百司諸廳皆有壁記，叙官秩創置及遷授始末，原其作意，蓋欲著前政履歷，而發將來健羨焉。故爲記之體，貴其説事詳雅，不爲苟飾。而近時作記，多措浮詞。褒美人才，抑揚功閥，殊失記事之本意。韋氏兩京記云：郎官盛寫壁記，以紀當廳前後遷除出入，寖以成俗。然則壁記之起，當自國朝已來，始自臺省，遂流郡邑耳。

〔風姓〕元和郡縣志卷一〇：任城縣本漢縣也，屬東平國。古任國，太昊之後，風姓也。僖二十一年左傳曰：任、宿、須句，皆風姓也，實司太皥與有濟之祀。注曰：任，今任城縣也。魏志曰：文帝封鄢陵侯彰爲任城王。齊天保七年，移高平郡於此，任城縣屬焉。隋開皇三年，罷高平郡，縣屬兗州。

〔南徐〕按：南徐爲六朝之京口、唐之潤州，與此迥不相涉。文意蓋謂在南方之徐州耳。

〔東魯〕王云：元和郡縣志：兗州魯郡，禹貢兗州之域，兼得徐州之地。春秋時爲魯國。按史記：封周公旦於曲阜，是爲魯公。周公不就封，留佐武王，使其子伯禽代就封於魯。其後有考公、煬公、幽公、魏公、厲公、獻公、真公、武公、懿公、孝公、惠公、隱公、桓公、莊公、閔公、僖公、文公、宣公、成公、襄公、昭公、定公、哀公、悼公、元公、穆公、共公、康公、景公、平公、文公（文當作湣）、頃公。頃公二十四年，楚考烈王伐滅魯。魯起周公至頃公，凡三十四世，謂三十四君也。自伯禽起至頃公，當云三十三世，此云順公，又云三十二代，皆誤。

〔因屬〕按：英華因作國，於義爲長。據孟子：季任爲任處守，似戰國時任國在魯境内仍維持其附庸國之地位。至楚滅魯以後，方併屬於楚。作國字者，與下文更爲郡縣相對言之也。

〔廢高平郡〕按：隋開皇三年，改訂以州統郡以郡統縣之制，直接以州統縣。非謂專廢高平郡也。

〔不改〕易井卦：改邑不改井。

魯境七百里，郡有十一縣，任城其衝要。東盤琅邪，西控鉅野，北走厥國，南馳互鄉。青帝太昊之遺墟，白衣尚書之舊里。土俗古遠，風流清高，賢良間生，掩映天下。地博厚，川疎明。漢則名王分茅，魏則天人列土。所以代變豪侈，家傳文章。君子以才雄自高，小人則鄙朴難治。

【校】

〔十一〕英華作二十三，注云：集作十一。

〔衝要〕英華作要衝。

〔鉅野〕野，英華作鹿，注云：集作野。按：作野者是。

〔舊里〕里下英華有也字。

〔小人則〕則，英華作以，注云：集作則。

〔難治〕治，英華作理。

【注】

〔十一縣〕王云：按元和郡縣志：魯郡州境東西三百三十一里，南北三百五十三里，管縣十一：瑕丘、金鄉、魚臺、鄒縣、龔丘、乾封、萊蕪、曲阜、泗水、任城、中都，今新、舊唐書所載只十縣。以貞元中割中都入鄆州故也。

〔琅邪〕王云：漢書：齊地東有甾川、東萊、琅邪、高密、膠東。趙岐孟子注：琅邪，齊東境上邑也。唐時以河南道所屬之沂州爲琅邪郡，其地正在魯郡之東，相去三百八十里。

〔鉅野〕王云：水經注：何承天曰：鉅野湖澤廣大，南通洙、泗，北連清濟，舊縣故城正在澤中，故欲置戍於此城，城之所在則鉅野澤也，衍東北爲大野矣。昔西狩獲麟於是處也。元和郡縣志：大野澤一名鉅野，在鄆州鉅野縣東五里，南北三百里，東西百餘里。爾雅十藪：魯有大野，西狩獲麟於此澤。琦按魯郡之東，與鄆州接境，乃鉅野澤之故區，但屢遭河患，沖決填淤，高下易形，涸爲平陸，迄今畔岸不可復識矣。

〔厥國〕王云：章懷太子後漢書注：東平陸，縣名，古厥國也，屬東平國。今兖州平陸縣地。太平寰宇記：鄆州中都縣，古中都之地，漢爲東平陸縣，屬東平國，亦古之厥國地，今邑界有厥亭存。

〔互鄉〕王云：太平寰宇記：徐州沛縣合鄉故城，古互鄉之地。按劉芳徐州記云：古之互鄉，蓋孔子云難與言者。又曰：互鄉在陳州項城縣北一里，古老傳云互鄉之地。一統志：互鄉在河南開封府商水縣。論語云：互鄉難與言，即此。古今言互鄉者凡三處，今考魯郡之南與徐州接壤，則此文所指與沛縣之互鄉爲合。

〔青帝〕王云：獨斷注：青帝太昊木行。三皇本紀：太皞庖犧氏，風姓，代燧人氏繼天而王，都於陳。其後裔當春秋時，有任、宿、須句、顓臾，皆風姓之胤也。

〔白衣〕後漢書卷五七鄭均傳：鄭均，字仲虞，東平任城人。……帝東巡過任城，乃幸均舍，勅賜尚書禄以終其身。時人號爲白衣尚書。

〔分茅〕〔列土〕王云：後漢書：任城孝王尚，元和六年封，食任城、亢父、樊三縣。魏志：任城威王彰，黄初三年立爲任城王。

況其城池爽塏，邑屋豐潤。香閣倚日，淩丹霄而欲飛；石橋横波，驚彩虹而不去。其雄麗坱圠有如此焉。故萬商往來，四海緜歷。實泉貨之橐籥，爲英髦之咽喉。故資大賢，以主東道。製我美錦，不易其人。

【校】

〔製〕兩宋本、繆本俱作制，誤。

【注】

〔爽塏〕左傳昭三年：初景公欲更晏子之宅，曰：子之宅近市，湫隘囂塵，請更諸爽塏者。杜注：爽，明。塏，燥也。

〔坱圠〕王云：賈誼服賦：大鈞播物，坱圠無垠。劉良注：坱圠，無涯際也。揚雄甘泉賦：據軨軒而周流兮，忽坱圠而無垠。李善注：坱圠，廣大貌。漢書作軮軋。顔師古注：軮軋，遠相映也。

〔東道〕見卷十望九華贈青陽韋仲堪詩注。
〔製錦〕見卷九贈徐安宜詩注。

今鄉二十六，户一萬三千三百七十一。帝擇明德，以賀公宰之。公温恭克修，儼碩有立。季野備四時之氣，士元非百里之才。撥煩彌閒，剖劇無滯。鏑百發克破於楊葉，刀一鼓必合於桑林。寬猛相濟，弦韋適中。一之歲肅而教之，二之歲惠而安之，三之歲富而樂之。然後青衿向訓，黄髮履禮。耒耜就役，農無遊手之夫；杼軸和鳴，機罕嚬蛾之女。物不知化，陶然自春。權豪鋤縱暴之心，黠吏返淳和之性。行者讓於道路，任者併於輕重。扶老攜幼，尊尊親親，千載百年，再復魯道。非神明博遠，孰能契于此乎？白探奇東蒙，竊聽輿論，輒記於壁，垂之將來。俾後賢之操刀，知賀公之絶迹者也。

【校】
〔七十一〕英華作一十七，注云：集作七十一。
〔儼碩〕碩，兩宋本俱作實。
〔非百里〕非，英華作紆，注云：集作非。

〔相濟〕濟，英華作須，注云：集作濟。
〔杼軸〕杼，兩宋本俱作持，誤。
〔千載百年〕載，英華作數，注云：集作載。
〔博遠〕遠，英華作達。
〔輿論〕論，英華作誦，注云：集作論。
〔操刀〕刀，郭本作力，誤。

【注】

〔賀公〕未詳。
〔儼碩〕詩陳風澤陂：有美一人，碩大且儼。毛傳：儼，矜莊貌。
〔季野〕按：即褚裒。晉書卷九三褚裒傳：謝安亦雅重之，恒言裒雖不言，而四時之氣亦備矣。
〔士元〕三國志蜀志卷七龐統傳：統以從事守耒陽令，在縣不治，免官。吴將魯肅遺先主書曰：龐士元非百里才也，使處治中別駕之任，始當展其驥足耳。
〔楊葉〕戰國策西周策：楚有養由基者善射，去柳葉百步而射之，百發百中。按：漢書柳葉作楊葉。
〔桑林〕見卷十贈從孫義興宰銘詩注。
〔寬猛〕左傳昭二十一年：仲尼曰：……政寬則民慢，慢則糾之以猛。猛則民殘，殘則施之以寬。寬以濟猛，猛以濟寬，政是以和。

〔弦韋〕王云：韓非子：西門豹之性急，故佩韋以自緩。董安于之性緩，故佩弦以自急。華陽國志：西門豹佩韋以自寬，宓子賤帶弦以自急。

〔青衿〕詩鄭風子衿：青青子衿。毛傳：青衿，青領也。學子之所服。

〔行者〕家語卷二：虞、芮二國爭田而訟，連年不決，乃相謂曰：「西伯仁人也，盍往質之！」入其境，則耕者讓畔，行者讓路。

〔任者〕禮記王制：輕任并，重任分。正義：任謂有擔負者俱應擔負，老少並輕則併與少者擔之。老少並重不可併與少者一人，則分爲輕重，重與少者，輕與老者。

〔扶老〕王云：漢書：魯瀕洙泗之水，其民涉度，幼者扶老而代其任。淮南子：太公問周公曰：「何以治魯？」周公曰：「尊尊親親。」太公曰：「魯從此弱矣。」

〔東蒙〕太平寰宇記卷二七三：東蒙山在沂州費縣西北七十五里，以其在蒙山之東，故曰東蒙。按：論語季氏篇：夫顓臾，昔者先王以爲東蒙主。李意指此，非泛舉此山也。

〔操刀〕見卷十贈從孫義興宰銘詩注。

【評箋】

今人詹鍈云：按游方任城縣橋亭記：邑大夫滎陽鄭公延華，……開元二十六年秋七月旬有四日云。而此文所稱縣令爲賀公，則賀之宰任城，當在開元二十六年以前。

趙公西候新亭頌

惟十有四載，皇帝以歲之驕陽，秋五不稔，乃慎擇明牧，恤南方凋枯。伊四月孟夏，自淮陰遷我天水趙公作藩于宛陵，祇明命也。惟公代秉天憲，作程南臺。洪柯大本，聿生懿德。宜乎哉！横風霜之秀氣，鬱王霸之奇略。初以鐵冠白筆，佐我燕京。威雄振肅，虜不敢視。而後鳴琴二邦，天下取則；起草三省，朝端有聲。天子識面，宰衡動聽。殷南山之雷，剖赤縣之劇。强項不屈，三州所居大化，咸列碑頌。至于是邦也，酌古以訓俗，宣風以布和。平心理人，兵鎮唯静，晝一千里，時無莠言。

【校】

〔題〕候，王刻誤作侯，今依各本改。

〔作程〕程，兩宋本、繆本俱作保。王本注云：繆本作保。

〔懿德〕德，郭本作右。

【注】

〔趙公〕按：卷十二有贈宣城趙太守悦詩，卷二十六有爲趙宣城與楊右相書，皆即其人。

〔不稔〕王云：廣韻：稔，歲熟也。廣雅：秋穀也。△稔音荏。按：舊唐書玄宗紀：天寶十四載三月，遣給事中裴士淹等巡撫河南、河北、淮南等道。蓋即爲旱災。

〔淮陰〕〔宛陵〕王云：唐時楚州淮陰郡治山陽縣，屬淮南道。宣州宣城郡治宣城縣，屬江南西道。按宣城郡本漢之丹陽郡，宣城縣本漢之宛陵縣，今爲寧國府地，太白稱宛陵，蓋本漢縣名也。

〔天憲〕文選范曄宦者傳論：手握王爵，口含天憲。李周翰注：天憲謂帝王法令也。

〔南臺〕王云：通典：御史所居之署，漢謂之御史府，亦謂之御史大夫寺，亦謂之憲臺。後漢以來謂之御史臺，亦謂之蘭臺寺。梁及後魏北齊或謂之南臺。後魏之制，有公事百官朝會名簿，自尚書令僕以下悉送南臺。胡三省通鑑注：御史臺謂之南臺。杜佑曰：御史臺在宫闕西南，故名南臺。

〔鐵冠白筆〕見卷十一贈潘侍御論錢少陽詩注。

〔燕京〕按：文意與贈宣城趙太守悦詩參看，蓋趙曾帶憲銜爲河北參佐。

〔鳴琴〕説苑政理篇：宓子賤治單父，彈鳴琴，身不下堂而單父治。

〔南山〕詩召南殷其雷：殷其雷，在南山之陽。毛傳：殷，雷聲也。鄭箋：雷以喻號令，於南山之陽，又喻其在外也。召南大夫以王命施號令於四方，猶雷隱然發聲於山之陽。

〔三州〕王云：金石録：淮陰太守趙悦遺愛碑，張楚金撰，行書。天寶十四載立。其二州碑頌無考。按：三州上似有奪文。

〔畫一〕漢書卷三九曹參傳：蕭何爲法，講若畫一。顔注：畫一，言整齊也。

〔莠言〕詩小雅正月：莠言自口。毛傳：莠，醜也。

退公之暇，清眺原隰。以此郡東塹巨海，西襟長江，咽三吴，扼五嶺，輶軒錯出，無旬時而息焉。出自西郭，蒼然古道。道寡列樹，行無清陰。至有疾雷破山，狂飆震壑，炎景爍野，秋霖灌途。馬逼側于谷口，人周章于山頂。亭候靡設，逢迎缺如。

【校】

〔旬時〕旬，兩宋本俱作自。

〔道寡〕寡，郭本作寬，誤。

〔馬逼〕逼，郭本作之，誤。

【注】

〔退公〕詩召南羔羊：退食自公。按：鄭箋以退食爲減膳。但習慣上仍從孔疏退朝而食之説。

〔原隰〕詩小雅皇皇者華：皇皇者華，于彼原隰。毛傳：高平曰原，下濕曰隰。

〔周章〕楚辭九歌雲中君：聊翱游兮周章。王逸注：周章，猶周流也。吕向注：周章，往來迅疾貌。

自唐有天下，作牧百數，因循齷齪，罔恢永圖。及公來思，大革前弊。實相此土，陟降觀之。壯其迴崗龍盤，沓嶺波起，勝勢交至，可以有作。方農之隙，廓如是營。遂鏟崖堙卑，驅石剪棘，削汙壤，階高隅，以門以墉，乃棟乃宇。儉則不陋，麗而不奢，森沉閈閎，燥溼有庇。若鼇之湧，如鵬斯騫。縈流鏡轉，涵映池底。納遠海之餘清，瀉連峯之積翠。信一方雄勝之郊，五馬踟躕之地也。

【校】

〔鏟崖〕崖下兩宋本、繆本多一坦字，非。王本注云：繆本崖字下多一坦字。

〔閈閎〕閈，兩宋本、繆本俱作閉，誤。

〔鼇〕兩宋本、咸本、郭本俱作鼂。王本注云：郭本作鼂。

〔湧〕兩宋本俱作勇。

〔連〕兩宋本、咸本、郭本俱作蓮。王本注云：郭本作蓮。按：唐人所云蓮峯專指華山，作蓮者非。

【注】

〔齷齪〕王云：韻會：齷齪，急促局陿貌。

〔閈閎〕王云：左傳：高其閈閎。孔穎達正義：説文云：閈，門也。汝南平輿里門曰閈。釋宫云：衖門謂之閎。李巡云：衖，頭門也，然則閈閎皆門名，言高爲其門耳。△閈音岸。

〔五馬〕古羅敷行：「使君從南來，五馬立踟蹰。」

長史齊公光乂，人倫之師表，司馬武公幼成，衣冠之髦彦，録事參軍吴鎮、宣城令崔欽，令德之後，良材間生。縱風教之樂地，出人倫之高格。卓絶映古，清明在躬，僉謀僝功，不日而就。總是役也，伊二公之力歟！過客沉吟以稱嘆，邦人聚舞以相賀。僉曰我趙公之亭也。羣寮獻議，請因謡頌以名之，則必與謝公北亭同不朽矣。白以爲謝公德不及後世，亭不留要衝，無勿拜之言，鮮登高之賦，方之今日，我則過矣。敢詢耆老而作頌曰：

眈眈高亭，趙公所營。如鰲背突兀于太清，如鵬翼開張而欲行。趙公之宇，千載有覩。必恭必敬，爰遊爰處。瞻而思之，罔敢大語。趙公來翔，有禮有章。煌煌鏘鏘，如文翁之堂。清風洋洋，永世不忘。

【校】

〔總是〕總，郭本作然。王本注云：郭本作然。

【注】

〔武公幼成〕見卷二十七夏日陪司馬武公與羣賢宴姑熟亭序注。

〔吴鎮〕本卷有宣城吴録事畫讚，可參看。

〔崔欽〕按：即卷十二經亂後將避地剡中留贈崔宣城、卷十九江上答崔宣城各詩中之崔宣城。

〔清明〕禮記孔子閒居：清明在躬，志氣如神。

〔僝功〕書堯典：共工方鳩僝功。孔傳：僝，見也。按：史記五帝本紀作方聚布功。解爲布是也。△僝音棧。

〔北亭〕太平寰宇記卷九九：北亭在（温）州北五里，枕永嘉江。謝靈運罷郡，於北亭與吏民別詩云：「前期眇已住，後會邈無因。」

〔勿拜〕詩召南甘棠：蔽芾甘棠，勿翦勿拜。鄭箋：拜之言拔也。

〔登高〕韓詩外傳卷七：孔子遊於景山之上，子路、子貢、顔淵從。孔子曰：「君子登高必賦，小子願者何！」言其願，丘將啓汝。」

〔眈眈〕文選張衡西京賦：大廈眈眈。薛綜注：眈眈，深邃貌。

〔文翁〕王云：水經注：文翁爲蜀守，立講堂，作石室於南城。太平寰宇記：文翁學堂，一名周公禮殿。華陽國志：始文翁立學講堂精舍，作石室。一作玉堂，在城南。安帝永初後，學堂遇火。太守陳留高眹更修立，又增造一石室。任豫云：其欒櫨節制猶古建，堂基高六尺，夏屋三間，通皆圖畫古人之像及禮器瑞物，堂西有二石。李膺記云：後漢中平，火延學觀，廂廊一時蕩盡，惟此堂熛焰不及，構制雖古，巧異特奇。

崇明寺佛頂尊勝陀羅尼幢頌 并序

共工不觸山，媧皇不補天，其鴻波汩汩流！伯禹不治水，萬人其魚乎！禮樂大壞，仲尼不作，王道其昏乎！而有功包陰陽，力掩造化，首出衆聖，卓稱大雄，彼三者之不足徵矣。粵有我西方金仙之垂範，覺曠劫之大夢，碎羣愚之重昏。寂然不動，湛而常存。使苦海静滔天之波，疑山滅炎崑之火，囊括天地，置之清涼。日月或墜，神通自在。不其偉與！

【校】

〔鴻波〕鴻，兩宋本、繆本俱作洪。王本注云：繆本作洪。

【注】

〔陀羅尼幢〕王云：梵語陀羅尼者，華言總持，謂總統攝持，無有遺失，即呪之别名也。法苑珠林：陀羅尼者，西天梵音，東華人譯則云持也。持善不失，持惡不生。幢者，釋家旛蓋之類，此則以石爲幢形，而刻呪字於其上，即謂之幢也。△幢音牀。

〔共工〕〔媧皇〕論衡談天篇：儒書言：共工與顓頊争爲天子，不勝，怒而觸不周之山，使天柱折，地維絶。女媧銷煉五色石以補蒼天，斷鰲足以立四極。天不足西北，故日月移焉。地不足東南，故百川注焉。

〔其魚〕左傳昭元年：劉子曰：美哉禹功，明德遠矣。微禹吾其魚乎！

〔大雄〕法華經：大雄猛世尊，諸釋之法王。

〔重昏〕文選王屮頭陀寺碑：曜慧日於康衢，則重昏易曉。李善注：頭陀經：心王菩薩曰：我見覆蔽，飲雜毒酒，重昏常寢，云何得悟？慈心示語，便得開解。

〔滔天〕書堯典：浩浩滔天，下民其咨。

〔炎崑〕書胤征：火炎崑岡，玉石俱焚。

魯郡崇明寺南門佛頂尊勝陀羅尼石幢者，蓋此都之壯觀。昔善住天子及千大天遊于園觀，又與天女遊戲，受諸快樂，即於夜分中聞有聲曰：「善住天子七日滅後當生，七反畜生之身。」於是如來授之吉祥真經，遂脱諸苦，蓋之天徵爲大法印，不可得而聞也。我唐高宗時，有罽賓桑門，持入中土。猶日藏大寶，清園虛空，檀金淨彩，人皆悦見。所以山東開士舉國而崇之。時有萬商投珍，士女雲會，衆布蓄沓如陵。琢文石于他山，聳高標于列肆。鑱珉錯綵，爲鯨爲螭；天人海怪，若叱若語。貝葉金言刊其上，荷花水物形其隅，良工草萊，獻技而去。

【校】

〔天徵〕徵，郭本、咸本、王本俱注云：一作從。

〔開士〕開，郭本作聞。王本注云：郭本作聞。

〔沓〕兩宋本作魯。

〔如陵〕如，咸本作知。

【注】

〔法印〕大般若經：是如來真實法印，亦是一切聲聞緣覺真實法印。

〔罽賓〕王云：翻譯名義，佛陀波利，罽賓國人，忘身徇道，遍觀靈跡，聞文殊師利在清涼山，遠涉流沙，躬來禮謁。高宗儀鳳元年，杖錫五臺，虔禮聖容。忽見一翁從山出來，作婆羅門語，謂波利曰：「師何所求？」波利曰：「聞文殊隱此，欲求瞻禮。」翁曰：「師將佛頂尊勝陀羅尼經來不！此土衆生，多造諸罪，佛頂呪乃除罪祕方。若不將經，徒來無益。縱見文殊，未必能識。可還西國取經，傳此弟子，當示文殊所在。」波利作禮，舉頭不見老人，遂反本國，取得經來。狀奏高宗，遂令杜行顗及日照三藏於内共譯，經留在内。波利泣奏，志在利人，請布流行。帝愍專志，遂留所譯之經，還其梵本。波利將向西明與僧順貞共譯佛頂尊勝陀羅尼經，所願已畢，持經梵本，入於五臺不出。唐書西域傳：罽賓，隋漕國也。居葱嶺南，距京師萬二千里而贏。南距舍衞三千里，王居修鮮城，常役屬大月氏，地暑濕，人乘象，俗治浮屠法。魏書釋老志：諸服其道者，則剃落鬚髮，釋累辭家，結師資，遵律度，相與和居，治心修浄，行乞以自給，謂之沙門，或曰桑門，亦聲相近，總謂之僧，皆胡言也。僧譯爲和命衆，桑門爲息心，比丘爲行乞。

〔貝葉〕酉陽雜俎卷一八：貝多出摩伽陀國，長六七丈，經冬不凋。此樹有三種：一者多羅婆力叉貝多，二者多梨婆力叉貝多，三者部闍婆力叉貝多。多羅多梨，並書其葉。部闍一色，取其皮書之。貝多是梵語，漢翻爲葉，婆力叉貝多者，漢言樹葉也。西域經書用此三種皮葉，若能保護，亦得六七百年。

聖君垂拱南面，穆清而居，大明廣運，無幽不燭。以天下所立兹幢，多臨諸旗亭，喧囂湫隘，本非經行網繞之所。乃頒下明詔，令移于寶坊。吁！百尺中標，矗若雲斷，委翳苔蘚，周流星霜，俾龍象興嗟，仰瞻無地，良可嘆也。

【注】

〔穆清〕見卷一大獵賦注。

〔旗亭〕文選張衡西京賦：旗亭五重。薛綜注：旗亭，市樓也。

〔湫隘〕左傳昭三年：初景公欲更晏子之宅，曰：「子之宅近市，湫隘囂塵，不可以居。」杜預注：湫，下。隘，小。囂，聲。塵，土也。

〔經行〕王云：經行，謂僧衆週幢循行，所以致其敬禮之心。網繞，謂以網圍繞其幢，所以使鳥雀不得棲止污穢。

〔龍象〕見卷十二贈宣州靈源寺仲濬公詩注。

我太官廣武伯隴西李公，先名琬，奉詔書改爲輔。其從政也，肅而寬，仁而惠。五鎮方牧，聲聞於天，帝乃加剖竹於魯，魯道粲然可觀。方將和陰陽于太階，致吾君于堯舜，豈徒閉閤坐嘯，鴻盤二千哉？乃再崇厥功，發揮象教。於是與長史盧公、司馬李公等，咸明明在公，綽綽有裕，韜大國之寶，鍾元精之和。榮兼半刺，道光列岳。才或大而用小，識無微而不通，政其有經，談豈更僕？

【校】

〔乃加〕加，郭本作知。

〔吾君〕兩宋本、繆本、咸本俱無吾字。王本注云：舊本少吾字，今從劉本。

〔不通〕兩宋本俱作有通。

【注】

〔廣武〕王云：廣武縣名，隸隴右道之蘭州，乾元二年，更名金城。所謂五鎮方牧者，輔歷官郢、海、淄、唐、陳五州刺史也。所謂剖竹於魯，又爲魯郡都督也。見後虞城令李公去思碑。但碑文之名作浦，頌文之名作輔，未知孰是孰訛。

〔奉詔〕按：改名之事，蓋緣玄宗諸子名皆從玉之故。

〔剖竹〕見卷十一贈閭丘宿松詩注。

〔魯道〕見本卷任城縣廳壁記注。

〔閉閤〕王云：後漢書：吴祐遷膠東相，政惟仁簡，以身率物。民有争訴者，輒閉閤自責，然後斷其訟，以道譬之。此用其字，却另作閉門不理事解。

〔鴻盤〕王云：周易：漸卦六二，鴻漸於磐，飲食衎衎吉。王弼注：磐，山石之安者也，進而得位，居中而應，本無禄養，進而得之，其爲歡樂，願莫大焉。鴻磐二千，謂以二千石之職爲宴安之地也。　按：盤、磐，字通。

〔象教〕文選王屮頭陀寺碑：正法既没，象教陵夷。李善注引曇無羅讖曰：釋迦佛正法住世五百年，像法一千年，末法一萬年。

〔明明〕詩魯頌有駜：夙夜在公，在公明明。鄭箋：言時臣憂念君事，早起夜寐，在於公之所，在於公之所，但明義明德也。

〔綽綽〕詩小雅角弓：此令兄弟，綽綽有裕。毛傳：綽綽，寬也；裕，饒也。

〔元精〕王云：後漢書：元精所生，王之佐臣。章懷太子注：元爲天元，精謂天之精氣。論衡：天稟元氣，人受元精。蔡邕陳太丘碑文：含元精之和，應期運之數。吕向注：元精，大道也。

〔半刺〕王云：北堂書鈔：庾亮答郭豫書曰：别駕舊與刺史别乘，同宣王化於萬里者，其任居刺史之半，安可任非其人？唐書百官志：高宗即位，改别駕皆爲長史。

〔更僕〕禮記儒行：遽數之不能終其物，悉數之乃留，更僕未可終也。正義：更，代也。言若委細悉説之，則大久，僕侍疲倦，宜更代之，若不代僕，則事未可盡也。

有律師道宗，心總羣妙，量包大千。日何瑩而常明，天不言而自運。識岸浪注，玄機清發。每口演金偈，舌摇電光，開闢延敵，罕有當者。由萬竅同號于一風，衆流俱納于溟海。若乃嚴飾佛事，規矩梵天。法堂鬱以霧開，香樓岌乎島峙。皆我公之締構也。以天寶八載五月一日示滅大寺。百城號天，四衆泣血，焚香散花，扶櫬卧轍。仙鶴數十，飛鳴中絶。非至德動天，深仁感物者，其孰能與于此乎？三綱等皆論窮彌天，惠湛清月，傳千燈于智種，了萬法于真空。不謀同心，克樹聖跡。

【校】

〔量包〕包，兩宋本、繆本、郭本、咸本俱作苞。

【注】

〔金偈〕王云：佛所説之偈也。

〔電光〕文選揚雄解嘲：上説人主，下談公卿，目如耀星，舌如電光。李周翰注：電光，謂辭辯速如電光之閃也。

〔開關〕史記秦始皇本紀：秦人開關延敵，九國之師，逡巡逃遁而不敢進。

〔梵天〕法苑珠林：色界有十八天，初禪三天：一名梵衆天，二名梵輔天，三者大梵天。此大梵天無别住處，但於梵輔有層臺，高顯嚴博。大梵天王獨於上位以别羣下。於此三天之中，梵衆是庶民，梵輔是臣，大梵是君。惟此初禪，有君臣民庶之則，自此以上，悉皆無也。

〔四衆〕翻譯名義：自古皆以比丘、比丘尼、優婆塞、優婆夷爲四衆。

〔三綱〕翻譯名義：寺立三綱，上座、維那、典座也。

〔彌天〕晉書卷八二習鑿齒傳：時有桑門釋道安，俊辯有高才，自北至荆州，與習鑿齒初相見。道安曰：「彌天釋道安。」鑿齒曰：「四海習鑿齒」，人以爲佳對。

〔千燈〕王云：維摩詰經：譬如一燈，燃千百燈，冥者皆明，明終不盡。菩薩開導衆生，令發阿耨多羅三藐三菩提心，於其道意亦不滅盡，隨所説法而自增益一切善法，是名無盡燈也。法華經：成一切種智。一切種智，即佛智也。又謂之般若。釋典以一切萬有終歸於無，謂之爲空。人法皆空，則謂之真空，即般若智也。

太官李公乃命門于南，垣廟通衢。曾盤舊規，累構餘石。壯士加勇，力侔拔山。纔擊鼓以雷作，拖鴻縻而電掣。千人壯，萬夫勢，轉鹿盧于横梁，泯環合而無際。常六合之振動，崛九霄之峥嶸，非鬼神功，曷以臻此？況其清景燭物，香風動塵，羣形所霑，積苦都雪。粲星辰而增輝，挂文字而不滅。雖漢家金莖，伏波銅柱，擬兹陋矣。或日月圓滿，方檀散華。清心諷持，諸佛稱贊。夫如是，亦可以從一天至一天，開天宫之門，見羣聖之顔。巍巍功德，不可量也。

【注】

〔金莖〕後漢書卷七〇班固傳：抗仙掌以承露，擢雙立之金莖。章懷太子注：前書曰：武帝時，作銅柱承露仙人掌之屬。三輔故事云：建章宫承露盤高二十丈，大七圍，以銅爲之，上有仙人掌承露和玉屑飲之。金莖，即銅柱也。

〔銅柱〕漢馬援在南方邊界處所立之銅柱。見水經注温水。

〔方壇〕按：壇疑當作壇。

〔一天〕王云：按釋典，欲界有六天：一四天王天，二忉利天，三夜摩天，四兜率天，五化樂天，六他化自在天。色界有十八天：一梵衆天，二梵輔天，三大梵天，四少光天，五無量光天，六光音天，七少浄天，八無量浄天，九徧浄天，十無雲天，十一福生天，十二廣果天，十三無想天，十四無煩天，十五無熱天，十六善見天，十七善現天，十八色究竟天。無色界有四天：一空處天，二識處天，三無所有處天，四非有想非無想天。凡三界共二十八天。天者，言其清浄光潔，最勝最尊，故名爲天，乃神境世界之位，與蒼蒼在上之天不同。一解：能修至勝之因，方能生其處，功有優劣，故所生之處有不同。

其録事參軍，六曹英寮，及十一縣官屬，有宏才碩德，含香繡衣者，皆列名碑陰，此不具載。郡人都水使者宣道先生孫太沖，得真人紫蕊玉笈之書，能令太一神自成還丹，以獻於帝。帝服享萬壽，與天同休。功成身退，謝病而去。不謂古之玄通微妙之士歟？乃謂白曰：「昔王文考觀藝于魯，騁雄辭于靈光；陸佐公知名在吴，銘雙闕于盤石，吾子盍可美盛德，揚中和？」恭承話言，敢不惟命？遂作頌曰：

揭高幢兮表天宫，嶷獨出兮淩星虹。神縱縱兮來空，仡扶傾兮蒼穹。西方大聖稱大雄，横絶苦海舟羣蒙。陀羅尼藏萬法宗，善住天子獲厥功。明明李君牧東魯，再新頽規扶衆苦。如大雲王注法雨，邦人清涼喜聚舞。揚鴻名兮振海浦，銘豐碑兮昭萬古。

【校】

〔縱縱〕兩宋本、繆本、咸本俱作摐摐。王本注云：繆本作摐摐，當是總總。

〔傾兮〕兮，咸本作乎。

〔法雨〕雨，郭本作再。王本注云：郭本作再。

【注】

〔六曹〕王云：按唐書，兖州魯郡爲上都督府。上都督府之屬官有録事參軍事一人，正七品上。有功曹、倉曹、户曹、田曹、兵曹、法曹、士曹參軍事各一人，正七品下。其曰六曹者，田曹後置，故仍其舊稱，不稱七而稱六也。

〔十一縣〕王云：所管瑕丘、曲阜、乾封、泗水、鄒縣、任城、龔丘、平陸、金鄉、魚臺、萊蕪凡十一縣。

〔孫太沖〕王云：册府元龜：孫太沖隱於嵩山。玄宗天寶三年，河南尹裴敦復上言：太沖於嵩山合鍊金丹，自成於竈中，精華特異，變化非常，請宣付史官，頒示天下，以彰靈瑞仙聖之應。從之。又孫逖有爲宰相賀中岳合鍊藥自成表：臣等伏見道士孫太沖奏事，奉進止令中使薛履信監臣於中岳嵩陽觀合煉，其竈中著水置炭，於竈側封固却回，已經數月。泥拭既密，緘封并全。即與縣官等對開門，其炭並盡，灰又別聚，不動人力，其藥已成。初乃五色發端，終則太陽輝於爐際。又河南尹裴敦復所奏，并奉勅令右補闕李成式往驗並同者。唐書百官志：都水監使者二人，正五品上，掌川澤津梁渠堰坡池之政。此云都水使者，乃寵異方士而以虚銜加之耳。

〔王文考〕王云：後漢書：王延壽，字文考，有儁才，少遊魯國，作靈光殿賦，後蔡邕亦造此賦未成，及見延壽所爲，甚奇之，遂輟翰而已。王延壽魯靈光殿賦序：魯靈光殿者，蓋景帝程姬之子恭王餘之所立也。初，恭王始都下國，好治宫室，遂因魯僖基兆而營焉。遭漢中微，盗賊奔突，自西京未央、建章之殿，皆見隳壞，而靈光巋然獨存，予客自南鄙，觀藝於魯，覩斯而眙曰：嗟乎！詩人之興，感物而作。故奚斯頌僖，歌其路寢。而功績存乎辭，德音昭乎聲。物以賦顯，事以頌宣，非賦非頌，將何述焉？遂作賦。張載注：藝，六經也。李周翰注：言魯有周孔遺風，思禮樂之美，故云觀藝。

〔陸佐公〕王云：梁書：陸倕，字佐公，吴郡吴人也。高祖雅愛倕才，詔爲石闕銘記奏之。敕曰：太子中舍人陸倕所製石闕銘，辭義典雅，足爲佳作。昔虞丘辨物，邯鄲獻賦，賞以金帛，前史美談。可賜絹三十匹。六朝事跡：縣北五里有四石闕，在臺城之門南，高五丈，廣三丈六尺。梁武帝所造，及成，朝士銘之。陸倕，字佐公，其文甚佳，士流推伏。

〔縱縱〕王云：當是總總。楚辭：紛總總其離合兮。王逸注：總總，聚貌。

〔仡〕説文：仡，勇壯也。△仡音魚乞切。

〔法雨〕法華經：悲體戒雷震，慈意妙大雲。澍甘露法雨，滅除煩惱燄。華嚴經：如大龍王能雨一切妙法雨故。

【評箋】

今人詹鍈云：序稱魯郡崇明寺南門佛頂尊勝陀羅尼石幢者，蓋此都之壯觀。當是於魯郡作。序又云：我太官廣武伯隴西李公，先名琬，奉詔書改爲輔。按蘇源明小洞庭洄源亭讌四郡太守詩序曰：天寶十二載七月辛丑，東平太守扶風蘇源明觴……魯郡太守隴西李公蘭，濟南太守太原田公琦于洄源亭。是李輔之爲魯郡太守當在天寶十二載以前。王譜繫此文於天寶八載下，注云：文中言律師道宗以天寶八載示滅云云，詳其上下文義，頌之作也亦當在是年間。

當塗李宰君畫讚

天垂元精，岳降粹靈。應期命世，大賢乃生。吐奇獻策，敷聞王庭。帝用休之，揚光泰清。濫觴百里，涵量八溟。縉雲飛聲，當塗政成。雅頌一變，江山再榮。舉邑抃舞，式圖丹青。眉秀華蓋，目朗明星。鶴矯閬風，麟騰玉京。若揭日月，昭然運行。窮神闡化，永世作程。

【校】

〔揚光〕光，郭本作先。

【注】

〔李宰君〕王云：薛方山浙江通志：李陽冰，字少温，趙郡人，以辭翰名。乾元間爲縉雲令，修孔子廟，自爲文記之。歲旱禱雨於城隍神，與之約，五日不雨焚其祠，及期雨霑足。秩滿退居吏隱山，後遷當塗令。陽冰篆書尤著，舒元輿謂其不下李斯云。

〔濫觴〕王云：家語：江始出於岷山，其源可以濫觴。王肅注：觴可以盛酒，言其微也。此借言始仕之意。

〔縉雲〕〔當塗〕王云：縉雲縣，唐時隸江南東道之處州縉雲郡，西南至州八十五里。當塗縣，唐時隸江南西道之宣州宣城郡，東南至州一百九十里。

金陵名僧頵公粉圖慈親讚

神妙不死，惜生此身。託體明淑，而稱厥親。粉爲造化，筆寫天真。貌古松雪，心空世塵。文伯之母，可以爲鄰。

【校】

〔惜生〕惜，王本注云：當作借。

【注】

〔顒公〕按：高僧傳三集卷八曇瓘傳：門弟子僧感僧顒等刻石紀事，未知即其人否。

〔粉圖〕見卷八當塗趙炎少府粉圖山水歌注。

〔文伯〕國語：公父文伯退朝朝其母，其母方績，文伯曰：「以歜之家而主猶績，懼干季孫之怒也，其以歜爲不能事主乎？」其母歎曰：「魯其亡乎！使僮子備官而未之聞邪？……君子勞心，小人勞力，先王之訓也。自上以下，誰敢淫心舍力？今我寡也，爾又在下位，朝夕處事，猶恐亡先人之業，況有怠惰，其何以避辟？……」仲尼聞之曰：「弟子志之！季氏之婦不淫矣。」

李居士讚

至人之心，如鏡中影。揮斥萬變，動不離静。彼質我斤，揮風是騁。了物無二，皆爲匠郢。吾族賢老，名喧寫真。貌圖粉繪，生爲垢塵。從白得衰，與天爲鄰。默然不滅，長存此身。

【校】

〔揮斥〕斥，兩宋本、郭本、咸本俱作斤。何校云：作揮斤者，緣下郢質之語而誤。

〔得衰〕咸本衰字作闕文。

〔默然不滅〕文粹作儼然不語。咸本作然然不滅，誤。

【注】

〔揮風〕見卷二古風第三十五首注。

〔得衰〕文選嵇康養生論：積損成衰，從衰得白，從白得老，從老得終。

安吉崔少府翰畫讚

齊表巨海，吴嗟大風。崔爲令族，出自太公。克生奇才，骨秀神聰。炳若秋月，矗然雲鴻。爰圖伊人，奪妙真宰。卓立欲語，謂行而在。清晨一觀，爽氣十倍。張之座隅，仰止光彩。

【注】

〔安吉〕舊唐書地理志：江南東道湖州安吉：武德四年置。

〔少府〕王云：按唐書宰相世系表有崔翰字叔清，汴宋觀察使巡官，試大理評事，未知即其人否。

〔大風〕左傳襄二十九年：吴公子札來聘，……請觀於周樂，……爲之歌齊，曰：美哉，泱泱乎，大風也哉！表東海者其太公乎！國未可量也。杜預注：太公封齊，爲東海之表式。

〔太公〕王云：唐書，崔氏出自姜姓。齊丁公伋嫡子季子讓國，叔乙食采於崔，遂爲崔氏。

宣城吴録事畫讚

大名之家，昭彰日月。生此髦士，風霜秀骨。圖真像賢，傳容寫髮。束帶岳立，如朝天闕。巖巖兮謂四方之削成，澹澹兮申五湖之澄明。武庫肅穆，辭峯峥嶸。大辯若訥，大音希聲。默然不語，終爲國楨。

【校】

〔申〕王本注云：劉本作曰。

〔訥〕郭本作納。

〔楨〕繆本作禎。

【注】

〔録事〕王云：吴名鎮，爲宣城郡之録事參軍，見趙公西候亭頌。

〔削成〕山海經西山經：太華之山，削成而四方，其高五千仞，其廣十里。

〔五湖〕王云：史記正義：韋昭曰：五湖，湖名耳，實一湖，今太湖是也，在吴西南。史記索隱：五湖者，郭璞江賦云：具區、兆滆、彭蠡、青草、洞庭，或云太湖周五百里，故曰五湖。

〔武庫〕晉書卷三五裴頠傳：頠字逸民，弘雅有遠識，博學稽古，自少知名。御史中丞周弼見而嘆曰：頠若武庫，五兵縱横，一時之傑也。

〔大辯〕〔大音〕語均出老子。

壁畫蒼鷹讚

突兀枯樹，旁無寸枝。上有蒼鷹獨立，若愁胡之攢眉。凝金天之殺氣，凜粉壁之雄姿。觜銛劍戟，爪握刀錐。羣賓失席以愕眙，未悟丹青之所爲。吾嘗恐出户牖以飛去，何意終年而在斯！

【校】

〔題〕兩宋本、繆本、郭本、咸本、王本題下俱注云：譏主人。

【注】

〔愁胡〕王云：孫楚鷹賦：疎尾闊臆，高髻頳顱，深目蛾眉，狀似愁胡。按：文選王延壽魯靈光殿賦：胡人遥集於上楹。……狀若悲愁於危處，憯嚬蹙而含悴。此愁胡二字所出。

【評箋】

按：「出户牖以飛去」似用歷代名畫記：張僧繇畫龍破壁上天事。不過贊畫之逼真，非有寓意。

方城張少公廳畫師猛讚

張公之堂，華壁照雪。師猛在圖，雄姿奮發。森竦眉目，颯灑毛骨。鋸牙銜霜，鉤爪抱月。掣蹲胡以震怒，謂大廈之峴屼。永觀厥容，神駭不歇。

【校】

〔題〕郭本、咸本俱作師猛讚。王本注云：郭本少上七字。

〔森竦〕竦，兩宋本、繆本、王本俱注云：一作踈。

〔抱月〕抱，兩宋本、繆本、王本俱注云：一作把。

〔掣蹲胡〕咸本注云：一本云製存胡。

〔大廈〕大，兩宋本、繆本俱作有夏。咸本注云：一作有夏。王本大下注云：繆本作有。

〔峴屼〕兩宋本、繆本俱作嶢屼。王本注云：繆本作嶢屼。

〔永觀〕郭本注云：舊本無永觀厥容，神駭不歇二句。王本注云：一本少末二句。咸本注云：舊本附第二十卷，無永觀厥容，神駭不歇二句。

【注】

〔方城〕舊唐書地理志：山南東道唐州方城：前漢堵陽縣，……隋改爲方城縣。

〔蹲胡〕王云：蹲胡謂調獅之胡蹲踞而牽挽者，獅方震怒，曳獅之胡方若爲獅所曳也。

羽林范將軍畫讚

羽林列衛，壁壘南垣。四十五星，光輝至尊。范公拜將，遥承主恩。位寵虎臣，封傳雁門。瞻天蹈舞，踴躍精魂。逐逐鶚視，昂昂鴻騫。心豪祖逖，氣爽劉琨。名震大國，威揚列藩。麟閣之階，粉圖華軒。胡兵百萬，横行縱吞。爪牙帝室，功業長存。

【校】

〔星〕郭本作里。王本注云：郭本作里。

【注】

〔羽林〕見卷十七送羽林陶將軍詩注。

〔壁壘〕王云：甘氏星經：羽林軍四十五星，壘壁十二星，並在室南，主翊衛天子之軍入安飛將，星欲威明天下安，星暗兵盡失。西入室五度，去北辰一百二十三度。史記正義：羽林四十五星，三三而聚，散在壘壁南，天軍也，亦天宿衛，主兵革。壘壁陳十二星横列在營室南，天軍之垣壘。

〔祖逖〕〔劉琨〕晉書卷六二祖逖傳：逖琨並有英氣，每語世事，或中宵起坐，相謂曰：「若四海鼎沸，豪傑並起，吾與足下當相避於中原耳。」

〔爪牙〕詩小雅祈父：祈父！予王之爪牙。正義：鳥用爪，獸用牙，以防衛己身，此人自謂王之爪牙，以鳥獸爲喻也。

【評箋】

按：文意似作於亂後，白作此讚殆亦出於乞請，未必識其人也。

金銀泥畫西方浄土變相讚　并序

我聞金天之西，日没之所，去中華十萬億刹，有極樂世界焉。彼國之佛，身長六十萬億恒沙由旬，眉間白毫向右宛轉，如五須彌山，目光清白，若四海水。端坐説法，湛然常存。沼明金沙，岸列珍樹。欄楯彌覆，羅網周張。車渠瑠璃，爲樓殿之飾；頗黎碼碯，耀階砌之榮。皆諸佛所證，無虛言者。金銀泥畫西方浄土變相，蓋馮翊郡秦夫人奉爲亡夫湖州刺史韋公之所建也。夫人蘊冰玉之清，敷聖善之訓，以伉儷大義，希拯拔于幽塗；父子恩深，用重修于景福。誓捨珍物，搆求名工。圖金創端，繪銀設像。八法功德，波動青蓮之池；七寶香花，光映黄金之地。清風所拂，如生五音，百千妙樂，咸疑動作。若已發願，未及發願，若已當生，未及當生，精念七日，必生其國，功德罔極，酌而難明。讚曰：

向西日没處，遥瞻大悲顔。目浄四海水，身光紫金山。勤念必往生，是故稱極樂。珠網珍寶樹，天花散香閣。圖畫了在眼，願託彼道場。以此功德海，冥祐爲舟梁。八十一劫罪，如風掃輕霜。庶觀無量壽，長願玉毫光。

【校】

〔金天〕天，文粹作方。王本注云：唐文粹作方。

〔恒沙〕恒，兩宋本、繆本俱作常，是避宋諱改。

〔若四〕四下，文粹有大字。王本注云：唐文粹作若四大海水。

〔秦夫人〕秦，文粹作太。王本注云：唐文粹作太。

〔以伉儷大義〕文粹無以字，大義作義大。王本注云：唐文粹無以字，大義作義大。

〔拯拔于〕郭本無于字。王本注云：郭本缺于字。

〔重修〕重，文粹作薰。王本注云：唐文粹作薰。

〔創端〕端，文粹作瑞。

〔八法功德〕文粹作八功德水。王本注云：唐文粹作八功德水。

〔未及〕文粹作及未。下同。是。王本注云：唐文粹作及未。

〔難明〕明，文粹作名。

〔四海〕四，文粹作碧。王本注云：唐文粹作碧。

〔一劫〕一，王本注云：當作億。

〔庶觀〕庶，文粹作諦。王本注云：唐文粹作諦。

〔長願〕願，文粹作放。王本注云：唐文粹作放。

【注】

〔浄土〕王云：西方浄土，即西方極樂國土也。法苑珠林：世界皎潔，目之爲浄，即浄所居，名之爲土。故攝論云：所居之土無於五濁，如玻瓈珂等，名清浄土。法華論云：無煩惱衆生住處，名爲浄土。

〔極樂〕阿彌陀經：佛告長老舍利弗，從是西方過十萬億佛土，有世界名曰極樂。其土有佛，號阿彌陀。今現在説法，彼土何故名爲極樂？其國衆生無有衆苦，但受諸樂，故名極樂。

〔由旬〕王云：觀無量壽經：無量壽佛身高六十萬億那由陀恒河沙由旬，眉間白毫右旋宛轉，如五須彌山，佛眼如四大海水，青白分明。法苑珠林毗曇論云：四肘爲一弓，五百弓爲一拘盧舍，八拘盧舍爲一由旬。以中國道里較之，一由旬合得十六里。

〔馮翊〕王云：按唐書地理志，同州馮翊郡隸關内道，湖州吴興郡隸江南東道。△馮音憑，翊音翼。

〔聖善〕詩邶風凱風：母氏聖善。鄭箋：母有叡智之善德。

〔熏修〕王云：釋氏要覽：薰義者，顯識論云，譬如燒香薰衣，香體滅而香氣在衣。此香不可言有，香體滅故。不可言無，香氣在衣故。

〔圖金〕王云：圖金創端者，泥金爲質地而以爲創始，繪銀設像者，以銀代彩色而繪成形像。

〔精念〕王云：精念即所謂一心不亂也。今人念念遷流，不能終日，若能注心净土，無二無雜，至於七日，終不散亂，則心中佛境自然全現矣。或有不信是事，良由業障深重故耳。

〔功德〕王云：觀無量壽經：極樂國土有八池水，一一池水七寶所成，其寶香輭，從如意珠王生，分爲十四支，一一支作七寶色。黄金爲渠，渠下皆以雜色金剛以爲底砂，一一水中有六十億七寶蓮花，一一蓮花團圓正等十二由旬。其摩尼水流注花間，尋樹上下，其聲微妙，是爲八功德水。法苑珠林：八功德水，依順正理論云：一甘，二冷，三輭，四輕，五清净，六不臭，七飲時不損喉，八飲已不傷腹。觀無量壽經：其諸寶樹七寶華葉無不具足，一一花葉作異寶色，琉璃色中出金色光，玻瓈色中出紅色光，碼磠色中出硨磲光，硨磲色中出緑真珠光，珊瑚琥珀一切衆寶以爲映飾。大阿彌陀經：七寶所謂黄金白銀水晶琉璃珊瑚琥珀硨磲。

〔紫金山〕王云：佛報恩經：我見佛身相喻如紫金山。法苑珠林：獅子月佛本生經云：遥見世尊，身放光明，如紫金山，普令大衆同於金色。

〔劫罪〕王云：觀無量壽佛經：若觀是地者，除八十億劫生死之罪。捨身他世，必生淨國。

〔玉毫〕王云：觀無量壽佛經，觀無量壽佛者，從一相好入，但觀眉間白毫極令明了，見眉間白毫者，八萬四千相好自然當現。

【評箋】

王云：漁隱叢話：司空圖云：嘗觀杜子美祭太尉房公文，李太白佛寺碑贊，宏拔清厲，乃其歌詩也。

江寧楊利物畫讚

太華高嶽，三峯倚天。洪波經海，百代生賢。爲夔爲龍，廓土濟川。趙城開國，玉樹淩烟。筆鼓元化，形成自然。明珠獨轉，秋月孤懸。作宰作程，摧剛挫堅。德合窈冥，聲播蘭茎。鴻漸麟閣，英圖可傳。

【注】

〔江寧楊利物〕按：卷十三有新林浦阻風寄友人詩（一作金陵阻風雪書懷寄楊江寧）、宿白鷺洲寄楊江寧詩。卷二十有春日陪楊江寧及諸官宴北湖感古作，蓋即其人。江寧下當有宰字。王云：唐之江南東道有江寧縣，隸潤州丹陽郡，至德二載改隸昇州。

〔三峯〕太平御覽卷三九華山記云：山有三峯，謂蓮花、毛女、松檜也。

〔趙城〕王云：讚言楊氏出自關西，關西之地，山有華岳，川有黄河，山川精靈之氣，蓄積百世，挺生偉人，而爲當代之夔龍，出將則有廓土之功，入相則有濟川之蹟。以爵酬功，得封趙城。蓋推言其祖父之賢而且貴如此。玉樹以下，始讚利物。

〔玉樹〕世説言語篇：謝太傅問諸子姪，子弟亦何預人事，而正欲使其佳，諸人莫有言，車騎答曰：「譬如芝蘭玉樹，欲使其生於階庭耳。」

〔鴻漸〕王云：周易漸卦初六：鴻漸於干。孔穎達正義：鴻，水鳥也。漸進之道，自下升上，故進譬鴻飛自下而上也。後漢書蔡邕傳：鴻漸盈階，振鷺充庭。章懷太子注：易曰：鴻漸於陸。鴻，水鳥也。漸出於陸，喻君子仕進於朝。

金鄉薛少府廳畫鶴讚

高堂閑軒兮，雖聽訟而不擾。圖蓬山之奇禽，想瀛海之縹緲。紫頂煙赩，丹眸星皎。昂昂佇眙，霍若驚矯。形留座隅，勢出天表。謂長鳴于風霄，終寂立于露曉。凝翫益古，俯察愈妍。舞疑傾市，聽似聞絃。儻感至精以神變，可弄影而浮烟。

【校】

〔高堂閑軒〕咸本注云：一作明軒窗。

〔瀛海〕海，文粹作洲。王本注云：唐文粹作洲。

〔縹緲〕兩宋本、繆本俱作瞟眇。王本注云：繆本作瞟眇。

〔昂昂〕文粹作昂然。

〔佇眙〕郭本、咸本、王本俱注云：一作欲飛。兩宋本、繆本俱作欲飛，注云：一作眝眙。

〔長鳴〕鳴，兩宋本、繆本俱作唳。郭本、咸本、王本俱注云：一作唳。

〔露〕文粹作霜。

〔可弄〕文粹可上有或字。

〔而浮烟〕而，文粹作以。

【注】

〔金鄉〕舊唐書地理志：河南道兗州金鄉縣：後漢縣。武德四年，於縣置金州，……貞觀十七年州廢，以金鄉……屬兗州。

〔佇眙〕文選左思吴都賦：士女佇眙。劉淵林注：佇眙，立視也。△眙音夷。

〔長鳴〕王云：藝文類聚：易通卦驗曰：立夏清風至而鶴鳴。春秋感精符：八月白露降，鶴即高鳴相警。風土記：白鶴性警，至八月，露降流於草葉上，滴滴有聲，則鳴。張華禽經注：露下則鶴鳴，鶴之馴養於家庭者，飲露則飛去。

〔傾市〕王云：吴越春秋：吴王有女滕玉，因謀伐楚，與夫人及女會，蒸魚王前，嘗半而與女。女怒曰：「王食魚辱我，不忍久生。」乃自殺。闔閭痛之，葬於國西閶門外，鑿池積土，文石爲槨，題湊其中，金鼎玉杯銀樽珠襦之寳皆以送女。乃舞白鶴於吴市，令萬民隨而觀之，還使男女與鶴俱入羨門，因發機以掩之，殺生以送死。鮑照舞鶴賦：出吴都而傾市。

〔聞絃〕韓非子十過篇：師曠……援琴而鼓，一奏之，有玄鶴二八，道南方來，集於廊門之垝，再奏之而列，三奏之延頸而鳴，舒翼而舞，音中宫商之聲，聲聞於天。

誌公畫讚

水中之月，了不可取。虚空其心，寥廓無主。錦幪鳥爪，獨行絶侣。刀齊尺梁，扇迷陳語。丹青聖容，何往何所？

【校】

〔其心〕心，兩宋本、繆本、王本俱注云：一作身。

〔獨行〕行，兩宋本、繆本、王本俱注云：一作游。

〔尺梁〕梁，兩宋本、繆本俱作量。王本注云：繆本作量。

〔何往〕往，兩宋本、繆本俱注云：一作往。咸本作何往，注云：一作去往何所。文粹作去住。王本注云：一作何住，一作去往。

【注】

〔誌公〕王云：傳燈録：寶誌禪師，金城人，姓朱氏。少出家，止道林寺，修習禪定，宋太始初，忽居止無定，飲食無時，髮長數寸，徒跣執錫杖，杖頭擐剪刀尺銅鑑，或挂一兩尺帛，數日不食無飢容，時或歌吟，詞如讖記，士庶皆共事之。齊建元中，武帝謂師惑衆，收付建康獄，明旦人見其入市，及檢獄如故。建康令以事聞，帝延之於宫中之後堂。師在華林園，忽一日重著三布帽，亦不知於何所得之。俄而武帝崩，豫章王文惠太子相繼薨，由是禁師出入。梁高祖即位，下詔曰：誌公跡拘塵垢，神遊冥寂。水火不能焦濡，蛇虎不能侵懼。語其佛理，則聲聞以上；談其隱淪，則遯仙高者。乃以俗士常情，空相拘制。何其鄙陋一至於此！自今勿得復禁。天監十二年冬，忽告衆僧，令移金剛神像出置寺外，密謂人曰：「菩薩將去。」未及旬日，無疾而終。舉體香熌，臨亡，燃一燭以付後閤舍人吴慶，慶以事聞，帝嘆曰：「大師不復留矣，燭者將以後事囑我也。」因厚禮葬於鍾山獨龍阜，仍立開善精舍，敕陸倕製銘於冢内，王筠勒碑於寺門。處處傳其遺像焉。南史：沙門釋寶誌雖剃鬚髮而常冠，下裙帽衲袍，故俗呼爲誌公。按：輿地紀勝卷八六：房州：誌公：俞商衡道林巖記云：房州西三十里鳳皇山道林巖寺有僧寶誌挂錫之地。誌出於宋齊梁陳之間，代有異迹，避居瓦屋山，自梁距今幾千禩，松間字畫猶存，李白有誌公畫讚。

〔水中〕王云：水中之月，只一影耳，初非真實，幻軀亦爾，雖賢聖降生，化身靈變，顯跡甚奇，要亦無殊於此。故曰了不可取。

〔陳語〕王云：南史：寶誌出入鍾山，往來都邑，年已五六十矣。齊宋之交，稍顯靈跡，被髮徒跣，語默不倫，或被錦袍，飲啖同於凡俗。神僧傳：寶誌面方而瑩徹如鏡，手足皆鳥爪，每行遊市中，其錫杖上嘗懸剪刀一事，尺一枝，麈尾扇一柄。剪刀者齊也，尺者量也，麈尾扇者塵也。蓋隱語歷齊、梁、陳三朝耳。

【評箋】

王云：楊士奇曰：今靈谷寺有石刻誌公像贊，吴道子畫，李白贊，顏真卿書，世稱三絕。舊刻已壞，此重刻者，不復見書法之妙矣。

今人詹鍈云：裴敬翰林學士李公墓碑：嘗遊上元蔣山寺，見翰林贊誌公云：水中之月，了不可取。刀齊尺量，扇迷陳語。即此文也。清葉奕苞金石録補卷十七：唐誌公畫像讚：右像吴道子畫，李白贊詞，顔真卿書。誌公即寶誌。此碑燬於宣德中，後靈谷寺僧本初以舊搨勒石，去原本遠也。石在揚州。

琴讚

嶧陽孤桐，石聳天骨。根老冰泉，葉苦霜月。斵爲緑綺，徽聲粲發。秋風入松，萬古奇絶。

【注】

〔孤桐〕王云：尚書：嶧陽孤桐。孔氏傳：孤，特也。嶧山之陽特生桐，中琴瑟。蔡氏集傳：地志云：東海郡下邳縣西有葛嶧山，古文以爲嶧山。陽者，山南也。孤桐，特生之桐，其材中琴瑟。詩曰：梧桐生矣，於彼朝陽。蓋草木之生，以向日爲貴也。封氏見聞記：兗州鄒嶧山南面平復，東西長數十步，廣數步，其處生桐柏；傳以爲禹貢嶧陽孤桐者也。土人云，此桐所以異於常桐者，諸山皆發地兼土，惟此山大石攢倚，石間周圍，皆通人行，山中空虚，故桐木絶響，是以珍而入貢也。△嶧音亦。

〔緑綺〕見卷二十遊太山詩第六首注。

〔徽〕王云：琴飾也。

朱虚侯讚

嬴氏穢德，金精摧傷。秦鹿克獲，漢風飛揚。赤龍登天，白日昇光。陰虹賊虐，諸呂擾攘。朱虚來歸，會酌高堂。雄劍奮擊，太后震惶。爰鋤産禄，大運乃昌。功冠帝室，於今不忘。

【注】

〔朱虚侯〕史記齊悼惠王世家：孝惠帝崩，吕太后稱制，……〔齊哀王〕弟章入宿衛於漢。吕太后封爲朱虚侯。……朱虚侯年二十，有氣力。忿劉氏不得職。嘗入侍高后燕飲，高后令朱虚侯劉章爲酒吏。章自請曰：「臣將種也，請得以軍法行酒。」太后曰：「可。」酒酣，章進飲歌舞，已而曰：「請爲太后言耕田歌。」高后兒子畜之，笑曰：「顧而父知田耳，若生而爲王子，安知田乎？」章曰：「臣知之。」太后曰：「試爲我言田。」章曰：「深耕穊種，立苗欲疏。非其種者，鉏而去之。」太后默然。頃之，諸吕有一人醉，亡酒，章追拔劍斬之，而還報曰：「有亡酒一人，臣謹行法斬之。」太后左右皆大驚，業已許其軍法，無以罪也。因罷。自是諸呂憚朱虚侯，雖大臣皆依朱虚侯。……其明年，高后崩，呂禄爲上將軍，呂産爲相國，皆居長安中，聚兵以威大臣，欲爲亂。……朱虚侯與太尉勃、丞相平等誅之，朱虚侯首先斬呂産，於是太尉勃等乃得盡誅諸呂。

觀佽飛斬蛟龍圖讚

佽飛斬長蛟，遺圖畫中見。登舟既虎嘯，激水方龍戰。驚波動連山，拔劍曳雷電。鱗摧白刃下，血染滄江變。感此壯古人，千秋若對面。

【校】

〔千秋〕秋，兩宋本、繆本、王本俱注云：一作載。

【注】

〔佽飛〕淮南子道應訓：荆有佽非得寶劍於干隊，還反渡江，至於中流，陽侯之波，兩蛟俠繞其船。佽非謂枻船者曰：「嘗有如此而得活者乎！」對曰：「未嘗見也。」於是佽非瞑目，勃然攘臂拔劍曰：「武士可以仁義之禮説也，不可劫而奪也。此江中之腐肉朽骨，棄劍而已，予有奚愛焉！」赴江刺蛟，遂斷其頭，船中人盡活，風波畢除。荆爵爲執珪。按：佽飛、佽非通。

地藏菩薩讚 并序

大雄掩照，日月崩落。惟佛知慧大而光生死雪，賴假普慈力，能救無邊苦。獨出曠劫，導開横流，則地藏菩薩爲當仁矣。弟子扶風竇滔，少以英氣爽邁，結交王侯，清風豪俠，極樂生疾。乃得惠劍於真宰，湛本心於虚空。願圖聖容，以祈景福。庶冥力憑助，而厥苦有瘳。爰命小才，式讚其事，讚曰：

本心若虚空，清浄無一物。焚蕩淫怒癡，圓寂了見佛。五綵圖聖像，悟真非妄傳。掃雪萬病盡，爽然清涼天。讚此功德海，永爲曠代宣。

【校】

〔光生〕按此下四字難於句讀，疑有脱誤。

〔惠劍〕惠，王本注云：當作慧。按：惠慧古通用。

【注】

〔地藏〕地藏菩薩本願經：地藏菩薩於過去久遠不可説劫爲大長者子，時世有佛號曰師子，奮迅具足萬行如來，時長者子見佛相好，千福莊嚴，因問彼佛作何行願而得此相。佛告長者子，欲證此身，當須久遠脱度一切受苦衆生。時長者子因發願，言我今盡未來際不可計劫，爲是罪苦六道衆生廣設方便，盡令解脱，而我自身方成佛道。以是於彼佛前立斯大願，於今百千萬億那由他劫尚爲菩薩。

〔曠劫〕王云：楞嚴經：我曠劫來，心得無礙。曠劫，謂久遠之劫也。横流，謂苦海也。地藏菩薩本願經：爾時世尊舒金色臂，摩百千萬億無量阿僧祇世界諸分身地藏菩薩頂而作是言：汝觀吾累劫勤苦度脱如是等難化剛强罪苦衆生，其有未調伏者，隨業報應，若墮惡趣，受大苦時，汝當憶念吾在忉利天宫殷勤付囑，令娑婆世界至彌勒出世已來衆生，悉使解脱永離諸苦，遇佛授記。爾時諸世界分身地藏菩薩各復一形，涕淚哀戀白佛言：我從久遠劫來，蒙佛接引，使獲不可思議神力，具大智慧，我所分身，遍滿百千萬億恒河沙世界，每一世界化百千萬億身，每一身度百千萬億人，令歸敬三寶，永離生死，至涅槃樂，但於佛法中所爲善事，一毛一諦，一沙一塵，或毫髮，許我漸度脱，使獲大利。惟願世尊不以後世惡業衆生爲慮。

〔聖容〕地藏菩薩本願經：臨命終時，男女眷屬將是命終人舍宅財物寶貝衣服塑畫地藏形像，或使病人眼耳聞見，知其眷屬將合宅寶貝等爲其自身塑畫地藏形像，若是業報，合受重病，承斯功德，尋即除愈，壽命增益。

〔圓寂〕王云：人心虚浄，本無一物。躭著於色，則起而爲淫。觸於忿戾，則發而爲怒。蔽於邪見，昧於大道，則流而爲癡。三者謂之三毒，皆心之累也。苟能一切捐棄，若火之焚，若水之蕩，而盡去之，不使一毫少累其心，則心之本體見矣。心即佛也，見心不即見真佛哉！翻譯名義：涅槃，奘三藏翻爲圓寂，賢首云：德無不備稱圓，障無不盡稱寂。

【評箋】

孫璧文考古録云：江南通志稱金地藏名喬覺，暹羅國王子，少落髮爲沙門。至德初行脚至九華山，……今白集中有地藏菩薩序贊，……白爲古地藏作贊，非爲金地藏作贊也。……此篇文筆平庸，不類太白，恐係贋作，後人以白嘗遊九華，僞造此篇，託白以自重。

按：此文本與金地藏無關，亦與九華無關，不應因俗傳九華山地藏菩薩之説而牽及，遂疑其爲僞造也。

魯郡葉和尚讚

海英岳靈，誕彼開士。了身皆空，觀月在水。如薪傳火，朗徹生死。如雲開天，廓然萬里。寂滅爲樂，江海而閑。逆旅形内，虚舟世間。邈彼崑閬，誰云可攀？

【注】

〔開士〕王云：開士謂僧之有德行者。見卷二十一登巴陵開元寺詩注。

〔觀月〕〔傳火〕王云：四大幻身，本來空無，故智者觀之，如水中月影，初非真實。慧遠形盡神不滅論：火之傳於薪，猶神之傳於形，火之傳異薪，猶神之傳異形。前薪非後薪，則知指窮之術妙。前形非後形，則悟情數之感深。惑者見形朽於一生，便以謂神情俱喪，猶覩火窮於一木，謂終期都盡耳。

〔寂滅〕王云：涅槃經，諸行無常，是生滅法，生滅滅已，寂滅爲樂。

〔江海〕莊子刻意篇：無江海而閒，不道引而壽。

〔虚舟〕見卷十贈僧崖公詩注。

李白集校注卷二十九

銘碑祭文九首

化城寺大鐘銘 并序

噫！天以震雷鼓羣動，佛以鴻鐘驚大夢。而能發揮沉潛，開覺茫蠢。則鐘之取象，其義博哉！夫揚音大千，所以清真心，警俗慮；協響廣樂，所以達元氣，彰天聲；銘勳皇宫，所以旌豐功，昭茂德。莫不配美金鼎，增輝寶坊。仍事作制，豈徒然也！

【校】

〔驚〕文粹作警。王本注云：唐文粹作警。

【注】

〔化城寺〕見卷二十陪族叔當塗宰遊化城寺升公清風亭詩注。

粵有唐宣城郡當塗縣化城寺大鐘者，量函千盈，蓋邑宰李公之所剏也。公名有則，系玄元之英蕤，茂列聖之天枝。生于公族，貴而秀出。少藴才略，壯而有成。西逾流沙，立功絶域。帝疇乎厥庸，始學古從政。歷宰潔白，聲聞于天。天書褒榮，輝之簡牘。稽首三復，子孫其傳。天寶之初，鳴琴此邦，不言而治。日計之無近功，歲計之有大利。物不知化，潛臻小康。神明其道，越不可尚。

【校】

〔量函〕此四字文粹作量函千鈞，聲盈萬壑。王本注云：唐文粹作量函千鈞聲盈萬壑八字。

〔有成〕成，文粹作聞。王本注云：唐文粹作聞。

〔其傳〕文粹脱傳字。

〔而治〕治，文粹作理。王本注云：唐文粹作理。

【注】

〔有則〕按：此當即卷二十七夏日陪司馬武公與羣賢宴姑熟亭序中之「今宰隴西李公明化」，與卷二十陪族叔當塗宰遊化城寺升公清風亭詩之「族叔當塗宰」爲同一人。

〔玄元〕王云：唐追號老子爲玄元皇帝。

〔流沙〕漢書地理志：張掖郡居延縣，居延澤在東北，古文以爲流沙。顔師古曰：流沙在燉煌西。王先謙補注：禹貢山水澤地篇：流沙地在居延縣東北。注云：澤在縣故城東北，尚書所謂流沙者也。形如月生五日，弱水入流沙，沙與水流行也。

方入于禪關，覩天宫峥嶸，聞鐘聲瑣屑，乃謂諸龍象曰：「盍不建大法鼓，樹之層臺，使羣聾六時有所歸仰，不亦美乎？」於是發一言以先覺，舉百里而咸應。秋毫不挫，人多子來。銅崇朝而山積，工不日而雲會。乃采鳧氏，撰鳴鐘，火天地之爐，扇陰陽之炭。回禄奮怒，飛廉震驚。金精轉涾以融熠，銅液星熒而璀燦。光噴日道，氣歊天維。紅雲點于太清，紫烟矗于遥海。烜赫宇宙，功侔鬼神。瑩而察之，吁駭人也。

【校】

〔咸應〕咸，兩宋本、繆本、咸本俱作感。王本注云：繆本作感。

〔鳴鐘〕鳴，文粹作鴻。王本注云：唐文粹作鴻。

〔星熒〕熒，兩宋本、繆本、咸本俱作縈。王本注云：繆本作縈。

〔歊〕文粹作蔽，兩宋本、咸本、郭本俱作敵。王本注云：郭本作敵，唐文粹作蔽。

〔駭人〕文粹作可駭。

【注】

〔六時〕王云：西域記：時極短者謂刹那也，百二十刹那爲一呾刹那，六十呾刹那爲一臘縛，三十臘縛爲一牟呼栗多，五牟呼栗多爲一時，六時合成一日一夜，是中國以一晝夜分作十二時者，西國只分爲六時也。

〔秋毫〕莊子山木篇：北宫奢爲衛靈公賦斂以爲鐘，爲壇乎國門之外，三月而成上下之懸。王子慶忌見而問焉，曰：「子何術之設？」奢曰：「一之間無敢設也。奢聞之，既雕既琢，復歸於朴。侗乎其無識，儻乎其怠疑，萃乎芒乎，其送往而迎來。來者勿禁，往者勿止，從其彊梁，隨其曲傅，因其自窮，故朝夕賦斂而毫毛不挫，而況有大塗者乎？」

〔子來〕王云：詩大雅：庶民子來。趙岐曰：衆民自來趣之，若子來爲父使之也。

〔崇朝〕詩鄘風蝃蝀：崇朝其雨。毛傳：崇，終也。從旦至食時爲終朝。

〔鳧氏〕周禮考工記：鳧氏爲鐘。

〔回禄〕〔飛廉〕王云：國語：回録信於聆隧。韋昭解：回録，火神。博雅：風師謂之飛廉。

〔轉沓〕王云：説文：沓，涫溢也。今河朔方言謂沸溢爲沓。△沓音達。

〔熠〕王云：韻會：熠，説文：盛光也。又閃鑠貌。△熠音逸。

〔日道〕王云：隋書：日循黄道東行，一日一夜行一度，三百六十五日有奇而周天。六經天文編：日所行之路謂之黄道，與赤道相交，半出赤道外，半入赤道内。

爾其龍質炳發，虎形躨跜。縻金索以上絙，懸寶樓而迭擊。旁振萬壑，高聞九天。聲動山以隱隱，響奔雷而闐闐。赦湯鑊于幽途，息劍輪于苦海。景福肸蠁，被于人天。非李公好謀而成，弘濟羣有，孰能興于此乎？

【校】

〔隱隱〕王本注云：唐文粹作殷殷。按：明本文粹仍作隱隱。

〔奔雷〕雷，兩宋本、繆本俱作電。

〔羣有〕有，文粹作物。王本注云：唐文粹作物。

〔興〕咸本、郭本俱作與。王本注云：郭本作與。

【注】

〔絙〕音耕。

〔闐〕音田。

〔湯鑊〕王云：法苑珠林：阿鼻地獄，有十八劍輪地獄，十八湯鑊地獄。翻譯名義集：若打鐘時一切惡道諸苦，並得停止。△鑊音穫。

〔肸蠁〕文選左思蜀都賦：景福肸蠁而興作。吕向注：肸蠁，濕生蟲，蚊類是也。其羣望之如氣之布寫也，言大福之興有如此蟲羣飛而多也。△肸，義乙切；蠁音響。

丞尉等並衣冠之龜龍，人物之標準。大雅君子，同僚盡心，聞善賈勇，贊成厥美。寺主昇朝，閑心古容，英骨秀氣。灑落毫素，謙柔笑言。海受水而皆納，鏡無形而不燭。直道妙用，乃如是言。常虛懷忘情，潔己利物。是人行空寂，不動見如來。有若上座靈隱，都維那則舒，名僧日暉、蘊虛、常因、調護，賢哉六開士，普聞八萬法。深入禪惠，精修律儀。將博我以文章，求我以述作。功德大海，酌而難名。遂與六曹豪吏，姑熟賢老，乃緇乃黄，皛趨梵庭，請揚宰君之鴻美。白昔忝侍從，備於辭臣，恭承德音，敢闕清風之頌，其辭曰：

【校】

〔是言〕言，兩宋本、繆本、咸本俱作然。文粹言下有然字。王本注云：繆本作然。

〔律儀〕儀，郭本、咸本俱作義。王本注云：郭本作義。

【注】

〔寺主〕王云：翻譯名義集：僧史略云：詳其寺主，起乎東漢白馬寺也。寺既爰處，人必主之，於時雖無寺主之名，而有知事之者，東晉以來，此職方盛，故梁武造光宅寺，召法雲爲寺主，創立僧制。

〔上座〕王云：唐六典：每寺上座一人，寺主一人，都維那一人，共綱紀衆事。翻譯名義集：五分律：佛言上更無人名上座，道宣勅爲西明寺上座，列寺主維那之上。毗尼母云：從無夏至九夏是下座，自十夏至十九夏是中座，自二十夏至四十夏是上座。毗婆娑論云：有三上座，一生年上座即尊長者，具舊戒名真生故。二世俗上座，即知法富貴大財大位大族大力大眷屬，雖年二十，皆應和合推爲上座。三法性上座，即阿羅漢。維那，南山云：聲論翻爲次第，謂知僧事之次第。寄歸傳云：華梵兼舉也，維是綱維，華言也，那是梵語，删去羯磨陀三字也。僧史略云：梵語羯磨陀那，譯爲事知，亦云悦衆，謂知其事，悦其衆也。

〔開士〕見卷二十一登巴陵開元寺……詩注。

〔八萬法〕報恩經：八萬法者，如樹根莖枝葉，名爲一樹。佛爲衆生始終説法，名爲一藏，如是八萬。又云：佛一坐説法名爲一藏，如是八萬。又云：十六字爲半偈，三十二字爲一偈，如是八萬。又云：長短偈四十二字爲一偈，如是八萬。又云：如半月説戒爲一藏，如是八萬。又云：佛自説六萬六千偈爲一藏，如是八萬。又云：佛説塵勞有八萬，法藏亦八萬，名八萬法藏。

〔禪惠〕王云：禪惠即禪慧。王中頭陀寺碑文：惟此名區，禪慧攸託。李善注：禪慧，禪定智慧，即六度之二行也。

〔六曹〕見卷二十八崇明佛頂尊勝陀羅尼幢頌。

〔乃緇乃黄〕王云：緇謂僧人緇服者，黄謂道士黄冠者。

〔清風〕詩大雅烝民：吉甫作誦，穆如清風。

雄雄鴻鐘砰隱天，雷鼓霆擊警大千，含號烜爀聲無邊，摧慴魑魅招靈仙，旁極六道極九泉，劍輪輟苦期息肩，湯鑊猛火停熾燃。愷悌賢宰人父母，興功利物信可久，德方金鐘永不朽。

【校】

〔含號〕含，郭本作合。王本注云：郭本作合。

〔道極〕極，文粹作下。陸本作拯。王本注云：唐文粹作下。

〔德方〕文粹作傳芳。王本方下注云：唐文粹作芳。

【注】

〔砰隱〕漢書禮樂志：休嘉砰隱溢四方。顏師古注：砰隱，盛意。

〔慴〕廣韻：慴，懾也。△慴音疊。
〔六道〕王云：釋家以天、人、阿修羅、地獄、餓鬼、畜生六種衆生謂之六道。

【評箋】

胡仔云：司空圖云：嘗觀杜子美祭太尉房公文，李太白佛寺碑贊，宏拔清厲，乃其歌詩也。（苕溪漁隱叢話）

今人詹鍈云：王譜於寶應元年下注云：集中有陪族叔當塗宰遊化城寺升公清風亭詩，又有化城寺大鐘銘。詩稱升公湖山秀，粲然有辯才。濟人不利己，立俗無嫌猜云云，是昇朝、升公本一人。而詩與銘之作大約相去不遠也。銘序稱當塗邑宰李公以西逾流沙，立功絶域，帝疇乎厥庸，始學古從政，歷宰潔白，聲聞於天。天寶之初，鳴琴此邦。其時代履歷與陽冰不類，則所謂族叔當塗宰者乃另是一人，在天寶中來爲邑令者，非上元後作當塗宰之李陽冰也。今按王説是也。

按：此文既云「天寶之初，鳴琴此邦」，則可知必不作於天寶二年，詹氏繫於天寶二年，非。疑當作於天寶十四載前後。參見卷二十陪族叔當塗宰遊化城寺升公清風亭詩注。

天門山銘

梁山博望，關扃楚濱。夾據洪流，實爲吴津。兩坐錯落，如鯨張鱗。惟海有若，唯川有神。牛渚怪物，目圜車輪。光射島嶼，氣淩星辰。卷沙揚濤，溺馬殺人。國泰呈瑞，時訛返珍。開則九江納錫，閉則五岳飛塵。天險之地，無德匪親。

【校】

〔無德〕德，兩宋本、繆本俱作安。王本注云：繆本作安。

【注】

〔天門山〕王云：江南通志：博望山在太平府西南三十里，梁山在和州南六十里，兩山石狀巉巖，東西相向，橫夾大江，對峙如門，俗呼梁山曰西梁山，呼博望山曰東梁山，總謂之天門山。春秋時楚獲吴艅艎於此，實大江要害之地。自六代建都金陵，皆於此屯兵扞禦，兩岸山頂各有一城。宋將王元謨所築。輿地紀勝卷四八：天門山本名梁山，在歷陽縣南五十五里，俯瞰大江。宋書云：大明七年，孝武帝登梁山，大閱水師於江中，因立雙闕於博望山，今二山之顛各有城，皆王元謨所築。李白銘云：梁山博望，關扃楚濱。夾據洪流，實爲吴津。自采石臨江觀梁山博望二山若蛾眉然。又同卷碑記云：李白天門山銘在天門山。

〔牛渚〕王云：牛渚磯在太平州當塗縣西北三十里大江之濱，與天門山相去不及百里。晉書：牛渚磯水深不可測，世云其下多怪物，温嶠燬犀角而照之，須臾見水族覆火，奇形異狀，或乘車馬著赤衣者，其夜夢神謂曰：「與君幽明道别，何意相照也！」

〔納錫〕書禹貢：九江納錫大龜。孔疏：納錫是言龜不常用，故錫命乃納之。

溧陽瀨水貞義女碑銘 并序

皇唐葉有六聖，再造八極，鏡照萬方，幽明咸熙，天秩有禮。自太古及今，君君臣臣烈士貞女，采其名節尤彰可激清頹俗者，皆掃地而祠之。蘭蒸椒漿，歲祀罔缺，而兹邑貞義女光靈翳然，埋冥古遠，琬琰不刻。豈前修博達者爲邦之意乎？

【校】

〔鏡照〕照，英華作清。

〔太古〕文粹無太字。王本注云：唐文粹無太字。

〔采其〕此下文粹有史傳二字。王本注云：唐文粹下多史傳二字。

〔埋冥〕冥，文粹作名。王本注云：唐文粹作名。

【注】

〔貞義女〕王云：六朝事跡：大唐貞義女碑，李白文。在溧陽縣潁陽江北，周必大泛舟游山録：去溧陽縣四十里，有貞義女廟。女姓史，黄山人，李太白作記，題云瀨水上古貞義女碑銘并序，前翰林院内供奉學士隴西李白述。景定建康志：溧水一名瀨水，在溧陽縣西北四十里，東流爲潁陽江，江上有渚曰瀨渚。伍子胥乞食投金處。故又曰投金瀨。吴越春秋：子胥奔吴，疾於中道，乞食溧陽，適會女子擊綿於瀨水之上，筥中有飯，子胥謂曰：「夫人，可得一餐乎！」女子曰：「妾獨與母居，三十未嫁，飯不可得。」子胥曰：「夫人賑窮途少飯，亦何嫌哉！」女子知非恒人，遂許之。發其簞筥飯其盎漿，長跪而與之，子胥再餐而止。女子曰：「君有遠逝之行，何不飽而餐之。」子胥已餐而去，謂女子曰：「掩夫人之壺漿，無令其露。」女子嘆曰：「嗟乎！妾獨與母居三十年，自守貞明，不願從適，何宜饋飯而與丈夫？越虧禮儀，妾不忍也。子行矣！」子胥行，反顧女子，已自投於瀨水矣。於乎，貞明執操，其丈夫女哉！

〔六聖〕王云：六聖：高祖、太宗、高宗、中宗、睿宗、玄宗也。再造八極，謂玄宗平韋氏之難而天下復定也。

〔天秩〕王云：皋陶謨：天秩有禮，自我五禮有庸哉！正義云：天次序有禮，謂使賤事貴，卑承尊，是天道使之然也。天意既然，人君當順天意，用我公侯伯子男五等之禮以接之。使之貴賤有常也。唐會要：天寶七載五月十五日詔：上古之君，存諸氏號。雖事先書契，而道著皇王。緬懷厥功，寧王咸秩。其三皇以前帝王，宜於京城内共置一廟，仍與三皇、五帝廟相近，以時致祭。天皇氏、地皇氏、人皇氏、有巢氏、燧人氏，其祭料及樂，請准三皇、五帝廟，以春秋二時享祭。歷代帝王肇跡之處，未有祠宇者，所由郡置一廟享祭，仍取當時將相德業可稱者二人配享，令郡縣長官春秋二時擇日，粢盛蔬饌時果酒脯，潔誠置祭。其忠臣義士孝婦烈女史籍所載德行彌高者，所在宜置祠宇，量事致祭。殷相傅説等忠臣十六人，吴太伯等義士八人，周太王妃太姜等孝婦七人，周宣王齊姜等烈女十四人，並令郡縣長官春秋二時擇日准前致祭。

〔掃地〕禮記禮器：至敬不壇，掃地而祭。

〔蘭蒸〕楚辭九歌東皇太一：蕙肴蒸兮蘭藉，奠桂酒兮椒漿。王逸注：蕙肴，以蕙草蒸肉也。椒漿，以椒置漿中也。

〔琬琰〕王云：琬琰不刻謂未刊立碑石。△琰音鹽上聲。

貞義女者，溧陽黄山里史氏之女也，以家溧陽，史闕書之。歲三十，弗移天于人。清英潔白，事母純孝。手柔荑而不龜，身擊漂以自業。當楚平王時，平王虐忠助讒，苛虐厥政，芟于尚，斬于奢，血流于朝，赤族伍氏。怨毒于人，何其深哉？子胥始東奔勾吴，月涉星遁，或七日不火；傷弓于飛。逼迫于昭關，匍匐于瀨渚，捨車而徒，告窮此女。目色以臆，授之壺漿。全人自沉，形與口滅。卓絶千古，聲凌浮雲。激節必報之讎，雪誠無疑之地。難乎哉！

【校】

〔弗移〕此句五字文粹作不移其志。王本注云：唐文粹作不移其志。

〔擊漂〕擊，文粹作激。

〔平王虐忠〕文粹無平字。王本注云：文粹缺平字。

〔東奔〕東，英華作來。

【注】

〔移天〕王云：移天謂嫁也。

〔柔荑〕詩衞風碩人：手如柔荑。△荑音題。

〔不龜〕莊子逍遥遊篇：宋人有善爲不龜手之藥者，世世以洴澼絖爲事。陸德明音釋：龜手，司馬云：文拆如龜文也。又云：如龜攣縮也。李云：洴澼絖者，擊漂於水上。△龜音麕。

〔赤族〕王云：揚雄解嘲：不知一跌將赤吾之族也。顔師古注：見誅殺者必流血，故云赤族。李善注：赤謂誅滅也。海録碎事：古人謂空盡無物曰赤。如赤地千里，南史稱其家赤貧，是也。赤族言盡殺無類也。漢書注以爲流血丹其族，大謬。

〔昭關〕王云：史記：伍胥奔吴，到昭關，昭關欲執之，伍胥獨身步走，幾不得脱。索隱云：昭關，其關在西江，乃吴、楚之境。江南通志：昭關在和州含山縣小峴西，伍子胥自楚奔吴過此。

借如曹娥潛波，理貫于孝道；聶姊殞肆，槩動于天倫。魯姑棄子，以却三軍之衆；漂母進飯，没受千金之恩。方之于此，彼或易耳。卒使伍君開張闔閭，傾蕩鄢郢。吴師鞭屍于楚國，申胥泣血于秦庭。我亡爾存，亦各壯志。張英風于古今，雪大憤于天地。微此女之力，雖云爲之士，焉能咆哮烜爀，施于後世也！望其溺所，愴然低迴而不能去。每風號昊天，月苦荆水，響像如在，精魂可悲。惜其投金有泉，而刻石無主，哀哉！

【校】

〔易耳〕易，文粹作異。

〔雖云爲〕此句文粹爲下有忠孝二字，焉能上有亦字。王本注云：唐文粹作雖云爲忠孝之士亦焉能咆哮烜爀。

【注】

〔曹娥〕後漢書卷七四列女傳：孝女曹娥者，上虞人。父盱，能絃歌爲巫祝，漢安二年五月五日，於縣江泝濤迎婆娑神，溺死不得尸骸，娥年十四，乃沿江號哭，晝夜不絶聲，旬有七日，遂投江而死。至元嘉元年，縣長度尚改葬娥於江南道旁，爲立碑焉。

〔聶姊〕史記刺客列傳：聶政……刺殺俠累，……因自皮面決眼，自屠出腸，遂以死。韓取聶政屍暴於市，購問莫知誰子。於是韓購懸之，有能言殺相俠累者予千金，久之莫知也。政姊榮聞人有刺殺韓相者，賊不得，國不知其名姓，暴其尸而懸之千金。乃於邑曰：「其是吾弟歟！……」立起如韓之市，而死者果政也。伏屍哭極哀曰：「是軹深井里所謂聶政者也。」市行者諸衆人皆曰：「此人暴虐吾國相，王懸購其姓名千金，夫人不聞歟！何敢來識之也！」榮應之曰：「聞之，……然政……以妾尚在之故，重自刑以絶從，妾其奈何畏没身之誅終滅賢弟之名！」乃大呼天者三，卒於邑悲哀而死政之旁。晉、楚、齊、衛聞之，皆曰：「非獨政能也，乃其姊亦烈女也。」

〔魯姑〕列女傳節義傳：魯義姑姊者，魯野之婦人也。齊攻魯至郊，望見一婦人，抱一兒攜一兒而行。軍且及之，棄其所抱，抱其所攜而走山，兒隨而啼，婦人遂行不顧。……齊將乃追之，……問所抱者誰也，所棄者誰也。對曰：「所抱者妾兄之子也，所棄者妾之子也。見軍之至，力不能兩護，故棄妾之子。」齊將曰：「子之於母，其親愛也，痛甚於心，今釋之而反抱兄之子，何也！」婦人曰：「己之子，私愛也，兄之子，公義也，夫背公義而向私愛，亡兄子而存妾子，幸而得全，則魯君不吾畜，大夫不吾養，庶民國人不吾與也。夫如是，則脅肩無所容，而累足無所履也。子雖痛乎，獨謂義何！故忍棄子而行義，不能無義而視魯國。」於是齊將按兵而止，使人言於齊君曰：「魯未可伐也，乃至於境，山澤之婦人耳，猶知持節行義，不以私害公，而況於朝臣士大夫乎！請還。」齊君許之。魯君聞之，賜婦人束帛百端，號曰義姑姊。
〔申胥〕見卷十九酬裴侍御對雨感時見贈詩注。
〔荆水〕王云：荆水，荆溪也。溧陽縣志：溧水在縣西北，一名瀨水，上承丹陽湖，東流爲宜興縣之荆溪，下注於太湖，舊名永陽江，又曰中江。
〔投金〕王云：吴越春秋：子胥既破楚，過溧陽瀨水之上，乃長嘆息曰：「吾嘗饑於此，乞食於一女子，女子飼我，遂投水而亡，將欲報以百金，而不知其家。」乃投金水中而去。有頃，一老嫗行哭而來，人問曰：「何哭之悲？」嫗曰：「吾有女子，守志三十不嫁，往年擊綿於此，遇一窮途君子而輒飯之。恐事泄，自投於瀨水。今聞伍君來，不得其償，自傷虚死，是故悲耳。」人曰：「子胥欲報百金，不知其家，投金水中而去矣。」老嫗遂取金而歸。一統志：投金瀨在溧陽縣西北四十里。

邑宰滎陽鄭公名晏，家康成之學，世子産之才，琴清心閑，百里大化。有若主簿扶風竇嘉賓，縣尉廣平宋陟，丹陽李濟，南郡陳然，清河張昭，皆有卿才霸略，同事相協。緬紀英淑，勒銘道周。雖陵頹海竭，文或不死。其辭曰：

【校】
〔南郡〕郡，兩宋本、繆本、咸本、郭本俱作朝。王本注云：諸集本皆作朝，今從文苑英華、唐文粹本作郡。

【注】

〔滎陽〕王云：按唐時滎陽郡即鄭州，屬河南道。扶風郡即岐州，屬關内道。廣平郡即洺州，屬河北道。丹陽郡即潤州，屬江南東道。南郡即荆州，屬山南東道。清河郡即貝州，屬河北道。皆諸人之族望，故冠於姓名之上，而實非産於其地者也。猶之太白生於蜀，而自稱隴西李白，退之生於南陽而自稱昌黎韓愈耳。按：唐人多不歸本籍，見容齋隨筆。苟非生長南方如孟郊、張籍者，其所稱籍貫多不足據。歐陽詹玩月詩序云：予與鄉人安陽邵楚長、濟南林蘊、潁川陳詡，亦旅長安。此三人明是閩人，而稱安陽、濟南、潁川，即其例。

〔鄭公名晏〕按：卷十一有戲贈鄭溧陽詩，當即其人。

〔康成〕後漢書卷六五鄭玄傳：鄭玄字康成，北海高密人也。……通京氏易、公羊春秋、三統曆、九章算術。又從東郡張恭祖受周官、禮記、左氏春秋、韓詩、古文尚書。

〔子産〕史記鄭世家：子産者，鄭成公少子也，爲人仁，愛人，事君忠厚。孔子嘗過鄭，與子産如兄弟云。及聞子産死，孔子爲泣曰：古之遺愛也。

〔縣尉〕王云：唐時上縣置尉二人，而此之列名者四人，豈一時之制稍有增益與！按：此蓋員外置同正員之尉。

〔宋陟〕按：卷十有贈溧陽宋少府陟詩，當即其人。

〔李濟〕按：卷十八登黄山淩歊臺送族弟溧陽尉濟詩，當即其人。

粲粲貞女，孤生寒門。上無所天，下報母恩。春風三十，花落無言。乃如之人，激漂清源。碧流素手，縈彼潺湲。求思不可，秉節而存。伍胥東奔，乞食於此。女分壺漿，滅口而死。聲動列國，義形壯士。入郢鞭屍，還吴雪恥。投金瀨沚，報德稱美。明明千秋，如月在水。

【注】

〔乃如之人〕詩衛風蝃蝀：乃如之人也。

〔求思〕詩周南漢廣：漢有游女，不可求思。

【評箋】

陸以湉云：李太白溧陽瀨水貞義女碑銘，歐陽公集古録、趙德甫金石録皆不著録，其文則見於唐文粹。考史記伍子胥傳，不誌貞義女事，自太白詳述之而其事始顯。（冷廬雜識）

沈家本云：冷廬雜識云：李太白溧陽瀨水貞義女碑銘，歐陽公集古録、趙德甫金石録皆不著録，其文則見於唐文粹。考史記伍子胥傳，不志貞義女事，自太白辨述之而其事始顯。按唐時溧陽有貞義女廟，邑宰鄭晏爲之立碑，太白爲之文，載本集中，與文粹本字句小有異同，原碑已亡，故歐、趙皆不及録。其事詳見吴越春秋王僚使公子光傳，非由是碑而顯也。傳不言女何姓，碑稱姓史，恐後人附會之詞也。（日南隨筆）

天長節使鄂州刺史韋公德政碑 并序

太虚既張，惟天之長。所以白帝真人，當高秋八月五日，降西方之金精，採天長爲名，將傳之無窮，紀聖誕之節也。我高祖創業，太宗成之，三后繼統，王猷如一。大盜間起，開元中興。力倍造化，功包天地。不然，何能遏犧農之頹波，返淳朴于太古？雖軒后至道，由聞蚩尤之師，今網漏吞舟，而胡夷起于轂下。光天文武孝感皇帝，越在明兩，總戎扶風。正帝車于北斗，拯横流于鯨口；迴日轡于西山，拂蒙塵于帝顔。呼吸而收兩京，烜爀而安六合。歷列辟而罕匹，顧將來而無儔。太陽重輪，合耀並出。宇宙翕變，草木增榮。一麾而静妖氛，成功不處；五讓而傳劍璽，德冠樂推。

【校】

〔題〕王本注云：使字疑誤。按：文義顯然不應有使字。

〔光天〕光，各本皆作先，今據唐史改正。

【注】

〔鄂州〕王云：唐書地理志：鄂州江夏郡隸江南西道。胡三省通鑑注：鄂州，春秋夏汭之地。江夏記云：一名夏口，一名魯口，吴始築郡城，晉末始立郢州，隋平陳，改爲鄂州，因鄂渚爲名。

〔韋公〕按：王譜注云：即江夏韋太守良宰。

〔天長〕王云：玉海：實録：玄宗以垂拱元年八月五日生於東都。開元十七年八月癸亥，宴百僚於花萼樓下，左相乾曜右相説上表曰：少昊著流虹之感，商湯本元鳥之命。陛下二氣合神，九龍浴聖。月惟仲秋，日在端五。長星不見之夜，祥光照室之朝。請以爲千秋節。著之甲令，布之天下，咸令宴樂。羣臣以是日獻甘露醇酎，上萬歲壽酒，王公戚里進金鏡綬帶，士庶以結絲承露囊相遺問，村社作壽酒宴樂，名爲賽白帝，報田神。天寶七載八月己亥改爲天長節。

〔太虚〕文選孫綽遊天台山賦：太虚遼廓而無閡。李善注：太虚，天也。

〔三后〕王云：三后謂高宗、中宗、睿宗。

〔大盜〕王云：大盜指韋武諸賊臣，以其謀危宗社，故曰大盜。

〔光天〕舊唐書肅宗紀：至德三載正月甲戌朔戊寅，上皇御宣政殿，册皇帝尊號曰光天文武大聖孝感皇帝，上以徽號中有大聖二字，上表固讓，不允。乾元二年春正月己巳朔，上御含元殿受尊號曰乾元大聖光天文武孝感皇帝。

〔明兩〕見卷二十六爲宋中丞請都金陵表注。

〔扶風〕見卷十一流夜郎半道承恩……詩注。

〔帝車〕王云：甘氏星經：北斗星謂之七政，天之諸侯，亦謂帝車。第一名天樞，第二名璇，第三名璣，第四名權，第五名衡，第六名闓陽，第七名瑶光。

〔五讓〕漢書卷四九袁盎傳：陛下至代邸，西鄉讓天子者三，南鄉讓天子者再。夫許由一讓，陛下五以天下讓，過許由四矣。

於戲！昔堯及舜禹皆無聖子。審曆數去己，終大寶假人，飾讓以成千載之美。未若以文明鴻業，授之元良，與天同休，相統億祀。則我唐至公而無私，越三聖而殊軌。騰萬人之喜氣，爛八極之祥雲。上皇思汾陽而高蹈，解負重于吾君。能事斯畢，與人更始。乃展祀郊廟，望秩山川。方掩骼于河洛，弔人于幽燕。但誅元凶，不問小罪。噫大塊之氣，歌炎漢之風。雲滂洋，雨汪濊。滌渥澤，除瑕纇。削平國步，改號乾元。至矣哉！其雄圖景命有如此者。

【校】

〔授之〕授，宋乙本、咸本俱作受，誤。

【注】

〔於戲〕禮記大學：詩云：於戲前王不忘。詩周頌烈文作於乎。

〔舜禹〕王云：堯舜無聖子，文乃兼禹言之，誤也。

〔汾陽〕莊子逍遥遊篇：堯治天下之民，平海内之政，往見四子藐姑射之山，汾水之陽，窅然喪其天下焉。

〔望秩〕書舜典：望秩於山川。孔傳：……諸侯境内名山大川，如其秩次望祭之，謂五岳牲禮視三公，四瀆視諸侯，其餘視伯子男。

〔汪濊〕漢書卷五七司馬相如傳：湛恩汪濊。顔師古注：汪濊，深廣也。△濊音穢。

〔類〕音類。

我邦伯韋公，大彭之洪胤，扶陽之貴族。雄略邁古，高文變風。運當一賢，才堪三事。歷職剖劇，能聲旁流。振繡而白筆横冠，分符而彤襜入境。曩者，永王以天人授鉞，東巡無名，利劍承喉以脅從，壯心堅守而不動。房陵之俗，安于泰山；休奕列郡，去若始至。帝召岐下，深嘉直誠。移鎮夏口，救時艱也。慎厥職，康乃人。減兵歸農，除害息暴。大水滅郭，洪霖注川。人見憂于魚鼈，岸不辨于牛馬。公乃抗辭正色，言于城隍曰：「若三日雨不歇，吾當伐喬木，焚清祠。」精心感動，其應如響。無何，中使銜命，徧祈名山，廣徵牲牢，驟欲致祭。公又盱衡而稱曰：「今主上明聖，懷於百靈。此淫昏之鬼，不載祀典。若煩國禮，是荒巫風。」其秉心達識，皆此類也。物不知化，如登春臺。

【校】

〔扶陽〕陽，郭本作楊，誤。王本注云：郭本作楊。

〔振繡〕振，兩宋本、繆本俱作衣。王本注云：繆本作衣。

〔三日〕三，兩宋本、繆本俱作一。王本注云：繆本作一。

〔中使〕中，郭本作巾，誤。王本注云：郭本作巾。

〔徧祈〕徧，兩宋本、繆本俱作常。咸本注云：一作常。王本注云：繆本作常。

【注】

〔大彭〕王云：唐書：韋氏出自風姓，顓頊孫大彭，爲夏諸侯。少康之世，封其別孫元哲於豕韋，其地滑州韋城是也。豕韋、大彭迭爲商伯，周赧王時，始失國徙居彭城，以國爲氏。韋伯遐二十四世孫孟爲漢楚王傅，去位徙居魯國鄒縣，孟四世孫賢，漢丞相扶陽節侯，又徙京兆杜陵。

〔一賢〕王云：甄鸞笑道論：文始傳云：五百年一賢，千年一聖。

〔三事〕見卷十九酬談少府詩注。

〔振繡而白筆〕見卷十一贈潘侍御論錢少陽詩注。

〔分符〕見卷五塞下曲第五首注。

〔彤襜〕見卷十四宣州九日……詩注。

〔房陵〕舊唐書地理志：山南東道房州：天寶元年改爲房陵郡。按：舊唐書韋述傳：父景駿，房州刺史。又全唐文卷五〇六權德輿韋渠牟墓誌銘亦云：祖景駿，房州刺史。所謂「房陵之俗，安於太山」，謂此也。

〔休奕〕晉書卷四七傅玄傳：字休奕。按：傅玄傳中未見此事，待考。

〔夏口〕通典：鄂州：孫權嘗都之，孫皓又徙都之，常爲重鎮，歷代亦爲兵衝，其地亦曰夏口。

〔牛馬〕莊子秋水篇：秋水時至，百川灌河，涇流之大，兩涘渚涯之間不辨牛馬。

〔城隍〕王云：按城隍之祀莫詳所自。蕪湖城隍，相傳建於吳赤烏二年，則其來久矣。南史：梁邵陵王綸祭城隍神。北史：慕容儼鎮郢城，城中先有神祠一所號城隍神。唐李陽冰縉雲縣城隍神記：城隍神祀典無之，惟吳越有爾。風俗水旱疾疫必禱焉。太平廣記：吳俗畏鬼，每州縣必有城隍神。陸游云：唐以來郡縣皆祭城隍，今世尤謹，守令謁見，儀在他神祠上。社稷雖尊，特以令式從事，至祈禳報賽獨城隍而已。按：趙翼陔餘叢考卷三五云：王敬哉冬夜雜記謂城隍之名見于易，所謂城復于隍也。又引禮記，天子大蜡八，水庸居其七。水則隍也，庸則城也。以爲祭城隍之始，固已。然未竟名之爲城隍也。按北史：慕容儼鎮郢城，梁大都督侯瑱等舟師至城外，城中先有神祠一所，俗號城隍神。儼于是順人心禱之，須臾風浪大起。凡斷其荻洪鐵鎖三次，城人大喜，以爲神助，遂破瑱等。隋書五行志：梁武陵王紀祭城隍神，將烹牛，有赤蛇繞牛口。是城隍之祀蓋始於六朝也。至唐則漸遍。唐文粹有李陽冰縉雲縣城隍記，謂城隍神祀典所無，惟吴越有之。是唐初尚未列於祀典。張曲江集有祭洪州城隍神文，杜甫詩有「十年過父老，幾日賽城隍」之句，杜牧集有祭城隍祈雨文，則唐中葉各州郡皆有城隍。

〔中使〕王云：唐書：肅宗嘗不豫，太卜建言祟在山川，王嶼遣女巫乘傳，分禱天下名山大川，巫皆盛服，中人護領。此文所云中使銜命常祈名山，即其事也。

〔盱衡〕王云：漢書：盱衡厲色。孟康注：眉上曰衡。盱衡，舉目揚眉也。左思魏都賦：有睟其容，乃盱衡而誥。劉淵林注：盱衡，舉眉大視也。

〔春臺〕老子：衆人熙熙，如享太牢，如登春臺。河上公注：春陰陽交通，萬物咸動，登臺觀之，意志淫淫然也。

有若江夏縣令薛公，揖四豪之風，當百里之寄。幹蠱有立，含章可貞。遵之典禮，恤疲于和樂。政其成也，臻於小康。中京重覩于漢儀，列郡還聞于舜樂。選鄂之勝，帳于東門。乃登豳歌，擊土鼓。祀蓐收，迎田祖。招摇回而大火乃落，閶闔啓而涼風始歸。笙竽和籥之音，象星辰而迭奏；吴楚巴渝之曲，各土風而備陳。禮容有穆，簪笏列序。羅衣蛾眉，立乎玳筵之上；班劍虎士，森乎翠幕之前。千變百戲，分曹賈勇。藺子跳劍，迭躍流星之輝；都盧尋橦，倒挂浮雲之影。百川繞郡，落天鏡于江城；四山入牖，照霜空之海色。獻觴醉于晚景，舞袖紛于廣庭。鶴髮之叟，雁序而進曰：恭聞天子無戲言，恐轉公以大用；老父不畏死，願留公以上聞。悦坐棠而餐風，庶刻石以賓美。白觀樂入楚，聞韶在齊，採諸行謡，遂作頌曰：

【校】

〔遵之典禮〕何校陸本云：典禮以下有脱誤。按：全文皆偶句，小康以上十七字必有脱誤。

〔藺〕王本注云：當作蘭。

〔賓美〕兩宋本、繆本、咸本俱作寊。王本注云：繆本作寊。

【注】

〔江夏〕王云：江夏縣，鄂州附郭之縣。

〔四豪〕見卷十二獻從叔當塗宰陽冰詩注。

〔幹蠱〕易蠱卦：幹父之蠱。孔疏：蠱者事也。

〔含章〕易坤卦：含章可貞。孔疏：能自降退，不爲事始，惟内含章美之道，待命乃行，可以得正，故曰含章可貞。

〔中京〕新唐書地理志：上都初曰京城。天寶元年曰西京，至德二載曰中京，上元二年復曰西京。

〔豳歌〕王云：周禮：籥章掌土鼓豳籥，凡國祈年於田祖，歈豳雅，擊土鼓，以樂田畯。鄭康成注：杜子春云：土鼓，以瓦爲匡，以革爲兩面，可擊也。田祖，始耕田者，謂神農也。豳雅，七月也。七月有于耜舉趾饁彼南畝之事，是以亦歌其類。謂之雅者，以其言男女之正。蓐收，司秋令之神。詩小雅：琴瑟擊鼓，以御田祖。毛傳曰：田祖，先嗇也。正義曰：郊特牲注云：先嗇若神農。春官籥章注云：田祖始耕田者，謂神農是也。以祖者始也，始教造田，謂之田祖。先爲稼穡，謂之先嗇。神其農業，謂之神農。名殊而實同也。

〔招摇〕王云：鄭康成禮記注：招摇星在北斗杓端，主指者。正義曰：招摇，北斗七星也，北斗居四方宿之中，以斗末從十二月建而指之，則四方宿不差。大火，心星也。閶闔，西極之門。禮月令：孟秋之月涼風至。

〔笙竽〕王云：荀子：鼓似天，鐘似地，磬似水，竽簫笙籥似星辰日月，鼗柷拊鞷椌楬似萬物。隋書：匏之屬：一曰笙，一曰竽，並女媧之所作也。笙列管十九子，匏内施簧而吹之，竽大三十六管。風俗通：大笙謂之巢，小笙謂之和。郭璞爾雅注：籥如笛三孔而短小，廣雅云：七孔。

〔巴渝〕王云：漢書樂志：巴俞鼓員三十六人。顔師古注：巴，巴人也。俞，俞人也。當高祖初爲漢王，得巴、俞人，並趫捷善鬬，與之定三秦滅楚，因存其武樂。巴、俞之樂因此始也。巴即今之巴州，俞即今之渝州，各其本地。晉書：漢高祖自蜀漢將定三秦，閬中范因率賨人以從帝爲前鋒，及定秦中，封因爲閬中侯，復賨人七姓。其俗喜舞，高祖樂其猛鋭，數觀其舞，後使樂人習之，閬中有渝水，因其所居，故名曰巴渝舞。舞曲有矛渝本歌曲、弩渝本歌曲、安臺本歌曲、行辭本歌曲，總四篇。

〔班劍〕王云：班劍，按文選注：李善曰：晉公卿禮秩曰：諸公及開府位從公者，給虎賁二十人，持班劍焉。漢官儀曰：班劍者，以虎皮飾之。李周翰曰：班劍，木劍無刃，假作劍形，畫之以文，故曰班也。文獻通考：班劍本漢朝服帶劍，晉易以木，謂之象劍，取裝飾斑斕之義，此一説也。又文選注：劉良曰：班劍謂執劍而從行者也。吕向曰：班，列也，言使勇士行列持劍以爲儀仗也。胡三省通鑑注：班劍，持劍爲班，立在車前也。又曰：班，列也，持劍成列，夾道而行也，以班爲行列之義，又一説也。未知孰是。

〔蘭子〕列子説符篇：宋有蘭子者，以技干宋元，宋元召而使見其伎，以雙枝長倍其身，屬其脛，並趨並馳，弄七劍，迭而躍之，五劍常在空中。元君大驚，立賜金帛。注：此所謂蘭子者，以技妄遊者也。

〔都盧尋橦〕王云：初學記：尋橦，今之緣竿。文獻通考：緣橦之技衆矣，漢武帝時謂之都盧。都盧國名，其人體輕而善緣也。

〔坐棠〕風俗通義：召公：自陜以西，召公主之。當農桑之時，重爲所煩勞，不舍鄉亭，止於棠樹之下聽訟決獄，百姓各得其所。壽百九十餘乃卒，後人思其德美，愛其樹而不敢伐，詩甘棠之所作也。

〔觀樂〕左傳襄二十九年：吴公子札來聘，……請觀於周樂。

〔聞韶〕論語述而篇：子在齊聞韶，三月不知肉味。王云：鄂州本楚國之地，故曰入楚，因入楚而觀樂，親見其美，猶之在齊而聞韶，二句乃流水對法，或疑入楚爲誤者，非也。

爽朗太白，雄光下射。峥嶸金天，華岳旁連。降精騰氣，赫矣昭然。誕聖五日，垂休萬年。孽胡挻災，大人有作。雷霆發揚，欃槍乃落。九服交泰，五雲縈薄。掃雪屯蒙，洗清寥廓。軒后訪道，來登峨嵋。上皇西去，異代同時。六龍轉駕，兩曜迴規。重遭唐主，更覩漢儀。肅肅韋公，大邦之翰。秀骨岳立，英謀電斷。宣風樹聲，遠威逆亂。不長不極，樂奏争觀。丸劍揮霍，魚龍屈盤。東迴舞袖，西笑長安。頌聲載路，豐碑是刊。

【校】

〔峨嵋〕郭本作娥眉。王本注云：郭本作娥眉。

【注】

〔太白〕王云：史記正義：天官占云：太白者，西方金之精，白帝之子，上公大將軍之象也。徑一百里。太白即金星也，附日而行，或行在日之先，或行在日之後，雖無定所，而總之日行一度。其光芒所射五星之中，惟太白最爲明朗。參見卷三胡無人詩注。

〔挻〕王云：韻會：説文、方言：楚部謂取物而逆曰挻。一曰揉也。增韻：引也。△挻音羶。

〔九服〕周禮夏官司馬：乃辨九服之邦國。方千里曰王畿，其外方五百里曰侯服，又其外方五百里曰甸服，又其外方五百里曰男服，又其外方五百里曰采服，又其外方五百里曰衛服，又其外方五百里曰蠻服，又其外方五百里曰夷服，又其外方五百里曰鎮服，又其外方五百里曰藩服。

〔軒后〕抱朴子地真篇：昔黄帝……到峨嵋山見天真皇人於玉堂，請問真一之道。皇人曰：

「子既君四海，復欲求長生，不亦貪乎？」

〔丸劍〕文選張衡西京賦：跳丸劍之揮霍。薛綜注：揮霍謂丸劍之形也。

〔魚龍〕漢書卷九六西域傳：作巴俞都盧海中碭極曼衍魚龍角抵之戲。顔師古注：魚龍者，爲舍利之獸，先戲於庭極，畢乃入殿前激水，化成比目魚，跳躍漱水，作霧障日，畢化爲黄龍八丈，出水敖戲於庭，炫耀日光。西京賦云：海鱗變而成龍，即爲此色也。

〔西笑〕見卷十二經亂後將避地剡中留贈崔宣城詩注。

〔載路〕詩大雅生民：厥聲載路。

【評箋】

按：郎官石柱題名考卷一二引新表，東眷韋氏閬公房：廣州都督琳子延安，鄂州刺史。又引元結别王佐卿序稱癸卯歲（廣德元年）主人鄂州刺史韋延安。又引李華登頭陀寺東樓詩序稱侍御韋公延安威清江漢。案頭陀寺，唐在鄂州江夏縣，延安當即鄂州刺史，侍御即其所兼憲官。序文有「時王師北舉幽朔，太尉公分麾下之旅，付帷幄之賓，與前相張洪州來攻海寇，方收東越」云云，考新紀，平幽州袁晁俱在廣德元年。以上均題名考之言。光緒重修湖北通志引金石存佚考遂以此碑之韋公爲韋延安。王氏則以爲韋良宰，今人詹鍈亦引唐書世系表韋氏彭城公房有名良宰者一人，謂以其行輩度之，當在斯時，兩説當以後説爲可信。

比干碑

太宗文皇帝既一海内，明君臣之義，貞觀十九年，征島夷，師次殷墟，乃詔贈少師比干爲太師，謚曰忠烈公。遣大臣持節弔祭，申命郡縣，封墓葺祠，置守冢，以少牢時享，著于甲令，刻于金石。故比干之忠益彰，臣子得述其志。昔商王受毒痛于四海，悖于三正，肆厥淫虐，下罔敢諍。于是微子去之，箕子囚之，而公獨死之。非夫捐生之難，處死之難，故不可死而死，是輕其生，非孝也。可死而不死，是重其死，非忠也。王曰叔父，親其至焉。國之元臣，位莫崇焉。親不可以觀其危，昵不可以忘其祖，則我臣之業將墜于泉，商王之命將絶于天。整扶其顛，遂諫而死。剖心非痛，亡殷爲痛。公之忠烈，其若是焉。故能獨立危邦，横抗興運。周武以三分之業，有諸侯之師，實其十亂之謀，總其一心之衆。當公之存也，乃戢彼西土，及公之喪也，乃觀乎孟津。公存而殷存，公喪而殷喪。興亡兩繫，豈不重與？且聖人立教，懲惡勸善而已矣。人倫大統，父子君臣而已矣。少師存則垂其統，殁則垂其教。奮乎千古之上，行乎百王之末，俾夫淫者懼，佞者慙，義者思，忠者勸。其爲戒也，不亦大哉？而夫子稱殷有三仁，是豈無微旨？嘗敢頤之曰：存其身，存其宗，亦仁矣。存其名，存其祀，亦仁矣。亡其身，圖其國，亦仁矣。若進死者，退生者，狂狷之士將奔走之。褒生者，貶死者，宴安之人將寘力焉。故同歸諸仁，各順其志，殊塗而一揆，異行而齊致，俾後人優柔而自得焉。蓋春秋微婉之義，必將建皇極，立彝倫，關在三之門，垂不二之訓，以明知于世。則夫人臣者，既移孝于親而致之于君，焉有聞親失而不諍，親危而不救，從容安地而自得？甚哉不然矣！夫孝于其親，人之親皆欲其子；忠于其主，人之主皆欲其臣。故歷代帝王皆欲精顯。周武下車而封其墓，魏武南遷而創其祠。我太宗有天下，禋百神，盛其禮，追贈太師，謚曰忠烈，申命郡縣，封墳葺祠，置守冢五家，以少牢時享，著于甲令，刻于金石。於戲，哀傷列辟，主君封德，正與神明，秩視郡王，身滅而榮益大，世絶而祀愈長。然後知忠烈之道，激天感人深矣。天寶十祀，余尉于衞，拜首祠堂，魄感精動。而廟在鄰邑，官非式閭，斵石銘表，以誌丕烈。銘曰：

糜軀非仁，蹈難非智。死于其死，然後爲義。忠無二軀，烈有餘氣。正直聰明，至今猛視。咨爾來代，爲臣不易。

【校】

〔征島夷〕王本注云：唐文粹作東征島夷。

〔乃詔贈少師〕王本注云：文粹作乃下詔追贈殷少師。

〔弔祭〕王本祭下注云：文粹作贈

〔守冢〕王本冢下注云：文粹多五家二字。

〔得述其志〕王本注云：文粹作得以述其志也。

〔四海〕海，王本注云：文粹下多一德字。

〔敢諍〕王本諍下注云：文粹作諫。

〔非夫捐生之難處死之難〕此句下王本注云：文粹作非捐生之難，處死之難，非處死之難，得死之難。

〔而死〕王本注云：文粹下多一之字。

〔可死〕王本注云：文粹作得其死。

〔王曰〕王本曰下注云：文粹作之。

〔親其〕王本其下注云：文粹作莫。

〔親不可以〕王本親下注云：文粹作崇高二字。

〔昵不可以〕王本昵下注云：文粹作親昵二字。

〔我臣〕王本臣下注云：文粹作成湯二字。
〔亡殷爲痛〕王本注云：文粹作殷亡是痛。
〔公之忠烈〕王本烈下注云：文粹下多一也字。
〔是焉〕王本焉下注云：文粹作乎。
〔實其〕王本實下注云：文粹作資。又下文總其，王本注云：文粹少二其字。
〔乃戢〕王本乃下注云：文粹作則。
〔觀乎〕王本乎下注云：文粹作于。
〔兩繫〕王本兩下注云：郭本作而，文粹作所。
〔垂其統〕王本垂下注云：文粹作正。
〔義者〕王本義下注云：文粹作睿。
〔爲戒〕王本戒下注云：文粹作式。
〔而夫子〕王本注云：文粹缺而字。
〔是豈〕王本注云：文粹缺是字。
〔敢頤〕王本頤下注云：文粹作論。
〔存其名〕王本名下注云：一作身。
〔圖其國亦仁矣〕以上九句，王本注云：文粹作存其身存其祀亦仁也，亡其身存其國亦仁也，缺中間九字。

〔奔走之〕王本之下注云：文粹作焉。

〔俾後〕王本後下注云：文粹多之字。

〔闢在三之門〕王本注云：文粹作彌在三之規。

〔以明知于世〕王本注云：文粹作以昭于世。

〔失而不諍〕王本諍下注云：文粹下多一覩字。

〔從容安地〕此句下王本注云：文粹作從容安地而稱得理是不然矣。

〔夫孝于其親〕此句下至其臣王本注云：文粹作孝于其親者人之親皆願其爲子，忠于其君者人之君皆欲其爲臣。

〔皆欲精顯〕王本注云：文粹作莫不欲旌顯。

〔魏武〕王本武下注云：文粹作氏，琦按當作文。

〔百神〕王本神下注云：文粹多一而字。

〔封墳〕王本墳下注云：文粹作墓。

〔主君封德〕王本注云：文粹作主食舊封。

〔正與〕此二句王本注云：文粹作德爲神明，秩視羣望。

〔而榮〕王本榮下注云：文粹作名。

〔激天感人〕王本注云：文粹作感激天人。

〔拜首〕王本首下注云：文粹作手。

〔斲石〕王本斲下注云：文粹作刊。

〔銘曰〕王本銘下注云：文粹作詞。

〔二軀〕王本軀下注云：文粹作體。

〔猛視〕王本猛下注云：文粹作猶。

【評箋】

王云：唐文粹載李翰所作殷太師比干碑即此篇也。雖文句之間略有不同，然異者只八十餘字而已。按唐書李翰傳：翰擢進士第，調衛尉，天寶末，房琯、韋陟俱薦爲史官，宰相不肯擬，與此文所云天寶十祀余尉於衛，極爲脗合。疑是太白代翰起草，而瀚竄改數字以上石者歟！或謂翰亦以文鳴，似無倩人代筆之理，不知一行作吏，簿書鞅掌之不遑，代言視草，勢所不免。如李衛公一品集序鄭亞所作，亦命李義山起草而自加更定者也。又何疑於翰焉？第其文質實疏達，與集中諸作另成一格，恐實出自翰手，後之編輯者或誤以李翰爲李翰林，遂爾採入集中耶！巨眼者必能辨之。

按：此篇斷非李白之文，自當以文粹爲可信。

武昌宰韓君去思頌碑 并序

仲尼，大聖也，宰中都而四方取則；子賤，大賢也，宰單父人到于今而思之。乃知德之休明不在位之高下，其或繼之者得非韓君乎？君名仲卿，南陽人也。昔延陵知晉國之政必分於韓。獻子雖不能遏屠岸之誅，存孤嗣趙，太史公稱天下陰德也。其賢才羅生，列侯十世，不亦宜哉！七代祖茂，後魏尚書令安定王。五代祖鈞，金部尚書。曾祖晙，銀青光禄大夫雅州刺史。祖泰，曹州司馬。考睿素，朝散大夫桂州都督府長史。分茅納言，剖符佐郡，奕葉明德，休有烈光。君乃長史之元子也。妣有吴錢氏。及長史即世，夫人早孀，弘聖善之規，成名四子，文伯孟軻二母之儔歟！少卿，當塗縣丞，感槩重諾，死節於義。雲卿，文章冠世，拜監察御史，朝廷呼爲子房。紳卿，尉高郵，才名振耀，幼負美譽。

【校】

〔嗣趙〕趙，郭本作起。王本注云：郭本作起。

〔睿素〕新唐書世系表及李翺韓公行狀均作濬素。

〔奕葉〕葉，郭本作業。王本注云：郭本作業。

〔有吴〕吴，郭本作吾。王本注云：郭本作吾。

【注】

〔韓君〕新唐書卷一七六韓愈傳：七世祖茂有功於後魏，封安定王。父仲卿，爲武昌令，有美政，既去，縣人刻石頌德，終祕書郎。

〔中都〕史記孔子世家：其後定公以孔子爲中都宰一年，四方皆則之。

〔嗣趙〕王云：新唐書：韓氏出自姬姓，晉穆侯濆少子曲沃桓叔成師生武子萬，食采韓原，生定伯，定伯生子輿，子輿生獻子厥，從封遂爲韓氏。史記晉世家：吴延陵季子來使，與趙文子、韓宣子、魏獻子語曰：晉國之政，卒歸此三家矣。又韓世家：晉景公之三年，司寇屠岸賈將作亂，誅靈公之賊趙盾，盾已死矣，欲誅其子趙朔，韓厥止賈，賈不聽，厥告趙朔令亡，朔曰：「子必能不絶趙祀，死不恨矣。」韓厥許之。及賈誅趙氏，厥稱疾不出，程嬰、公孫杵臼之藏趙孤趙武也，厥知之，景公十一年，晉作六卿，而韓厥在一卿之位，號爲獻子。景公十七年疾，卜大業之後不遂者爲祟。韓厥稱趙成季之功今後無祀，以感景公，景公問曰：「尚有世乎！」厥於是言趙武，而復與故趙氏田邑，續趙氏祀。太史公曰：韓厥之感晉景公，紹趙孤之子武，以成程嬰、公孫杵臼之義，此天下之陰德也。韓氏之功，於晉未覩其大者也。然與趙魏終爲諸侯十餘世，宜乎哉！琦按全趙孤者，韓獻子厥也。延陵季子所稱者，韓宣子起也，今太白似作一人用，疑誤。

〔金部等〕王云：通典：魏尚書有金部郎，其後歷代多有之。北齊金部主才量尺度内外諸庫藏文帳。唐書百官志：文散階從三品曰銀青光禄大夫，從五品下曰朝散大夫。雅州盧山郡屬劍南道，曹州濟陰郡屬河南道，桂州始安郡屬嶺南道。

〔睿素〕王云：北史：韓茂，字元興，安定安武人，爲武賁郎將，録前後功，拜散騎常侍殿中尚書，進爵安定公。文成踐阼，拜尚書令，加侍中，征南大將軍，卒贈安定王。長子備，襲爵安定公。備弟均字天德，初爲中散，賜爵范陽子，遷金部尚書。兄備卒，均襲爵安定公，征南大將軍，歷定、青、冀三州刺史，除大將軍，廣阿鎮大將，加都督三州諸軍事，復授定州刺史。按此則鈞字是均字之誤，但均乃茂之子，非茂之孫，與七代五代之文不合。而唐書宰相世系表亦以爲茂生二子備、均，均生晙，晙生仁泰，仁泰生叡素，則疑文之誤也。唐書之誤又因此文之誤而誤歟！李翺韓文公行狀：曾祖泰，皇任曹州司馬。祖濬素，皇任桂州長史。父仲卿，皇任祕書郎。皇甫湜韓文公神道碑：曾祖叡素，爲唐桂州長史，善化行於江嶺之間。

〔分茅〕〔納言〕分茅，見卷十五感時留别從兄徐王延年詩注。王云：漢書：龍作納言，出入帝命。應劭注：納言如今尚書官，王之喉舌也。北堂書鈔：尚書，唐虞官也，唐虞曰納言，周官爲内史。大唐新語：尚書，古之納言。潘岳馬汧督誄：剖符專城，紆青拖墨之司。李善

注：東觀漢紀：韋彪上議曰：二千石皆以選出京師，剖符典千里。張銑注：剖符謂剖竹分符，猶今之印也。分茅謂加王爵，納言謂爲尚書，剖符謂爲刺史長史，佐郡謂爲司馬。

〔聖善〕詩邶風凱風：母氏聖善，我無令人。

〔文伯孟軻〕列女傳母儀傳：魯季敬姜者，……魯大夫公父穆伯之妻，文伯之母……也。博達知禮，穆伯先死，敬姜守養。文伯出學而還歸，敬姜側目而盻之。見其友上堂，從後階降而却行，奉劍而正履，若事父兄。文伯自以爲成人矣，敬姜召而數之曰：「以子年之少而位之卑，所與遊者皆爲服役，……子之不益，亦以明矣。」文伯乃謝罪。於是乃擇嚴師賢友而事之，所與遊處者皆黄髦倪齒也。文伯引衽攘捲而親饋之。敬姜曰：「子成人矣。」君子謂敬姜備於教化。又：鄒孟軻之母也，號孟母。……孟子……既學而歸，孟母方績，問曰：「學所至矣。」孟子曰：「自若也。」孟母以刀斷其機，孟子懼而問其故，孟母曰：「子之廢學，若吾斷斯織也。夫君子學以立名，問以廣知，是以居則安寧，動則遠害。今而廢之，是不免於廝役，而無以離於禍患也。何以異於織績而食，中道廢而不爲，寧能衣其夫子而長不乏糧食哉！女則廢其所食，男則墮於修德，不爲竊盜，則爲虜役矣。」孟子懼，旦夕勤學不息，師事子思，遂成天下之名儒。君子謂孟母知爲人母之道矣。

〔雲卿〕王云：皇甫湜韓文公神道碑：叔父雲卿，當肅宗代宗朝，獨爲文章冠。李翱韓君夫人韋氏墓誌銘：禮部郎中雲卿，好立義節，有大功於昭陵，其文章出於時，而官不甚高。韓愈科斗書後記：愈叔父當大曆世，文辭獨行中朝，天下之欲銘述其先功行，取信於來世者，咸歸韓氏。昌黎集注：韓雲卿，上元辛丑特進、試鴻臚卿、兼御史中丞，仕終禮部侍郎。唐書百官志：御史臺有監察御史十五人，正八品下。韓愈虢州司户韓府君墓志銘：安定桓王五世孫叡素，爲桂州長史，化行南方。有子四人，最季曰紳卿，文而能言，嘗爲揚州録事參軍，事故宰相崔圓。圓狎愛州民丁某，至顧省其家，後大衙會日，司録君趨以前大言曰：「公與小民狎，至至其家，害於政。」圓驚謝曰：「録事言是，圓實過。」乃自署罰五十萬錢，由是遷涇陽令，破豪家水磑利，名田頃凡百萬。琦按此文本頌韓公德政，而兼及其諸弟，蓋因上文成名四子而叙其事以實之也。又此文序其兄弟少長名諱，皆與昌黎集合，乃唐書宰相世系表以叡素生七子，無少卿而有晉卿、季卿、子卿、升卿，與此大異。夫以歐陽公所修之史表，而與其家傳不能無誤繆，信史蓋難言矣。唐時淮南道有高郵縣，隸揚州廣陵郡。

按：今人詹鍈云：細按東雅堂本韓昌黎集科斗書後記篇注云：上元辛丑，特進、試鴻臚卿兼御史中丞田神功平劉展於淮西，雲卿爲平淮碑。知特進試鴻臚卿兼御史中丞者乃田神功，非韓雲卿也。王琦失其句讀，遂致巨誤。

君自潞州銅鞮尉調補武昌令。未下車，人懼之；既下車，人悅之。惠如春風，三月大化。姦吏束手，豪宗側目。有爨玉者，三江之巨横，白額且去，清琴高張。

兼操刀永興，二邑同化。時鑿齒磨牙而兩京，宋城易子而炊骨。吴楚轉輸，蒼生熬然，而此邦晏如，襁負雲集。居未二載，户口三倍其初。銅鐵曾青未擇地而出。太冶鼓鑄，如天降神。既烹且爍，數盈萬億，公私其賴之。官絶請託之求，吏無絲毫之犯。

【校】

〔夔玉〕玉，咸本作王。

〔巨横〕王本注云：此下似有缺文。

〔而兩京〕而，王本注云：當作于。

〔太冶〕太，王本注云：當作大。

【注】

〔銅鞮〕〔永興〕舊唐書地理志：河東道潞州銅鞮：漢縣。又江南西道鄂州永興：漢鄂縣地。又武昌：漢鄂縣。

〔白額〕見卷一大獵賦注。

〔鑿齒〕王云：揚雄長楊賦：昔有彊秦，封豕其士，窫窳其民，鑿齒之徒，相與磨牙而争之。應劭曰：淮南子云：堯之時，窫窳、封豨、鑿齒皆爲民害。鑿齒齒長五尺食人。（今本漢書注作服虔曰：鑿齒長五寸，亦食人。）李奇曰：以喻秦貪婪殘食其民也，此以喻禄山陷兩京而肆暴也。按：此句疑當作兩京鑿齒而磨牙，與下句相偶。

〔炊骨〕王云：史記：楚莊王圍宋五月，城中食盡，易子而食，析骨而炊。按春秋時宋國，在唐時爲宋州睢陽郡。當至德二載三月，賊將尹子奇圍睢陽，至五月始退去。七月復圍睢陽，張巡、許遠據城死守，至十月救兵不至，城遂陷。先是城中食盡，士卒食茶紙，茶紙既盡，遂食馬，馬盡，羅雀掘鼠，鼠雀又盡，括城中婦人食之，繼以男子老弱，人知必死，莫有叛者。所謂宋城易子炊骨，正指其事。

〔曾青〕王云：唐書地理志：永興縣有銅有鐵，武昌縣有銀有銅有鐵。太平御覽：本草經曰：曾青出蜀郡名山，其山有銅者曾青出其陽。曾青者銅之精，能化金銀。

本道採訪大使皇甫公侁聞而賢之，擢佐輶軒，多所弘益。尚書右丞崔公禹稱之于朝，相國崔公涣特奏授鄱陽令，兼攝數縣，所謂投刃而皆虚，爲其政而則理成，去若始至，人多懷恩。新宰王公名庭璘，巖然太華，浼然洪河。含章可貞，幹蠱有立。接武比德，絃歌連聲。服美前政，聞諸耆老，與邑中賢者胡思泰一十五人，及諸寮吏，式歌且舞，願揚韓公之遺美，白採謡刻石而作頌曰：

【校】

〔巖然〕巖，郭本作嚴。王本注云：郭本作嚴。

〔可貞〕貞，郭本作真。

【注】

〔本道〕王云：本道謂江南西道。册府元龜：開元中始置節度使，其後又置諸道採訪使，皆以刺史爲之。節度使以司戎事，採訪使以聽民政。

〔輶軒〕按：此謂充採訪使判官。

〔爲其政〕王云：爲其政句似有缺文。

〔巖然〕王云：巖然太華，喻其高峻如華岳。

〔浼然〕王云：韻會：浼浼，水流平貌。詩：河水浼浼。浼然洪河，喻其廣大如黄河。

〔接武〕禮記曲禮：堂上接武。鄭注：武，跡也。

峨峨楚山，浩浩漢水。黄金之車，大吴天子。武昌鼎據，實爲帝里。時艱世訛，薄俗如燬。韓君作宰，撫兹遺人。滂汪王澤，猶鴻得春。和風潛暢，惠化如神。刻石萬古，永思清塵。

【校】

〔滂汪〕汪，兩宋本、繆本俱作注。王本注云：繆本作注。

【注】

〔黄金〕王云：通典：鄂州自春秋以來皆屬楚，有江、漢二水在州西合。秦屬南郡，漢高祖置江夏郡，吴分江夏更置武昌郡，孫權嘗都之，孫皓又徙都之，常爲重鎮。三國志孫權傳：黄龍元年春，公卿百司皆勸權正尊號。夏四月丙申，即皇帝位，大赦改年。初興平中，吴中童謡曰：黄金車，班蘭耳。開閶門，出天子。

【評箋】

今人詹鍈云：舊唐書永王璘傳：璘兵敗將投嶺外，爲江西採訪使皇甫侁下防禦兵所擒，……知皇甫侁爲江西採訪使在至德二載三月以前。宋城易子而炊骨乃張巡、許遠守睢陽時事，睢陽之陷在至德二載十月。又崔涣以至德元載十一月爲江南宣慰大使，二載八月罷爲散騎常侍餘杭太守。據此則韓仲卿之爲武昌宰在至德元二載間，碑文蓋至德二載冬季，或乾元元年作。

虞城縣令李公去思頌碑 并序

王者立國君人，聚散六合，咸土以百里，雷其威聲。革其俗而風之，漁其人而涵之。其猶衆鮮洋洋，樂化在水，波而動之則憂，赬尾之刺作焉。徐而清之則安，頒首之頌興焉。苟非大賢，孰可育物？而能光昭絃歌，卓立振古，則有虞城宰公焉。公名錫，字元勳，隴西成紀人也。高祖楷，隋上大將軍，鄜、益、原三州刺史，封汝陽公。曾祖騰雲，皇朝廣、茂二州都督，廣武伯。祖立節，起家韓王府記室參軍，襲廣武伯。父浦，鄆、海、淄、唐、陳五州刺史，魯郡都督，廣平太守，襲廣武伯。皆納忠王庭，名鏤鐘鼎，侯伯繼跡，故可略而言焉。

【校】

〔革其〕革，兩宋本、繆本俱作華。王本注云：繆本作華。

〔父浦〕何校陸本云：浦，崇明寺石幢頌作輔，未詳孰是。

【注】

〔虞城〕王云：虞城縣，唐時隸河南道之宋州睢陽郡。金石録：唐虞城令李公去思頌，李白撰，王遹書，碑側題云：元和四年二月重篆，蓋遹不與白同時，此碑後來始建。歐陽集古録云遹在陽冰前者誤也。按此則此碑宋未南渡以前猶存。

〔李公〕按：此與卷十對雪獻從兄虞城宰詩所指同爲一人。詩云：「昨夜梁園裏，弟寒兄不知。」則其任虞城宰時，白正爲梁宋之遊。此文云：天寶四載拜虞城令，按其年月亦頗相合。

〔威聲〕王云：趙岐孟子注：諸侯方百里，象雷震也。藝文類聚：論語讖曰：雷震百里，聲相附近。宋均注曰：雷動百里，故因以制國也。雷聲，謂諸侯之政教所至相附近也。

〔赬尾〕詩周南汝墳：魴魚赬尾。毛傳：赬，赤也，魚勞則尾赤。正義：婦人言魴魚勞則尾赤，以興君子苦則容悴。△赬音稱。

〔頒首〕詩小雅魚藻：魚在在藻，有頒其首。毛傳：頒，大首貌。鄭箋：魚之依水草，猶人之依明王也。魚處於藻，既得其性，則肥充，其首頒然。△頒音焚。

〔振古〕詩周頌載芟：振古如兹。毛傳：振，自也。

〔隴西〕王云：唐時成紀縣屬秦州天水郡，不屬渭州隴西郡，此云隴西成紀，蓋敘族望，本古郡縣而言也。

〔上大將軍〕王云：按隋唐百官志：上大將軍高祖所置，其位在柱國之下，大將軍之上，蓋散爵也，所以酬功臣者。

〔緜益原〕王云：隋時緜州、益州皆在蜀地，原州在秦地。汝陽，縣名，蔡州汝南郡所統。唐時廣州南海郡隸嶺南道，設中都督府，有都督一人，正三品。茂州通化郡隸劍南道，設下都督府，有都督一人，從三品。廣武，縣名，隴右道蘭州所屬，乾元二年更名金城。唐書百官志：王府官有記室參軍事二人，掌表啓書疏。鄆州富水郡隸山南東道。海州東海郡、淄州淄川郡，皆隸河南道。唐州淮安郡，隸山南東道。陳州淮陽郡，隸河南道。魯郡即兗州，隸河南道，設上都督府，有都督一人，從二品。廣平郡即洺州，隸河北道。

〔父浦〕詳見下評箋。

公即廣武伯之元子也。年十九，拜北海壽光尉。心不挂細務，口不言人非，羣吏罕測，望風敬憚。秩滿，轉右武衛倉曹參軍，次任趙郡昭慶縣令。奉詔修建初、啓運二陵，總徒五郡，支用三萬貫。舉築雷野，不鞭一人，功成餘八千貫。其幹能之聲大振乎齊趙矣。時名卿巡按，陵有黄赤氣，上衝太微，散爲慶雲數千處，蓋精勤動天地也如此。因粉圖奏名，編入國史。

【校】

〔羣吏〕羣，咸本作郡。

〔昭慶〕慶，咸本作應，誤。

【注】

〔壽光〕舊唐書地理志：河南道青州壽光：漢縣。

〔倉曹〕新唐書百官志：左右武衛有倉曹參軍事各二人，正八品下。

〔昭慶〕王云：元和郡縣志：河北道趙州有昭慶縣，東北至州九十里，隋爲大陸縣。武德四年改爲象城縣。天寶元年改爲昭慶縣。皇十三代祖宣皇帝建初陵，高四丈，周迴八十步。皇十二代祖光皇帝啟運陵，高四丈，周迴六十步。二陵共塋，周迴一百五十六步，在縣西南二十里。唐會要：獻祖宣皇帝葬趙州昭慶縣界，儀鳳二年五月一日追封爲建昌陵，開元二十八年七月十八日，詔改爲建初陵。懿祖光皇帝葬趙州昭慶縣，儀鳳二年五月一日追封爲延光陵，開元二十八年七月十八日，詔改爲啓運陵。（按：此處引元和郡縣志，非原文。）

〔慶雲〕王云：漢書：若烟非烟，若雲非雲，郁郁紛紛，蕭索輪困，是爲慶雲。慶雲見，喜氣也。

天寶四載，拜虞城令，而天章寵榮，俾金玉王度，烱若七曜，昭回堂隅。於戲，敬之哉！宸威臨顧，作訓以理，其俗魯而木，舒而徐。急則狼戾，緩則鳥散。公酌以釣道，和之琴心。于是安四人，敷五教，處必糲食，行惟單車。觀其約而吏儉，仰其敬而俗讓，激直士之素節，揚廉夫之清波。三月政成，鄰境取則。因行春，見枯骸于路隅，惻然疚懷，出俸而葬。由是百里掩骼，四封歸仁。有居喪行號城市者，習以成俗，公勗之親鄰，厄以凶事，而鰥寡惸獨，衆所賴焉。可謂變其頽風，永錫爾類。

【校】

〔烱若〕烱，兩宋本、繆本俱作冏。王本注云：繆本作冏。

〔宸威〕威，郭本作滅，誤。王本注云：郭本作滅。

〔狼戾〕狼，兩宋本、繆本俱作很。王本注云：繆本作很。

〔釣道〕釣，兩宋本、繆本、咸本俱作鈞。王本注云：繆本作鈞。

〔鄰境〕境，郭本作墳。王本注云：郭本作墳。

〔掩骼〕骼，兩宋本、繆本俱作骸。王本注云：繆本作骸。

【注】

〔釣道〕説苑政理篇：宓子賤爲單父宰，過於陽晝，曰：「子亦有以送僕乎？」陽晝曰：「吾少也賤，不知治民之術，有釣道二，請以送子。」

〔琴心〕王云：王儉褚淵碑文：參以酒德，間以琴心。此文借用其字，垂釣鼓琴皆能令人心静，承上文緩急之事而言其當静以治之也。

〔掩骼〕禮記月令：孟春之月，掩骼埋胔。鄭注：骨枯曰骼。△骼音格。

〔永錫〕詩大雅既醉：孝子不匱，永錫爾類。鄭箋：永，長也。孝子之行，非有竭極之時，長以與汝之族類，謂廣之以教導天下也。

先時邑中有聚黨横猾者，實惟二耿之族，幾百家焉。公訓爲純人，易其里曰大忠正之里。北境黎丘之古鬼焉，或醉父以刃其子，自公到職，蔑聞爲災。官宅舊井，水清而味苦，公下車嘗之，莞爾而笑曰：「既苦且清，足以符吾志也。」遂汲用不改，變爲甘泉。蠡丘館東有三柳焉，公往來憩之，飲水則去，行路勿剪，比於甘棠，鄉人因樹而書頌四十有六篇。

【校】

〔大忠〕忠，王本注云：當作中。

〔因樹〕因，郭本作田。

【注】

〔黎丘〕王云：太平寰宇記：黎丘在虞城縣北二十里，高二丈。吕氏春秋：梁北有黎丘部，有奇鬼焉，善效人之子姪昆弟之狀，邑丈人有之市而醉歸者，黎丘之鬼效其子之狀，扶而道苦之，丈人歸，酒醒而誚其子曰：「吾爲汝父也，豈謂不慈哉！我醉，汝道苦我，何故？」其子泣而觸地曰：「孽矣，無此事也。昔也往責於東邑人可問也。」其父信之曰：「嘻，是必夫奇鬼也！我固嘗聞之矣。」明日端復飲於市，欲遇而刺殺之。明旦之市而醉，其真子恐其父之不能反也，遂逝迎之，丈人望見其真子，拔劍而刺之，丈人智惑於其似子者而殺其真子。按此事在戰國時，引此以頌德政，近乎戲言，豈唐時此鬼復作歟！

〔莞〕王云：韻會：莞，小笑貌。△莞音綬。

〔甘泉〕王云：河南通志：李令泉在虞城縣治内，縣令李錫有清操。李白撰錫去思頌載其事，後因以名。

〔甘棠〕史記燕召公世家：召公之治西方，甚得兆民和，召公巡行鄉邑，有棠樹，決獄政事其下，自侯伯至庶人，各得其所，無失職者。召公卒而民人思召公之政，懷棠樹不敢伐，歌詠之，作甘棠之詩。

惟公志氣塞乎天地，德音發乎聲容，縞乎若寒崖之霜，湛乎若清川之月。彈惡雪善，速若箭飛。尤能筆工新文，口吐雅論。天下美士，多從之遊。非汝陽三公三伯之積德，則何以生此？邑之賢老劉楚瓌等乃相謂曰：我李公以神明之化，大賴於虞人，虞人陶然，歌詠其德。官則敬，去則思。山川鬼神猶懷之，況于人乎？乃洛羣寮，興去思之頌。縣丞王彦暹，員外丞魏陟，主簿李詵，縣尉李向、趙濟、盧榮等，同德比義，好謀而成。相與採其瓌蹤茂行，俾刻石篆美，庶清風令名，奮乎百世之上。其詞曰：

【校】

〔三伯〕三，郭本、咸本俱作二。王本注云：郭本作二。

【注】

〔員外丞〕按：唐代之閒職有員外置同正員者，此丞即員外置之縣丞也。

激揚之水兮，白石有鑿。李公之來兮，雪虞人之惡。厥德孔昭，折獄既清。五教大行，殷雲雷之聲。既父其父，又子其子。春之以風，化成草靡。乃影我崗，乃雨我田。陽無驕僭，四載有年。人戴公之賢，猶百里之天。棄余往矣，茫如墜川。哀喪惠博，掩骼仁深。苦井變甘，凶人易心。三柳勿剪，永思清音。

【校】

〔僭〕兩宋本、繆本、咸本俱作僭，是。王本注云：繆本作僭。

〔棄余〕余，郭本作金，誤。

【注】

〔白石〕詩唐風揚之水：揚之水，白石鑿鑿。毛傳：鑿鑿，鮮明貌。鄭箋：激揚之水，波流湍疾，洗去垢濁，白石鑿鑿然。興者，喻桓叔盛強，除民所惡，民得以有禮義也。

〔孔昭〕詩小雅鹿鳴：我有嘉賓，德音孔昭。鄭箋：孔，甚也。昭，明也。

【評箋】

今人詹鍈云：按碑文稱公名錫，……父浦，鄆、海、淄、唐、陳五州刺史，魯郡都督，廣平太守，襲廣武伯。崇明寺佛頂尊勝陀羅尼幢頌云：我太官廣武伯隴西李公，先名琬，奉詔書改爲輔。其從政也，五鎮方牧，聲聞于天，帝乃加剖竹於魯，魯道粲然可觀。王注：所謂五鎮方牧者，輔歷官鄆、海、淄、唐、陳五州刺史也。所謂剖竹於魯者，又爲魯郡都督也。但碑文之名作浦，頌文之名作輔，未知孰是。碑文於魯郡都督之後列廣平太守，而頌文不及焉，則碑之作當在頌後可知矣。李浦之轉廣平太守，當在天寶十二載七月以前。

按：歐陽修集古録跋尾卷八：右虞城李令去思頌，李白撰文，王遹篆。唐世以書自名者多，而小篆之學不數家，自陽冰獨擅，後無繼者，其前惟有碧落碑而不見名氏。遹開元天寶時人，在陽冰前而相去不遠，然當時不甚知名，雖字畫不爲工而一時未有及者。據此，則此文已于當時書丹刊石矣。而跋下注云元和四年，編次亦在諸元和碑刻之列。

又按：岑仲勉唐集質疑云：金石録九：唐虞城令李公去思頌，李白撰，王遹篆書，元和四年六月。同書二九云：碑側題云元和四年二月重篆，蓋遹不與白同時，此碑後來追建爾。歐陽公集古録云遹在陽冰前者，誤也。考太白集二九去思頌碑稱天寶四載：拜虞城令。又「陽無驕僭，四載有年」，則其碑約天寶七八載立。碑又云：高祖楷，隋上大將軍，緜、益、源三州刺史，封汝陽公。曾祖騰雲，皇朝廣、茂二州都督，廣武伯。祖立節，起家韓王府記室參軍，襲廣武伯。父浦，郢、海、淄、唐、陳五州刺史，魯郡都督、廣平太守，襲廣武伯。以隋書五五獨孤楷傳及元和姓纂獨孤姓之文（今誤收入辨證內）合勘之，高祖楷者獨孤楷也。隋書五四：獨孤楷字修則，不知何許人也，本姓李氏，父屯，從齊神武帝與周師戰於沙苑，齊師敗績，因爲柱國獨孤信所擒，配爲士伍，給使信家，漸得親近，賜姓獨孤氏。楷嘗官原、益、并三州總管。後轉長平（澤州）太守，未視事卒。不載緜州，豈李文有訛歟！楷不知何許人，而碑顧云：公名錫，字元勳，隴西成紀人也，則猶是王必稱太原，張必稱清河之故套。姓纂：楷子滕雲，荆府長史，廣武公。當以集作騰者近是。復次：姓纂：滕雲生奉節，生琬、炎，琬太僕卿，開元中，上表請改姓李氏名俌。碑之浦與姓纂之俌，僅偏旁略差。天寶元年改郡，乃號太守，今碑既敘浦五州刺史，末又著廣平太守，顯見改郡後尚存。不稱太僕卿，或許時尚未任。況復姓李氏，固自俌始，碑不曰獨孤錫，而曰李錫，尤徵錫即俌子，亦浦與俌同爲一人之證。所異者中間奉節、立節名差一字，其爲任一有誤，或立、奉本昆仲而俌出嗣，尚未能斷定耳。

爲竇氏小師祭璿和尚文

年月日某謹以齋蔬之奠，敢昭告於和尚之靈。伏惟和尚降靈自天，依化遊世。角立獨出，嶷然生知。鳳皇開九苞之翼，豫章横萬頃之陂。始傳燈而納照，因落髮以從師。邁龍象以蹴踏，爲天人之羽儀。紹釋風于西域，迴佛日于東維。若大塊之噫氣，鼓和風而一吹。熱惱清灑，道芽榮滋。走吳楚以宗仰，將掃地而歸之。嗚呼！來無所從，去復何適？水還火歸，蕭散本宅。寶舟輟棹，禪月掩魄。痛一往而無蹤，愴雙林之變白。某早承訓誨，偏荷恩慈。忝餐風于法侶，旋落蔭于禪枝。號無輟響，泣有餘悲。手撰茗藥，精誠嚴思。冀神道之昭格，庶明靈而饗之。

【校】

〔九苞〕苞，兩宋本、繆本、咸本俱作包。王本注云：繆本作包，二字通用。

〔落蔭〕蔭，郭本作陰。王本注云：郭本作陰。

【注】

〔小師〕王云：釋氏要覽：受戒十夏以前，西天皆稱小師。毘奈耶云：難陀比丘呼十七衆比丘爲小師，此蓋輕呼之也，亦通沙門之謙稱也。梵言烏波遮迦，于闐國翻爲和尚，華言力生，即親教師也，謂出家者因師之力，生長法身，出功德財，養知慧命。

〔瓘和尚〕見後評箋。

〔角立〕後漢書卷八三徐穉傳：爰自江南卑薄之域而角立傑出。章懷太子注：角立，如角之特立也。

〔嶷然〕詩大雅生民：克岐克嶷。毛傳：岐，知意也。嶷，識也。正義：岐爲有智之意，嶷爲有識之貌。

〔九苞〕見卷三上雲樂注。

〔傳燈〕王云：釋家師弟子以佛法遞相傳受，繼續不絶，如以燈遞相燃點，光明常在，終不熄滅，故謂之傳燈。

〔蹴踏〕維摩詰經：十方無量菩薩，或有人從乞手足耳鼻頭目腦髓血肉皮骨聚落城邑妻子奴婢象馬車乘金銀瑠璃硨磲瑪瑙珊瑚琥珀真珠珂貝衣服飲食，如此乞者，多是住不可思議解脱菩薩以方便力而往試之，令其堅固。所以者何？住不可思議解脱菩薩有威德力，故行逼迫，示諸衆生，如是難事，凡夫下劣，無有力勢，不能如是逼迫菩薩，譬如龍象蹴蹋，非驢所堪，是名住不可思議解脱菩薩智慧方便之門。

〔熱惱〕法苑珠林卷一〇七：願我出大風，微密滿虛空。諸有熱惱處，扇之以清涼。

〔水還〕圓覺經：我今此身，四大和合，所謂毛髮齒皮肉筋骨腦垢色，皆歸於地，吐涕濃血津液涎沫痰淚精氣大小便利皆歸於水，暖氣歸火，動轉歸風，四大各離，今者妄身當在何處？

〔雙林〕涅槃經：佛在拘尸那城力士生地阿利羅跋提河邊娑羅雙樹間，二月十五日臨涅槃時，爾時拘尸那城娑羅樹林其林變白，猶如白鶴。後分曰：娑羅樹林四雙八隻，西方一雙在如來前，東方一雙在如來後，北方一雙在佛之首，南方一雙在佛之足。爾時世尊娑羅林下寢卧寶床，於其中夜，入第四禪，寂然無聲，於是時頃，便槃涅槃。其娑羅林東西二雙合爲一樹，南北二雙合爲一樹，垂覆寶床蓋於如來，其樹即時慘然變白，猶如白鶴，枝葉華果皮幹，悉皆爆裂墮落，漸漸枯悴，摧折無餘。

【評箋】

今人詹鍈云：王右丞集有謁璿上人詩。宋高僧傳卷十七：唐金陵鍾山元崇傳：元崇以開元末年，因從瓦官寺璿律師諮受心要，……至德初，並謝絶人事，杖錫去郡，歷於上京，遂入終南，至白鹿，下藍田，於輞川得右丞王公維之别業，松生石上，水流松下。王公焚香静室，與崇相遇神交。按舊唐書王維傳：乾元中，遷太子中庶子、中書舍人，復拜給事中，轉尚書右丞。……晚年得宋之問藍田别墅在輞口，輞水周於舍下。璿和尚之卒，當在乾元以後。乾元中，太白方流夜郎，則祭文之作又當在上元以後矣。

按：李頎集中有題璿公山池詩云：「遠公遯跡廬山岑，開山幽居祇樹林。片石孤峯窺色相，清池皓月照禪心。指揮如意天花落，坐卧閑房春草深。此外俗塵都不染，惟餘玄度得相尋。」時代相接，必即此璿和尚也。豈其示寂於輞川，而此文乃遥祭乎？

爲宋中丞祭九江文

謹以三牲之奠敬祭于長源公之靈。惟神包括乾坤，平準天地。劃三峽以中斷，流九道以争奔。綱紀南維，朝宗東海。牲玉有禮，祀典無虧。今萬乘蒙塵，五陵慘黷。蒼生悉爲白骨，赤血流于紫宫。宇宙倒懸，欃槍未滅，含識結憤，思剪元凶。若思參列雄藩，各當重寄。遵奉王命，大舉天兵。照海色于旌旗，肅軍威于原野。而洪濤渤潏，狂飇振驚。惟神使陽侯卷波，羲和奉命，樓船先濟，士馬無虞。掃妖孽于幽燕，斬鯨鯢于河洛。惟神佑我，降休于民。敬陳精誠，庶垂歆饗！

【校】

〔慘黷〕郭本作慘贖。王本注云：當作墋黷，郭本作慘贖，尤非。

〔若思〕咸本、郭本俱作而況。按：下文云各當重寄，自不應獨出若思一人之名。

〔王命〕王，兩宋本、繆本俱作天。按：似不應二句連用二天字。

【注】

〔宋中丞〕按：宋中丞爲宋若思。卷十一有中丞宋公以吴兵三千……，卷二十二有陪宋中丞武昌夜飲懷古各詩，卷二十六有爲宋中丞請都金陵表及爲宋中丞自薦表，均可參看。

〔九江〕王云：漢書地理志：禹貢：九江在尋陽南，皆東合爲大江。應劭曰：江自廬江尋陽分爲九。水經注：劉歆云：湖漢等九水入彭蠡，故言九江矣。

〔長源公〕王云：按舊唐書：天寶六載，封河瀆爲靈源公，濟瀆爲清源公，江瀆爲廣源公，淮瀆爲長源公，今祭江神而曰長源公，蓋字之誤也。

〔墋黷〕文選陸機漢高祖功臣頌：茫茫宇宙，上墋下黷。李善注：天以清爲常，地以静爲本，今上墋下黷，言亂常也。墋，不清澄之貌也；黷，媟也。李周翰注：墋，垢也；黷，濁也。

李白集校注卷三十

詩文補遺七十一首

雜言用投丹陽知己兼奉宣慰判官

客從崑崙來，遺我雙玉璞。云是古之得道者西王母食之餘，食之可以淩太虛。愛之頗謂絶今昔，求識江淮人猶乎比石。如今雖在卞和手，□□正憔悴了了知之亦何益？恭聞士有調相如，始從鎬京還，復欲鎬京去，能上秦王殿，何時迴光一相盼？欲投君，保君年。幸君持取無棄捐。無棄捐，服之與君俱神仙。

【校】

〔題〕此首見兩宋本及繆本卷九。

【注】

〔判官〕王云：唐時丹陽郡即潤州也。屬江南東道。肅宗至德元載十一月，以崔涣爲江南宣慰使。所謂宣慰判官，乃涣之僚屬也。太白有上崔相涣詩數首，此詩乃與其僚屬者歟！

〔玉璞〕抱朴子仙藥篇：玉亦仙藥。玉經曰：服金者壽如金，服玉者壽如玉也。又曰：服元真者其命不極。元真者玉之别名也。令人身輕飛舉，不但地仙而已。……不可用已成之器，傷人無益，當得璞玉，乃可用也。

【評箋】

王云：此詩多有缺文訛字，與下八首蕭氏本皆不録，唯姑蘇繆氏依宋本所刊者有之。

南陵五松山别荀七

六即潁水荀，何慙許郡賓？相逢太史奏，應是聚賢人。玉隱且在石，蘭枯還見春。俄成萬里别，立德貴清真。

【校】

〔題〕此首見兩宋本及繆本卷十三。

【注】

〔南陵五松山〕見卷十二於五松山贈南陵常贊府詩注。

〔荀七〕按：卷二十二有宿五松山下荀媪家詩，荀七或即荀媪之子。

〔六即〕王云：六即，唐詩類苑作軒昂，琦按六字恐是草書君字之訛。

〔許郡〕王云：後漢書：陳寔字仲弓，潁川許人也。荀淑字季和，潁川潁陰人也。異苑：陳仲弓從諸子姪造荀季和父子，于時德星聚，太史奏五百里内有賢人聚。按：唐之許州即古潁川，變州言郡以取叶音節耳，非必指漢之許縣也。

觀魚潭

觀魚碧潭上，木落潭水清。日暮紫鱗躍，圓波處處生。涼烟浮竹盡；秋月照沙明。何必滄浪去？兹焉可濯纓。

【校】

〔題〕此首見兩宋本、繆本卷十七。

自廣平乘醉走馬六十里至邯鄲登城樓覽古書懷

醉騎白花駱，西走邯鄲城。揚鞭動柳色，寫鞚春風生。入郭登高樓，山川與雲平。深宫翳緑草，萬事傷人情。相如章華巔，猛氣折秦嬴。兩虎不可鬭，廉公終負荆。提攜袴中兒，杵臼及程嬰。空孤獻白刃，必死耀丹誠。平原三千客，談笑盡豪英。毛君能穎脱，二國且同盟。皆爲黄泉土，使我涕縱横。磊磊石子崗，蕭蕭白楊聲。諸賢没此地，碑版有殘銘。太古共今時，由來互衰榮。傷哉何足道！感激仰空名。趙俗愛長劍，文儒少逢迎。閑從博徒遊，帳飲雪朝酲。歌酣易水動；鼓震叢臺傾。日落把燭歸，淩晨向燕京。方陳五餌策，一使胡塵清。

【校】

〔題〕此下兩宋本、繆本俱注云：燕趙。按：此首見兩宋本、繆本卷二十，咸本卷十五。

〔白花駱〕駱，兩宋本、繆本、王本俱注云：一作馬。

〔動柳色〕動，咸本作度，注云：一作動。

〔深宫〕此句兩宋本、繆本、王本俱注云：一作雄都半古冢。英華作雄都半古冢，注云：一作深宫翳緑草。

〔章華〕華，王本注云：當作臺。
〔杵臼〕以下四句，咸本注云：一本無此四句。
〔空孤獻〕兩宋本、繆本、王本俱注云：一作立孤就。
〔豪英〕豪，英華作雄，注云：集作豪。
〔毛君〕以下四句，咸本注云：一本無此四句。
〔諸賢〕兩宋本、繆本、王本俱注云：一作賢豪。以下四句咸本注云：一本無此四句。
〔仰空〕空，兩宋本、繆本、王本俱注云：一作虚。英華作仰虚，注云：集作抑空。
〔博徒〕徒，兩宋本、繆本俱作陵，注云一作徒。王本注云：一作陵。
〔朝酲〕兩宋本、繆本、王本俱注云：一作中醒。

【注】

〔廣平〕王云：廣平，唐時郡名，即洺州也，隸河北道。邯鄲縣名，初隸洺州，代宗永泰中改隸磁州。
〔駱〕爾雅釋畜：白馬黑鬣駱。
〔秦嬴〕史記秦本紀：於是孝王曰：「昔柏翳爲舜主畜，畜多息，故有土，賜姓嬴，今其後世亦爲朕息馬，朕其分土爲附庸，邑之秦，使復續嬴氏祀。」號曰秦嬴。
〔負荆〕史記廉頗藺相如列傳：……以相如功大，拜爲上卿，位在廉頗之右。廉頗曰：「我爲趙將，有攻城野戰之大功，而藺相如徒以口舌爲勞，而位居我上。且相如素賤人，吾羞，不忍爲之下。」宣言曰：「我見相如必辱之。」相如聞，不肯與會。相如每朝時，常稱病，不欲與廉頗争列，已而相如出，望見廉頗，相如引車避匿，於是舍人相與諫……相如曰：「夫以秦王之强，而相如廷叱之，辱其廷臣，相如雖駑，獨畏廉將軍哉？顧吾念之，彊秦所以不敢加兵於趙者，徒以吾兩人在也，今兩虎共鬭，其勢不俱生，吾所以爲此者，以先國家之急而後私讎也。」廉頗聞之，肉袒負荆，因賓客至藺相如門謝罪曰：「鄙賤之人，不知將軍寬之至此也。」索隱：負荆者，荆，楚也，可以爲鞭也。

〔程嬰〕史記趙世家：……屠岸賈……擅與諸將攻趙氏於下宫，殺趙朔……皆滅其族。趙朔妻，成公姊，有遺腹，走公宫匿。趙朔客曰公孫杵臼，謂朔友人程嬰曰：「胡不死？」程嬰曰：「朔之婦有遺腹，幸而男，吾奉之。即女也，吾徐死耳。」居無何而朔婦免身生男，屠岸賈聞之，索于宫中，夫人置兒絝中祝曰：「趙宗滅乎！若號。即不滅，若無聲。」及索，兒竟無聲。已脱，程嬰謂公孫杵臼曰：「今一索不得，後必且復索之，奈何！……」一人謀取他人嬰兒負之，衣以文葆，匿山中。程嬰出，謬謂諸將曰：「誰能與我千金，吾告趙氏孤處。」……許之，發師隨程嬰，攻……殺杵臼與孤兒。……然趙氏真孤乃反在。居十五年，……景公因韓厥之衆以脅諸將，而見趙孤。趙孤名曰武，……遂……攻屠岸賈滅其族，及趙武冠爲成人，程嬰乃……謂趙武曰：「昔下宫之難，我非不能死，我思立趙氏之後，今趙武既立爲成人，復故位，我將下報趙宣孟與公孫杵臼。」遂自殺。

〔石子岡〕王云：太平寰宇記：邯鄲縣有石子岡，隋圖經云：歷陵城西十里有石子岡，實山也，而高大，有冢如硯子，世謂之碩子冢，是趙簡子冢。

〔叢臺〕元和郡縣志卷一五：叢臺在（磁州邯鄲）縣城内東北隅。

〔五餌〕漢書卷四八賈誼傳顔師古注：賜之盛服車乘以壞其目，賜之盛食珍味以壞其口，賜之音樂婦人以壞其耳，賜之高堂邃宇倉庫奴婢以壞其腹，于來降者上以召幸之相娱樂，親酌而手食之以壞其心，此五餌也。

月夜金陵懷古

蒼蒼金陵月，空懸帝王州。天文列宿在，霸業大江流。淥水絶馳道，青松摧古丘。臺傾鳷鵲觀，宫没鳳皇樓。别殿悲清暑，芳園罷樂游。一聞歌玉樹，蕭瑟後庭秋。

【校】

〔題〕兩宋本、繆本題下俱注云：金陵。按：此首見兩宋本、繆本卷二十，咸本卷十五。

〔霸業〕霸，兩宋本、繆本、王本俱注云：一作鼎。

〔蕭瑟〕以下五字，兩宋本、繆本、王本俱注云：一作千古不勝愁。

【注】

〔鳳皇樓〕王云：景定建康志：案宫苑記：鳳凰樓在鳳臺山上，宋元嘉中建，有鳳凰集此爲名。

〔清暑〕王云：晉書：太元二十一年春正月造清暑殿。景定建康志：清暑殿在臺城内，晉孝武帝建。殿前重樓複道通華林園，爽塏奇麗，天下無比，雖暑月常有清風，故以爲名。

〔樂游〕王云：太平寰宇記：樂遊苑在覆舟山南，北連山築臺觀，苑内起正陽、林光等殿。六朝事跡：樂遊苑，輿地志云：在晉爲藥園。宋元嘉中，以其地爲北苑，更造樓觀，後改爲樂遊苑。宋孝武大明中，造正陽林光殿于内。侯景之亂，焚毁略盡。陳天嘉六年，更加修葺，陳亡遂廢，其地在覆舟山南，去縣六里。

〔玉樹〕王云：隋書：陳禎明初，後主作新歌，詞甚哀怨，令後宫美人習而歌之。其辭曰：「玉樹後庭花，花開不復久。」時人以歌讖，此其不久兆也。

金陵新亭

金陵風景好，豪士集新亭。舉目山河異，偏傷周顗情。四坐楚囚悲，不憂社稷傾。王公何慷慨！千載仰雄名。

【校】

〔題〕此首見兩宋本、繆本卷二十，咸本卷十九。

【注】

〔新亭〕王云：方輿勝覽：新亭在建康府城南十五里。江南通志：新亭在江寧府城西南十五里，俯近江渚，一名中興亭。

〔風景〕晉書卷六五王導傳：過江人士每至暇日，相邀出新亭飲宴，周顗中座而嘆曰：「風景不殊，舉目有江山之異。」皆相視流涕，惟導愀然變色曰：「當共戮力王室，克復神州，何至作楚囚相對泣耶！」衆收淚而謝之。△顗音以。

庭前晚開花

西王母桃種我家，三千陽春始一花。結實苦遲爲人笑，攀折唧唧長咨嗟。

【校】

〔題〕此首見兩宋本、繆本卷二十三。

【注】

〔西王母〕漢武内傳：七月七日，王母至，侍女以玉盤盛仙桃七顆，大如鴨卵，形圓青色，以呈王母。母以四顆與帝，三顆自食，桃味甘美，口有盈味。帝食輒收其核，王母問帝，帝曰：「欲種之。」王母曰：「此桃三千年一開花，三千年一結實，中夏地薄，種之不生。」帝乃止。

宣城長史弟昭贈余琴溪中雙舞鶴詩以見志

令弟佐宣城，贈余琴溪鶴。謂言天涯雪，忽向窗前落。白玉爲毛衣，黄金不肯博。當風振六翮，對舞臨山閣。顧我如有情，長鳴似相託。何當駕此物，與爾騰寥廓！

【校】

〔題〕此首見兩宋本、繆本卷二十三。

【注】

〔弟昭〕按：卷十二有贈從弟宣州長史昭，卷十四有寄從弟宣州長史昭及書情寄從弟邠州長史昭等篇，皆當即一人。

〔博〕王云：韻會：博，易也。

暖酒

熱暖將來賓鐵文，暫時不動聚白雲。撥却白雲見青天，掇頭裏許便乘仙。

【校】

〔題〕此首見兩宋本、繆本卷二十三。按：以上九首王本俱録自繆本。

【注】

〔賓鐵〕王云：寶藏論：賓鐵出波斯，堅利可切金玉。

【評箋】

王云：琦按：庭前晚開花及此首語尤凡俗，不類太白。

戲贈杜甫

飯顆山頭逢杜甫，頭戴笠子日卓午。借問別來太瘦生，總爲從前作詩苦。

【校】

〔題〕此首王本録自本事詩，又見唐摭言、唐詩紀事及胡本卷二一附録。

〔飯顆山頭〕王本注云：摭言作飯顆山前，一作長樂坡前。

〔别來〕王本注云：摭言作因何，一作新來。

〔總爲從前〕王本注云，摭言作秖爲從來。

【注】

〔長樂坡〕王云：元和郡縣志：長樂坡在京兆府萬年縣東北十三里，即滻川之西岸，舊名滻阪，隋文帝惡其阪名，改曰長樂坡。雍録：通化門東七里有長樂坡，下臨滻水，本名滻阪，隋文帝惡其名音與反同，故改阪爲坡。自其北可望長樂宫，故名長樂坡也。

〔太瘦生〕王云：歐陽永叔曰：太瘦生，唐人語也。至今猶以生爲語助。如作麽生、何似生之類是也。　按：此語見六一詩話。

【評箋】

容齋四筆：太白與子美詩，略不見一句，或謂堯祠亭别杜補闕者是已，乃殊不然。杜但爲右拾遺，不曾任補闕，兼自諫省出爲華州司功，迤邐避難入蜀，未嘗復至東州，所謂飯顆山頭之嘲，亦好事者所爲耳。

王云：唐本事詩：李白才逸氣高，與陳拾遺齊名，先後合德，其論詩云：梁陳已來，豔薄斯極，沈休文又尚以聲律，將復古道，非我而誰？故陳、李二集律詩殊少。嘗言寄興深微，五言不如四言，七言又其靡也。况使束于聲調俳優哉？故戲杜曰：飯顆山頭逢杜甫云云，蓋譏其拘束也。此詩又見摭言、唐詩紀事云：此詩載唐舊史。

寒女吟

昔君布衣時，與妾同辛苦。一拜五官郎，便索邯鄲女。妾欲辭君去，君心便相許。妾讀蘼蕪書，悲歌淚如雨。憶昔嫁君時，曾無一夜樂。不是妾無堪，君家婦難作。起來強歌舞，縱好君嫌惡。下堂辭君去，去後悔遮莫。

【校】

〔題〕此首王本録自才調集。

【注】

〔五官郎〕王云：按通典：漢時中郎將分掌三署郎，有議郎中郎侍郎郎中，凡四等，無員，多至千人。三署者，五官左右也。凡郎官皆主更直執戟，宿衞諸殿門，出充車騎，年五十以上者屬五官。五官中郎將比二千石，五官中郎比六百石，五官侍郎比四百石，五官郎中比三百石。

〔蘼蕪〕王云：古詩：「上山採蘼蕪，下山逢故夫。長跪問故夫，新人復何如？新人雖言好，未若故人姝。顔色類相似，手爪不相如。新人從門入，故人從閤去。新人工織縑，故人工織素。織縑日一匹，織素五丈餘。將縑來比素，新人不如故。」

會別離

結髮生别離，相思復相保。如何日已遠，五變庭中草。渺渺天海途，悠悠漢江島。但恐不出門，出門無遠道。道遠行既難，家貧衣復單。嚴風吹雨雪，晨起鼻何酸！人生各有志，豈不懷所安？分明天上日，生死誓同歡。

【校】

〔題〕此首王本録自才調集。

【評箋】

王云：文苑英華、郭茂倩樂府俱作孟雲卿詩，詩題文苑作離别曲，樂府作生别離。

初月

玉蟾離海上，白露濕花時。雲畔風生爪；沙頭水浸眉。樂哉絃管客；愁殺戰征兒。因絶西園賞，臨風一詠詩。

【校】

〔題〕此首王本録自英華卷一五一。又見胡本卷二一附録。

雨後望月

四郊陰靄散，開户半蟾生。萬里舒霜合，一條江練横。出時山眼白；高後海心明。爲惜如團扇，長吟到五更。

【校】

〔題〕此首王本録自英華卷一五二。又見胡本卷二一附録。

對雨

卷簾聊舉目，露濕草綿綿。古岫披雲毳；空庭織碎烟。水紅愁不起；風線重難牽。盡日扶犁叟，往來江樹前。

【校】

〔題〕此首王本録自英華卷一五三。又見胡本卷二一附録。

〔水紅〕紅，王本注云：文苑英華注云，疑作紋。

【注】

〔岫〕王云：廣韻：山有穴曰岫。△岫音袖。

〔毳〕王云：廣韻：獸毛之縟細者爲毳。△毳音脆。

曉晴

野涼疎雨歇，春色偏萋萋。魚躍青池滿；鶯吟綠樹低。野花妝面溼；山草紐斜齊。零落殘雲片，風吹挂竹溪。

【校】

〔題〕此首王本録自英華卷一五五。又見胡本卷二一附録。

望夫石

髣髴古容儀，含愁帶曙輝。露如今日淚；苔似昔年衣。有恨同湘女；無言類楚妃。寂然芳靄内，猶若待夫歸。

【校】

〔題〕此首王本録自英華卷一六〇。又見胡本卷二一附録。

〔待夫〕待，英華作帶，注云：一作待。王本注云：一作帶。

【注】

〔湘女〕王云：楚辭章句：堯以二女妻舜，有苗不服，舜往征之，二女從而不反，道死於沅湘之中，因爲湘夫人。

〔楚妃〕左傳莊十四年：楚子……滅息以息嬀歸，生堵敖及成王焉。未言。楚子問之，對曰：「吾一婦人而事二夫，縱弗能死，其又奚言？」

冬日歸舊山

未洗染塵纓，歸來芳草平。一條藤徑緑；萬點雪峯晴。地冷葉先盡；谷寒雲不行。嫩篁侵舍密；古樹倒江横。白犬離村吠；蒼苔上壁生。穿廚孤雉過；臨屋舊猿鳴。木落禽巢在；籬疎獸路成。拂牀蒼鼠走；倒篋素魚驚。洗硯修良策；敲松擬素貞。此時重一去，去合到三清。

【校】

〔題〕此首王本録自英華卷一六〇。又見胡本卷二一附録。

〔蒼鼠〕蒼，英華、王本俱注云：一作山。

鄒衍谷

燕谷無暖氣，窮巖閉嚴陰。鄒子一吹律，能迴天地心。

【校】

〔題〕此首王本録自英華卷一六〇。又見胡本卷二一附録。

【注】

〔燕谷〕王云：太平御覽：劉向别録曰：方士傳言：鄒衍在燕，燕有谷，地美而寒，不生五穀。鄒子居之，吹律而温氣至，谷中生黍，至今名黍谷焉。一統志：黍谷山在順天府懷柔縣東四十里，跨密雲縣界，亦名燕谷山。劉向云：燕有谷，地美而寒，不生黍稷，鄒衍吹律以温其氣，故名山曰黍谷，衍廟基猶存。

入清溪行山中

輕舟去何疾！已到雲林境。起坐魚鳥間，動摇山水影。巖中響自合，溪裏言彌靜。無事令人幽，停橈向餘景。

【校】

〔題〕此首王本録自英華卷一六六。

〔自合〕合，英華注云：疑作答。王本注云：文苑英華注云：疑作答。

【評箋】

王云：文苑英華一百六十六卷載李白入清溪行山中凡二首，其一即本集七卷中「清溪清我心」一首，其一乃此首也。按崔顥集亦載此首，題云入若耶溪，當是顥作也。按：「清溪清我心」一首即卷八清溪行，王氏所記卷數誤。

日出東南隅行

秦樓出佳麗，正值朝日光。陌頭能駐馬，花處復添香。

【校】

〔題〕此首王本録自英華卷一九三。

【注】

〔日出〕王云：日出東南隅行即樂府之陌上桑也。一曰豔歌羅敷行。古辭曰：「日出東南隅，照我秦氏樓。秦氏有好女，自名爲羅敷」云云，後人擬之，或即以首句名篇。

【評箋】

王云：郭茂倩樂府載此首以爲殷謀詩。

代佳人寄翁參樞先輩

等閑經夏復經寒，夢裏驚嗟豈暫安？南國風光當世少；西陵演浪過江難。周旋小字挑燈讀；重疊遥山隔霧看。直是爲君餐不得，書來莫説更加餐。

【校】

〔題〕此首王本録自英華卷二六二。

【注】

〔先輩〕王云：演繁露：唐世舉人呼已第者爲先輩。國史補：互相推敬謂之先輩。

【評箋】

嚴羽云：文苑英華有太白寄翁參樞先輩七言律一首，乃晚唐之下者。（滄浪詩話）

王云：舊注云：此詩總目及李集皆不載，惟英華諸本有之。

按：非但詩格爲晚唐之下者，即先輩之稱亦爲晚唐之習俗。翁參樞疑即天祐元年奉使至閭册封之翁承贊也。

送客歸吴

江村秋雨歇，酒盡一帆飛。路歷波濤去；家唯坐卧歸。島花開灼灼；汀柳細依依。别後無餘事，還應掃釣磯。

【校】

〔題〕此首王本録自英華卷二六九。

〔島花〕王本注云：一作山桃。

送友生遊峽中

風静楊柳垂，看花又别離。幾年同在此，今日各驅馳。峽裏聞猿叫；山頭見月時。殷勤一杯酒，珍重歲寒姿。

【校】

〔題〕此首王本録自英華卷二六九。

【評箋】

王云：此詩亦載張籍集中。

送袁明府任長江

別離楊柳青，樽酒表丹誠。古道攜琴去，深山見峽迎。暖風花遶樹，秋雨草沿城。自此長江内，無因夜犬驚。

【校】

〔題〕此首王本録自英華卷二六九。

【注】

〔長江〕舊唐書地理志：劍南道遂州長江：東晉巴興縣，魏改爲長江。

送史司馬赴崔相公幕

峥嶸丞相府，清切鳳凰池。羨爾瑶臺鶴，高棲瓊樹枝。歸飛晴日暖，吟弄惠風吹。正有乘軒樂，初當學舞時。珍禽在羅網，微命苦猶絲。願託周周羽，相銜漢水湄。

【校】

〔題〕王本注云：詩題上一本多賦得鶴三字。按：此首王本録自英華卷二六九。又見胡本卷二一附録，題上多賦得鶴三字。

〔晴日暖〕暖，英華作好。

【注】

〔史司馬〕按：卷十一江夏使君叔席上贈史郎中有「希君生羽翼，一化北溟魚」之句，據其上文云「昔放三湘去，今還萬死餘」，而卷二十三與史郎中欽（飲）聽黄鶴樓上吹笛云「一爲遷客去長沙」，皆足證其爲李白初遇赦歸所作。此詩云「珍禽在羅網，微命苦猶絲。顧託周周羽，相銜漢水湄」，時地既皆合，而與卷十一一首語意亦相關，頗疑即是一人。若然則當決爲李白作，非岑參作矣。（參下評箋）

〔崔相公〕按：卷十一有獄中上崔相涣及繫尋陽上崔相涣，卷二十四有上崔相百憂章，可參證。

【評箋】

王云：既以鶴比司馬，以珍禽自喻，復以周周銜羽事作結，似乎淩亂，恐有錯誤。滄浪詩話：文苑英華有送史司馬赴崔相公幕一首云云，此或太白之逸詩也。不然，亦是盛唐人之作。

琦按：末二聯或是太白在尋陽獄中之作，所謂崔相公者即是崔涣，似亦近之。而岑參集中亦載此詩，一云無名氏詩。

戰城南

戰地何昏昏！戰士如羣蟻。氣重日輪紅，血染蓬蒿紫。烏鳥銜人肉，食悶飛不起。昨日城上人，今日城下鬼。旗色如羅星，鼙聲殊未已。妾家夫與兒，俱在鼙聲裏。

【校】

〔題〕此首王本録自英華卷一九六。

【注】

〔題〕見卷三戰城南詩注。

【評箋】

王云：文苑英華一百九十六卷太白「去年戰桑乾源」之後，載此一首，不録作者姓名。後人採太白遺詩，兼入此作。

胡無人行

十萬羽林兒，臨洮破郅支。殺添胡地骨；降足漢營旗。寒闊牛羊散；兵休帳暮移。空餘隴頭水，嗚咽向人悲。

【校】

〔題〕此首王本録自英華卷一九六。又見胡本卷二一附録。

【評箋】

王云：文苑英華一百九十六卷太白「嚴風吹霜海草凋」之後，載此一首，不録作者姓名，後人採入太白遺詩。然考陳陶集中亦載此作，當是陶詩。

鞠歌行

麗莫似漢宫妃，謙莫似黄家女。黄女持謙齒髮高，漢妃恃麗天庭去。人生容德不自保，聖人安用推天道？君不見蔡澤嵌枯詭怪之形狀，大言直取秦丞相。又不見田千秋才智不出人，一朝富貴如有神。二侯行事在方册，泣麟老人終困厄。夜光抱恨良嘆悲，日月逝矣吾何之？

【校】

〔題〕此首王本録自英華卷二〇三。又見胡本卷二一附録。

〔嘆悲〕嘆，王本注云：一作撲。

【注】

〔黄家〕王云：尹文子：齊有黄公者，好謙卑，有二女皆國色。以其美也，常謙辭毁之，以爲醜惡。醜惡之名遠布，年過而一國無聘者。衛有鰥夫時冒娶之，果國色，然後曰：「黄公好謙，故毁其子。」其妹美。于是争禮之，亦國色也。國色實也，醜惡名也，此違名而得實矣。

〔蔡澤〕史記范睢蔡澤列傳：蔡澤，燕人也，……曷鼻巨肩魋顔蹙齃膝攣。……西入秦，……秦昭王與語，大説之。拜爲客卿。……范睢免相，昭王新説蔡澤計畫，遂拜爲秦相。

〔田千秋〕漢書卷六六車千秋傳：車千秋本姓田氏，……衛太子爲江充所譖敗。久之，千秋上急變，訟太子寃，……武帝見而悦之，立拜千秋爲大鴻臚。數月，遂代劉屈氂爲丞相，封富民侯，千秋無他材能術學，又無伐閲功勞，特以一言寤意，旬月取宰相封侯，世未嘗有也。

〔泣麟〕王云：孔叢子：叔孫氏之車子曰鉏商，樵于野而獲獸焉。衆莫之識，以爲不祥，棄之五父之衢。冉有告夫子曰：「麏身而肉角，豈天下之妖乎！」夫子曰：「今何在，吾將觀焉。」遂往。謂其御高柴曰：「若求之言，其必麟乎！」到視之果信。言偃問曰：「飛者宗鳳，走者宗麟，爲其難致也，敢問今見其誰應之？」子曰：「天子布德，將致太平，則麟鳳龜龍先爲之祥。今宗周將滅，天下無主，孰爲來哉！」遂泣曰：「予之于人，猶麟之于獸也。麟出而死，吾道窮矣。」乃歌曰：「唐虞世兮麟鳳游，今非其時來何求！麟兮麟兮我心憂。」

【評箋】

王云：文苑英華二百三卷太白「玉不自言如桃李」之後載此一首，失録作者姓名，後人遂編入太白遺詩。

又云：右十七首見文苑英華，前十四首皆注太白姓名于下。後三首録于太白詩之後，空白其下，不書姓名，後人以爲皆太白之作也。編太白遺詩者遂并及焉。今因之，附録于此。滄浪詩話：文苑英華有太白代寄翁參樞先輩七言律一首，乃晚唐之下者。又有五言律三首，其一送客歸吴，其二送友生游峽中，其三送袁明府任長江，集本皆無之，其家數正在大曆、貞元間，亦非太白之作。又有五言雨後望月一首，對雨一首，望夫石一首，冬日歸舊山一首，皆晚唐之語。又有「秦樓出佳麗」四句，亦不類太白，是皆後人假名也。

題許宣平菴壁

我吟傳舍詩，來訪真人居。烟嶺迷高跡，雲林隔太虛。窺庭但蕭索，倚柱空躊躇。應化遼天鶴，歸當千歲餘。

【校】

〔題〕此首王本録自太平廣記。又見胡本卷二一附録。

【注】

〔許宣平〕王云：太平廣記：許宣平，新安歙人也。唐睿宗景雲中，隱于城陽山南塢，結菴以居。不知其服餌，但見不食，顔色若四十許人，行如奔馬。時或負薪以賣，擔常挂一花瓠及曲竹杖，每醉，騰騰拄之以歸。獨吟曰：「負薪朝出賣，沽酒日西歸。路人莫問歸何處，穿入白雲行翠微。」邇來三十餘年，或拯人懸危，或救人疾苦，城市人多訪之不見，但覽菴壁題詩曰：「隱居三十載，築室南山巔。静夜玩明月，閑朝飲碧泉。樵人歌隴上，谷鳥戲巖前。樂矣不知老，都忘甲子年。」好事者多詠其詩，有時行長安，于驛路洛陽、同、華間傳舍是處題之。天寶中，李白自翰林出，東遊經傳舍覽之，吟詠嗟嘆曰：「此仙詩也。」乃詰之于人，得宣平之實，白于是游及新安，涉溪登山，屢訪之不得，乃題其菴壁曰云云：是冬野火燎其菴，莫知宣平蹤跡。百餘年後，咸通七年，郡人許明奴家有嫗，嘗逐伴入山採樵，獨于南山中見一人坐石上，方食桃甚大。問嫗曰：「汝許明奴家人也，我明奴之祖宣平。」嫗言嘗聞已得仙矣，曰：「汝歸爲我語明奴，言我在此山中，與汝一桃食之，不可將出山，虎狼甚多，山神惜此桃。」嫗乃食桃甚美，宣平遣嫗隨樵人歸家言之，明奴之族甚異之，傳聞于郡人（出續仙傳）。太平寰宇記：城陽山在歙縣南，環迴孔高，爲城郭之衿帶，居郡之南，故號爲城陽山焉。即許宣平得道之所，亦爲李白所尋不遇。今山上有遺跡存。

〔傳舍〕王云：漢書：沛公至高陽傳舍。顔師古注：傳舍者，人所止息，前人已去，後人復來，轉相傳也。一音張戀反，謂傳置之舍也，其義兩通。後漢書：光武乃稱邯鄲使者入傳舍。章懷太子注：傳舍，客館也。

題峯頂寺

夜宿峯頂寺，舉手捫星辰。不敢高聲語，恐驚天上人。

【校】

〔題〕此首王本録自侯鯖録、苕溪漁隱叢話等書。

【評箋】

王云：侯鯖録：曾阜爲蘄州黄梅令，縣有峯頂寺，去城百餘里，在亂山羣峯間，人跡所不到。阜按田偶至其上，梁間小榜，流塵昏晦，乃李白所題詩也。其字亦豪放可愛，詩云：「夜宿峯頂寺」云云。或曰：王元之少登樓詩云：「危樓高百尺，手可摘星辰。不敢高聲語，恐驚天上人。」漁隱叢話：西清詩話云：蘄州黄梅縣峯頂寺在水中央，環伏萬山，人跡所罕到。曾阜爲令時，因事登其上，見梁間一粉板，塵暗粉落，拂滌視之，乃謫仙詩云「夜宿峯頂寺」云云，世傳楊大年幼時詩，非也。邵氏聞見後録：舒州峯頂寺有李太白題詩「夜宿峯頂寺」云云，曾子山始見之，不出于集中，恐少作耳。太倉稊米集云：聞道長庚曾入夢，已應能作上樓詩。注云：唐人載李白在襁褓中，其家攜之上樓，問頗能作詩否，即應聲作絶句一首，所謂「不敢高聲語，恐驚天上人」者是也。又竹坡詩話：世傳楊文公方離襁褓，猶未能言，一日家人攜以登樓，忽自語如成人。因戲問之，今日上樓，汝能作詩乎？即應聲曰：「危樓高百尺，手可摘星辰。不敢高聲語，怕驚天上人。」舊見古今詩話載此一事，後又見一石刻，乃李太白夜宿山寺所題，字畫清勁而大，且云布衣李白作，豈好事者竊太白之詩以神文公之事歟！抑亦太白之碑爲僞耶！按：輿地紀勝卷四七蘄州：王得臣麈史云：蘄之黄梅有烏石山僧舍小詩，曰李太白也。「夜宿烏牙寺，舉手捫星辰。不敢高聲語，恐驚天上人。」李集中無之。據此則麈史所引作烏牙寺，不作峯頂寺，與侯鯖録等書所引異。

瀑布

斷巖如削瓜，嵐光破崖緑。天河從中來，白雲漲川谷。玉案赤文字，落落不可讀。攝衣淩青霄，松風吹我足。

【校】

〔題〕此首王本録自苕溪漁隱叢話等書。又見胡本卷二一及咸本附録。

【評箋】

王云：二老堂詩話：司空山在舒州太湖縣界，初經重報寺，過馬玉河，至金輪院，有僧本浄肉身塔，及不受葉蓮花池，連理山茶，自塔院乃上山，至本浄坐禪巖，精巧天成，中途斷崖絶壑，旁臨萬仞，號牛背石。宗室善修者言石如劍脊中起，側足覆身而過，危險之甚，度此步步皆佳。上有一寺及李太白讀書堂，一峯玉立，有太白瀑布詩云：「斷巖如削瓜，嵐光破崖緑。天河從中來，白雲漲川谷。玉案赤文字，落落不可讀。攝衣淩清霄，松風吹我足。」予兄子中守舒日，得此于宗室公霞。今胡仔漁隱叢話載蔡絛西清詩話不言此山，但云太白仙去後人有見其詩，略云：「斷崖如削瓜，嵐光破崖緑。天河從中來，白雲漲川谷。玉案赦文字，世眼不可讀。攝身淩青霄，松風吹我足。」又云：「舉袖露條脱，招我飯胡麻。」真烟雲中語也。既誤以斷巖爲斷崖，與第二句相重，赤文作赦文，落落作世眼，攝衣作攝身，皆淺近，與前句大相遠。當塗太白集本原無此詩，因子中録寄郡守，遂刻于後。然皆從蔡絛誤本，子中爭之不從，僅能改赦爲赤而已。唐詩紀事：近世傳白詩云：「斷崖如削瓜，嵐光破崖緑。天河從中來，白雲漲川谷。玉案赤文字，落落不可讀。攝衣淩清雲，松風拂我足。」又不同者數字。

斷句

舉袖露條脱，招我飯胡麻。

野禽啼杜宇，山蝶舞莊周。

【校】

〔題〕此二則王本録自苕溪漁隱叢話等書。前一則又見胡本卷二一附録。

〔舉袖〕王云：唐詩紀事亦載此句，舉袖作舉手。

【注】

〔條脱〕王云：太平廣記：條脱似指環而大。唐詩紀事：文宗問宰臣：「古詩云：輕衫襯條脱，跳脱是何物？」宰臣未對，上曰：「即今之腕釧也。」真誥言安妃有斲粟金跳脱，是臂飾。跳脱即條脱也。

〔胡麻〕王云：太平廣記：劉晨、阮肇入天台采藥，有二女子邀還家，其饌有胡麻飯、山羊脯。按胡麻即今之芝麻也，相傳張騫自大宛得其種以歸，以其出自胡中，故曰胡麻。

【評箋】

王云：漁隱叢話：法藏碎金云：予記太白有詩云：「野禽啼杜宇，山蝶舞莊周。」後又見潘佑有感懷詩：「幽禽喚杜宇，宿蝶夢莊周。席地一尊酒，思與元化浮。但莫孤明月，何必秉燭遊？」予謂才思暗合，古今無殊，不可怪也。

陽春曲

芣苡生前徑，含桃落小園。春心自摇蕩，百舌更多言。

【校】

〔題〕此首王本録自萬首唐人絶句。

【注】

〔芣苡〕王云：陸璣草木疏：芣苡，一名馬舃，一名車前，一名當道，喜在牛馬跡中生，故曰車前當道，今藥中車前子是也。幽州人謂之牛舌草，可鬻作茹大滑，其子治婦人難産。△芣音浮，苡音以。

〔含桃〕王云：埤雅：櫻桃爲木多陰，其果先熟，一名含桃。許慎曰：鶯之所含食，故曰含桃也。謂之鶯桃，則亦以鶯之所含食，故謂之鶯桃也。爾雅翼：櫻桃朱實甘美，飛鳥所含，故又名含桃，爾雅謂之荆桃，其花在梅後，至果熟則最先。

〔百舌〕王云：本草綱目：百舌處處有之，居樹孔窟穴中，狀如鸜鵒而小，身略長，灰黑色，微有班點，喙亦尖黑，行則頭俯，好食蚯蚓。立春後鳴囀不已，夏至後則無聲，十月後則藏蟄。月令：仲夏反舌無聲，即此。

舍利佛

金繩界寶地，珍木蔭瑶池。雲間妙音奏，天際法蠡吹。

【校】

〔題〕此首王本録自萬首唐人絶句。

【注】

〔法蠡〕王云：法華經：時娑婆世界即變清浄，琉璃爲地，寶樹莊嚴，黄金爲繩，以界八道。又云：雨大法雨，吹大法螺。文獻通考：貝之爲物，其大可容數升，蠡之大者也。南蠻之國取而吹之，所以節樂也。今之梵樂用之，以和銅鈸，釋氏所謂法螺，赤土國吹螺以迎隋使是也。法蠡即法螺也。古螺字一作蠡，通用。

【評箋】

按：今人任半塘唐戲弄云：舍利弗與摩多樓子爲唐代之兩樂曲名。樂府詩集及萬首唐人絶句皆載李白所作舍利弗辭一首：「金繩界寶地，珍木蔭瑶池。雲間妙音奏，天際法蠡吹。」内容範圍屬佛教，不能必其即演故事，摩多樓子有李白辭，亦五言四句：「從戎向邊北，遠行辭密親。借問陰山候，還知塞上人。」有李賀辭，五言十二句：「玉塞去金人，二萬四千里。風吹沙作雲，一時渡遼水。天白水如練，甲絲雙串斷。行行莫苦辛，城月猶殘半。曉氣泝煙上，趢趗胡馬蹄。行人臨水别，隔隴長東西。」内容皆是塞上曲，賀辭平仄兼協而韻再轉，實五言四句之三首耳。……舍利弗與摩多樓子原皆人名，初爲六師外道之人，後則共爲佛弟子，摩多樓子者即目犍連，略稱目連，舍利與摩多樓皆母名，「弗」亦云「子」也。

摩多樓子

從戎向邊北，遠行辭密親。借問陰山候，還知塞上人。

【校】

〔題〕此首王本録自萬首唐人絶句。

【評箋】

王云：郭茂倩樂府詩集，三首俱作無名氏。

春感

茫茫南與北，道直事難諧。榆莢錢生樹；楊花玉糝街。塵縈游子面；蝶弄美人釵。却憶青山上，雲門掩竹齋。

【校】

〔題〕此首王本録自唐詩紀事所引彰明逸事。

【評箋】

王云：彰明逸事：太白遊成都，賦春感詩云云，益州刺史蘇頲見而奇之。

殷十一贈栗岡硯

殷侯三玄士，贈我栗岡硯。灑染中山毫，光映吴門練。天寒水不凍，日用心不倦。攜此臨墨池，還如對君面。

【校】

〔題〕此首王本録自高似孫硯箋。

【注】

〔殷十一〕按：卷八有酬殷明佐見贈五雲裘歌，卷二十二有夜泊黄山聞殷十四吴吟詩，疑與有關。

〔中山毫〕王云：王羲之筆經：諸郡毫惟中山兔毫肥而毫長可用。

〔吴門練〕王云：韓詩外傳：颜回望吴門焉，見一匹練。孔子曰：馬也。此用其字而意則指吴中所出之絹素。與原事無涉。

普照寺

天台國清寺，天下爲四絶。今到普照遊，到來復何别？枏木白雲飛，高僧頂殘雪。門外一條溪，幾回流歲月？

【校】

〔題〕此首王本録自咸淳臨安志。

【注】

〔四絶〕王云：咸淳臨安志：淨明寺在富陽縣北五里，舊名普照，天福五年重建，治平二年改今額。寺枕高山，名曰舒壁。山坳有龍潭，澗水横流，上有橋亭，李翰林白詩「天台國清寺，天下爲四絶」云云。一統志：國清寺在浙江台州府天台縣北十里。隋煬帝爲智顗禪師建。晏殊類要云：齊州靈巖，荆州玉泉，潤州棲霞，台州國清世稱四絶。

〔柟木〕王云：本草拾遺：柟木高大，葉如桑，出南方山中。△柟音楠。

【評箋】

王云：蘇東坡曰：予舊在富陽，見國清院太白詩絶凡近。即此篇也。漁隱叢話：新安水西寺，寺依山背，下瞰長溪。太白題詩斷句云：「檻外一條溪，幾回流碎月。」今集中無之。琦按漁隱所引即此篇末二句也。蓋未覩全篇，故訛以爲題水西寺斷句耶！

釣臺

磨盡石嶺墨，尋陽釣赤魚。靄峯尖似筆，堪畫不堪書。

【校】

〔題〕此首王本録自方輿勝覽。亦見輿地紀勝。

【注】

〔釣臺〕王云：方輿勝覽：釣臺在徽州黟縣南十八里，亦名尋陽臺。相傳李白嘗釣于此，有詩云：磨盡石嶺墨云云。太平寰宇記：墨嶺山在黟縣南十八里，嶺上石如墨色，嶺有穴，中有墨石軟膩，土人取爲墨，色碧甚鮮明，可以記文字。

〔靄峯〕方輿勝覽卷十六：靄峯在黟縣南十五里，孤峭如削。

【評箋】

王云：九域志、錦繡萬花谷、一統志皆引「靄峯尖似筆」之句，以爲太白詩。羅願新安郡志曰：太白常稱金華五百灘之勝，而思爲新安之遊，又嘗自回溪十六渡至黃山湯泉之下，則吾土山川勝槩頗已寄于逸想。其贈許宣平詩，沈汾述以爲傳，當不虚也。又有答山中人所謂「桃花流水杳然去，别有天地非人間」，相傳以爲入黟所作。而俗又有石墨嶺與水西興唐寺詩，語不類太白，東坡嘗疑富陽國清、彭澤興唐詩及姑熟十詠非太白所作，而王平甫疑十詠出于李赤。按南唐自有一翰林學士李白，曾子固以爲十詠是此人所爲，然則此間墨嶺興唐詩，豈亦此類耶！

小桃源

黟縣小桃源，煙霞百里間。地多靈草木；人尚古衣冠。

【校】

〔題〕此首王本録自方輿勝覽。

【評箋】

王云：方輿勝覽：樵貴谷在徽州黟縣北，昔土人入山，行七日，至一穴豁然，周三十里，中有十餘家，云是秦人避入此地。按邑圖有潛村，至今有數十家，同爲一村，或謂之小桃源。李白詩：「黟縣小桃源」云云。錦繡萬花谷亦載此詩，以爲太白作。琦按此詩乃南唐許堅詩，其後尚有二韻，非太白作也。

題竇圌山

樵夫與耕者，出入畫屏中。

【校】

〔題〕此則王本録自方輿勝覽。

【評箋】

王云：方輿勝覽：竇圌山在綿州彰明縣，李白題竇圌山詩：「樵夫與耕者，出入畫屏中。」又送竇主簿詩：「願隨子明去，煉火燒金丹。」竇子明名圌，隱此山，故名。琦按後二句已見集中之十二卷，所謂子明者，是陵陽子明，以爲竇圌之字殊不可信。

贈江油尉

嵐光深院裏，傍砌水泠泠。野燕巢官舍，溪雲入□廳。日斜孤吏過，簾捲亂峯青。五色神仙尉，焚香讀道經。

【校】

〔題〕此首王本録自楊升菴全蜀藝文志。

清平樂令二首

禁庭春晝，鶯羽披新繡。百草巧求花下鬬，只賭珠璣滿斗。日晚却理殘妝，御前閑舞霓裳。誰道腰肢窈窕，折旋消得君王。

【校】

〔題〕此二首王本録自絶妙詞選。題下注云：翰林應制。

其二

禁幃秋夜，月探金窗罅。玉帳鴛鴦噴沉麝，時落銀燈香灺。女伴莫話孤眠，六宮羅綺三千。一笑皆生百媚，宸遊教在誰邊？

【校】

〔月探〕此句王本注云：升菴詞品作明月探窗罅。

〔沉麝〕王本沉下注云：詞品作蘭。

〔宸遊〕王本遊下注云：詞品作衷。

【評箋】

王云：歐陽炯花間集序曰：在明皇朝則有李太白應制清平樂詞四首。絶妙詞選曰：唐吕鵬遏雲集載太白應制詞四首，以後二首無清逸氣韻，疑非太白所作，故只存其二。胡應麟筆叢曰：太白清平樂蓋五代人僞作，因李有清平調故贋作此詞傳之。

清平樂三首

烟深水闊，音信無由達。惟有碧天雲外月，偏照懸懸離別。　盡日感事傷懷，愁眉似鎖難開。夜夜長留半被，待君魂夢歸來。

【校】

〔題〕此三首王本録自全唐詩。

其二

鸞衾鳳褥，夜夜常孤宿。更被銀臺紅蠟燭，學妾淚珠相續。　花貌些子時光，抛入遠泛瀟湘。欹枕悔聽寒漏，聲聲滴斷愁腸。

其三

畫堂晨起，來報雪花墜。高捲簾櫳看佳瑞，皓色遠迷庭砌。　盛氣光引爐烟，素草寒生玉佩。應是天仙狂醉，亂把白雲揉碎。

桂殿秋

仙女下，董雙成。漢殿夜涼吹玉笙。曲終却從仙官去，萬户千門惟月明。河漢女，玉鍊顔。雲軿往往在人間。九霄有路去無跡，嫋嫋香風生佩環。

【校】

〔題〕此首王本録自全唐詩。

【評箋】

王云：吴虎臣曰：此太白詞也，有得于石刻而無其腔。劉無言倚其聲歌之，音極清雅。邵氏聞見後録以此詞爲李文饒迎神、送神二曲，予游秦尚有能宛轉度之者，或并爲一曲，謂李太白作，許彦周詩話亦作李衛公步虚詞。

連理枝二首

雪蓋宫樓閉，羅幕昏金翠。鬭壓闌干，香心澹薄，梅梢輕倚。噴寶猊香燼麝烟濃，馥紅綃翠被。

【校】

〔題〕此二首王本録自全唐詩。

其二

淺畫雲垂帔，點滴昭陽淚。咫尺宸居，君恩斷絶，似遥千里。望水晶簾外竹枝寒，守羊車未至。

雜題四則

乘興踏月，西入酒家。不覺人物兩忘，身在世外。

【校】

〔題〕此四則王本録自龍江夢餘録。

其二

夜來月下卧醒，花影零亂，滿人衿袖，疑如濯魄於冰壺也。

【評箋】王云：方輿勝覽：象耳山在眉州彭山縣，有太白書臺，有石刻太白留題夜來月下卧醒云云。

其三

樓虚月白，秋宇物化。於斯凭闌，身勢飛動。非把酒自忘，此興何極？

其四

吾頭懵懵，試書此不能自辨，賀生爲我讀之。

【評箋】王云：唐錦龍江夢餘録：胡文穆記李白三帖，其一云：乘興踏月。其二云：月下卧醒。其三云：樓虚月白。余亦見其一帖云，吾頭懵懵。雖其字跡真贋有不可必者，然詞語豪爽，趣韻自别，信非太白不能道也。

鶴鳴九皋

胎化呈仙質，長鳴在九皋。排空散清唳；映日委霜毛。萬里思寥廓；千山望鬱陶。香凝光不見；風積韻彌高。鳳侶攀何及；雞羣思忽勞。昇天如有應，飛舞去蓬蒿。

【校】

〔題〕此首見文苑英華，無姓名，傅校作李白，不知何據。觀詩題及詩格皆應試之作，必非白詩。

上清寶鼎詩二首

朝披夢澤雲，笠釣青茫茫。尋絲得雙鯉，中有三元章。篆字若丹蛇，逸勢如飛翔。歸來問天老，奥義不可量。金刀割青素，靈文爛煌煌。嚥服十二環，奄見仙人房。暮跨紫鱗去，海氣侵肌涼。龍子善變化，化作梅花妝。贈我纍纍珠，靡靡明月光。勸我穿絳縷，繫作裙間璫。挹子以攜去，談笑聞遺香。

人生燭上花，光滅巧妍盡。春風繞樹頭，日與化工進。只知雨露貪，不聞零落近。我昔飛骨時，慘見當塗墳。青松靄朝霞，縹緲山下村。既死明月魄，無復玻璃魂。念此一脱灑，長嘯祭崑崙。醉著鸞皇衣，星斗俯可捫。

【校】

〔題〕此兩首録自蘇軾書李白詩墨跡。又見唐宋詩醇。胡本卷二一附録作上清寶典詩。第一首作我居清空表，君處紅埃中。仙人持玉尺，度君多少才。玉尺不可盡，君才無時休。第二首作噏服十二環，奄有仙人房。暮騎紫鱗去，海氣侵肌涼。贈我纍纍珠，靡靡明月光。題下注云：前見東觀餘論，後見王直方詩話。

〔裙間〕詩醇作裾間。

〔挹子〕詩醇作揖余。

〔攜去〕詩醇作辭去。

〔化工〕詩醇作花工。

〔不聞〕詩醇作不念。

〔朝霞〕詩醇作明霞。

〔無復〕詩醇作無彼。

〔鸞皇〕詩醇作鸞鳳。

白微時募縣小吏入令卧内嘗驅牛經堂下令妻怒將加詰責白亟以詩謝云

素面倚欄鉤，嬌聲出外頭。若非是織女，何得問牽牛？

【校】

〔題〕此首見唐詩紀事引彰明逸事。又見胡本卷二一附録及王琦李太白年譜。

桃源二首

昔日狂秦事可嗟，直驅雞犬入桃花。至今不出烟溪口，萬古潺湲二水斜。

露暗烟濃草色新，一番流水滿溪春。可憐漁父重來訪，只見桃花不見人。

【校】

〔題〕此二首見輿地紀勝卷六八常德府。王本拾遺考證謂非李白詩。

句一

焰隨紅日遠，烟逐暮雲飛。

【校】

〔題〕此見唐詩紀事引彰明逸事。又見胡本卷二一附録及王琦李太白年譜。

句二

緑鬢隨波散，紅顔逐浪無。因何逢伍相，應是想秋胡。

【校】

〔題〕此見唐詩紀事引彰明逸事。又見胡本卷二一附録及王琦李太白年譜。

句三

玉階一夜留明月，金殿三春滿落花。

【校】

〔題〕此見全唐詩逸。

漢東紫陽先生碑銘

嗚呼紫陽，竟夭其志以默化，不昭然白日而升九天乎！或將潛賓皇王，非世所測，□□□□□□□□□□□挺列仙明拔之英姿，明堂平白，長耳廣顙，揮手振骨，百關有聲，殊毛秀采，居然逸異，□□□□□□□□□□而直達。何龜鶴早世，蟪蛄延秋，元命乎，遭命乎！予長息三日，懵于變化之理。先生姓胡氏□□□□□族也。代業黄老，門清儒素，皆龍脱世網，鴻冥高雲。但貴天爵，何徵閥閲？始八歲經仙城山，□□□□□□□□□□□有清都紫微之遐想。九歲出家，十二休糧，二十遊衡山，雲尋洞府，水涉冥壑。神王□□□□□□□□召爲威儀及天下採經使，因遇諸真人，受赤丹陽精，石景水母，故常吸飛根，吞日魂，密而修之，□□□□□□所居苦竹院，置餐霞之樓，手植雙桂，棲遲其下。聞金陵之墟，道始盛於三茅，波乎四許，華陽□□□□□□□陶隱居傳昇元子，昇元子傳體元，體元傳貞一先生，貞一先生傳天師李含光，李含光合契乎紫陽。□□□□□於神農之里，南抵朱陵，北越白水，稟訓門下者三千餘人。鄰境牧守，移風問道，忽遇先生之宴坐，□□□□□隱机雁行而前。爲時見重，多此類也。天寶初，威儀元丹丘道門龍鳳，厚禮致屈，傳籙於嵩山。東京大唐□□宫，三請固辭偃卧，未幾而詔書下責，不得已而行。入宫一革軌儀，大變都邑，然海鳥愁臧文之享，猿狙裂周公之衣，志往跡留，稱疾辭帝。尅期離闕，臨别自祭。其文曰：神將厭予，予非厭世。乃顧命姪道士胡齊物具平肩輿，歸骨舊土。王公卿士，送及龍門，入葉縣，次王喬之祠，目若有睹，泊然而化，天香引道，尸輕空衣。及本郡太守裴公以幡花郊迎，舉郭雷動，□□□□開顏如生，觀者日萬，羣議駭俗。至其年十月二十三日，葬於郭東之新松山，春秋六十有二。先生含弘光大，不修小節，書不盡妙。鬱有崩雲之勢；文非夙工，時動雕龍之作。存也宇宙而無光，殁也浪化而蟬蜕，豈□□□□□□□乎！有鄉僧貞倩雅仗才氣，請予爲銘。予與紫陽神交，飽餐素論，十得其九。弟子元丹丘等咸思鸞鳳之羽儀，想珠玉之雲氣。灑掃松月，載揚仙風。篆石頌德，與兹山不朽。其詞曰：

賢哉仙士，六十而化。光光紫陽，善與時而爲龍蛇，固亦以生死爲晝夜。有力者挈之而趨。劫運頽落，終歸於無。惟元神不滅，湛然清都。延陵既没，仲尼嗚呼。青青松柏，離離山隅。篆石頌德，名揚八區。

【校】

〔題〕此篇王本録自劉大彬茅山志。

【注】

〔紫陽〕王云：真誥：句曲山，漢有三茅君來治其上，時父老又轉名茅君之山。三君往，曾各乘一白鵠，各集山之三處，時人互有見者，是以發於歌謡，乃復因鵠集之處，分句曲山爲大茅君、中茅君、小茅君三山焉。總而言之，盡是句曲之一山耳。山生黄金，漢靈帝時，詔敕郡縣採句曲之金以充武庫。逮孫權時，又遣宿衛人採金常輸官，兵帥百家遂屯居伏龍之地，因改爲金陵之墟名也。三茅者，漢景帝中元間人，長兄名盈，次弟名固，又次弟名衷，俱得仙道。老君拜盈爲司命真君，固爲定録真君，衷爲保生真君，故號爲三茅君。四許者：許穆，汝南平輿人，官至護軍長史，晉太和中入茅山修道，功成仙去，爲上清真人。第三子玉斧先於太和五年在茅山尸解，爲上清仙官。長子揆，次子虎牙，並亦得道。南史：陶弘景，丹陽秣陵人，爲諸王侍讀，除奉朝請，上表辭禄，止於句容之句曲山。恒曰：此山下是第八洞宫，名金壇華陽之天，周迴一百五十里。昔漢有咸陽三茅君，得道來掌此山，故謂之茅山，乃中山立館，自號華陽陶隱居。人間書疏，即以隱居代名。舊唐書：王遠知，琅琊人。

少聰敏，博綜羣書，入茅山，師事陶弘景，傳其道法。太宗登極，將加重位，固請歸山。貞觀九年，謂弟子潘師正曰：吾見仙格，以吾少時誤損一童子吻，不得白日昇天。見署少室伯，將行在即。翌日沐浴加冠衣，焚香而寢，卒年一百二十六歲。調露二年，追贈太中大夫，謚曰昇真先生，天授二年，改謚曰昇元先生。潘師正，趙州贊皇人。師事王遠知，盡以道門隱訣及符籙授之。高宗幸東都，因召見焉。永淳元年卒，時年九十八。高宗追思不已，贈太中大夫，賜謚曰體元先生。司馬承禎，字子微，河内温人。少好學，薄於爲吏，遂爲道士，事潘師正，傳其符籙及辟穀導引服餌之術，師正特賞異之，卒時年八十九。其弟子表稱：死之日有雙鶴遶壇，及白雲從壇中湧出，上連於天，而師容色如生。玄宗深嘆異之，贈銀青光禄大夫，號貞一先生。顔真卿元静先生李君碑：先生姓李，諱含光，廣陵江都人。本姓弘，以孝敬皇帝廟諱改焉。提孩則有殊異，晬日獨取孝經如捧讀焉。開元十七年，從司馬鍊師于王屋山，傳授大法，靈文金記，一覽無遺，綜覈古今，該明奧旨。玄宗知先生徧得子微之道，乃詔先生居王屋山陽臺觀以繼之。歲餘，請歸茅山，纂修經法，頻徵皆謝病不出。天寶四載冬，乃命中官賫璽書徵之，既至，延入禁中，每欲諮稟，必先齋沐，他日請傳道法，先生辭以足疾，不任科儀者數焉。玄宗知不可強而止。先生常以茅山靈蹟，翦焉將墜，真經祕録，亦多散落，請歸修葺，特詔於楊許舊居紫陽觀以宅之，仍賜絹二百匹，法衣兩副，香爐一具，御製詩及序以餞之。初隱居先生以三洞真經傳昇元先生，昇元付體元先生，體元付貞一先生，貞一付先生，自先生距於隱居，凡五葉矣，皆總襲妙門大正真法。

【評箋】

王云：按宋敏求後序謂吕縉叔出漢東紫陽先生碑而殘缺間莫能辨，不復收入本集。太平寰宇記：紫陽先生塔銘，李白譔，在廢光化縣，今不知存否。此本從道藏劉大彬茅山志中録出，雖有缺文，然與集中所稱紫陽先生元丹丘僧倩公仙城山餐霞樓等句多所取證，且其文係太白真作，銘詞玄奥可喜，宋氏棄之不收，固矣。按：輿地紀勝卷八三隨州：紫陽先生歸自京師，至葉縣王喬祠，目若有覩，泊然而化。道俗迎之，忽開顔如生。又同卷云紫陽先生碑陰，李白撰，柳公綽書，碑角殘缺，字漫漶不可讀，碑陰實歷三年。又云：紫陽先生碑銘，李白撰碑，寰宇記在廢光化縣。又按：卷二十七有江夏送倩公歸漢東序，此文中之貞倩當即其人。

北斗延生經注解序

原夫太素未分，無光無象，混黄成化，有始有終。則昇清而滯穢，輔善而貶凶。置百二十曹局，列於冥府；造三十六部經，祕於瓊宫。度天人之有道，啓含識之不矇。余歎曰：莫非三界十方，天地人倫，斯所以爲道之紀也。今竊見聖世幸逢，豐年得遇，皇朝將道德而安家邦，效勳華而育黎庶。而況天下晏然，太元彰耀。今即啓有道之心者，扶風氏等，志奉日新，慕真歲久。禱天祐而制凶魔，求師訓而傳道要。遂得遇崆峒山元元真人，明龍漢之元文，演赤文之妙奥。教符十洞，三乘化列，萬機一義，注解北斗延生經一卷。上則有飛神金闕，中則有保國寧家，次則有延齡益壽。普度有情之品，同登無礙之門。於是謹作斯文，用題經首。李白謹序。

【校】

〔題〕此篇見全唐文卷三四九。

題上陽臺

山高水長，物象千萬，非有老筆，清壯何窮？十八日上陽臺書，太白。

【校】

〔題〕此爲李白所書墨跡，録自文物精華第二集。有宋徽宗跋云：「太白嘗作行書，乘興踏月，西入酒家，不覺人物兩忘，身在世外一帖，字畫飄逸，豪氣雄健，乃知白不特以詩鳴也。」

附録一　年譜

李太白年譜

王　琦撰

據太白詩文自述，系出隴西漢將軍李廣後，見贈張相鎬詩。于涼武昭王爲九世孫。當隋之末，其先世以事徙西域，隱易姓名。故唐興以來，漏於屬籍。至武后時，子孫始還内地，于蜀之綿州家焉，因逋其邑，遂以客爲名，即太白父也。李陽冰草堂集序曰：李白，隴西成紀人，涼武昭王暠九世孫。蟬聯珪組，世爲顯著。中葉非罪，謫居條支，易姓與名，累世不大曜。神龍之初，逃歸于蜀，復指李樹而生伯陽。范傳正翰林學士李公新墓碑曰：其先隴西成紀人，公之孫女於箱篋中得公之子伯禽手疏十數行，紙壞字缺，不能詳備。約而計之，涼武昭王九代孫也。隋末多難，一房被竄於碎葉，流離散落，隱易姓名，故自國朝以來，漏於屬籍。神龍初，潛還廣漢，因僑爲郡人。父客以逋其邑，遂以客爲名，高卧雲林，不求禄仕。按陽冰序乃太白在時所作，所述家世，必出於太白自言。傳正碑據太白之子所手疏，二文序述無有異詞，此其可信而無疑者也。新唐書李白本傳曰：李白，興聖皇帝九世孫，其先隋末以罪徙西域，神龍初遁還客巴西，蓋本二文以爲依據也。太白之爲蜀人，固彰彰矣。魏顥李翰林集序亦曰：白本隴西，乃放形因家于綿。劉全白翰林學士李君碣記云：君廣漢人，其説皆同。是知世謂太白爲隴西成紀人者，本其先世族望而言也，或謂蜀人，或謂綿州，或曰巴西，或曰廣漢，皆指其生長之地，或據當時之名，或援前古之名而互言之也。至若杜子美元微之稱爲山東李白，則又因其流寓之地而言之也。舊唐書竟以白爲山東人，且云父爲任城尉因家焉，與諸説獨異。南部新書云：李白山東人，父爲任城尉因家焉，少與魯人隱徂徠山，號竹溪六逸，俗稱蜀人非也。今任城令廳有白之祠尚存，蓋仍舊史之誤而云耳。不可信也。

【傳疑】輿地廣記曰：綿州彰明縣有唐李白碑，白之先世嘗流巂州，其後内移，白生于此縣。杜詩補遺曰：范傳正李白新墓碑云：白本宗室子，厥先避仇客居蜀之彰明，太白生焉。彰明，綿州之屬邑，有大小康山，白讀書于大康山，有讀書堂尚存，其宅在清廉鄉。洪邁容齋續筆曰：杜子美贈李太白詩：康山讀書處，頭白好歸來。説者以爲即廬山也。吴曾能改齋漫録内辨誤一卷，正辨是事。引杜田杜詩補遺云：范傳正李白新墓碑云：白本宗室子，厥先避仇，客居蜀之彰明，太白生焉。彰明，緜州之屬邑，有大小康山，白讀書于大康山，有讀書堂尚存，其宅在清廉鄉，後廢爲僧房，稱隴西院，蓋以太白得名。院有太白像。吴君以是證杜句，知康山在蜀，非廬山也。予按：當塗所刊太白集，其首載新墓碑，宣、歙、池等州觀察使范傳正撰，凡千五百餘字，初無補遺所紀七十餘言。豈非好事者僞爲此書，如開元遺事之類，以附會杜老之詩耶！歐陽忞輿地廣記云：彰明有李白碑，白生于此縣，蓋亦傳説之誤，當以范碑爲證。方輿勝覽：李陽冰草堂集序：李白，興聖皇帝之九世孫，其先以罪謫居條支，神龍之始，逃歸于蜀之昌明。今本李陽冰草堂集序無昌明字。按彰明縣自先天以前止曰隆昌，後避玄宗諱始曰昌明。五代時改曰彰明。楊升菴文集引成都古今記云：李白生於彰明之青蓮鄉。

唐長安元年辛丑 即武后之大足元年也，十月始改長安。

太白生。舊譜起于聖曆二年己亥，云白生于是年。按曾鞏序，享年六十四，李陽冰序載白卒于寶應元年十一月，自寶應元年逆數六十四年，乃聖曆二年也。薛氏據之，故曰白生於是年。然李華作太白墓誌曰年六十二，則應生於長安元年，以代宋中丞自薦表核之，表作于至德二載丁酉，時年五十有七合之，長安元年爲是。若生聖曆二年，則當云五十有九矣。自當以表爲正。故訂以長安元年爲太白始生之歲。又按李陽冰序云：神龍之始逃歸於蜀，復指李樹而生伯陽。范傳正墓碑云：神龍初潛還廣漢，今以李誌、曾序參互考之，神龍改元，太白已數歲，豈神龍之年號乃神功之訛，抑太白之生在未家廣漢之前歟！驚姜之夕，長庚入夢，故名白，以太白字之。若青蓮居士、酒仙翁，又其所自號者。青蓮居士見答湖州迦葉司馬詩及答僧中孚贈仙人掌茶詩序。青蓮花出西竺，梵語謂之優鉢羅花，清浄香潔，不染纖塵。太白自號疑取此義。眉公祕笈謂其生於彰明之青蓮鄉故號青蓮。按青蓮鄉在綿州舊彰明縣內，彰明逸事原作清廉鄉，疑後人因太白生於此，故易其字作青蓮耳。謂太白因此而取號，恐未是。酒仙翁見送權十一序。

長安二年壬寅

長安三年癸卯

長安四年甲辰

神龍元年乙巳　是年中宗復位。

太白年五歲，能誦六甲。

神龍二年丙午

景龍元年丁未　即神龍三年，九月改元景龍。

景龍二年戊申

景龍三年己酉

景雲元年庚戌　即景龍四年，六月改元唐隆。睿宗即位，七月改元景雲。

太白年十歲，通詩書，觀百家。

景雲二年辛亥

先天元年壬子　是年正月改元太極。五月改元延和。八月玄宗即位，始改先天。

開元元年癸丑　即先天二年，十二月始改開元。

【附考】舊譜：開元元年十月甲辰，帝獵渭川，有大獵賦。按賦序但云以孟冬十月大獵于秦，而不書年分。考通鑑：先天元年十月癸卯，上幸新豐，獵于驪山之下。開元元年十月甲辰，獵於渭川。八年十月壬午，畋於下邽。十年而獵于秦地。凡三見。舊譜竟屬之癸丑歲者，大約以太白生於聖曆二年，至是合十有五歲，因十五觀奇書作賦凌相如一詩而附會其説。若以太白生自長安元年數之，至是始十有三歲耳，恐未是。

開元二年甲寅

開元三年乙卯

太白年十五。上韓荆州書云：十五好劍術，徧干諸侯。贈張相鎬詩云：十五觀奇書，作賦凌相如。按太白明堂賦序：歷邇天皇、天后、中宗而不及睿宗，則是賦之作不特在未改乾元殿之先，并在睿宗未崩之先矣。考睿宗之崩在開元四年六月，制改明堂爲乾元殿在開元五年七月，賦之作應在三四年間，豈所謂十五觀奇書，作賦凌相如者，即是明堂一賦歟！

開元四年丙辰

開元五年丁巳

開元六年戊午

開元七年己未

開元八年庚申

太白年二十，性倜儻，喜縱横術，擊劍爲任俠，嘗手刃數人。輕財重施，不事産業。是年禮部尚書蘇頲出爲益州長史，舊唐書蘇頲傳：開元八年，頲除禮部尚書，罷政事，俄知益州大都督府長史事。太白于路中投刺，頲待以布衣之禮，因謂羣寮曰：此子天才英麗，下筆不休，雖風力未成，且見專車之骨。若廣之以學，可以相如比肩。逸人東嚴子者，隱於岷山之陽，東嚴子姓名不可考。楊升菴以爲即徵君趙蕤，梓州鹽亭人字雲卿者是。又曰：岷山之陽即指匡山，杜子美贈詩所謂匡山讀書處。其説見晏公類要，鄭谷詩所謂雪下文君沽酒店，雲藏李白讀書山者也。俱恐未是。太白從之遊。巢居數年，不跡城市，養奇禽千計，呼皆就掌取食，了無驚猜。郡守聞而異之，詣廬親覩，因舉二人以有道科，並不起。上二事見太白所上安州裴長史書中，自叙歷歷，然無歲月可考。而蘇頲之爲益州長史實惟開元八年，故連其少年諸事并叙於此。又書中先言隱居岷山，後言投刺蘇公。玩其文義，作兩段敘述，非接次而言者。州舉有道，應是見蘇公以後事。新唐書本傳曰：白既長隱岷山，州舉有道不應。蘇頲爲益州長史，見白異之，曰：是子天才英特，少益以學，可比相如，蓋依書辭順序之耳。恐未是。又楊升菴以廣漢太守爲蘇頲，且引頲薦疏所謂趙蕤術數、李白文章爲證。今按：蘇頲爲益州長史，未嘗爲廣漢太守，據書中所説明是兩人，楊説殊謬。

【傳疑】唐詩紀事引東蜀楊天惠彰明逸事云：元符二年春正月，天惠補令於此，從學士大夫求問逸事。聞唐李白本邑人，微時募縣小吏，入令卧内，嘗驅牛經堂下，令妻怒，將加詰責。太白亟以詩謝云：素面倚欄鉤，嬌聲出外頭。若非是織女，何必問牽牛？令驚異不問。稍親招引侍硯席，令一日賦山火詩云：野火燒山後，人歸火不歸，思軋不屬。太白從旁綴其下句云：焰隨紅日遠，烟逐暮雲飛。令慚止。頃之，從令觀漲，有女子溺死江上，令復苦吟云：二八誰家女，飄來倚岸蘆。鳥窺眉上翠，魚弄口旁朱。太白輒應聲繼之云：緑髮隨波散，紅顔逐浪無。何因逢伍相？應是想秋胡。令滋不悦。太白恐棄去，隱居戴天大匡山。往來旁郡，依潼江趙徵君蕤。蕤亦節士，任俠有氣，善爲縱横學，著書號長短經。太白從學歲餘，去遊成都。賦春感詩云：茫茫南與北，道直事難諧。榆莢錢生樹；楊花玉糝街。塵縈遊子面；蝶弄美人釵。卻憶青山上，雲門掩竹齋。益州刺史蘇頲見而奇之。時太白齒方少，英氣溢發，諸爲詩文甚多，微類宫中行樂詞體。今邑人所藏百篇，大抵皆格律也。雖頗體弱，然短羽褵褷，已有鳳雛態。淳化中，縣令楊遂爲之引，謂爲少作是也。遂，江南人，自名能詩，累謫爲令云。

琦按：此編今已不傳，晁公武讀書志曰：蜀本太白集附入左綿邑人所裒白隱處少年所作詩六十篇，尤爲淺俗。今蜀本李集亦不可見，疑文苑英華所載五律數首或即是與。始太白與杜甫相遇梁、宋間，結交歡甚，久乃去，客居魯徂徠山。甫從嚴武成都，太白益流落不能歸，故甫詩云：匡山讀書處，頭白好歸來。然學者多疑太白爲山東人，又以匡山爲匡廬，皆非也。今大匡山猶有讀書臺，而清廉鄉故居遺地尚在，廢爲寺，名隴西院，有唐梓州刺史碑，失其名。太平寰宇記：綿州彰明縣有李白碑，在寧梵寺門下，梓州刺史于邵文。元豐九域志：綿州有李太白碑，唐梓州刺史于邵文。及綿州刺史高祝記。太白有子曰伯禽，女曰平陽，皆生太白去蜀後。有妹月圓，前嫁邑子，留不去，以故葬邑下。墓今在隴西院旁百步外，或傳院乃其所捨云。

開元九年辛酉

開元十年壬戌

開元十一年癸亥

開元十二年甲子

有蟾蜍薄太清詩。新唐書：開元十二年七月，廢皇后王氏爲庶人，舊注謂蟾蜍薄太清一篇爲廢后而作，玩詩意當是。

開元十三年乙丑

太白出遊襄、漢，南泛洞庭，東至金陵、揚州，更客汝海，還憩雲夢，故相許圉師家以孫女妻之，遂留安陸者十年。以上遊歷之處，略見上安州李長史、裴長史二書中，其歲月皆無可考，而娶于許氏，約計當在是年之後，故并叙于此。

開元十四年丙寅

訪戴天山道士不遇詩，登峨嵋山詩，登錦城散花樓詩在蜀所作者，皆是年以前詩。

開元十五年丁卯

開元十六年戊辰

開元十七年己巳

開元十八年庚午

太白年三十。上韓荆州書云：三十成文章，歷抵卿相。上安州裴長史書云：五歲誦六甲，十歲觀百家，常横經枕籍，制作不倦，迄于今三十春矣。以爲士生則桑弧蓬矢，射乎四方，故知大丈夫必有四方之志。乃杖劍去國，辭親遠遊，南窮蒼梧，東涉溟海，見鄉人相如大誇雲夢之事，云楚有七澤，遂來觀焉。而許相公家見招，妻以孫女，憩跡于此，至移三霜焉。按太白送從姪耑遊廬山序云：余少時大人令誦子虛賦，私心慕之。及長，南遊雲夢，覽七澤之壯觀，酒隱安陸，蹉跎十年。是太白寓居安陸蓋十年也。合之此書觀之，約其旅遊安陸，娶于許氏，當在開元十三年之後。太白於時年二十六七矣。踰三年年始三十，有上裴長史書，有憩跡於此至移三霜之語，則開元十八年也。又踰四年年三十五，則開元二十三年，計此十年間，正是其酒隱安陸之十年。自是而出遊太原，轉之齊魯矣。其蒼梧、洞庭、溟海、維揚、金陵、鄂城之遊，皆在二十六七以前，此皆參互可考者。曾子固序曰：白出居襄、漢之間，南遊江、淮，至楚觀雲夢。雲夢許氏者，高宗宰相圉師之家也，以女妻白，因留雲夢者三年。三年字尚欠精審。曩昔東遊維揚，不踰一年，散金三十餘萬，有落魄公子悉皆濟之。又昔與蜀中友人吴指南同遊於楚，指南死於洞庭之上，白伏屍慟哭，若喪天倫，行路聞者悉皆傷心。猛虎前臨，堅守不動，遂權殯於湖側，便之金陵。數年來觀，筋肉尚在，雪泣持刃，躬申洗削，裹骨徒步，寢興攜持，丐貸營葬於鄂城之東。又曰：前此郡督馬公，朝野豪彥，一見盡禮，許爲奇才。因謂長史李京之曰：諸人之文，猶山無烟霞，春無草樹。李白之文，清雄奔放，名章俊語，絡繹間起，光明洞徹，句句動人。故交元丹，親接斯議。

有安陸白兆山桃花巖寄劉侍御綰詩，詩有雲卧三十年，好閑復愛仙之句，雖未必即是三十歲所作，亦其上下數年間詩也。舊譜列是詩於戊午年下，蓋既以聖曆二年爲太白始生之歲，又誤以三十爲二十耳。考其時太白尚未出蜀，又舊譜以門有車馬客行及答湖州迦葉司馬詩皆列於三十歲之下。按門有車馬客詩曰：嘆我萬里遊，飄飄三十春。此嘆其客遊之久，非紀其始壯之年。觀下文北風揚胡沙，埋翳周與秦之句，應是禄山殘破兩京之後所作，答湖州迦葉司馬詩云：青蓮居士謫仙人，酒肆藏名三十春。恐是長安遇賀監以後之作，故有謫仙人之稱。其曰三十春者，是言放浪酒中約三十年，非謂是時年甫及三十也，茲皆不采。安州應城玉女湯詩，安州般若寺水閣納涼喜遇薛員外乂詩，代壽山答孟少府移文書，秋夜於安府送孟贊府還都序，上安州李長史書，上安州裴長史書，皆在安陸十年中之作。

開元十九年辛未

開元二十年壬申

有送梁公昌從信安王北征詩。是年正月，以禮部尚書信安郡王禕爲河東河北道行軍副元帥，將兵擊奚、契丹。三月，信安郡王禕與幽州長史趙含章大破奚、契丹于幽州之北。

開元二十一年癸酉

開元二十二年甲戌

按：太白與韓荊州書有三十成文章語，此書當是庚午以後甲戌以前四年中之作。唐書韓朝宗傳：朝宗累遷荊州長史。開元二十二年，初置十道採訪使，朝宗以襄州刺史兼山南東道，其爲荊州長史在是年以前。其憶襄陽舊遊贈濟陰馬少府詩曰：昔爲大堤客，曾上山公樓。高冠佩雄劍，長揖韓荆州。魏顥作公集序云：長揖韓荆州。荆州延飲，白誤拜，韓讓之，白曰：酒以成禮。荆州大悦，皆是時事。

開元二十三年乙亥

太白遊太原，有秋日於太原南栅餞陽曲王贊公賈少公石艾尹少公應舉赴上都序。是年太白遊太原，因南栅餞飲一序知之。舊唐書：開元二十三年春正月乙亥，親耕籍田，加至九推而止，卿以下終其畝。大赦天下。在京文武官及朝集採訪使三品以上加一爵，四品以下加一階，外官賜勳一轉。其才有霸王之略、學究天人之際及堪將帥牧宰者，令五品以上清官及刺史各舉一人。致仕官量與改職，依前致仕。賜酺三日。此文所云今春皇帝有事千畝，湛恩八埏，大搜羣材，以緝邦政，王公以令宰見舉，賈公以王霸聲聞，正其事也。又開元十九年春正月丙子，帝親耕于興慶宫龍池。此乃帝欲知稼穡之事，故習爲之，雖曰親耕，與籍田大禮不同，無恩典逮下，與此文所言不合，故訂其的爲是年之作。識郭子儀於行伍中，言於主帥，脱其刑責。與譙郡元參軍攜妓遊晉祠，浮舟弄水。見憶舊遊寄譙郡元參軍詩。皆是時事。已而去之齊、魯，寓家任城，與孔巢父、韓準、裴政、張叔明、陶沔會徂徠山，酣飲縱酒，號竹溪六逸。遊齊、魯歲月不可詳考，并附於此。

有五月東魯行答汶上翁詩曰：顧余不及仕，學劍來山東。舉鞭訪前途，獲笑汶上翁。是初遊魯地之作。又有送韓準裴政孔巢父還山詩，是酣飲竹溪時之作。

【附考】是年司馬子微化形於天台。劉大彬茅山志：司馬子微于開元乙亥歲六月十八日蜕形於天台。按太白大鵬賦序云：余昔於江陵見天台司馬子微，謂余有仙風道骨，可與神遊八極之表，因著大鵬遇希有鳥賦以自廣，此賦未詳作于何年。舊譜列于開元十年之下，未知何據。

開元二十四年丙子

開元二十五年丁丑

開元二十六年戊寅

【附考】是年潤州刺史齊澣開伊婁河于揚州南瓜洲浦。太白有題瓜洲新河餞族叔舍人賁詩曰：齊公鑿新河，萬古流不絶。豐功利生人，天地同朽滅。正指其事。乃是年以後之作。

開元二十七年己卯

開元二十八年庚辰

太白年四十。

【附考】是年孟浩然卒。王士源孟浩然集序曰：開元二十八年，王昌齡遊襄陽，時浩然疾疹發背且愈，相得甚歡，浪情宴謔，食鮮疾動，終於治城南園，年五十有二。太白有贈孟浩然詩，黄鶴樓送孟浩然之廣陵詩，春日歸山寄孟浩然詩，皆是年以前之作。

開元二十九年辛巳

天寶元年壬午

時太白遊會稽，與道士吴筠共居剡中。會筠以召赴闕，薦之於朝，玄宗乃下詔徵之。太白至京師，與太子賓客賀知章遇于紫極宫，一見賞之。曰：此天上謫仙人也。因解金龜换酒爲樂。言於玄宗，召見金鑾殿，論當世務，草答蕃書，辯若懸河，筆不停綴。又上宣唐鴻猷一篇。帝嘉之，以七寶牀賜食，御手調羹以飯之。謂曰：卿是布衣，名爲朕知，非素蓄道義，何以得此？命供奉翰林，專掌密命。本事詩曰：李太白初自蜀至京師，按太白出蜀之後，歷遊吴、楚、齊、魯，多涉年所，而後入京，謂自蜀至京師誤也。舍于逆旅，賀監知章聞其名，首訪之。既奇其姿，復請所爲文，出蜀道難以示之，讀未竟，稱嘆者數四，號爲謫仙。解金龜换酒，與傾盡醉，期不間日，由是稱譽光赫。賀又見其烏棲曲，或言是烏夜啼。嘆賞苦吟曰：此詩可以泣鬼神矣。摭言曰：李太白謁賀知章，知章曰：公非人世之人，可不是太白星精耶！魏顥序曰：白久居峨眉，與丹丘因持盈法師達，白亦因之入翰林。按李陽冰及樂史序皆言天寶中召入翰林，劉全白碣記，范傳正新墓碑云：天寶初，太白代宋中丞作自薦表，亦曰：天寶初，五府交辟，不求聞達，亦由子真谷口，名動京師。上皇聞而悦之，召入禁掖。既潤色于鴻業，亦間草于王言，雍容揄揚，特見褒賞。考其時當在天寶元二年間，蓋太白爲知章所薦，而知章之辭職在天寶二年之十二月，其祖餞出京，在三年之正月。則太白之因其薦而入朝及爲飲中八仙之遊，在二年十二月以前，不居然可知乎！又按太白之召見，舊唐書以爲吴筠薦之，新唐書以爲賀知章言之，新書蓋本之樂史别集序。考太白有别内赴徵三首，則其西入京師，乃應詔而至，非浪遊也。疑當時吴筠薦之于先，賀知章復言之于後，在玄宗于筠之薦，視太白不過與預薦諸人一例等視而已。及得知章之稱譽，而後以奇才相待，異禮有加。世但知有賀

之薦，而不知有吴之薦，殆未稽之于舊史耳。至魏顥序謂丹丘因持盈法師達，白亦因之入翰林。持盈法

師謂玉真公主也，太白有玉真公主别館苦雨詩，想其才名炫燿，竦動一時，公主亦欲識其人而揚聲于人主之前，亦理之所有者乎！

有遊太山詩，古本題下有注云：天寶元年四月，從故御道上太山，則其時在魯而不在會稽，并未嘗入京可知也。但未知遊太山之後方入會稽，抑入會稽在遊太山之先，皆不可考。第一首云：四月上太山，石平御道開。第五首云：山花異人間，五月雪中白。其時在四月五月之交矣。别内赴徵詩。

【附考】按開元二十九年正月始立崇玄學，置生徒，令習老子、莊子、列子、文子，每年准明經例考試。天寶元年二月，號莊子爲南華真人，文子爲通玄真人，列子爲沖虚真人，庚桑子爲洞虚真人。太白有送于十八應四子舉落第還嵩山詩，中有炎炎四真人句，應爲是時以後之作。

【附考】是年改鄆州平陸縣爲中都縣，析涇縣南陵秋浦三縣置青陽縣。公有别中都明府兄詩，酬中都小吏攜斗酒雙魚於逆旅見贈詩，改九子山爲九華山與高霽韋權輿聯句詩，又有望九華山贈青陽韋仲堪詩，皆是時以後所作。

【附考】是年胡紫陽卒，據紫陽碑文，紫陽之卒在天寶元年，其葬以十月望後。公有題紫陽先生壁詩，冬夜於隨州紫陽先生餐霞樓送烟子元演隱仙城山序，皆是年以前之作。其漢東紫陽先生碑銘，是年以後所作。

天寶二年癸未

公在長安，與賀知章、汝陽王璡、崔宗之、裴周南爲酒中八仙之遊。李陽冰集序云：害能成謗，帝用疎之。公乃浪跡縱酒，以自昏穢，與賀知章、崔宗之等自爲八仙之遊，謂公謫仙人，朝列賦謫仙之歌，凡數百首，多言公之不得意。據此則八仙之遊乃被讒以後事，賀監以天寶三載正月歸越時，公作詩送之，則其酣飲同遊，正在元二年間，豈供奉無多日即遭讒毁，賀監未去之前已不能安其身歟！八仙之名，李序舉其二，曰賀知章、崔宗之，與太白而三。范碑舉其四，曰賀知章、汝陽王、崔宗之、裴周南，與太白而五。新唐書本傳云：白與知章、李適之、汝陽王璡、崔宗之、蘇晉、張旭、焦遂爲酒中八仙人。蓋據杜子美飲中八仙歌而記之耳。錢牧齋譏其既云天寶初供奉，又云與蘇晉同遊，爲自相矛盾。蓋蘇晉以開元二十二年先卒，見舊唐書，而謂于天寶初與李白同遊，恐其誤也。然子美與太白同時，偏舉其人，自必不妄。或者天寶初蘇晉尚存，舊書二十二年之下，卒字之上尚有缺文，遂致兹誤，亦未可知。其裴周南一人不入杜詩所詠之數，意者如今時文酒之會，行之日久，一人或亡則以一人補之，以致姓名流傳參差不一，其以此歟！

天寶三載甲申　五月改年爲載。

太白在翰林，代草王言。然性嗜酒，多沉飲，有時召令撰述，方在醉中不可待，左右以水沃面稍解，即令秉筆，頃之而成，帝甚才之。數侍宴飲，因沉醉，引足令高力士脱靴。力士恥之，因摘其詩句以激太真妃。帝三欲官白，妃輒沮之，又爲張垍讒譖。公自知不爲親近所容，懇求還山，帝乃賜金放歸。本事詩云：李白才逸氣高，與陳拾遺齊名。玄宗聞之，召入翰林，以其才藻絶人，器識兼茂，便以上位處之，故未命以官。嘗因宫人行樂，謂高力士曰：「對此良辰美景，豈可獨以聲伎爲娱？儻時得逸才詞人詠出之，可以誇耀於後。」遂命召白。時寧王邀白飲酒已醉，既至，拜舞頹然。上知其薄聲律，謂非所長，命爲宫中行樂五言律詩十首。白頓首曰：「寧王賜臣酒，今已醉，儻陛下賜臣無畏，始可盡臣薄技。」上曰：「可。」即遣二内臣掖扶之，命研墨濡筆以授之。又令二人張朱絲欄于其前。白取筆抒思，略不停綴，十篇立就，更無加點。筆跡遒利，鳳跌龍拏，律度對屬，無不精絶。出入宫中，恩禮殊厚，竟以疎縱乞歸。上亦以非廊廟器，優詔罷遣之。松窗録云：開元中，禁中初重木芍藥，即今牡丹也，得四本，紅紫淺紅通白者。上移植於興慶池東沉香亭前。會花方繁開，上乘照夜白，太真妃以步輦從。詔特選梨園弟子中尤者得樂十六部，李龜年以歌擅一時之名，手捧檀板押衆樂前，將歌之。上曰：「賞名花，對妃子，焉用舊樂詞爲？」遂命龜年持金花箋，宣賜翰林供奉李白，立進清平調辭三章。白欣然承旨，猶苦宿酲未解，因援筆賦之。其辭曰：雲想衣裳花想容，春風拂檻露華濃。若非羣玉山頭見，會向瑶臺月下逢。一枝紅豔露凝香，雲雨巫山枉斷腸。借問漢宫誰得似？可憐飛燕倚新妝。名花傾國兩相歡，長得君王帶笑看。解釋春風無限恨，沉香亭北倚欄杆。龜年遽以辭進，上命梨園弟子約略調撫絲竹，遂促龜年以歌。太真妃持玻瓈七寶盞，酌西涼州蒲桃酒，笑領歌意甚厚。上因調玉笛以倚曲，每曲徧將换，則遲其聲以媚之。太真妃飲罷，斂繡巾重拜上。龜年常語於五王，獨憶以歌得自勝者，無出於此。抑亦一時之極致耳。上自是顧李翰林尤異于他學士。會高力士終以脱靴爲深恥，異日太真妃重吟前詞，力士戲曰：「比以妃子怨李白深入骨髓，何反拳拳如是？」太真妃驚曰：「何翰林學士能辱人如斯！」力士曰：「以飛燕指妃子，是賤之甚矣。」太真妃深然之，上嘗三欲命李白官，卒爲宫中所捍而止。松窗録，唐韋叡撰，今亡。此則自太平廣記中録出，樂史别集序中所載，蓋本之此書。摭言云：開元當是天寶之誤。中，李翰林白應詔草白蓮花開序及宫辭十首，時方大醉，中貴人以冷水沃之稍醒，白於御前索筆一揮，文不加點。今本摭言缺此一則，太平廣記中引之。按所謂草白蓮花開序，疑即范墓碑所云泛白蓮池序也。所謂宫詞十首，疑即本事詩所云宫中行樂詞五言律十首也。蓋皆得之傳聞，故其説不無少異。今宫詞僅存八首，白蓮序已亡。鍾泰華文苑四史云：唐書曰：玄宗召李白草白蓮辭，使太真捧硯，力士脱靴，今唐書無此文，恐出自稗官小説，鍾蓋誤引耳。魏顥集序云：上皇豫遊召白，白時爲貴門邀飲，比至半醉，令製出師詔，不草而成，許中書舍人。諸書皆言太白以醉中應詔而作詩文，宫中行樂詞多言中春之景。沉香亭賦清平調值牡丹繁開，則春暮矣。泛白蓮池又夏中事，出師詔不詳何時。大抵各舉其所聞之一事而言，致有不同，非傳聞之錯互也。杜子美詩云：李白一斗詩百篇，長安市上酒家眠。天子呼來不上船，自稱臣是酒中仙。想其扶醉而見天子，固不止偶然一次矣。唐國史補云：李白在翰林，多沉飲。玄宗令撰樂詞，醉不可待，以水沃之，白稍能動，索筆一揮十數章，文不加點。後對御令高力士脱靴，上令小閹排出之。舊唐書：白嘗沉醉殿上，引足令高力士脱靴，由是斥去。酉陽雜俎云：李白名播海内，玄宗於便殿召見，神氣高朗，軒軒若霞舉，上不覺忘萬乘之尊，因命納履。白遂展足與高力士曰：「去靴。」力士失勢，遽爲脱之，及出，上指白謂力士曰：「此人固窮相。」　李陽冰集序云：醜正同列，害能成謗，格言不入，帝用疎之。公乃浪跡縱酒，以自昏穢。詠歌之際，屢稱東山。天子知其不可留，乃賜金歸之。按李陽冰、魏顥皆嘗與太白遊處，二序所紀出處，較之他文定爲真確可信。陽冰所謂醜正同列，害能成謗，顥序所謂以張垍讒逐，劉全白翰林學士李君碣記亦曰：爲同列者所謗，詔令歸山。三書大約相同，而新舊史皆不載，知其疎略矣。野客叢書曰：李白事所説不一，魏顥作文集序曰：上皇豫遊召白，白時爲貴朋邀飲，比至半醉，令製出師詔，不草而就，許中書舍人。以張垍讒逐，遊海、岱間，年五十餘，尚無禄位。樂史作別集序則又云：上與太真在沉香亭賞木芍藥，令李龜年持金花箋宣賜李白，立進清平調，白宿醒未解，援筆賦之。會高力士挾脱靴之恨，譖白于妃，由是上三欲官白，輒爲妃沮。劉全白作碣記曰：天寶初，玄宗辟翰林待詔，因爲和蕃書并上宣唐鴻猷一篇。上重之，欲以綸誥之任委之。爲同列者所謗，詔令歸山，遂浪跡天下。范傳正新墓碑曰：天寶初，召見於金鑾殿，論當世務，草答蕃書。玄宗嘉之，遂直翰林，專掌密命，將處司言之任。他日泛白蓮池，公不在宴。皇歡既洽，召公作序，時公被酒于翰苑中，命高將軍扶以登舟，優寵如是。既而上疏請還舊山，玄宗甚愛其材，或慮乘醉出入省中，不能不言温室樹，恐掇後患，惜而遂之。其説紛紜不同如此。惟樂史所説頗與傳文合。傳曰：白供奉翰林，猶與飲徒醉於市，帝坐沉香亭，意有所感，欲得白爲樂章，召入而白已醉，左右以水頮面稍解，援筆成文，婉麗精切無留思。帝愛其材，數宴飲，白嘗侍帝，醉使高力士脱靴，力士數貴，恥之，摘其詩以激楊貴妃。帝欲官白，妃輒沮之。白自知不爲親近所容，懇求歸山，帝賜金放還。所載如此。僕謂李白不容於朝，固由高力士之譖，然其爲人疎曠不密，觀傳正所謂乘醉出入省中，不能不言温室樹，又觀李陽冰草堂集序謂出入翰林中，問以國政，潛草詔誥，人無知者，醜正同列，害能成謗，疑其醉中曾泄漏禁中事機，或者云云，明皇因是疎之。

計太白在長安不過三年，所賦諸詩，其玉真公主別館苦雨贈衛尉張卿詩，灞陵行送別詩，送程劉二侍御獨孤判官赴安西幕府詩，望終南山寄紫閣隱者詩，下終南山過斛斯山人宿置酒詩，春歸終南山松龍舊隱詩，登太白峯詩，杜陵絶句，夕霽杜陵登樓寄韋繇詩，怨歌行，注云：長安見内人出嫁，友人令予代爲之。皆在長安中之作，先後不可考。其侍從宜春苑奉詔賦龍池柳色初青聽新鶯百囀歌，宫中行樂詞，清平調詞，送賀監歸四明應制詩，送賀賓客歸越詩，舊唐書：天寶二年十二月乙酉，太子賓客賀知章請度爲道士還鄉。三載正月庚子，遣左右相以下祖別賀知章於長樂坡，上賦詩贈之。太白二詩，一乃應制，一私自送行而作者也。其對酒憶賀監二首，又重憶一首，皆知章没後之作。朝下過盧郎中叙舊遊詩，金門答蘇秀才詩，侍從遊宿温泉宫詩，駕去温泉宫後贈楊山人詩，温泉侍從歸逢故人詩，同王昌齡送族弟襄歸桂陽詩，詩曰：秦地見碧草，楚謡對金樽。把酒爾何思，鷓鴣啼南園。予欲羅浮隱，猶懷明主恩。躊躕紫宫戀，孤負滄洲言。知此詩在翰林時之作。其聞王昌齡左遷龍標遥有此寄詩，則在是時以後，至德以前。皆供奉翰林時所作。

翰林讀書言懷呈集賢院内諸學士詩，送裴十八圖南歸嵩山詩，詩曰：何處可爲別，長安青綺門。臨當上馬時，我獨與君言。風吹芳蘭折，日没鳥雀喧。舉手指飛鴻，此情難具論。同歸無早晚，潁水有清源。應是被讒而去志已決之語。乃遭讒之後所作。

還山留别金門知己詩，初出金門尋王侍御不遇詠壁上鸚鵡詩，將去長安時所作。

玉壺吟，鳳凰初下紫泥詔，謁帝稱觴登御筵。揄揚九重萬乘主，謔浪赤墀青瑣賢。朝天數换飛龍馬，敕賜珊瑚白玉鞭。走筆贈獨孤駙馬詩，是時僕在金門裏，待詔公車謁天子。長揖蒙垂國士恩，壯心剖出酬知己。一别蹉跎朝市間，青雲之交不可攀。贈從弟南平太守之遥詩，天門九重謁聖人，龍顔一解四海春。彤庭左右呼萬歲，拜賀明主收沉淪。翰林秉筆迴英盼，麟閣崢嶸誰可見？承恩初入銀臺門，著書獨在金鑾殿。龍駒雕鐙白玉鞍，象牀綺食黄金盤。當時笑我微賤者，却來請謁爲交歡。一朝謝病遊江海，疇昔相知幾人在？前門長揖後門關，今日結交明日改。憶舊遊寄譙郡元參軍詩，此時行樂難再遇，西遊因獻長楊賦。北闕青雲不可期，東山白首還歸去。寄王屋山人孟大融詩，我昔東海上，勞山餐紫霞。中年謁漢主，不愜還歸家。留别廣陵諸公詩，中迴日月顧，揮翰凌雲烟。騎虎不敢下，攀龍忽墜天。感時留别從兄徐王延年從弟延陵詩，小子謝麟閣，雁行忝肩隨。别韋少府詩，西出蒼龍門，南登白鹿原。欲尋商山皓，猶戀漢皇恩。魯中送二從弟赴舉之西京詩，魯客向西笑，君門若夢中。霜凋逐臣髮，日憶明光宫。送楊燕之東魯詩，我固侯門士，謬登聖主筵。一辭金華殿，蹭蹬長江邊。送岑徵君歸鳴皋山詩，余亦謝明主，今稱偃蹇臣。酬張卿夜宿南陵見贈詩，我昔辭林丘，雲龍忽相見。客星動太微，朝去洛陽殿。答高山人兼呈權顧二侯詩，輕塵集嵩岳，虚點盛明意。謬揮紫泥詔，獻納青雲際讒惑英主心，恩疎佞臣計。徬徨庭闕下，嘆息光陰逝。未作仲宣詩，先流賈生涕。挂帆秋江上，不爲雲羅制。答杜秀才五松山見贈詩，昔獻長楊賦，天開雲雨歡。當時待詔承明裏，皆道揚雄才可觀。敕賜飛龍二天馬，黄金絡頭白玉鞍。浮雲蔽日不復返，總爲秋風摧紫蘭。角巾東出商山道，採秀行歌詠芝草。秋夜獨坐懷故山詩，天書訪江海，雲卧起咸京。入侍瑶池宴，出陪玉輦行。誇胡新賦作，諫獵短書成。拙薄遂疎絶，歸閑事耦耕。皆去朝以後之作。

于是就從祖陳留採訪大使彦允請北海高天師授道籙於齊州紫極宫，自是浮遊四方，北抵趙、魏、燕、晉，西涉邠、岐，歷商於，至洛陽，南遊淮、泗，再入會稽，而家寓魯中，故時往來齊魯間，前後十年中惟遊梁宋最久。此自天寶三載以後至十三載以前十年中遊歷久暫約略可考者也。并録于此。太白贈蔡舍人詩曰：一朝去京國，十載客梁園。以此知其遊梁最久。其梁園吟曰：我浮黄河去京闕，挂席欲進波連山。天長水闊厭遠涉，訪古始及平臺間，是去長安之後即爲梁宋之遊也。魏顥酬白詩曰：去秋忽乘興，命駕來東土。謫仙遊梁園，愛子在鄒魯。兩處不一見，拂衣向江東。考是詩爲天寶十四載所作，而言去秋，則十三載之秋也。自天寶三載至十三載，中間十年，客遊梁、宋之間，而家在東魯，往來其地，有時北抵趙、魏、燕、晉，西涉邠、岐，歷商於，到洛陽，皆未嘗久羈，而一過再過，盤桓税駕，多歷歲時，則惟梁地爲然。故其自言寓遊之地不舉其他而數稱梁園，良有以也。

有奉餞高尊師如貴道士傳道籙畢歸北海詩，留别西河劉少府詩，太白在開元時嘗遊晉矣，於太原南栅餞飲一序見之。天寶改元以後復遊晉地，於留别西河劉少府一詩見之。所謂秋髮已種種，所爲竟無成，知非壯年時語。又有謂我是方朔，人間落歲星。白衣千萬乘，何事去天庭。是不得於朝而去後之作也。單父東樓秋夜送族弟沉之秦詩，有長安宫闕九天上，此地曾經爲近臣。又曰：屈平顦顇滯江潭，亭伯流離竄遼海。知是去朝後復歸東魯之作。送族弟單父主簿凝攝宋城主簿至郭南月橋却回棲霞山留飲贈詩，送族弟凝至晏堌詩，送族弟凝之滁求婚崔氏詩，數詩之作，大抵皆在此十年中。

【附考】新唐書杜甫傳曰：甫少與李白齊名，時號李杜。嘗從白及高適過汴州，酒酣登吹臺，慷慨懷古，人莫測也。子美遣懷詩云：昔與高李輩，論交入酒壚。兩公壯藻思，得我色敷腴。氣酣登吹臺，懷古視平蕪。又昔遊詩云：昔者與高李，晚登單父臺。寒蕪際碣石，萬里風雲來。白有魯郡東石門送杜二甫詩，沙丘城下寄杜甫詩，皆在是時。按杜子美寄太白二十韻詩云：乞歸優詔許，遇我宿心親。是其結交歡好之日，在太白賜金放歸之後，子美未獻三大禮賦以前，乃天寶三載至十載間事，其與高達夫詩酒倡和，爲單父吹臺之遊，正其時也。

【附考】是年三月，改天下諸郡玄元廟爲紫極宫，白有尋陽紫極宫感秋詩，是時以後之作。

是年改邠州爲新平郡，白有豳歌行上新平長史粲詩，登新平樓詩，贈新平少年詩，皆是時以後之作。

天寶四載乙酉

天寶五載丙戌

【附考】是年五月以劍南節度使章仇兼瓊爲户部尚書。十月，改臨淄郡爲濟南郡，白有答杜秀才五松山見贈詩，聞君往年遊錦城，章仇尚書倒屣迎。飛牋絡繹奏明主，天書降問迴恩榮。陪從祖濟南太守泛鵲山湖詩，皆是時以後所作。

天寶六載丁亥

【附考】是年正月，杖殺北海太守李邕、淄川太守裴敦復，白有上李邕詩，係少年時作。有題江夏修静寺詩，蓋傷邕也。係是時以後之作。

天寶七載戊子

天寶八載己丑

有虞城令李公去思碑頌，舊譜列是作於天寶四載下。按其文曰：天寶四載，拜虞城令，此紀其受職之年，非紀其去官之日。其下又云：陽無驕僭，四載有年，則李公在虞四年而後去，去思碑頌應作于是年矣。其對雪獻從兄虞城宰詩，亦是此四年中所作。崇明寺佛頂尊勝陀羅尼幢頌。文中言律師道宗以天寶八載五月一日示滅云云，詳其上下文義，頌之作也亦當在是年間。

【附考】是年六月，隴右節度使哥舒翰攻吐蕃石堡城，拔之。白有答王十二寒夜獨酌有懷詩云：君不能學哥舒，横行青海夜帶刀，西屠石堡取紫袍。又云：君不見李北海，英風豪氣今何在！君不見裴尚書，土墳三尺蒿棘居。知爲是時以後之作。

天寶九載庚寅

太白年五十。

天寶十載辛卯

有羽檄如流星詩，是年四月，劍南節度使鮮于仲通伐雲南，戰於西洱河，敗績，士卒死者六萬人。楊國忠大募兩京及河南兵以伐雲南。詩曰：借問此何爲，答言楚徵兵。度瀘及五月，將赴雲南征云云，知此詩爲是時之作。比干碑。文曰：天寶十載，余尉于衛，拜首祠堂云云，是代衛縣尉李翰作者，然此文似非白筆。

天寶十一載壬辰

【附考】是年四月，御史大夫王鉷賜死，禮部員外郎崔國輔以鉷近親貶竟陵郡司馬。白有送崔度還吴度故人禮部員外國輔之子云云，乃是年以後之作。

天寶十二載癸巳

有書情贈蔡舍人詩，詩曰：遭逢聖明主，敢進興亡言。白璧竟何辜？青蠅遂成冤。一朝去京國，十載客梁園。是作詩時太白已去朝十年矣。故定爲是時之作，下二首同。贈崔司户文昆季詩，詩云：惟昔不自媒，擔簦西入秦。攀龍九天上，忝列歳星臣。布衣侍彤墀，密勿草絲綸。才微惠渥重，讒巧生緇磷。一去已十年，今來復盈旬。留别曹南羣官之江南詩，詩曰：時來不關人，談笑遊軒皇。獻納少成事，歸休辭建章。十年罷西笑，攬鏡如秋霜。自梁園至敬亭山見會公談陵陽山水兼期同遊詩。按獨孤及送李白之曹南序曰：出車桐門，將駕於曹。送子何所，平臺之隅。合上一詩觀之，則公之行踪由梁園而曹南，由曹南旋反，遂往宣城，然後遊歷江南各處。爾後往來宣城不止一次，而其始遊則自茲時始矣。

天寶十三載甲午

太白遊廣陵，與魏萬相遇，遂同舟入秦淮，上金陵，與萬相別，復往來宣城諸處。按魏顥集序曰：解攜明年，四海大盜。據此推之，則相遇之時乃天寶十三載也。又序曰：命駕江東訪白，遊天台，還廣陵見之。太白送萬詩序曰：於廣陵相見。萬酬太白詩曰：雪上天台山，春逢翰林伯。惕然意不盡，更逐西南去。同舟入秦淮，建業龍蟠處。故知其相遇於廣陵，又同舟自秦淮而上金陵也。太白詩曰：五月造我語，知非佁儗人。是其相處之久，自春徂夏凡數月，皆可考而知也。魏顥序云：顥始名萬，命駕江東訪白，遊天台，還廣陵見之，眸子炯然，哆如餓虎。或時束帶，風流醖籍。顥平生自負，人或爲狂，白相見泯合，有贈之作，謂余：爾必著大名於天下，無忘老夫與明月奴。因盡出其文，命顥爲集。

有送王屋山人魏萬詩，贈宣城宇文太守兼呈崔侍御詩，宣城九日聞崔四侍御與宇文太守遊敬亭余時登響山不同此賞醉後寄崔侍御詩。玩詩意，宇文乃天寶中爲宣城太守，而非至德以後始官其地者也。據趙公西候新亭頌，天寶十四載，趙悦來爲宣城守，則宇文之守宣城在其前，可意度也。崔四侍御未詳其名，太白又有酬崔侍御詩云：自是客星辭帝座，元非太白醉揚州。此是攝監察御史崔成甫，未知與此崔四侍御即一人否。舊唐書曰：侍御史崔宗之謫官金陵，與白詩酒唱和，嘗月夜乘舟自采石達金陵，白衣宫錦袍，於舟中顧瞻笑傲，旁若無人。按崔宗之乃崔日用之子，唐書但言其襲封齊國公而不紀其官爵。崔祐甫作日用集序云：嗣子宗之開元中爲起居郎，再爲尚書禮部員外郎，遷本司郎中，終於右司郎中。其爲侍御史及謫官金陵，莫之載也。新唐書削去侍御史及謫官等字，而但云白浮遊四方，嘗乘舟與崔宗之自采石至金陵，著宫錦袍坐舟中，旁若無人，似亦知舊史之誤故耳。考太白集中有與崔宗之詩三首，皆云郎中，又叙其同遊南陽之白水過菊潭上，遺孔子琴等事，而遊金陵采石事不一及焉。恐舊唐書所載者是侍御史崔成甫而誤以爲宗之耳。春日陪楊江寧及諸公宴北湖感古詩，宿白鷺洲寄楊江寧詩，金陵阻風雪書懷寄楊江寧詩，江寧楊利物畫贊，太白贈魏萬詩曰：吾友楊子雲，絃歌播清芬。雖爲江寧宰，好與山公羣。乘興但一行，且知我愛君。蓋謂江寧宰楊利物也。集中與楊江寧諸詩皆在是時前後之作。書懷贈南陵常贊府詩，與南陵常贊府遊五松山詩，於五松山贈南陵常贊府詩，按是年六月，劍南留後李宓率兵伐雲南蠻，至西洱河，舉軍陷没。又關中自去秋水旱相繼，人多乏食，詔出太倉米一百萬石賤糶以濟貧民。太白詩所謂雲南五月中，頻喪渡瀘師。毒草殺漢馬，張兵奪秦旗。至今西洱河，流血擁僵屍。咸陽天下樞，累歲人不足。雖有數盤玉，不如一斗粟。正言是年事。下二詩亦其時先後之作。金陵送權十一序。序言四明逸老賀知章呼余爲謫仙人，又言我君六葉繼聖，熙乎玄風，三清垂拱，穆然紫極，是固天寶中既見賀監之後，而幽燕未亂以前之作也。考其送别之地在金陵，當爲是年先後間之作無疑。

天寶十四載乙未

太白在宣城。

有贈宣城趙太守悅詩，爲趙宣城與楊右相書，趙公西候新亭頌，文曰：惟十有四年，皇帝以歲之驕陽，秋五不稔，乃慎擇明牧，恤南方凋枯。四月孟夏，自淮陰遷我天水趙公作藩於宛陵。又具載一時僚佐長史齊光乂、司馬武幼成、録事參軍吴鎮、宣城令崔欽之名於下，知太白與諸公遊處皆在是時。夏日陪司馬武公與羣賢宴姑熟亭序，宣城吴録事畫贊。

肅宗至德元載丙申 即天寶十五載也。七月肅宗即位於靈武，始改元至德。

太白自宣城之溧陽，又之剡中，遂入廬山。永王璘爲江陵府都督，充山南東路及嶺南、黔中、江南西路四道節度使，重其才名，辟爲府僚佐。及璘擅引舟師東下，脅以偕行。舊唐書：玄宗幸蜀，在途以永王璘爲江淮兵馬都督揚州節度使，白在宣州謁見，遂辟從事。與太白詩文所自序者不同。且永王官爵與其本傳所載亦異。

有春於姑熟送趙四流炎方序，據文中所謂自吴瞻秦日見喜氣，上當攫玉弩，摧狼狐，洗清天地，雷雨必作。則禄山既反之後，玄宗未幸蜀以前所作也。又有少府以黄綬作尉，泥蟠當塗之語。集中有當塗趙少府炎粉圖山水歌，送當塗趙少府赴長蘆詩，寄當塗趙少府炎詩，皆是時以前之作。贈武十七諤詩，序曰：門人武諤，深於義者也。聞中原作難，西來訪予。愛子伯禽在魯，許將冒胡兵以致之。酒酣感激，援筆而贈。詩曰：狄犬吠東洛，天津成塞垣。愛子隔東魯，空悲斷腸猿。是此詩爲東京陷後所作。猛虎行，詩曰：旌旗繽紛兩河道，戰鼓驚山欲傾倒。秦人半作燕地囚，胡馬翻銜洛陽草。一輪一失關下兵，朝降夕叛幽薊城。巨鰲未斬海水動，魚龍奔走安得寧？皆指是時事。詳見本詩注中。又有昨日方爲宣城客，掣鈴交通二千石，及溧陽酒樓三月春，楊花茫茫愁殺人句。是知太白遊宣城之溧陽，而是詩之作在三月時。經亂後將避地剡中留贈崔宣城詩，太白又有江上答崔宣城詩曰：太華三芙蓉，明星玉女峯。尋仙下西岳，陶令忽相逢。當是前此之作，疑另是一崔宣城。爲吴王謝責赴行在遲滯表，通鑑天寶十五載二月，以吴王祇爲靈昌太守河南都知兵馬使。三月，拜陳留太守河南節度使。表所謂才缺總戎，謬當強寇是也。五月，徵吴王祇爲太僕卿。表所謂愍臣不逮，賜臣生全是也。其曰：伏蒙聖恩，追赴行在。又曰：重整乾綱，再清國步。則作表之時當在玄宗幸蜀太子即位於靈武之後矣。疑吴王是時迂道入吴，將由水路上泝荆、襄，轉趨商、洛，以至靈武，表中所謂大舉天兵，掃除戎羯，所在郵驛，徵發交馳，臣逐便水行，難於陸進，是也。太白於時相遇，爲之代作此表歟！集中又有上吴王詩三首，同吴王送杜秀才入京詩，皆是時以前之作。贈王判官時余歸隱居廬山屏風疊詩，詩曰：大盜割鴻溝，如風掃秋葉。吾非濟代人，且隱屏風疊。此正兩京陷没之後，將避地廬山時之作。與賈少公書，書有中原横潰，及王命崇重，大總元戎，辟書三至，嚴期逼迫等語。疑其作應在是時，且疑是應永王辟命時之作。門有車馬客行。詩有北風揚胡沙，埋翳周與秦。大運且如此，蒼穹寧匪仁。亦是兩京陷後之作。

至德二載丁酉

二月，永王璘兵敗，太白亡走彭澤，坐繫尋陽獄。按通鑑及新舊唐書，永王璘，玄宗第十六子也。

天寶十五載六月，玄宗幸蜀，至漢中郡，下詔以璘爲山南東路、嶺南、黔中、江南西路四道節度採訪等使，江陵郡大都督。七月，璘至襄陽。九月，至江陵，召募士將得數萬人，以薛鏐、李臺卿、韋子春、劉巨鱗、蔡駉爲謀主，補署郎官御史。時江、淮租賦鉅億萬，所在山委，恣情破用。肅宗聞之，詔璘還覲上皇於蜀，璘不從命。璘生長宫中，未更人事，自視富強，其子襄成王偒勇而有力，握兵權，爲左右眩惑，遂謀狂悖，勸璘取金陵，以季廣琛、渾惟明、高仙奇、馮季康爲將，甲士五千人。十二月，擅引舟師東下，遣渾惟明向吴郡，襲採訪使李希言，季廣琛趨廣陵，攻採訪使李成式。璘進至當塗，希言遣其將元景曜及丹徒太守閻敬之將兵拒之。成式亦遣其將李承慶來拒。璘擊斬敬之以徇，景曜承慶並降於璘，江淮震動。時河南招討判官李銑在廣陵，有騎百八十人，進屯揚子。成式遣判官裴戎以廣陵步卒三千拒於伊婁埭，廣張旗幟，大閲士卒于江津，璘與偒登陴望之，有懼色。季廣琛知事不集，與渾惟明、馮季康謀，各率衆亡走，是夜銑陣江北，夜然束葦，人執二炬以疑之，影亂水中，覘者以倍告。璘軍亦舉火應之。璘疑王師已濟，攜兒女及麾下遁去，遲明覺其紿，復入城具舟楫，使偒驅衆趨晉陵。江北之兵齊進至新豐，璘使偒與仙奇逆擊之，銑張左右翼搏戰，射偒中肩，軍遂敗。璘奔鄱陽，將南走嶺外。江西采訪使皇甫侁遣兵追及之，戰大庾嶺，璘中矢被執，潛殺之於傳舍，偒爲亂兵所害。薛鏐等皆伏誅。永王璘弄兵之始末如此。太白入其幕中，世頗非之。然考天寶末年宗室諸王若吴王祇、虢王巨皆受命將兵，文人才士豈無入其幕者！太白之受辟于永王璘何以異是？後之擅領舟師東下，命將交兵，其始豈遽料其至此乎？新唐書載季廣琛謂諸將之言曰：吾與公等從王，豈欲反耶！上皇播遷，道路不通，而諸子無賢於王者。如總江、淮鋭兵長驅雍、洛，大功可成。今乃不然，使吾等名挂叛逆，如後世何！太白初見，要亦類此。太白本傳謂永王璘辟白爲府僚佐，及璘起兵，白逃還彭澤，是廣琛奔走廣陵之日，即太白逃亡彭澤之日也。乃廣琛以擁衆歸降，位至節度。太白以隻身逃遁，不免竄流。固遇之幸不幸也夫！觀其爲宋中丞自薦表曰：屬逆胡暴亂，避地廬山，遇永王東巡脅行，中道奔走，却至彭澤，其憶舊遊書懷詩云：僕卧香爐頂，餐霞漱瑶泉。半夜水軍來，尋陽滿旌旃。空名適自誤，迫脅上樓船。徒賜五百金，棄之若浮烟。辭官不受賞，翻責夜郎天。其自序固甚明也。蘇東坡謂太白之從永王璘，當由迫脅。以璘之狂肆寢陋，雖庸人知其必敗。太白能識郭子儀之爲人傑，而不能知璘之無成，此理之必不然者。蔡寬夫謂太白豈從人爲亂者！蓋其學本出縱横，以氣俠自任，當中原擾攘之時，欲藉之以立功名耳。大抵才高意廣，如孔北海之徒，固未必有成功，而知人料事，尤其所難。議者或責以璘之猖獗，而欲仰以立事，不能如孔巢父、蕭穎士察于未萌，斯可矣，若其志亦可哀矣。宣慰大使崔涣及御史中丞宋若思爲之推覆清雪，若思率兵赴河南，釋其囚，使參謀軍事，并上書薦白才可用，不報。新唐書本傳：長流夜郎，會赦還尋陽，坐事下獄。時宋若思將吴兵三千赴河南，道尋陽，釋囚辟爲參謀。曾南豐集序云：永王璘節度東南，白時卧廬山，璘迫致之。璘軍敗丹陽，白奔亡至宿松，坐繫尋陽獄。宣撫大使崔涣與御史中丞宋若思驗治明白，以爲罪薄宜貰，而若思軍赴河南，遂釋白囚，使謀其軍事，上書肅宗，薦白才可用，不報。乾元元年，終以汚璘事長流夜郎。新書稱白流夜郎，還尋陽坐事下獄，宋若思釋之者，不合於白之自序，蓋史誤也。琦按太白所作爲宋中丞自薦表云：前後經宣慰大使崔涣及臣推覆清雪，尋經奏聞，是尋陽下獄而宋若思釋之，正坐永王璘事也。新唐書以一事分爲二事，殊謬。

有永王東巡歌，按舊唐書：至德元載十二月甲辰，江陵大都督永王璘擅領舟師下廣陵。新唐書：玄宗本紀亦以璘反爲十二月甲辰事。肅宗本紀又以璘反爲十月事，陷鄱陽郡爲二載正月事，與此詩所謂永王正月東出師者殊異，恐正字有誤。在水軍宴贈幕府諸侍御詩，在水軍宴韋司馬樓船觀妓詩，奔亡道中詩，南奔書懷詩，送張秀才謁高中丞詩，序曰：余時繫尋陽獄中。尋陽非所寄内詩，萬憤詞投魏郎中，上崔相百憂章，獄中上崔相涣詩，雜言用投丹陽知己兼奉宣慰判官詩，按涣以至德元載十一月爲江南宣慰大使，次年八月罷爲左散騎常侍餘杭太守，數詩皆其未罷使以前之作。中丞宋公以吴兵三千赴河南軍次尋陽脱余之囚參謀幕府因贈之詩，陪宋中丞武昌夜飲懷古詩，爲宋中丞祭九江文，爲宋中丞請都金陵表，爲宋中丞自薦表，武昌懷古有天河落曉霜句，乃暮秋時作。是年九月癸卯，廣平王復西京，十月壬子，廣平王復東京，請都金陵表當是未聞西京尅復捷音以前之作。贈張相鎬詩，通鑑：至德二載八月，以張鎬爲河南節度採訪等使都督淮南諸軍事，二詩之作在是月之後。詩曰：卧病古松滋，蒼山空四鄰。則其時以病暫寓宿松，又不在宋中丞幕矣。集中又有贈閭丘宿松贈閭丘處士二詩，疑皆是時所作。上皇西巡南京歌。上皇以十二月丙午歸長安，戊午改蜀郡爲南京。詩有上皇歸馬若雲屯，及南京還有散花樓之句，蓋是上皇既歸之後所作。

【附考】是年正月乙卯，安禄山爲其子慶緒所殺。酉陽雜俎云：禄山反，太白製胡無人言太白入月敵可摧。及禄山死，太白入月，按新、舊唐書俱無太白入月事，其説恐誤。舊唐書：至德二載九月，改宣州綏安縣爲廣德縣，以縣界廣德故城爲名。白有送韓侍御之廣德詩，爲是年以後之作。太白有至陵陽山登天柱石酬韓侍御見招隱黄山詩云：天子昔避狄，與君亦乘驄。擁兵五陵下，長策遏胡戎。時泰解繡衣，脱身若飛蓬。亦是此時所作。是年以潤州之江寧縣置昇州，至上元二年乃廢，白有贈昇州王使君忠臣詩，是四年中之作。是年十二月，改西京爲中京，白有峨眉山月歌送蜀僧晏入中京詩，乃自後五年中之作。舊譜列於開元六年誤。

乾元元年戊戌　即至德三年也。二月改乾元，復以載爲年。

終以永王事長流夜郎，遂泛洞庭，上三峽，至巫山。樂史別集序云：白有知鑒，客并州，識汾陽王郭子儀於行伍中，爲脱其刑責而奬重之。及翰林坐永王之事，汾陽功成，請以官爵贖翰林，上許之，因而免誅。新唐書本傳：璘敗當誅，初白遊并州，見郭子儀奇之，子儀嘗犯法，白爲救免，至是子儀請解官以贖，有詔長流夜郎。

有流夜郎於烏江留别宗十六璟詩，流夜郎贈辛判官詩，贈劉都使詩，有而我謝明主，銜哀投夜郎句。贈易秀才詩，有竄逐我因誰句。贈别鄭判官詩，有竄逐勿復哀，慚君問寒灰句。憶秋浦桃花舊遊時竄夜郎詩，流夜郎永華寺寄尋陽羣官詩，流夜郎至西塞驛寄裴隱詩，流夜郎至江夏陪長史叔及薛明府宴興德寺南閣詩，張相公出鎮荆州尋除太子詹事予時流夜郎行至江夏與張公相去千里公因太府丞王昔使車寄羅衣二事及五月五日贈予詩予答以此詩。按張鎬爲太子賓客，新、舊唐書皆不載年月。獨孤及所作洪州刺史張公鎬遺愛頌曰：拜公荆州大都督府長史。明年元良肇建，上曰：疇若余樂正父師之職，汝作賓客，卒調護太子，嘉言惟允。於是授太子賓客。則似在乾元二年中也。考舊唐書云：乾元元年五月戊子，以河南節度使中書侍郎平章事張鎬爲荆州大都督府長史本州防禦使。庚寅，立成王俶爲皇太子，則二事相去不過二日。獨孤及所云明年元良肇建者誤也。若云張公之爲太子賓客在明年則可，然與此題所云尋除者又不合。其云詹事或傳聞之誤，或先除詹事後除賓客，亦未可知。鸚鵡洲詩，詩有遷客此時徒極目句，是流夜郎至江夏時之作。泛沔州城南郎官湖詩，序云：乾元歲秋八月，白遷於夜郎，遇故人尚書郎張謂出使夏口，沔州牧杜公漢陽宰王公觴於江城之南湖，樂天下之再平也。寄王漢陽詩，詩云：南湖秋月白，王宰夜相邀。錦帳郎官醉，羅衣舞女嬌。蓋泛郎官湖以後之作。醉題王漢陽廳詩，詩有我似鷓鴣鳥，南遷嬾北飛句，謂遷夜郎也。三詩實一時之作。放後遇恩不霑詩，流夜郎聞酺不與詩，題葵葉詩，上三峽詩。

【附考】是年六月，京兆尹嚴武貶巴州刺史，時郄昂亦自拾遺貶清化尉，二人意氣友善，時賦詩高會。見羊士諤詩集。公有送郄昂謫巴州詩，亦是此時所作。

乾元二年己亥

未至夜郎，遇赦得釋。按唐書本紀：乾元元年二月丁未，以改元大赦。四月乙卯，以有事南郊大赦。十月甲辰，以册立太子大赦。二年三月丁亥，以旱降死罪，流以下原之。公之遇赦，當在此數月中。還憩江夏岳陽，復如尋陽。

有南流夜郎寄内詩，詩有北雁春歸看欲盡，南來不得豫章書句，蓋是三月中作。留別賈舍人至詩，詩有君爲長沙客，我獨之夜郎句，是未遇赦以前之作。流夜郎半道承恩放還兼欣尅復之美書懷示息秀才詩，經亂離後天恩流夜郎憶舊遊書懷贈江夏韋太守良宰詩，詩有傳聞赦書至，却放夜郎回句。天長節鄂州刺史韋公德政碑，鄂州刺史韋公，即江夏韋太守良宰也，詩與文俱一時之作。江夏使君叔席上贈史郎中詩，詩有昔放三湘去，今還萬死餘句。與史郎中欽聽黄鶴樓上吹笛詩，江夏贈韋南陵冰詩，贈從弟南平太守之遥詩，贈韋南陵詩有天地再新法令寬，夜郎遷客帶霜寒句，是遇赦以後之作。又曰：賴遇南平豁方寸，況兼夫子持清論。則知與贈從弟南平太守之遥詩皆一時所作。寄韋南陵冰余江上乘興訪之遇尋顔尚書笑有此贈詩，考肅宗時尚書而顔姓者惟魯公一人，則所尋之顔尚書必魯公也。按唐書：乾元元年，顔真卿由工部尚書出爲饒州刺史，二年六月，由饒州刺史爲昇州刺史，充浙江西道節度使。此詩應在是時前後之作。自漢陽病酒歸寄王明府詩，有去歲左遷夜郎道，今年勑放巫山陽句。早春寄王漢陽詩，望漢陽柳色寄王宰詩，陪族叔侍郎曄及中書賈舍人至遊洞庭詩，李曄之貶，在乾元二年四月，則公與曄遊飲應在是年之秋，而與賈至作詩贈答亦在此時矣。陪侍郎叔游洞庭醉後詩，巴陵贈賈舍人詩，與賈舍人於龍興寺剪落梧桐枝望灉湖詩，江夏送倩公歸漢東詩，詩序有聖朝已舍季布，當徵賈生語，是遇赦以後之作。九日登巴陵置酒望洞庭水軍，注云：時賊逼華容縣。通鑑：乾元二年八月，康楚元、張嘉延據襄州作亂，楚元自稱南楚霸王。九月，張嘉延襲破荆州，有衆萬餘人，商州刺史韋倫起兵討之。十一月進軍擊之，生擒楚元，其衆潰散，荆、襄皆平。此詩與下二首皆是年之作。司馬將軍歌，有狂風吹古月，竊弄章華臺句，當是荆州陷後之作。荆州賊平臨洞庭言懷作。

唐詩紀事曰：韋渠牟，韋述之從子也，少警悟，工爲詩。李白異之，授以古樂府。權載之敍其文曰：初君年十一，嘗賦銅雀臺絶句，右拾遺李白見而大駭，因授以古樂府之學。按舊唐書韋渠牟傳：渠牟以貞元十七年卒，時年五十三，逆數其十一歲見太白時在乾元二年中。

上元元年庚子　即乾元三年也。閏四月改元上元。

太白年六十。

有江上贈竇長史詩，有萬里南遷夜郎國，三年歸及長風沙句，應在是時作。運速天地閉一首，詩有胡風結飛霜，六龍頽西荒句，謂禄山背畔，玄宗西狩也。有鴛鴦非越鳥，何爲眷南翔句，謂南遷夜郎也。有太白出東方，彗星揚精光句。按唐書乾元三年四月丁巳，有彗星見於東方，凡五旬餘，閏四月辛酉朔，有彗星出於西方，至五月乃滅，正是時事。此詩爲是年之作。

上元二年辛丑　是年九月，制去上元年號，但稱元年，以建子月爲歲首。

太白遊金陵，又往來宣城、歷陽二郡間。

有餞李副使藏用移軍廣陵序，通鑑：上元二年七月，以試少府監李藏用爲浙西節度副使。十月，江淮都統崔圓署李藏用爲楚州刺史，領二城而居盱眙。文有社稷雖定於劉章，封侯未施於李廣，移軍廣陵，恭揖後命等語，知是十月以前之作。

聞李太尉大舉秦兵百萬出征東南懦夫請纓冀申一割之用半道病還留别金陵崔侍御詩，通鑑：上元二年五月，以李光弼爲河南副元帥，太尉兼侍中，都統河南、淮南東西、山南東、荆南、江南西、浙江東西八道行營節度，出鎮臨淮，是其事也。詩中有舊國見秋月，長江流寒聲之句，乃是是年秋中之作。宣城送劉副使入秦詩。舊唐書：上元二年正月辛卯，温州刺史季廣琛爲宣州刺史，充浙江西道節度使。詩中所謂秉鉞有季公，凛然負英姿，正指季廣琛也。所謂統兵捍吴越，豺虎不敢窺，指劉展餘黨張景超、孫待封占據蘇湖，將犯杭州之事。所謂大勳竟莫叙，已過秋風吹，是送餞之時約在冬時矣。

寶應元年壬寅　是年四月甲子，改元寶應，復以正月爲歲首。己巳，代宗即位。

時李陽冰爲當塗令，太白往依之，十一月，以疾卒，年六十二。曾南豐序作六十四，以其序之本文考之，既以乾元之前一年參謀宋若思軍事時，謂白年五十有七，合之寶應元年病卒之歲，正是六十二耳。其曰四者，恐是書寫之訛。范傳正新墓碑曰：晚歲渡牛渚磯，至姑熟，悦謝家青山，有終焉之志，盤桓利居，竟卒於此。李華墓誌云：年六十二不偶，賦臨終歌而卒。集中作臨路歌。劉全白碣記云：偶遊至此，遂以疾終。代宗即位，廣拔淹滯，時君亦拜拾遺，聞命之後，君亦逝矣。

【傳疑】摭言曰：李白著宫錦袍，遊采石江中，傲然自得，旁若無人，因醉入水中捉月而死。容齋隨筆曰：世俗多言李太白在當塗采石，因醉泛舟於江，見月影俯而取之，遂溺死，故其地有捉月臺。予按李陽冰作太白草堂集序云：陽冰試絃歌於當塗，公疾亟，草藁萬卷，手集未修，枕上授簡，俾予爲序。又李華作太白墓志亦云賦臨終歌而卒，乃知俗傳良不足信。蓋與杜子美因食白酒牛炙而死者同也。二老堂雜誌曰：世傳太白因醉溺江，故有捉月臺。梅聖俞詩云：采石月下逢謫仙，夜披錦袍坐釣船。醉中愛月江底懸，以手弄月身翻然。不應暴落飢蛟涎，便當騎鯨上青天。蓋信此而爲之説也。舊唐書本傳云：白以飲酒過度，死於宣城。新唐書云：李陽冰爲當塗令，白依之而卒。陽冰之序白集，亦謂白疾亟，枕上授簡，俾予爲集序，初無捉月之説。豈古不弔溺，故史氏爲白諱耶？抑小説多妄而詩人好奇，姑假以發新意耶！方輿勝覽曰：李白初葬采石，後遷青山，去舊墳九里。按李陽冰草堂集序：劉全白作墓碣，皆謂以疾終。五侯鯖録載太白過采石，酒狂捉月，恐好事者爲之。千一録：杜子美之没，旅殯岳陽四十餘年，乃克襄事於首陽。元微之之誌詳矣。李太白卒於當塗，以集託族叔邑令陽冰，陽冰之序明矣，而稗家之説乃云皆以溺死。二公生同聲而没亦同毀，豈相嫉者流言，而志奇者不察耶！

有獻從叔當塗宰陽冰詩，詩云：小子别金陵，來自白下亭，知太白自金陵往當塗也。又云：彈劍歌苦寒，嚴風起前楹。月銜天門曉，霜落牛渚清。則其時爲秋冬之交也。是非辛丑即壬寅二年中之作。當塗李宰君畫贊。贊有縉雲飛聲，當塗政成之句，則所贊者爲陽冰無疑。集中又有陪族叔當塗宰遊化城寺升公清風亭詩，又有化城寺大鐘銘詩，稱升公湖山秀，粲然有辯才。濟人不利己，立俗無嫌猜云云，銘序稱寺主朝昇英骨秀氣，虚懷忘情，潔己利物云云，是朝昇、升公本一人，而詩與銘之作大約相去不遠也。銘序稱當塗邑宰李公以西逾流沙，立功絶域，帝疇乎厥庸，始學古從政，歷宰潔白，聲聞於天。天寶之初，鳴琴此邦。其時代履歷，與陽冰不類，則所謂族叔當塗宰者乃另是一人，在天寶中來爲邑令者，非上元後作當塗宰之李陽冰也。

翰林李太白年譜一帙，宋薛仲邕所編集也。薛，關中人，宋紹興間爲右奉議郎。薛以吕大防爲杜詩年譜，韓柳二公亦有年譜，而太白之集無之，因采唐史及李陽冰、曾鞏諸序，參校詩文而爲此。惜其疎略，又不無牴牾。余嘗參伍諸詩，而補訂其先後。太白生於蜀中，出蜀之後，不復旋返，凡蜀地諸作皆少作也。中年遊京師，出京之後不復再入，凡秦地諸作皆天寶初年中作也。未至京師之前，寓家東魯，而往來於燕、晉、梁、宋、吴、越諸州郡。洎去京師之後，至天寶之末，猶寓家東魯，復往來燕、晉、梁、宋、吴、越諸州郡。故凡燕、晉、梁、宋、吴、越之詩，有作自開元中者，有作自天寶中者。至德以後不復再至中原，所經歷者，岳陽、江夏、金陵、宣城諸處而已。雖開元中亦嘗遊歷其地，然其詩要作於至德後爲多。以此應證舊譜，分别疑似，或删或補，雖不能廣引旁羅，年經月緯，悉以詩筆分隸其間，然依此考之，若者作於開元時，若者作於天寶中，若者作於至德以後，洎寶應初年，亦約略可定矣。太白事跡多無實在年月可考，因朝廷一二巨事及同時諸人列傳詩文中相關合者，參互考訂，稍可分屬。故雖以詩文分繫某年之下，多云其時者，謂在是年先後之間，其尤難分屬者，則云是時以前，是時以後。惟是居今考古，與太白相去千有餘歲，典籍之散亡，金石之磨滅，遺文舊跡日就湮銷而不可復見，較之薛氏之世益又倍焉。薛不能廣輯於前，而思欲拾遺補闕於後，自知其拙矣。況集中亥魯豕魚之字錯謬實多，或雜以他人之作，未能别其真贋，證之史書，年月尚多參錯不一，其雜家記録，聞見異辭，寧遂足爲文獻之徵乎！今採其一説而依以爲據，雖云增益，較昔爲多，安知其舛謬較昔不又多耶！至於傳聞之異辭者，謂太白生於昌明之清廉鄉，讀書於大匡山，而其死也由捉月於采石，之數事昔人多以爲不足信，然在唐時已傳説如此，而圖經地誌且引爲故實，名公才士亦往往見於詩文。故附録之而并載昔人之辯論於其下。若其出自唐以後之書，本之委巷流傳，而依附撰擬，尤不可憑，槩不採輯。非不知多文以爲富也，闕其疑正以見所存者之可信焉耳。

附録二　碑傳

故翰林學士李君墓誌 并序

李華

嗚呼！姑熟東南，青山北址，有唐高士李白之墓。嗚呼哀哉！夫仁以安物，公其懋焉。義以濟難，公其志焉。識以辯理，公其博焉。文以宣志，公其懿焉。宜其上爲王師，下爲伯友。年六十有二不偶，賦臨終歌而卒。悲夫！聖以立德，賢以立言，道以恒世，言以經俗。雖曰死矣，吾不謂其亡矣也。有子曰伯禽，天然長能持，幼能辯，數梯公之德，必將大其名也已矣。銘曰：

立德謂聖，立言謂賢。嗟君之道，奇于人而侔于天。哀哉！

唐故翰林學士李君碣記

劉全白

君名白，廣漢人。性倜儻，好縱橫術，善賦詩，才調逸邁，往往興會屬詞，恐古人之善詩者亦不逮。尤工古歌。少任俠，不事産業，名聞京師。天寶初，玄宗辟翰林待詔，因爲和蕃書，并上宣唐鴻猷一篇。上重之，欲以綸誥之任委之。同列者所謗，詔令歸山。遂浪跡天下，以詩酒自適。又志尚道術，謂神仙可致，不求小官，以當世之務自負。流離轗軻，竟無所成名。有子名伯禽，偶遊至此，遂以疾終，因葬于此。文集亦無定卷，家家有之。代宗登極，廣拔淹瘁，時君亦拜拾遺。聞命之後，君亦逝矣。嗚呼！與其才不與其命，悲夫！全白幼則以詩爲君所知，及此投弔，荒墳將毁，追想音容，悲不能止。邑有賢宰顧公遊秦，志好爲詩。亦常慕效李君氣調，因嗟盛才冥寞，遂表墓式墳，乃題貞石，冀傳于往來也。貞元六年四月七日記，沙門履文書，墳去墓記一百二十步。

唐左拾遺翰林學士李公新墓碑 并序

范傳正

騏驥筋力成，意在萬里外。歷塊一蹶，斃於空谷。惟餘駿骨，價重千金。大鵬羽翼張，勢欲摩穹昊。天風不來，海波不起。塌翅别島，空留大名。人亦有之。故左拾遺、翰林學士李公之謂矣。公名白，字太白，其先隴西成紀人。絶嗣之家，難求譜牒。公之孫女搜于箱篋中，得公之亡子伯禽手疏十數行，紙壞字缺，不能詳備。約而計之，涼武昭王九代孫也。隋末多難，一房被竄于碎葉，流離散落，隱易姓名。故白國朝已來，漏于屬籍。神龍初，潛還廣漢，因僑爲郡人。父客以逋其邑，遂以客爲名。高卧雲林，不求禄仕。公之生也，先府君指天枝以復姓，先夫人夢長庚而告祥，名之與字，咸所取象。受五行之剛氣，叔夜心高；挺三蜀之雄才，相如文逸。瓌奇宏廓，拔俗無類。少以俠自任，而門多長者車。常欲一鳴驚人，一飛沖天，彼漸陸遷喬，皆不能也。由是慷慨自負，不拘常調，器度弘大，聲聞于天。天寶初，召見于金鑾殿，玄宗明皇帝降輦步迎，如見園、綺。論當世務，草答蕃書，辯如懸河，筆不停綴。玄宗嘉之，以寶牀方丈賜食于前，御手和羹，德音褒美。褐衣恩遇，前無比儔。遂直翰林，專掌密命。將處司言之任，多陪侍從之游。他日泛白蓮池，公不在宴。皇歡既洽，召公作序。時公已被酒于翰苑中，仍命高將軍扶以登舟，優寵如是。既而上疏請還舊山，玄宗甚愛其才，或慮乘醉出入省中，不能不言温室樹，恐掇後患，惜而遂之。公以爲千鈞之弩，一發不中，則當摧檣折牙而永息機用，安能傚碌碌者蘇而復上哉！脱屣軒冕，釋羈韁鎖，因肆情性，大放宇宙間。飲酒非嗜其酣樂，取其昏以自富。作詩非事于文律，取其吟以自適。好神仙非慕其輕舉，將不可求之事求之。欲耗壯心，遣餘年也。在長安時，祕書監賀知章號公爲謫仙人。吟公烏栖曲云：此詩可以哭鬼神矣。時人又以公及賀監、汝陽王、崔宗之、裴周南等八人爲酒中八仙。朝列賦謫仙歌百餘首。俄屬戎馬生郊，遠身海上，往來于斗牛之分，優游没身。偶乘扁舟，一日千里，或遇勝境，終年不移。長江遠山，一泉一石，無往而不自得也。晚歲渡牛渚磯，至姑熟，悦謝家青山，有終焉之志。盤桓利居，竟卒于此。其生也，聖朝之高士；其往也，當塗之旅人。代宗之初，搜羅俊逸，拜公左拾遺。制下于彤庭，禮降于玄壤。生不及禄，没而稱官，嗚呼命與！傳正共生唐代，甲子相懸。常于先大夫文字中見與公有潯陽夜宴詩，則知與公有通家之舊。于人間得公遺篇逸句，吟咏在口。無何叨蒙恩獎，廉問宣、池。按圖得公之墳墓，在當塗屬邑。因令禁樵採，備灑掃，訪公之子孫，欲申慰薦。凡三四年，乃獲孫女二人，一爲陳雲之室，一爲劉勸之妻，皆編户甿也。因召至郡庭，相見與語，衣服村落，形容朴野，而進退閑雅，應對詳諦，且祖德如在，儒風宛然。問其所以，則曰：父伯禽以貞元八年不禄而卒，有兄一人，出游一十二年，不知所在。父存無官，父殁爲民，有兄不相保，爲天下之窮人。無桑以自蠶，非不知機杼；無田以自力，非不知稼穡。況婦人不任，布裙糲食，何所仰給？儷于農夫，救死而已。久不敢聞于縣官，懼辱祖考。鄉閭逼迫，忍恥來告。言訖淚下，余亦對之泫然。因云：先祖志在青山，遺言宅兆，頃屬多故，殯于龍山東麓，地近而非本意。墳高三尺，日益摧圮，力且不及，知如之何。聞之憫然，將遂其請。因當塗令諸葛縱會計在州，得諭其事。縱亦好事者，學爲歌詩，樂聞其語。便道還縣，躬相地形，卜新宅于青山之陽，以元和十二年正月二十三日遷神于此。遂公之志也。西去舊墳六里，南抵驛路三百步。北倚謝公山，即青山也。天寶十二載勅改名焉。因告二女，將改適于士族。皆曰：夫妻之道命也，亦分也。在孤窮既失身于下俚，仗威力乃求援于他門。生縱偷安，死何面目見大父于地下？欲敗其類，所不忍聞。余亦嘉之，不奪其志，復井税免徭役而已。今士大夫之葬必誌于墓，有勳庸道德之家，兼樹碑于道。余才術貧虛，不能兩致。今作新墓銘，兼刊二石，一寘于泉扃，一表于道路。亦峴首漢川之義也。庶芳聲之不泯焉。文集二十卷，或得之于時之文士，或得之于宗族，編輯斷簡，以行于代。銘曰：

嵩嶽降神，是生輔臣。蓬萊謫真，斯爲逸人。晉有七賢，唐稱八仙。應彼星象，唯公一焉。晦以麴櫱，暢于文篇。萬象奔走乎筆端，萬慮泯滅乎罇前。卧必酒甕，行惟酒船。吟風咏月，席地幕天。但貴乎適其所適，不知夫所以然而然。至今尚疑其醉在千日，寧審乎壽終百年？謝家山兮李公墓，異代詩流同此路。舊墳卑庳風雨侵，新宅爽塏松柏林。故鄉萬里且無嗣，二女從民永于此。猗歟琢石爲二碑，一藏幽隧一臨岐。岸深谷高變化時，一存一毁名不虧。

翰林學士李公墓碑

裴　敬

李翰林名白，字太白，以詩著名，召入翰林。世稱才名，占得翰林，他人不復争先。其後以脅從得罪，既免，遂放浪江南，死宣城，葬當塗青山下。李陽冰序詩集，粗具行止。敬嘗游江表，過其墓下，愛其才，壯其氣，味其嗜酒，知其取適，作碑於墓。且曰：先生得天地秀氣耶！不然，何異於常之人耶！或曰：太白之精下降，故字太白，故賀監號爲謫仙，不其然乎！故爲詩格高旨遠，若在天上物外，神仙會集，雲行鶴駕，想見飄然之狀。視塵中屑屑米粒，蟲睫紛擾，菌蠢羈絆蹂躪之比。又嘗有知鑒，客并州，識郭汾陽於行伍間，爲免脱其刑責而奬重之。後汾陽以功成官爵請贖翰林。上許之，因免誅。其報也。又常心許劍舞裴將軍，予曾叔祖也。嘗投書曰：如白願出將軍門下。其文高，其氣雄。世稀其本，懼失其傳，故序傳之。大和初，文宗皇帝命翰林學士爲三絶贊，公之詩歌與將軍劍舞洎張旭長史草書爲三絶。夫天付上才，必同靈氣。賢傑相投，龍虎兩合，可爲知者言，非常人所知也。予嘗過當塗，訪翰林舊宅，又於浮屠寺化城之僧得翰林自寫訪賀監不遇詩云：東山無賀老，却棹酒船回。味之不足，重之爲寶，用獻知者。又於歷陽郡得翰林與劉尊師書一紙，思高筆逸。又嘗遊上元蔣山寺，見翰林贊誌公云，水中之月，了不可取，刀齊尺量，扇迷陳語。文簡事備，誠爲作者。夫古以名德稱，占其官謚者甚希。前以詩稱者，若謝吏部、何水部、陶彭澤、鮑參軍之類。唐朝以詩稱，若王江寧、宋考功、韋蘇州、王右丞、杜員外之類。以文稱者，若陳拾遺、蘇司業、元容州、蕭功曹、韓吏部之類。以德行稱者，元魯山、陽道州。以直稱者，魏文貞、狄梁公。以忠烈稱者，顔魯公、段太尉。以武稱者，李衛公、英公。以學行文翰俱稱者，虞祕監。唐之得人，于斯爲盛。翰林其以詩稱之一也，附於此云。會昌三年二月中，敬自淠水草堂南遊江左，過公墓下，四過青山，兩發塗口，徘徊不忍去，與前濮州鄄城縣尉李劭同以公服拜其墓，問其墓左人畢元宥實備灑掃，留綿帛具酒饌祭公。知公無孫，有孫女二人，一娶劉勸，一娶陳雲，皆農夫也。且曰二孫女不拜墓已五六年矣，因告邑宰李君都傑，請免畢元宥力役，俾專灑掃事。嘻！享名甚高，後事何薄！謝公舊井，新墓角落。青山白雲，共爲蕭索。巨竹拱木，如公卓犖。天長地久，其名不朽。此爲祭文，寫授元宥。又爲碑曰：貴盡皆然，名存則難。故予重名不重官。作李翰林碑十五字而已。

舊唐書文苑列傳

劉　昫

李白，字太白，山東人。少有逸才，志氣宏放，飄然有超世之心。父爲任城尉，因家焉。少與魯中諸生孔巢父、韓準、裴政、張叔明、陶沔等隱於徂徠山，酣歌縱酒，時號竹溪六逸。天寶初，客游會稽，與道士吴筠隱於剡中。筠徵赴闕，薦之於朝，與筠俱待詔翰林。白既嗜酒，日與飲徒醉於酒肆。玄宗度曲，欲造樂府新詞，亟召白，白已卧於酒肆矣。召入，以水灑面，即令秉筆，頃之成十餘章，帝頗嘉之。嘗沉醉殿上，引足令高力士脱靴，由是斥去。乃浪跡江湖，終日沉飲。時侍御史崔宗之謫官金陵，與白詩酒唱和，嘗月夜乘舟自采石達金陵，白衣宫錦袍於舟中顧瞻笑傲，旁若無人。初賀知章見白賞之曰：此天上謫仙人也。禄山之亂，玄宗幸蜀，在塗以永王璘爲江淮兵馬都督、揚州節度大使，白在宣州謁見，遂辟從事。永王謀亂兵敗，白坐長流夜郎。後遇赦得還，竟以飲酒過度，死於宣城。有文集二十卷行於時。

新唐書文藝列傳

宋　祁

李白，字太白，興聖皇帝九世孫。其先隋末以罪徙西域，神龍初遁還，客巴西。白之生，母夢長庚星，因以命之。十歲通詩書，既長，隱岷山，州舉有道不應。蘇頲爲益州長史，見白異之，曰：是子天材英特，少益以學，可比相如。然喜縱横術，擊劍爲任俠，輕財重施。更客任城，與孔巢父、韓準、裴政、張叔明、陶沔居徂徠山，日沉飲，號竹溪六逸。天寶初，南入會稽，與吴筠善。筠被召，故白亦至長安。往見賀知章，知章見其文，嘆曰：子謫仙人也。言於玄宗，召見金鑾殿，論當世事，奏頌一篇。帝賜食，親爲調羹。有詔供奉翰林。白猶與飲徒醉於市。帝坐沉香亭子，意有所感，欲得白爲樂章，召入而白已醉，左右以水頮面稍解。援筆成文，婉麗精切無留思。帝愛其才，數宴飲。白常侍帝醉，使高力士脱靴，力士素貴，恥之。摘其詩以激楊貴妃。帝欲官白，妃輒沮止。白自知不爲親近所容，益驁放不自修。與知章、李適之、汝陽王璡、崔宗之、蘇晉、張旭、焦遂爲酒中八仙人。懇求還山，帝賜金放還。白浮游四方，嘗乘舟與崔宗之自采石至金陵，著宫錦袍，坐舟中，旁若無人。安禄山反，轉側宿松、匡廬間，永王璘辟爲府僚佐。璘起兵，逃還彭澤，璘敗當誅。初白游并州，見郭子儀奇之。子儀嘗犯法，白爲救免。至是子儀請解官以贖，有詔長流夜郎。會赦還尋陽，坐事下獄。時宋若思將吴兵三千赴河南，道尋陽，釋囚辟爲參謀，未幾辭職。李陽冰爲當塗令，白依之。代宗立，以左拾遺召，而白已卒，年六十餘。白晚好黄老，度牛渚磯至姑熟，悦謝家青山，欲終焉。及卒，葬東麓。元和末，宣歙觀察使范傳正祭其冢，禁樵採，訪後裔，惟二孫女，嫁爲民妻，進止仍有風範。因泣曰：先祖志在青山，頃葬東麓，非本意。傳正爲改葬，立二碑焉。告二女將改妻士族，辭以孤窮失身命也，不願更嫁。傳正嘉嘆，復其夫徭役。文宗時，詔以白歌詩、裴旻劍、張旭草書爲三絶。

唐李白小傳

朱駿聲

李白，字太白，自號青蓮居士，晚稱酒仙翁。系出隴西，漢李廣後涼武昭王暠九世孫。父名客，家蜀之緜州。白生於長安元年（辛丑），生之夕，母長庚入夢。五歲能誦六甲，十歲通詩書，涉百家。開元三年（乙卯），年十五，好劍術，作明堂賦一篇。性倜儻任俠，弱冠時嘗手刃數人。開元八年（庚申），蘇頲以尚書出爲益州長史，白於路中投刺謁，頲奇賞之。東巖子者，隱岷山，白從之遊，數年不迹廛市，郡守舉二人有道科，並不起。繼與友人吴指南遊襄漢，泛洞庭，指南死，白慟哭若天倫，猛虎前臨，堅守不動，權殯湘畔，後數年爲營葬。東至金陵揚州，不一年散金三十餘萬。更客汝海，還憩雲夢，故相許圉師以女孫妻之，遂留安陸者十年，郡督馬公一見奇其才，白曾上韓荆州書，荆州延飲，白誤拜，韓讓之，白對曰：酒以成禮。乃大悦。開元二十三年（乙亥），遊太原，識郭子儀行伍中，時郭有薄過，言於主帥脱其刑責。與譙郡元參軍攜妓遊晉祠，浮舟弄水。已而去之齊魯，寓任城，與孔巢父、韓準、裴政、張叔明、陶沔會徂徠山，縱酒，號竹溪六逸。天寶元年（壬午），遊會稽，與道士吴筠居剡中，會筠以召赴闕薦之朝，白應詔至京師，遇太子賓客賀知章於紫極宫，賀歎曰：此天上謫仙人也。因解金龜换酒爲樂。言於玄宗，玉真公主亦薦揚之。召見金鑾殿，論當世務，草答蕃書，又上宣唐鴻猷一篇。帝嘉之，以七寶牀賜食，御手調羹飯焉。命供奉翰林，專掌密命。時年四十二矣。詩才與陳拾遺齊名，又與賀知章、汝陽王璡、崔宗之、裴周南等爲酒中八仙之遊。（杜詩有李適之、蘇晉、張旭、焦遂，無裴周南，想前後存亡屢易，杜據當時言之耳。）白入翰林，嗜酒沈醉，常召撰述，以水沃面解酲，所製出師詔、宫中行樂詞、泛白蓮池序、清平調、龍池柳色詩，皆應詔之作。數侍宴，因醉引足令高力士脱鞾，高恥之，摘清平調詩句以怒太真。帝三欲官白，妃沮之，又爲張垍讒譖。白在京三年，自知不容於近幸，乞還山。帝乃賜金放歸。就從祖陳留采訪大使彦允請北海高天師授道籙于齊州紫極宫。厥後北抵趙魏燕晉，西涉邠岐，歷商於至洛陽，南遊淮泗，再入會稽，而家寓魯中，故時往來齊魯間，前後十年，惟遊梁宋最久，與杜甫交在斯時也。（李杜相遇當在天寶三、四、五載間。）天寶十三載（甲午），年五十四，遊廣陵，與魏萬（即顥也。）同至秦淮數月，别後往來宣城間。至德元載（丙申），之溧陽，又之剡中，遂入廬山，永王璘時爲節度使，重白才名，辟爲僚佐，及璘逆命，引舟師東下，脅以行。二載（丁酉），璘敗，白亡走彭澤，坐繫尋陽獄。崔涣、宋若思爲昭雪，若思率兵赴河南，釋其囚，使參謀軍事，又上書薦之廷，不報。乾元元年（戊戌），以永王事論死。時汾陽功成，請以官爵爲贖，乃詔長流夜郎，遂泛洞庭，上三峽，至巫山，未至戍，遇赦得釋還，憩江夏、岳陽，復如尋陽，授韋渠牟以古樂府之學。上元二年（辛丑），遊金陵，又去來宣城歷陽二郡。寶應元年（壬寅），渡牛渚磯至姑熟，悦謝家青山，有終焉之志。杜詩山東李白，蓋東山倒字。依從叔當塗令陽冰所。是年代宗即位，有拜拾遺之命，而白已于十一月以疾卒，年六十有二，卒時，賦臨路歌一篇。

録自傳經室文集卷八

附録三　序跋

草堂集序

李陽冰

李白，字太白，隴西成紀人，涼武昭王暠九世孫，蟬聯珪組，世爲顯著。中葉非罪，謫居條支，易姓與名。然自窮蟬至舜，五世爲庶，累世不大曜，亦可歎焉。神龍之始，逃歸於蜀，復指李樹而生伯陽。驚姜之夕，長庚入夢，故生而名白，以太白字之。世稱太白之精得之矣。不讀非聖之書，恥爲鄭、衛之作。故其言多似天仙之辭。凡所著述，言多諷興。自三代已來，風騷之後，馳驅屈、宋，鞭撻揚、馬，千載獨步，唯公一人。故王公趨風，列岳結軌。羣賢翕習，如鳥歸鳳。盧黄門云：陳拾遺横制頹波，天下質文翕然一變，至今朝詩體，尚有梁、陳宫掖之風。至公大變，掃地併盡。今古文集，遏而不行。唯公文章，横被六合。可謂力敵造化歟。天寶中，皇祖下詔，徵就金馬，降輦步迎，如見綺、皓。以七寶牀賜食，御手調羹以飯之，謂曰：卿是布衣，名爲朕知，非素蓄道義何以及此？置于金鑾殿，出入翰林中，問以國政，潛草詔誥，人無知者。醜正同列，害能成謗，格言不入，帝用疏之。公乃浪跡縱酒，以自昏穢。詠歌之際，屢稱東山。又與賀知章、崔宗之等自爲八仙之遊，謂公謫仙人，朝列賦謫仙之歌，凡數百首，多言公之不得意。天子知其不可留，乃賜金歸之，遂就從祖陳留採訪大使彦允，請北海高天師授道籙于齊州紫極宮。將東歸蓬萊，仍羽人駕丹丘耳。陽冰試絃歌於當塗，心非所好，公遐不棄我，乘扁舟而相顧。臨當挂冠，公又疾亟。草藁萬卷，手集未修。枕上授簡，俾予爲序。論關雎之義，始愧卜商；明春秋之辭，終慚杜預。自中原有事，公避地八年，當時著述，十喪其九，今所存者，皆得之他人焉。時寶應元年十一月乙酉也。

李翰林集序

魏　顥

自盤古劃天地，天地之氣艮於西南。劍門上斷，横江下絶，岷、峨之曲，别爲錦川。蜀之人無聞則已，聞則傑出。是生相如、君平、王褒、揚雄，降有陳子昂、李白，皆五百年矣。白本隴西，乃放形因家于綿。身既生蜀，則江山英秀。伏羲造書契後，文章濫觴者六經。六經糟粕離騷，離騷糠粃建安七子。七子至白，中有蘭芳。情理宛約，詞句妍麗，白與古人争長。三字九言，鬼出神入，瞠若乎後耳。白久居峨眉，與丹丘因持盈法師達。白亦因之入翰林，名動京師。大鵬賦時家藏一本，故賓客賀公奇白風骨，呼爲謫仙子。由是朝廷作歌數百篇。上皇豫游召白，白時爲貴門邀飲，比至半醉，令製出師詔，不草而成，許中書舍人。以張垍讒逐，游海、岱間，年五十餘尚無禄位。禄位拘常人，横海鯤，負天鵬，豈池籠榮之？顥始名萬，次名炎，萬之日不遠命駕江東訪白，遊天台，還廣陵見之，眸子烔然，哆如餓虎，或時束帶，風流醖籍。曾受道籙於齊，有青綺冠帔一副。少任俠，手刃數人。與友自荆徂揚，路亡權窆，迴棹方暑，亡友糜潰，白收其骨，江路而舟。又長揖韓荆州，荆州延飲，白誤拜，韓讓之，白曰：酒以成禮。荆州大悦。白始娶于許，生一女一男，曰明月奴，女既嫁而卒。又合于劉。劉訣，次合于魯一婦人，生子曰頗黎，終娶於宋。間攜昭陽、金陵之妓迹類謝康樂，世號爲李東山，駿馬美妾，所適二千石郊迎，飲數斗醉，則奴丹砂撫青海波，滿堂不樂，白宰酒則樂。顥平生自負，人或爲狂，白相見泯合，有贈之作，謂余爾後必著大名于天下，無忘老夫與明月奴。因盡出其文，命顥爲集。顥今登第，豈符言耶！解攜明年，四海大盜，宗室有潭者，白陷焉。謫居夜郎，罪不至此，屢經昭洗，朝廷忍白久爲長沙汨羅之儔，路遠不存，否極則泰，白宜自寬。吾觀白之文義，有濟代命，然千鈞之弩，魏王大瓠，用之有時。議者奈何以白有叔夜之短，儻黄祖過禰，晉帝罪阮，古無其賢。所謂仲尼不假蓋于子夏。經亂離，白章句蕩盡，上元末，顥于絳偶然得之。沉吟累年，一字不下。今日懷舊，援筆成序，首以贈顥作，顥酬白詩，不忘故人也。次以大鵬賦、古樂府諸篇積薪而録，文有差互者兩舉之。白未絶筆，吾其再刊。付男平津子掌。其他事跡，存於後序。

李翰林別集序

樂史

李翰林歌詩，李陽冰纂爲草堂集十卷，史又別收歌詩十卷，與草堂集互有得失，因校勘排爲二十卷，號曰李翰林集。今于三館中得李白賦序表讚書頌等亦排爲十卷，號曰李翰林別集。翰林在唐天寶中，賀祕監聞於明皇帝，召見金鑾殿。降步輦迎，如見綺、皓。草和蕃書，思若懸河。帝嘉之，七寶方丈，賜食于前，御手調羹。于是置之金鑾殿，出入翰林中。其諸事跡，草堂集序、范傳正撰新墓碑，亦略而詳矣。史又撰李白傳一卷，事又稍周，然有三事近方得之。開元中，禁中初重木芍藥，即今牡丹也。得四本，紅紫淺紅通白者。上因移植于興慶池東沉香亭前。會花方繁開，上乘照夜車，太真妃以步輦從。詔選梨園弟子中尤者，得樂一十六色。李龜年以歌擅一時之名，手捧檀板，押衆樂前，將欲歌之。上曰：賞名花，對妃子，焉用舊樂辭焉！遽命龜年持金花牋宣賜翰林供奉李白，立進清平調詞三章，白欣然承詔旨。由若宿酲未解，因授筆賦之。其一曰：雲想衣裳花想容，春風拂檻露華濃。若非羣玉山頭見，會向瑤臺月下逢。其二曰：一枝紅豔露凝香，雲雨巫山枉斷腸。借問漢宮誰得似？可憐飛燕倚新妝。其三曰：名花傾國兩相歡，長得君王帶笑看。解釋春風無限恨，沉香亭北倚闌干。龜年以歌辭進，上命梨園弟子略約調撫絲竹，遂促龜年以歌之。太真妃持頗梨七寶杯，酌西涼州蒲萄酒，笑領歌辭意甚厚。上因調玉笛以倚曲，每曲徧將换，則遲其聲以媚之。太真妃飲罷，斂繡巾重拜。上自是顧李翰林尤異于諸學士。會高力士終以脱靴爲深恥。異日太真妃重吟前辭，力士曰：始以妃子怨李白深入骨髓，何翻拳拳如是耶！太真妃因驚曰：何翰林學士能辱人如斯！力士曰：以飛燕指妃子，賤之甚矣。太真妃頗深然之。上嘗三欲命李白官，卒爲宫中所捍而止。白嘗有知鑒。客并州，識汾陽王郭子儀于行伍間，爲脱其刑責而奬重之。及翰林坐永王之事，汾陽功成，請以官爵贖翰林。上許之，因而免誅。翰林之知人如此，汾陽之報德如彼。白之從弟令問嘗目白曰：兄心肝五臟皆錦繡耶！不然，何開口成文，揮翰霞散爾爾！傳中漏此三事，今書于序中。白有歌云：吟詩作賦北窗裏，萬言不及一杯水，蓋嘆乎有其時而無其位。嗚呼！以翰林之才名，遇玄宗之知見，而乃飄零如是。宋中丞薦于聖真云：一命不霑，四海稱屈。得非命與！白居易贈劉禹錫詩云：詩稱國手徒爲爾，命壓人頭不奈何。斯言不虚矣。凡百有位，無自輕焉。撰集之次，聊存梗槩而已。時在繞霤州中，咸平元年三月三日序。

李太白文集後序

唐李陽冰序李白草堂集十卷云：當時著述，十喪其九。咸平中，樂史别得白歌詩十卷，合爲李翰林集二十卷，凡七百七十六篇，史又纂雜著爲别集十卷。治平元年，得王文獻公溥家藏白詩集上中二帙，凡廣一百四篇，惜遺其下帙。熙寧元年，得唐魏萬所纂白詩集二卷，凡廣四十四篇，因裒唐類詩諸編，洎刻石所傳别集所載者，又得七十七篇，無慮千篇。沿舊目而釐正其彙次，使各相從，以别集附於後。凡賦表書序碑頌記銘讚文六十五篇，合爲三十卷。同舍吕縉叔出漢東紫陽先生碑，而殘缺間莫能辨，不復收云。夏五月晦常山宋敏求題。

李白集三十卷，舊歌詩七百七十六篇，今千有一篇，雜著六十五篇者，知制誥常山宋敏求字次道之所廣也。次道既以類廣白詩，自爲序，而未考次其作之先後。余得其書，乃考其先後而次第之。蓋白蜀郡人，初隱岷山，出居襄漢之間，南游江淮，至楚觀雲夢。雲夢許氏者，高宗時宰相圉師之家也，以女妻白，因留雲夢者三年。去之齊、魯，居徂來山竹溪。入吴，至長安。明皇聞其名，召見，以爲翰林供奉。頃之不合去，北抵趙、魏、燕、晉，西涉岐、邠，歷商於，至洛陽，游梁最久。復之齊、魯，南游淮、泗，再入吴，轉徙金陵，上秋浦、尋陽。天寶十四載，安禄山反。明年，明皇在蜀，永王璘節度東南，白時卧廬山，璘迫致之。璘軍敗丹陽，白奔亡至宿松，坐繫尋陽獄。宣撫大使崔涣與御史中丞宋若思驗治白，以爲罪薄宜貰，而若思軍赴河南，遂釋白囚，使謀其軍事。上書肅宗，薦白才可用，不報。是時白年五十有七矣。乾元元年，終以汙璘事長流夜郎，遂汎洞庭，上峽江，至巫山。以赦得釋，憩岳陽、江夏。久之，復如尋陽，過金陵，徘徊於歷陽、宣城二郡。其族人陽冰爲當塗令，白過之，以病卒，年六十有四。是時寶應元年也。其始終所更涉如此。此白之詩書所自叙可考者也。范傳正爲白墓誌，稱白偶乘扁舟，一日千里，或遇勝景，終年不移。則見於白之自序者，蓋亦其略也。舊史稱白山東人，爲翰林待詔。又稱永王璘節度揚州，白在宣城謁見，遂辟爲從事，而新書又稱白流夜郎，還尋陽，坐事下獄，宋若思釋之者，皆不合於白之自叙。蓋史誤也。白之詩連類引義，雖中於法度者寡。然其辭閎肆儁偉，殆騷人所不及，近世所未有也。舊史稱白有逸才，志氣宏放，飄然有超世之心。余以爲實録。而新書不著其語，故録之，使覽者得詳焉。南豐曾鞏序。

臨川晏公知止字處善守蘇之明年，政成暇日，出李翰林詩，以授於漸曰：白之詩歷世浸久，所傳之集，率多訛缺。予得此本，最爲完善，將欲鏤板以廣其傳。漸切謂李詩爲人所尚，以宋公編類之勤，而曾公考次之詳，世雖甚好，不可得而悉見。今晏公又能鏤板以傳，使李詩復顯於世，實三公相與成始而成終也。元豐三年夏四月，信安毛漸校正謹題。

宋咸淳本李翰林集序

江萬里

當塗獨以太白故見稱，學有祠，墓有祭文，有亭曰脱韡，無不可以想見其人，及問其詩集，乃無有，蓋漫滅棄毁久矣。後來文字亦有當塗不必刻者，而白集不見刻，豈非恨也。豈士大夫察其名者實亦有所未至，將由學道者衆，無所事乎此也。蓋予將去，甫及此，廣文戴覺民又能以餘力趣成之，予猶及見其成而去。咸淳乙巳三月上澣日江萬里書。

補注李太白集序例

蕭士贇

唐詩大家數李、杜爲稱首，古今注杜詩者號千家，注李詩者曾不一二見，非詩家一欠事與！僕自弱冠知誦太白詩。時習舉子業，雖好之未暇究也。厥後乃得專意于此，間趨庭以求聞所未聞，或從師以蘄解所未解。冥思遐想，章究其意之所寓；旁搜遠引，句考其字之所原。若夫義之顯者，概不贅演。或疑其贋作，則移置卷末，以俟巨眼者自擇焉。此其例也。一日得巴陵李粹甫家藏左綿所刊舂陵楊君齊賢子見注本讀之，惜其博而不能約，至取唐廣德以後事及宋儒記録詩詞爲祖，甚而併杜注内僞作蘇東坡箋事已經益守郭知達删去者，亦引用焉。因取其本類此者爲之節文，擇其善者存之。注所未盡者，以予所知附其後，混爲一注。全集有賦八篇，子見本無注，此則併注之，標其目曰分類補注李太白集。吁！晦菴朱子曰：太白詩從容于法度之中，蓋聖于詩者，則其意之所寓，字之所源，又豈予寡陋之見所能知？乃欲以意逆志于數百載之上，多見其不知量矣。注成不忍棄置，又從而刻之棗者，所望于四方之賢師友是正之，發明之，增而益之，俾箋注者由是而十百千焉，與杜注等，顧不美歟！其毋笑以注蟲魚，幸甚。至元辛卯中秋日章貢金精山北冰厓後人粹齋蕭士贇粹可。

李詩選題辭

楊慎

南豐曾子固曰：李白字太白，蜀郡人。遊江淮娶雲夢許氏，去之齊魯，入吴，至長安。明皇召爲翰林供奉，不合去，北抵趙、魏、燕、晉，西涉岐、邠，歷商於，至洛陽，遊梁最久。復之齊、魯，南游淮、泗，再入吴，轉金陵，上秋浦潯陽，卧廬山，永王璘以僞命逼致之，璘敗，白奔宿松，坐繫潯陽獄。宣撫崔涣與御史宋若思驗治，謂其罪薄，薦其才，不報。先是白嘗識郭子儀于未遇時，子儀請解官贖白罪，乃長流夜郎，遂泛洞庭，上峽江，至巫山，以赦得釋，復如潯陽。族人陽冰爲當塗令，白過之，以病卒，年六十四。成都古今記云：李白生于彰明之青蓮鄉，而劉全白李翰林墓碣記以爲廣漢人，蓋唐代彰明屬廣漢，故獨舉郡稱云。載考公之自序，上裴長史書曰：白少長江漢，見鄉人相如大誇雲夢之事，云楚有七澤，遂來觀焉。又與逸人東巖子隱于岷山之陽，巢居數年，不跡城市。廣漢太守聞而異之，因舉二人有道，並不起。今按：東巖子，梓州鹽亭人，趙蕤，字雲卿。岷山之陽則指匡山。杜子美贈詩所謂匡山讀書處，其説見晏公類要。鄭谷詩所謂雪下文君沽酒店，雲藏李白讀書山者也。廣漢太守則蘇頲也。頲薦疏曰：趙蕤術數、李白文章。即其事也。公後在淮南，寄趙徵君詩曰：國門遥天外，鄉路遠山隔。朝憶相如臺，夜夢子雲宅。可證矣。五代劉昫修唐書，以白爲山東人，自元稹序杜詩而誤。詩云：汝與山東李白好，樂史云：李白慕謝安風流，自號東山李白，杜子美所云乃是東山，後人倒讀爲山東，元稹之序亦由于倒讀杜詩也。不然，則太白之詩云：學劍來山東，又云：我家寄東魯，豈自誣乎？宋有晁公武者，孟浪人也。信舊唐書及元稹之誤，乃曰太白自序及詩皆不足信。噫！世安有己之族姓己自迷之，而傍取他證乎！新唐書知其誤，乃更之爲唐宗室，蓋以隴西郡望爲標也。善乎劉子元之言曰：作史者爲人立傳，皆取舊號施之于今，爲王氏傳必曰琅琊臨沂人，爲李氏傳必曰隴西成紀人，欲求實録，不亦難乎！且人無定所，因地而生。生于荆者言皆成楚，生于晉者齒便成黄。豈有世歷百年，人更七葉，而猶以本國爲是，此鄉爲非，則是孔子里于昌平，陰氏家于新野，而系纂微子，源承管仲，乃爲齊宋之人，非曰鄒魯之士乎！宋景文修唐書其弊正坐此。夫族姓郡國，關係亦大矣。誦其詩，不知其人可乎！予故詳著而明辨之，以訂史氏之誤，姓譜之缺焉。若夫公之詩歌，泣鬼神而冠古今矣，豈容喙哉！吾友禺山張子愈光，自童習至白紛與走共爲詩者，嘗謂予曰：李杜齊名，杜公全集外，節抄選本凡數十家，而李何獨無之？乃取公集中膾炙人口者一百六十餘首，刻之明詩亭中，屬慎題辭其端云。

合刻李杜詩集序

王稺登

李、杜詩無合刻，刻之自許子元祐始。既成，問序于王子。王子曰：是烏可序乎！非獨不可，蓋有所不能，且不敢也。夫此光燄萬丈者，誰何傖父偃然任爲嚆矢哉！曰：奈何刻者一李而九杜耶！學之者亦若是，請問祖將誰左？王子曰：余曷敢言詩！聞諸言詩者，有云供奉之詩仙，拾遺之詩聖，聖可學，仙不可學，亦猶禪人所謂頓漸，李頓而杜乃漸也。杜之懷李曰詩無敵，李之寄杜曰作詩苦，二先生酬贈亦各語其極耳。今試語杜之極，如彤庭所分帛，本自寒女出。鞭撻其夫家，聚斂貢城闕。或紅如丹砂，或黑如點漆。雨露之所濡，甘苦齊結實。中丞髑髏血模糊，手提擲還崔大夫。非夫所謂驚人泣鬼者哉！斯蓋匠心獨苦而非不似從人間來也。至若語李之極，則如羅幃舒卷，似有人開。明月直入，無心可猜。莫捲龍鬚席，從他生網絲，且留琥珀枕，或有夢來時。東風爾來爲阿誰，蝴蝶忽然滿芳草。江上相逢借問君，語笑未了風吹斷。若其言猶含霞吸月，火食腹腸疇能貯此？仙與聖、頓與漸之分何俟更僕數耶！然乃分路揚鑣，或同一軌。二先生詩不同而語其極則一耳。今之學杜者不驚人泣鬼而木僵膚立，學李者不含霞吸月而空疎無當，是安得爲李、杜？爲李、杜罪人矣。許子工于詩，能去彼取此，曷患不李、杜哉！是刻既出，二先生之集，將同運並行，且俾學者各法其極，不空疎無當與木僵膚立乎！剞劂之功，實弘多矣。余之序，姑述昔人之論，明刻者之旨，以復許子之問。若曰評隲二先生詩，是蛙坐井而談蒼旻廣狹，鼠飲河而測洪流淺深也，則吾豈敢！

李翰林分體全集序

王穉登

古今論詩者，自三百十九而後，必遵李、杜。李才情俊，杜才情鬱，李情曠達，杜情孤憤。

李若飛將軍，用兵不按古法，士卒逐水草自便。杜則肅部伍，嚴刁斗，西宫衛尉之師也。供奉讀書匡山，鳥雀就掌取食，散金十萬如飛塵，沉湎至尊之前，嘯傲御座之側，目中不知有開元天子，何況太真妃高力士哉？當其稍能自屈，可立躋華要，乃掉臂不顧，飄然去之，坎壈以終其身。迨長流夜郎，與魑魅爲伍，而其詩無一羈旅牢愁之語，讀之如餐霞吸露，欲蜕骨沖舉。非天際真人，胸臆疇能及此？其放浪于麯生柔曼，醉月迷花，特託而逃焉耳。予友劉少彝取李、杜集合刻之。前此非無合刻者，然蒼素溷淆，元黄雜遝，箋注訓詁，人自爲政，蒙茸猥瑣，猶疥厲蟣虱，使二先生之作不免珠殘玉碎，未嘗不扼腕□體，掩卷太息。少彝皆削去之，正其舛訛，定其真贋，芟薙其重複龐雜，品列昭分，諸體各以類從，名曰分體，以李序見屬。展讀之際，使耳目滌清，神情開朗，誠哉千古大快也。予生平敬慕青蓮，願爲執鞭而不可得。竊謂李能兼杜，杜不能兼李，李蓋天授，杜由人力，軌轍合迹，鞅轡異趨，如禪宗有頓有漸，難與耳食之士言也。少彝工于詩，清俊似太白，沉鬱似子美，故于二集恒津津焉。此刻成而紙價當十倍矣。予怪夫宗李者畫虎難成，妄加訾議，指永王璘之事爲從逆。嗟乎！禄山篡亂，翠華西幸，靈武之位未正，社稷危于累棋，璘以同姓諸王，建義旗，倡忠烈，恢復神器，不使未央井中璽落羣凶手，白亦王孫帝胄，慨然從之。識郭令公于行間，卒復唐祚。甫雖間關行在，流離秦、隴，非不謂忠，然視白之功眇矣。夫璘非逆而從璘者乃爲逆乎！王維亦嘗陷賊，以凝碧管絃詩獲免。青蓮故不幸而罹銷骨之口，豈不冤哉！予序其集而并論其人若此，少彝以爲然與否耶！

合刻李杜分體全集序

劉世教

自三百篇後，學士大夫稱詩之盛，前無踰漢，而後宜莫唐若。開元天寶間隴西、襄陽二先生出，遂窮詩律之能事，觀于是止矣。是二先生者，其雄材命世同，其横絶來禩同，坎壈弗得志又無弗同。顧千載而下，使人披其編想見其爲人，若隴西不勝樂而襄陽不勝憂者，何也？隴西趨風，風故蕩詄，出于情之極而以辭羣者也。襄陽趨雅，雅故沈鬱，入于情之極而以辭怨者也。趨若異而軌無勿同，故無有能軒輊之者。蓋自唐以後，諸尚論之士，人持其指而莫之一。迨近世瑯琊長公而二先生之論始定。顧隴西好稱古調，其于近體若雅意所不屑，而襄陽沾沾此技，篇什最稱繁富，意又若不屑古調者。然隴西之于古，離之不啻遠，而襄陽象貌色澤猶若未盡澌滅也者，是又二先生同異之微指，可解而不可解者也。於戲！當漢盛時，子虛之賦奏至，使人主冀幸同時而慮不可得。而是二先生者，俙遇而俙失之，終其身抑塞而弗獲少信。彼中郎、太中、文園、都尉諸人，即遇合雖殊，要之無一廢棄者，胡二先生之湮没甚也！蓋觀漢諸君子之無失職，而知其時人無弗盡之材，觀二先生之失志，而知其時材多未盡之用。此固當世得失之林，而二代治亂之朕也。其故蓋難言之矣。不佞少習其言，薄有當陽之癖，而不無憎其編次之淆雜，時從藏書家詢求善本弗可得。每讀昔人所箋詁，往往未終簡而輒棄去。竊不自量，間嘗區分其體裁，擬盡蒐諸家訓故之籍，筆削爲一家言。方屈首俗業，困京兆者十年，已困公車者又十年，鉛槧屢更，殺青未竟。客歲南邁，從子鑒進而請曰：先生必將箋而後行乎！夫解者之不必箋，而箋者之不必解也。于是相與謀之梓人，而二竪肆眚，乃與友人姚君孟承往復參訂，始克卒業。諸所釐正，頗極苦心。語具凡例中。再逾年始獲竣事。輒論著其事，質諸同好。夫自二先生分轡而馳，而士各以其質之所近尸且祝焉。有能袷享一堂之上者，吾未見其人也。今而後庶幾有並擷其精而上探盛漢以直遡風雅之緒者，必自兹藉始矣。萬曆玄默困敦夏六月朔平原劉世教序。

又

劉　鑒

予伯父少彝先生刻李、杜分體全集，役將竣，客有以私問者曰：青蓮少陵兩公並爲詩壇不祧之主，固也。然而飯顆之逢，陰鏗之擬，爾時兩公相輕已甚。自唐迄今，賢豪揚扢，左右互袒，幾成聚訟。意者都宫南面各全其尊，而埒享一堂，吾未見靈之妥也。夫詩之合離，主興象不主體裁；篇之瑜纇，徵識力亦徵齒候。昔人編年不爲無據，矧二公集中一題而古今具體，詎容擘裂？今妄顧原本，惟體之從，分則分矣，奈剥膚何！予曰：唯唯否否，客曙其一，未曙其二。夫壎篪異竅而叶奏，圭璧殊制而儷珍，物固有之，人亦宜然。李、杜齊名，光燄千古，後之君子，誰能軒輊？即或偏嗜者畸贊，顓詣者謬詘，抑何關兩公之殿最耶！至如杜之推李，傾倒鄭重，屢見篇什，李之心服，寧自口出？偶摭一語，謂其相輕。二公有知，政堪頤解。夫詩有古近律絶，體莫備于唐代，而妙莫兼于兩公。第世行本少有善者。編年雜陳，作者之心目交眯；分類紕龐，作者之形神不湊。衷而裁之，無如分體。雖然，更有説焉。太史公曰：詩三百篇大抵聖賢發憤之所爲作也。予伯父固云李源風，杜源雅，相提而論，乃知兩公之詩體從風雅出而情從憤入矣。李何憤？憤宫鄰之階厲，杜何憤？憤皇輿之洊傾。然青蓮梁父、行路諸吟，巧言、巷伯之倫也。少陵驪山、洞房等咏，匪風、下泉之思也。其存君興國，發于性情心術之隱者，夫既合不翅合，而或風或雅，互爲經緯，非古近殊體幾于分無可分。伯父殫二十餘年丹鉛之功于二集，而以纂次當窮愁之著書。史遷所稱發憤，述之于作，將無同乎哉！而子猶規規然猜其後，吾亦謂子望洋向若不免見笑于大方之家。客啞然謝去。書成，爰誌其語于末簡。

又

李維楨

鹽官劉氏世紹雕龍之慶，而孝廉少彝著名文苑最早。其于供奉、工部二家，討論窮精，蓋垂二十年，二家分體全集始成。其集以古近諸體分，而先後仍本編年，古賦及雜文如之。其體則古近律絶各以類從，而删長短句之目。其以他人集誤入者黜之，其確爲二家所作而偶遺者收之。其本古體而誤入律，及二家自注誤入目中，若字句之訛，音釋之謬者更之。其諸家注與評不盡佳，可筆則筆之，可削則削之，校讐譩滯，幾無纖微憾，而要領莫重于分體矣。蓋論二家者，楊誠齋以李爲神，如列子御風無待者也；以杜爲聖，如靈均乘桂舟駕玉車，有待而未嘗有待者也。允矣，而體未分也。王弇州以李五七言絶爲神，七言歌行爲聖，五言次之；杜五言律七言歌行爲神，七言律爲聖。而總論二家五言古選，各有所宗所主所貴。體分矣而體所從來未晰也。少彝以李好稱古，于近體若不屑，而于古離之不啻遠，杜若不屑古，而氣象色澤若未盡離。李趨風，故訣蕩，杜趨雅，故沉鬱。即弇州亦言讀李使人飄揚欲仙，讀杜使人情事欲絶。第就歌行一端論，而少彝則以全集舉矣。夫詩至唐而體備，體至李、杜而衆長備，而李、杜所以得之成體者，則本三百篇。學記曰：三王之祭川也，先河而後海，或原也，或委也，此之謂務本。後人知有李、杜不知有三百篇，是以學李學杜往往失之。少彝爲之分體，直指其本于風雅。學人得所從來，可以爲李，可以爲杜，可以兼爲李、杜。可以爲風，可以爲雅，可以兼爲風雅。可以自爲聖，可以自爲神，不至爲李、杜作使。寧惟有功二家，其于詩道，豈曰小補之哉？是説也，少彝亦本之李、杜，李之言曰：興寄深遠，五言不如四言，若七言靡矣，況束于聲調俳優哉？杜戲爲六絶句，其末章意以遞相祖述，未及前賢，惟裁僞體，親風雅，則轉益多師而得汝師。夫李、杜學詩必本三百篇，人安能舍三百篇學李、杜？少彝見及此，宜其詩騣騣李、杜齊名也。同參訂者姚君孟承，從子伯臨，皆名下士。

李太白集輯注齊序

齊召南

注古人書，慮聞見不博也，尤慮其識不精。既博且精，又慮心偶不虚不公，知有疑勿闕，有誤亦曲爲解。風騷後詩至李、杜，齊名方駕。一如飛行絶跡，乘雲馭風之仙，一如萬象不同，化工肖物之聖。觀止矣，蔑以加矣。後學因元相誌杜墓，抑李揚杜，遂乃議論滋繁，妄分軒輊。詎知少陵生平心服，明推爲無敵不羣。即後此才高力厚，起衰八代之昌黎公，固合贊以光燄萬丈。深慨流落人間者僅分泰山豪芒，而先笑撼大樹不自量之蚍蜉乎哉！兩集本非手定，後人搜羅採摭，篇章遞增，其中時有真贋參錯，轉寫譌舛，李集更多。蓋自寶應元年往依族子陽冰，得疾以卒。遂葬當塗青山東麓。陽冰序草堂集十卷，即云當時著作十喪其九，今所存者皆得之他人。魏顥序翰林集二卷亦云：上元末偶得於絳，此即劉全白碣記所謂集無定卷，家家有之者也。至宋時，宜黄樂史始輯别集，常山宋敏求廣裒遺文，始合爲三十卷。南豐曾鞏始考定先後次第。元豐中，信安毛漸始校刻於蘇。紹興中閩薛仲邕始爲年譜。太白本末，惟諸序記誌、范、裴二碑及舊唐新唐二書可證本詩。世遠事湮，疑謬雜出，寧得免焉？而兩集之有注也，一榮一枯，斯又不可言者。注杜自宋至今名氏更僕難數，後出多所因，考辨易覈，去取易嚴也。然且必殫精神，需歲月，盡彙羣籍以折其衷，説始有當。若李集所有可見之注止楊、蕭、胡氏三家，今欲廣爲訂正，與注杜較工拙，不亦難易懸隔太甚乎？余茲閱錢塘王載菴先生輯注而深嘆其好學不倦，能數十年專心致志爲人所不能爲也。憶余自幼好誦李杜詩，苦於不能盡解。往在都中，友朋聚談，聞有優劣李、杜者，余曰：杜誠不可及矣，自李而外，可與杜頡頏者誰與？必謂仙不如聖，一在學行甚正，一在流離造次不忘君國，猶有説焉。然李云：受氣有本性，不爲外物遷。又云：我志在删述，垂輝映千春。又云：天地皆得一，澹然四海清。此其胸襟與自許稷、契者何以異？始見賞許公，後見奇賀監，居山東爲竹溪六逸，遊長安爲醉中八仙，識汾陽於行間，折力士於殿上。輕富貴如塵土，樂山水以逍遥，嗜酒慕仙，浩然自放，即遭危困，未見其憂，豈非天際真人之邈不可攀者耶？談者始稍稍息。今得此編，持論平正。其輯三家去短從長，援引本本原原，斟酌至慎。固陋如余，向所不解，今漸解之，則知此編爲太白功臣也。善讀者當不以余言爲河漢。乾隆己卯中秋天台齊召南撰。

李太白集輯注趙序

趙　信

同里王君載菴輯注太白詩文集，詳引博據，考索綜核，殆仿李善注文選，不厭過於繁釀。即被書簏之名亦所不顧。噫！可爲勤矣。太白詩，西河毛太史嘗謂不耐入細，與三唐律法迥别。然其奡兀之氣，自不可泯。其持論毋乃太過與！太白之才不可以格律繩。臞翁評如劉安雞犬遺響白雲，覈其歸存，恍無定處。滄浪評李、杜，不當論以優劣。太白有妙處，子美不能道，子美不能爲。太白之飄逸，正如金翅擘海，香象渡河，下視郊、島輩直蛩吟草砌耳。其天才豪逸，多率然而成，學者於每篇中要識其安身立命處，始見其妙，所謂天仙之辭，信不虛也。是以杜有千家注，李注僅止三家，正以李不易注，而欲求其瞭然千載之下，不其難哉！載菴窮半生之精力以成此書，一注可以敵千家。李、杜光燄並昭耀於兩間，有功後學，良非淺尠。平居闔户眂書，天情孤潔，有林處士之風，惟汲汲以著述立身後名。其意欲争勝於寒梅瘦鶴耶！嘗謂余曰：李善注文選，有子邕以續其志，此書之釋事忘意，動有無窮之憾。又以余松谷三兄注右丞詩相藉揚摧，久行於世。今此書不得與松谷析疑辨謬，共助落成，益又爲之感歎已。余樂叙其書，并識其言而傳其人之高誼有如此。意林趙信拜書於平安里。

李太白集輯注杭序

杭世駿

作者不易，箋疏家尤難，何也？作者以才爲主，而輔之以學，興到筆隨，第抽其平日之腹笥而縱横曼衍以極其所至，不必沾沾獺祭也。爲之箋與疏者，必語語核其指歸，而意象乃明，必字字還其根據，而證佐乃確。才不必言，夫必有什倍於作者之卷軸而後可以從事焉。空陋者固不足以與乎此，粗疏者尤未可以輕試也。李供奉太白才兼仙佛，致離騷之幽，著太史之潔。

其於杜也，並驅方軌，未易軒輊也。然注杜者自宋以後已有千家，至我朝而錢、朱、顧、仇之書出，搜括無遺藴矣。太白之集，歷五百年而始有蕭、楊二家，又歷五百年而始有鹽官胡氏孝轅。孝轅亡後，今且百餘年矣。文士林立，未有起而補其闕者。吾友王君載庵以三家之注之典未核也，結轖之未疏瀹也，疵繆之未剗削也，專精覃思，寤寐太白於千載之上，一一扣其出處而究其指歸。太白之精神與前注之得失，軒然若揭日月，其諸太白之功臣與，其諸三家之争友與！吾不敢謂載庵之學果什倍於太白，孝轅博極羣書而載庵能掇其瑕礫，即謂之什倍於孝轅可也。且吾言太白才兼仙佛，其藴蓄爲何如耶！二氏之書與吾儒之著述相埒，上下千古而能盡讀之者，吾於唐得一人焉，曰段柯古。吾於宋得一人焉，曰釋氏贊寧。吾於前明得一人焉，曰宋氏潛溪。以近代而論，蒙叟研精内典，而玄門之旨奥未窺，竹垞朱氏自言於竺乾之書，詩文未敢闌入，則并蒙叟之長而猶且怖若河漢，他可知矣。載庵早鰥，闃處如退院老僧，空山道士，日研尋於二氏之精英，以其餘事而爲是書，足以發太白難顯之情而抉三家未窺之妙。書來質余，方望洋驚歎，五體投地，而敢以一言半句相益乎！然其苦心孤詣，余學雖未至而心故識之。聊識數言以冠其篇端，以稔夫世之讀太白之集者之不易，并稔夫注是集者之尤難也。乾隆己卯閏月望後一日友弟杭世駿。

李太白集輯注王序

王　琦

詩人李杜並稱，古今注杜者百餘家，而李之注傳於世者乃少。余所見楊子見、蕭粹齋、胡孝轅三家，外此寥寥無聞矣。世固軒李而輕杜哉！何言詩之士嚮往於太白不及嚮往於子美者多耶？夫二公之詩，一以天分勝，一以學力勝，同時角立雄視於文場筆海之中，名相齊，才亦相埒，無少遜也。自優劣之論出，而左右其袒者紛如，以文論，謂太白如史記，子美如漢書。以兵法喻，謂太白如李廣，子美如孫吴。以人物喻，謂太白仙而子美聖。以性根喻，謂太白頓而子美漸，此皆論之兩持其平者也。其餘甲杜而乙李者，大約十居七八。可異者，評杜則多恕辭，多過情之譽，評李則多深文而索垢。是何意見之辟耶？宋人黄介讀李杜優劣論曰：論文正不當如此。山谷嘆以爲知言。夫山谷固服膺子美者也，豈不能言其優劣，蓋亦見其沈雄俊逸之概，本於性而成於學者，各有登峯造極之美，不可以後人私淺之見妄爲輕議焉耳。余於二公之詩，有兼愛，無偏好。嘗讀錢蒙叟、顧修遠諸家杜注，以爲勝於昔人，譬之積薪，後來者居上。惜李集無有斐然繼起者，爰合三家之注訂之，芟柞繁蕪，補增闕略，析疑匡謬，頗有更定。至於山川古蹟之地形，鳥獸草木之名狀，尤加詳考，不厭繁複，蓋將以爲多識之助。而觀者議其過於綺碎鱗雜，無當于詩之本義。自念徵經引史，亦不無郢書燕説之誤，或失作者命意修辭之旨。雖摩研編削，虚耗歲時，以上視錢、顧諸先輩無能爲役。安敢與之接武而抗行哉？第思粹齋之作補注，所以補子見之闕也，而未能盡補其闕。孝轅作李詩通，力正楊、蕭二家之謬，而亦未能盡正其謬。余承三子之後，捃摭其殘膏剩馥，而廣爲綜緝。夫豈誇多而炫麗哉！將以竟三子之業也。雖才力未逮，然念博物洽聞之士，世固不乏，必有起而集其成者。蒐羅軼典，抉發奥思，俾夫闕者謌者罔不甄釋，將與杜注諸家之善本並傳藝苑，而爲新學之津梁。彼楊與蕭實爲之草創于其先者也。余得肩隨胡氏之後而附於討論修飾之列，其亦可乎！乾隆二十三年歲次戊寅正月望日王琦載菴漫述。

李太白集輯注拾遺考證

王　琦

類書中多摘引太白詩句，然不能無錯繆。海録碎事、錦繡萬花谷二編，學士家以其出自宋人，尤珍尚之。其所引太白斷句甚多，亦有誤者。如：雨吟春破碎，貧飲客彫零。山含紅樹隨時老，天帶黄昏一例愁。茶褐園林新柳色，鹿胎田地落梅香。江邊石上誰知處，緑戰紅酣别是春。只有人間閑婦女，一枚煎餅補天穿。皆是李覯詩。（因覯字太伯，遂謌作太白。）上有萬仞山，下有千丈水。蒼蒼兩崖間，闊狹各一葦，是白樂天詩。晚花紅艷静，高樹緑陰初。亭午清無比，溪山畫不如，是杜牧詩。虬鬚顛頷羽林郎，曾入甘泉侍武皇。鵰没夜雲知御苑，馬隨仙仗識天香，是李郢詩。而皆以爲太白詩矣。又若：霜結梅梢玉，陰疑竹幹銀。竹粉千腰白，桃皮半頰紅。心爲殺人劍，淚是報恩珠。綺樓何氛氲，朝日正杲杲。玉顔上哀囀，絶耳非世有。佳人微醉玉顔酡，笑倚妝樓濇小蛾。借問單棲與同穴，可能銀漢勝重泉。露暗烟濃草色新，一番流水滿溪春。可憐漁父重來訪，只見桃花不見人。昔日狂秦事可嗟，直驅雞犬入桃花。至今不出烟巒口，萬古潺湲一水斜。庭中繁樹乍含芳，紅錦重重翦作囊。還合炎蒸留爍景，題來消得好篇章諸句，未詳爲誰氏之作，其句法皆與太白不相似，亦皆以爲太白詩矣。羅鄂州新安郡志謂南唐時另有一翰林學士李白，姑熟十咏是其所作，然則後人所傳李白諸逸詩及斷句之爲諸書所誤引而其名莫可考者，烏知非斯人之作耶！昔人論杜詩真僞，謂人才之不同，如其面焉，耳目口鼻，相去亦無幾，諦視之未有不差殊者，詩至少陵，固不可得而亂也。斯言良是，夫學力如少陵，其詩不可得而亂，天才若青蓮，其詩固可得而亂耶？然知其不可亂而猶彙之編之，而附之於本集之後。豈曰務博？良欲存此以爲後人辨其真贋，而知所取法焉耳。

宋魏菊莊詩人玉屑十四卷載歷論諸家一條，其下有旁注李太白集四字，厥後漢魏詩乘因而采之，而昧者互相引用，遂以爲真太白之文矣。今按其前曰：詩之興也，兆基邃古，唐歌虞詠，始載典謨。商頌周雅，方陳金石。其後研志緣情，二京彌甚，含毫瀝思，魏晉彌繁。李都尉鴛鴦之辭，纏綿巧妙；班婕妤霜雪之句，發越清迥。平子桂林，理在文外；伯喈翠鳥，意盡行間。河朔人物，王、劉爲稱首；洛陽才子，潘、左爲覺先。乃若子建之牢籠羣彦，士龍之籍甚當時，並文苑之羽儀，詩人之龜鑑。凡一百二十五字，是駱賓王和閨情詩啟之前數行。其後云：駱賓王爲詩格高旨遠，若在天上物外，神仙會集，雲行物駕，想見飄然之狀，凡二十九字，其二十六字是裴敬所作太白墓碑中數語。蓋駱賓王之下爲詩格高旨遠之上皆有缺文，原屬兩條，抄録者不察其舛誤，而相聯屬爲一則。在菊莊原本要未嘗繆誤至此，漢魏詩乘因菊莊俗本之誤而承其誤，蓋有由矣。即是推之，今所編輯拾遺，安知不類于是？而宋次道所裒益全集之詩文又安知不亦類于是耶？後之讀者，尚有鑒于斯哉！

鄭樵通志藝文略别集内載云：李白草堂集二十卷，李陽冰録。又度北門集一卷，於制誥類中複載云，李白度北門集一卷。劉少彝曰：度北門集當是供奉翰林時代言之草，豈通考所謂翰林集者故已彙入，然今本無一字存者，其爲湮佚無疑矣。余考舊唐書之經籍志、新唐書之藝文志及太白列傳，皆不載此書，而他籍亦鮮有言之者。豈亦南唐之翰林學士李白所作耶！抑李白度者其人名，北門集者其書名，而後人誤讀之耶！聊志于末，以俟博學者辯之。

重刻李太白全集序

李調元

唐初王、楊、盧、駱之徒，相沿綺靡。自吾蜀射洪陳伯玉起而復古，風氣始爲之一變，而摧陷廓清，力挽狂瀾於既倒者，則太白之功居多。世之尊太白者，每與杜子美並衡，意以非子美不足以並太白，而吾謂太白不借子美而後尊也。太白詩根本風騷，馳驅漢、魏，以遺世獨立之才，汗漫自適，志氣宏放，故其言縱恣傲岸，飄飄然有淩雲馭風之意，以視乎循規蹈矩含宫咀商者，真塵飯土羹矣。蓋仙風道骨，實能不食人間烟火，故世之負尸載肉而行者，望之張目咋舌，譬如天馬行空，不施鞚勒，其能絶塵而追者幾人哉？且太白亦非徒闊落浩蕩而無涯涘也。

今之人半以子美沈酣六籍，集古今大成，爲風雅正宗，使追步者有徑可尋，有門可窺，故譚藝家迄今奉爲矩矱，遂視太白爲聖，穹然不可幾及者，豈不謬哉？以太白之仙才，文質炳焕，發爲詩歌，無體不備，無體不精。當其時使無子美，則後之人尋思玩繹於擺脱駢麗軼蕩不羣之外，求其聲律，固自有軌轍可遵，亦何致怖如河漢也！太白詩云：大雅久不作，吾衰竟誰陳，又曰：我志在删述，垂輝映千春。又嘗言將復古道非我而誰，則欲括風雅之源流，明著作之意旨，舍太白其誰與師哉！世之言詩者，不問津於太白而先以子美爲寶筏，是猶所謂斷港絶航而望至於海也，其視蓬島十二樓何啻三千弱水之隔耶！余自束髮受書，即喜太白所爲詩歌文章，每手一編，朝吟而夕攬之，藏之篋笥有日矣。余友玉齋爲彰明廣文，即太白所生之地，生平酷嗜太白詩，因秩滿來京，寓予齋之西偏，相與把酒聯吟，因出所訂太白全集以示余，而余亦出素所摩挲舊本而參考之，將付之剞劂，屬予爲序。且曰：吾蜀爲古今文獻風教之祖，迄今而遂淪没，吾雖秉鐸於一鄉一邑，其何以不廣昭先賢之遺風而使鄉之人揚風扢雅有所從入之路也！有爲者亦若是，非子與余之願哉！因壯其志而爲之序。乾隆甲申菊月紋江李調元撰。

録自李調元鄧在珩編李太白全集

晁公武郡齋讀書志

李翰林集二十卷　右唐李白太白也。白舊集十卷，唐李陽冰序。咸平中樂史别得白歌詩十卷，凡歌詩七百七十六篇，又纂雜著爲別集十卷。宋次道治平中，得王文獻及唐魏萬所纂白詩，又哀唐類詩洎刻石所傳者，通李陽冰樂史集共一千一篇，雜著六十五篇。曾子固乃考其先後而次第之，云：白蜀郡人，天寶初至長安，明皇召爲翰林供奉，頃之不合去，安禄山反，明皇在蜀，永王璘節度東南，白時卧廬山，迫致之，璘敗，坐繫潯陽獄，崔涣、宋若思驗治白，以爲罪薄，釋白囚，使謀其軍。乾元元年，終以汙璘事長流夜郎，釋過當塗以卒。其始終更涉如此，此白之詩書所自叙可考者也。舊史稱白山東人，爲翰林待詔，又稱白在宣城謁見永王璘，遂辟爲從事，而新書又稱白流夜郎還潯陽，坐事下獄，宋若思釋之者，皆不合於白之自序，蓋史誤也。予按杜甫詩，亦以白爲山東人，而蘇子瞻嘗恨白集爲庸俗所亂，則白之自序亦未可盡信而以爲史誤。近蜀本又附入左緜邑人所哀，曰白隱處少年所作六十篇，尤爲淺俗。白天才英麗，其辭逸蕩雋偉，飄然有超世之心，非常人所及，讀者自可別其真僞也。

陳振孫直齋書録解題

李翰林集三十卷　唐翰林供奉廣漢李白撰。唐志有草堂集二十卷者，李陽冰所録也。今按陽冰序文但言十喪其九，而無卷數。又樂史序文稱李翰林集十卷，別收歌詩十卷，因校勘爲二十卷，又於館中得賦、序、表、書、贊、頌等亦爲十卷，號爲別集。然則三十卷者樂史所定也。

家所藏本不知何處本，前二十卷爲詩，後十卷爲雜著，首載陽冰、史及魏顥、曾鞏四序，李華、劉全白、范傳正、裴敬碑誌，卷末又載新史本傳，而姑孰十詠、笑矣、悲來、草書三歌行亦附焉。復著東坡辨證之語，其本最爲完善，别有蜀刻大小二本，卷數亦同，而首卷專載碑序，餘二十三卷歌詩，而雜著止六卷。有宋敏求後序言舊集歌詩七百七十六篇，又得王溥及唐魏萬集本，因裒唐類詩諸編及石刻所傳，廣之無慮千篇，以別集雜著附其後，曾鞏蓋因宋本而次第之者也。以校舊藏本篇數如其言，然則蜀本即宋本也耶！末又有元豐中毛漸題，云：以宋公編類之勤，曾公考次之詳，而晏公又能鏤板以傳於世。乃晏知止刻於蘇州者。然則蜀本蓋傳蘇本，而蘇本不復有矣。

錢曾讀書敏求記

李翰林全集三十卷　太白集宋刻絶少，此是北宋鏤本，闕十六卷之二十二，十六卷之三十，予以善本補録，遂成完書。前二十卷爲歌詩，後十卷爲雜著，卷下注别集，簡端冠以李陽冰序，蓋通考所載陳氏家藏，不知何處本。或即此耶！

李太白集輯注跋五則

王　琦

太白詩文，當天寶之末，嘗命魏萬集録，遭亂盡失去。及將終，取草稿手授其族叔陽冰，俾令爲序者，乃得之時人所傳録，于生平著述僅存十之一二而已。然其詩要皆膾炙人口，而無闌入他人所作可知也。陽冰序中不言卷數。舊唐書李白列傳云：有文集二十卷行于時。新唐書藝文志云：李白草堂集二十卷，李陽冰録。乃樂史作序則云：翰林歌詩李陽冰纂爲草堂集十卷，豈其時草堂原本已有亡其半者，抑或未亡而後人并爲十卷耶！史别收其歌詩十卷，與草堂集互相校勘，排爲二十卷，號曰李翰林集。又于三館中得其賦表書序等文，排爲十卷，號曰李翰林别集，凡得詩七百七十六篇，雜文若干篇。熙寧中，宋敏求廣搜逸稿，又得詩二百二十五篇，并其舊集總爲編次，題以類别，析爲二十四卷，雜文六十五篇，析爲六卷，共三十卷。篇數雖多于舊，然不免闌入他人所作。元豐中，晏知止爲蘇守，出其本刻之郡中，廣行于代。樂史本後佚不傳，陳振孫書録解題言其家藏李翰林集，不知何處本，前二十卷爲詩，後十卷爲雜著，其本最爲完善。余嘗臆擬其分卷與樂史本相符，豈即樂史本耶！陳氏又言其首載李陽冰、樂史、魏顥、曾鞏四序，李華、劉全白、范傳正、裴敬碑誌，卷末有宋祁新史本傳，而姑熟十咏、笑矣、悲來、草書三歌行亦附焉。兼綴以東坡辯語。夫宋與曾、蘇三公皆生樂氏後，據此驗之，即使其本出自樂氏，已爲後人增益，而非咸平中所定之原本矣。楊升菴集中亦言其家藏太白詩有樂史本最善，未知即七百七十六篇之本否，今之傳世者，皆宋氏增定之本也。噫！自樂氏校勘之本出，而草堂原本遂湮。自宋氏分類之本出，而樂氏之本又亡。後起之士欲求古本而觀之，有若丹書緑圖，邈然不可得見，能無爲之嘅嘆哉！

李詩全集之有評，自滄浪嚴氏始也，世人多尊尚之。然求其批却導窾，指肯綮以示人者，十不得一二。其有注自子見楊氏始，（子見名齊賢，永州寧遠人，古春陵城在其地，故稱春陵楊齊賢云。宋慶元五年進士，兩應制試第一，執政以賢良方正薦，授通直郎。）繼之者粹齋蕭氏，作分類補注李太白集，附楊注後合刊之。（粹齋名士贇，一字粹可，贛州寧都人，淳祐進士蕭立之之仲子，潛心篤學，入元，遂隱居不出。）蕭譏楊取唐廣德以後事及宋儒記録詩詞爲祖，併引用杜詩僞蘇注之非，因爲節文而存其善者。今所傳楊注非全文也。然蕭注亦不能無冗泛踳駮處。明季孝轅胡氏作李詩通二十一卷，頗有發明，及駮正舊注之紕繆，最爲精確，但惜其不廣。（胡名震亨，號遯叟，浙江海鹽人，萬曆丁酉舉人，累官兵部職方員外郎。）選本則有愈光張氏之李詩選，（張名含，雲南永昌衛人，正德丁卯舉人。）選而評則有泗源應氏之李詩緯，（應，本朝康熙間人。）余所見祇此。夫自太白至今已及千載，後人評注寧僅僅止此？大抵散亡磨滅而不傳者有矣。即傳而余所未見者又不知其有焉否耶！

宋時李詩刊本始自蘇守晏公，所謂蘇本也。其後又有蜀本，有當塗本，據書録解題謂其時蘇本已不復有，家藏蜀刻有大小二本，卷數相同，首卷專載碑序，餘二十三卷爲歌詩，六卷爲雜著，末有宋敏求、曾鞏、毛漸題序。以此考之而知蜀本蓋傳自蘇本云。晁公武讀書志謂近時蜀本附入左綿邑人所裒太白少年詩六十篇，而書録不之及，似其本又在陳氏所藏二本之外。蕭粹齋得巴陵李粹甫家藏左緜所刊楊齊賢注本，斯又蜀刻而有注者之一種。其當塗本，周益公二老堂詩話謂當塗太白集後有續刻司空山瀑布詩一首，陸放翁渭南集中一跋謂當塗本雖字大可喜，然極多謬誤。宋刊之見于書傳而可考者，有此數種，今則漸已銷亡，不能復覩。流傳于世者惟蕭氏注本爲多，其本拔古賦八篇列于前爲一卷，次以歌詩二十四卷，凡二十五卷而止。明嘉靖間，吴中郭氏取而重刊之，以其注之泛且複也，删節約半，于古風五十九首增入徐昌穀評語，又取雜文五卷另爲編次附其後，共成三十卷。（跋云：是集三十卷，余合别集而成之者，緣舊注繁雜，倣徐迪功先生古風例，將不切題義者删去，且恨其文之不載，更以别集編次五卷附于詩後，俾成全書，冀四方觀者免瀚漫分散之嘆。嘉靖癸卯春正月吴人郭雲鵬謹識。）嗣後有依郭氏增删之本而刊者，爲霏玉堂本。有依舊注原本而刊者爲玉几山人本，爲長洲許元祐本。有全去其注且分析其體爲五七言古律絶句者，爲劉世教本，劉書雖缺訓詁，然校訂同異，改正譌舛，殊見苦心。又余三十年前，于古書肆中見有毛氏汲古閣刊本，問其值。書之主人亦數十年前所稱時文名士也，性頗怪傲，邂逅間不肯遽售。余念毛氏所梓書多本宋刻，有與俗本異者，足以資考訂，另託友人往問，則益不肯售。友人謂予毛氏刻去今未遠，其印本行世者尚多，何難别購，而乃刺刺不休，儼若借荆州于彼哉？洎求之歷年，竟不能得。追憶前書，不知歸于誰氏架中。噫！板行之書甫及百年，倖得之而竟失之，殆有緣在耶！會姑蘇繆氏獲崑山傳是樓所藏宋刊本，重梓行于時，其書字畫悉倣古刻，精整可玩，賈人漬染之，宛然故紙，剪去卷尾重刊諸字及弁首小序，僞作宋板以欺人，不知者多以重價購去。其本叙次先後、卷帙多寡與蕭、郭二本稍異，而與陳氏所言蜀本相合，即非蘇本亦蜀本也，第不知較汲古閣本何如。其中亦有譌字顯然誤筆未正者，據序尚有考異一卷，然未付剞劂，俟之多年竟不出。（序云：李翰林集三十卷，常山宋次道編類，而南豐曾氏所考次者也。歲久譌缺，俗本雜出，增損互異，無所是正，余嘗病之。癸巳秋，得崑山徐氏所藏臨川晏處善本，重加校正，梓之家塾。其與俗本不同者別爲考異一卷，庶使讀是編者不失古人之舊，而余亦得以廣其傳焉。康熙五十六年五月，吴門繆曰芑題于城西之雙泉草堂。）兹本自二十五卷以前，略依蕭本，雜文四卷，略依郭本，而以繆本參訂其間。郭本雜文五卷，今依繆本合序文二卷爲一卷，别採蕭本所逸而繆本有者得詩九首，（繆本較蕭本多十首，其送倩公歸漢東一絶已載序後，不復重録，故衹九首。）及他書所録集外諸作，彙爲拾遺一卷，以合三十卷之數。友人詰予，嘗非宋氏本闌入他人所作，今拾遺所蒐緝，確知其僞，概收録之而不忍棄，何耶！予曰：是不相妨也。昔人編韓、柳集者，咸有外集附于後，錢牧齋作杜詩箋注亦附録逸詩四十八篇，皆有僞作在其間。夫不慊于宋者爲其混之而至于不可别也。若先别之而使其無可混，正足以資後學之考核而甄别其體裁矣，夫又何尤？

南豐曾氏序謂太白詩之存者千有一篇，雜著六十五篇，今蕭本詩衹九百八十八篇，繆本衹九百九十八篇，咸不及曾氏所云之數，賦與文六十六篇，較舊文又多其一，疑非曾氏所考次原本矣。意者曾氏并數魏萬、崔宗之、崔成甫三詩于内，故云千有一篇，其送倩公歸漢東序已冠于小詩之首，序中不應重見，而後人誤增入之歟！世稱太白斗酒百篇，計其詩章不下萬餘，陽冰作序已云十喪八九。今集中所存若長干行、去婦詞、送别、軍行等作，互見他人集中，若懷素草書等作，詞意淺鄙，與太白手筆判若仙凡，復雜然並列。東坡嘗言太白詩爲庸俗所亂，可爲太息。説者以咎宋次道貪多務得之所致。嗟乎！真者不能盡傳，傳者又未必皆真，更有妄庸之人，憑臆而談，舉其佳者，譏譏焉妄以爲贋，顛倒錯謬以眩後人之心目，不尤可怪哉！昔人稱太白天才英麗，其詩逸蕩俊偉，飄然有超世之心，非常人所及，讀者自可别其真僞。余以爲才不俊，識不卓，學不充，則是非淆雜視朱若紫混鄭爲雅者多矣。學者欲區别其真贋而無所差失，寧可輕易言之歟！

世之論太白者，毁譽多過其實，譽之者以其脱子儀之刑責，俾得奮起而遂以成中興之功，辱高力士于上前而稱其氣蓋天下，作清平調、宫中行樂詞得國風諷諫之體。毁之者謂十章之詩言婦人與酒者有九，而議其人品污下。又謂其當王室多難，海宇横潰之日，作爲歌詩，不過豪俠任氣，狂醉花月之間。視杜少陵之憂國憂民，不可同年而語。試爲平情論之，識子儀爲豪傑之士，救免其刑責而力爲推奬，知人之明誠足稱矣。若夫雲蒸霧變，戡大難而奏膚功，爲一朝名佐，太白初亦不料其至是。謂中興勳業，太白與有力焉，此豈通人之論哉？力士獲寵于君，士大夫争趨附焉，太白醉中令其脱靴，儼以僕隸相視，此其平日必先有惡之之念存于中，故酒酣之後，忽焉觸發，而故于帝前辱之，其氣可謂豪矣。然非沉醉亦未必若是。後人深快其事，而多爲溢美之言以稱之，然核其實，太白亦安能如論者之期許哉！若夫清平調、宫中行樂詞皆應詔而賦者，其辭以富麗爲工，其意以頌美爲主，刺譏之語無庸涉其筆端，理也。或乃尋撦其引用之故事，鉤稽其點綴之虚詞，曰此爲隱諷，此爲譎諫，支離其語，娓娓動人。然按之正文，皆節外生枝，杳無當于詩人之本意。殆有似夫讒人險士，吹毛洗垢而求索其疵癖，以爲口實者，馴致其弊爲梗于語言文字者不淺。不但有悖于温柔敦厚之教而已。善言詩者駭之而勿敢道也。至謂其詩多甘酒愛色之語，遂目以人品污下，是蓋忘唐時風俗而又未明其詩之義旨也。唐時侑觴多以女伎，故青蛾皓齒，歌扇舞衫，見之宴飲詩中，即老杜亦未能免俗，他文士又無論已。豈惟太白哉？若其古風、樂府、怨情、感興等篇多屬寓言，意有託寄，陽冰所謂言多諷興者也，而反以是相詆訾。然則指楚辭之望有娀、留二姚、捐玦採芳以遺湘君下女之辭，而謂靈均之人品污下，指閑情賦語之褻，又指其詩中篇篇有酒，而謂靖節之人品污下，可乎？若謂彼皆有所託而言之爲無害，則太白又何以異于彼耶？至謂其當國家多難之日而酣歌縱飲，無杜少陵憂國憂民之心，以此爲優劣，則又不然。詩者性情之所寄，性情不能無偏，或偏于多樂，或偏于多憂，本自不同。況少陵奔走隴、蜀僻遠之地，頻遭喪亂，困頓流離，妻子不免飢寒。太白往來吴、楚安富之壤，所至郊迎而致禮者非二千石則百里宰，樂飲賦詩，無間日夕，其境遇又異。兼之少陵爵禄曾列于朝，出入曾詔于國，白頭幕府，職授郎官。太白則白衣供奉，未霑一命，逍遥人外，蟬蜕塵埃，一以國事爲憂，一以自適爲樂，又事理之各殊者。奈何欲比而同之，而以是爲優劣耶！後之文士左袒太白者不甘其説，而思有以矯之，以杜有詩史之名，則擇李集中憂時憫亂之辭而捃摭史事以釋之，曰此亦可稱詩史。以杜有一飯未嘗忘君之譽，則索李集中思君戀主之句而極力表揚，曰身在江湖心存魏闕，與杜初無少異。此其意不過欲揞抑李者之口而與之相抗，豈知論説杜詩而沾沾于是，顛倒事實，强合歲時，昔人已有厭而鬬之者。何乃拾其牙後慧，而又爲李集之駢拇枝指哉！讀者當盡去一切偏曲泛駁之説，惟深泝其源流，熟參其指趣，反覆玩味于二體六義之間，而明夫敷陳情理託物比興之各有攸當，即事感時是非美刺之不可淆混，更考其時代之治亂，合其生平之通塞，不以無稽之毁譽入而爲主于中，庶幾于太白之歌詩有以得其情性之真，太白之人品亦可以得其是非之實夫。乾隆己卯秋九月王琦漫識。

四庫全書總目提要三則

李太白集三十卷（安徽巡撫採進本）　唐李白撰。舊唐書白傳稱山東人，新唐書則作隴西成紀人。考杜甫作崔端薛復筵醉歌，有近來海内爲長句，汝與山東李白好句。楊慎丹鉛録據魏顥李翰林集序有世號爲李東山之文，謂杜集傳寫誤倒其字，似乎有理。然元稹作杜甫墓誌亦稱與山東人李白，其文鑿然，如倒之作東山人則語不成文。又不得以魏序爲解。檢白集寄東魯二子詩，有我家寄東魯句，顥序亦稱合於魯一婦人，生子曰頗黎。蓋居山東頗久，故人亦以是稱之。實則非其本籍，劉昫等誤也。至於隴西成紀，乃唐時李氏以郡望通稱，故劉知幾史通因習篇自注曰：近代史爲王氏傳云瑯琊臨沂人，爲李氏傳云隴西成紀人，非唯王、李二族久離本郡，亦自當時無此郡縣，皆是魏、晉以前舊名。今勘驗唐書地理志，果如所説，則宋祁等因襲舊文，亦不足據。惟李陽冰序稱涼武昭王暠之後，謫居條支，神龍之始，逃歸於蜀，復指李樹而生伯陽。驚姜之夕，長庚入夢。顥序稱白本隴西，乃因家於綿，身既生蜀云云，則白爲蜀人，具有確證，二史所書，皆非其實也。陽冰序不言卷數，新唐書藝文志則曰草堂集二十卷，李陽冰編。案宋敏求後序曰：唐李陽冰序李白草堂集十卷，咸平中樂史則得歌詩十卷，合爲李翰林集二十卷，史又云，雜著爲别集十卷，然則草堂集原本十卷，唐志以陽冰所編爲二十卷者，殊失之不考。今草堂集不傳，樂史所編亦罕見，此本乃宋敏求得王溥及唐魏顥本，又裒唐類詩諸編暨刻石所傳，編爲一集，曾鞏又考其先後而次第之，爲三十卷，首卷惟載諸序碑記，二卷以下乃爲歌詩，爲二十三卷，雜著六卷，流傳頗少。國朝康熙中吴縣繆曰芑始重刊之，後有曰芑跋云，得臨川晏氏宋本，重加校正，較坊刻頗爲近古。然陳氏書録解題、晁氏讀書志並題李翰林集，而此乃云太白全集，未審爲宋本所改，曰芑所改，是則稍稍可疑耳。據王琦注本，是刻尚有考異一卷，而坊間印本皆削去曰芑序目以贋宋本，遂並考異而削之，以其文已全載王琦本中，今亦不更補録焉。

分類補注李太白集三十卷（通行本） 宋楊齊賢集注而元蕭士贇所删補也。杜甫集自北宋以來，注者不下數十家，李白集注，宋元人所撰輯者，今惟此本行世而已。康熙中，吴縣繆曰芑翻刻宋本李翰林集，前二十三卷爲歌詩，後六卷爲雜著，此本前二十五卷爲古賦樂府歌詩，後五卷爲雜文，且分標門類，與繆本目次不同，其爲齊賢改編或士贇改編，原書無序跋，已不可考。惟所輯注文則以齊賢曰、士贇曰互爲標題以别之，故猶可辨識。注中多徵引故實，兼及意義，卷帙浩博，不能無失。唐覲延州筆記嘗摘士贇注寄遠詩第七首滅燭解羅衣句，不知出史記滑稽傳淳于髡語，乃泛引謝瞻、曹植諸詩，又如臨江王節士歌，齊賢以爲史失其名，士贇則引樂府俠遊曲證之，不知漢書藝文志臨江王及愁思節士歌原各爲一篇，自南齊陸厥始併作臨江王節士歌，後來庾信、杜甫俱承其誤，白詩亦屬沿譌，齊賢等不爲辨析，而轉以爲史失名。此類俱未爲精核，然其大致詳贍，足資檢閲，中如廣武戰場懷古一首，士贇謂非太白之詩，釐置卷末，亦具有所見。其於白集固不爲無功焉。齊賢字子見，舂陵人，士贇字粹可，寧都人，宋辰州通判立等之子，篤學工詩，與吴澄相友善，所著有詩評二十餘篇及冰崖集，俱已久佚，獨此本爲世所共傳云。

李太白詩集注三十六卷（浙江巡撫採進本） 國朝王琦撰，琦字琢崖，錢塘人。注李詩者，自楊齊賢、蕭士贇後，明林兆珂有李詩鈔述注十六卷，簡陋殊甚。胡震亨駁正舊注，作李詩通二十一卷，琦以其尚多漏略，乃重爲編次箋釋，定爲此本。其詩參合諸本，益以逸篇，釐爲三十卷，以合曾鞏序所言之數，别以序誌、碑傳、贈答、題咏、詩文評語、年譜、外紀爲附録六卷，而繆氏本所謂考異一卷，散入文句之下，不另列焉。其注欲補三家之遺闕，故採摭頗富，不免微傷於蕪雜。然捃拾殘賸，時亦寸有所長。自宋以來，注杜詩者林立，而注李詩者寥寥僅二三本，録而存之，亦足以資考證，是固物少見珍之義也。

黄丕烈百宋一廛書録

李太白集　讀書敏求記云：李翰林全集三十卷。太白集宋刻絶少，此是北宋鏤本。前二十卷爲歌詩，後十卷爲雜著。今此刻亦三十卷，卷一載序及墓誌、碣、新碑文、碑文等，卷二至二十四爲歌詩，卷二十五至卷三十爲古賦，表、書、序、讚、頌、銘、記、碑文，與遵王所藏者異矣。其先藏自郡城繆氏，繆曾用以翻刊，楮精墨妙，嘗以僞亂真，曾欲作考異一卷而未成，其夾籤猶在卷中也。余以一百五十金得之繆氏。昔繆氏藏此，特構一樓，名曰太白樓，今余兩遷居矣，居各有樓，亦以此集貯於樓上，謫仙人其好樓居耶？行款序次，翻本多同，余不復贅。藏書諸家如崑山徐氏其最著者，此外有王氏敬美、錢氏南金、王印彦淳、王氏君復，皆不詳其人，惟袁氏與之，則吾吴六俊之一也。

李太白集跋

顧千里

道光丙戌，在揚州校刊姚鉉文粹，因徧搜唐集之存於今者，互相勘訂，覺此尚多疵漏，雖出宋、曾二公手，仍未可全據。繆氏自言有考異，不知成否，且作之非易，或草創而旋輟歟！樂史舊編翰林集廿卷，今未見，又編別集十卷，嘉靖時六駿袁氏有翻本，前在洪殿撰家見之，實此後六卷藍本也。

録自思適齋集卷十五

書李翰林別集

王芑孫

宋樂史所編李翰林別集十卷後有袁翼題記，謂是淳熙舊本，明正德中元大所刻。元大不知何人。翼，蘇州府志載其高行，此版不知何由入吾家，庋城西怡老園西樓之下，近百年來未有印行。去秋余以檢理先文恪公文集舊版獲之，堆積歲久，中多闕蝕。按樂氏原序，此本當題爲別集，而版心仍題李翰林集，明人於校讐體例疎舛類然，今亦不能改，獨爲補刊重印，廣其流傳，以校繆氏雙泉堂所翻臨川晏處善宋本，文字篇目增多，是本有不可廢也。

録自惕甫未定稿卷二十三

重跋李翰林集

王芑孫

按蘇州府志：袁翼，字飛卿，吴縣人。十歲能文，長而博覽，聞有異書奔走求之，或解衣爲質。正德丙子舉于鄉，以母老不副公車，逡巡二十年，平生口不言財利，與人處無崖谷城府，而任情矯伉，是非必達其志。晚歲隱居不出，築小圃藝菊，或饔飧不繼，欣然忘其貧也。又按顧元慶夷白齋詩話：陸子元大，本洞庭涵村世家，性疏嬾，好遠遊，晚歲業書，浮湛吴市。嘗刻漫稿，中有寄余云，嘗記尋君過澥墅，竹青塘上唤輕橈，蓋紀實也。據此則元大乃書賈之能詩者，余前跋未詳其姓，兹得其姓矣，而名仍莫考。涵村在洞庭西山，太湖備考人物不及元大，并漫稿之名亦未著録。翼以鄉貢隱居，其性行出處與余略肖。翼跋之三百年前，余跋之三百年後，豈是書緣契有在故耶！

録自惕甫未定稿卷二十六

丁丙善本書室藏書志五則

李翰林集三十卷（宋咸淳刊本）　前二十卷詩，後十卷文。前有李陽冰、樂史、魏顥、曾鞏序，李華撰墓志，劉全白撰碣記，范傳正、裴敬撰墓碑。每卷有目録，連屬正文，每葉二十行，行二十字，後附新唐書本傳。又紹熙元年七月開封趙汝愚題云：右李太白題司空山瀑布詩，得之東里周子中，附於卷末。又咸淳己巳天台戴覺民希尹跋云：是集多趙同舍崇鍳養大所校正，晏知止本歌吟在六七兩卷，此則在第十七卷，餘亦前後參差，曾鞏序首數句與元豐類稿合，與晏殊元刊補注本異，或此爲南豐本彼爲次道本歟！

分類補注李白詩二十五卷（元至大辛亥刊本，錢叔蓋藏書）唐李白撰。宋元人注白集者惟推此兩家。齊賢履貫具前題。士贇寧都人，自署冰崖後人，蓋其父宋辰州通判立等之號也，書二十五卷，分二十二類，前有至元辛卯中秋粹齋自序，弱冠誦太白詩，厥後真思遐想，章究其意之所寓；旁搜遠引，句考其字之所原。一日得左綿所刊楊君子見注本，惜其博不能約，因取其本類比爲之節文，善者存之，注所未盡者，以所見附其後。賦八篇，子見本無注，則併注之，目録後有建安余氏勤有堂刊篆文木記，目録末葉版心記至大辛亥三月刊。按天禄琳琅所收元刊本前載唐李陽冰、宋樂史、宋敏求、曾鞏、毛漸五序，劉全白李君碣記，此本並佚。有錢松叔美印信，白文方印，松字叔美，號耐青，晚號西郭外史，錢塘人，工篆刻書畫。

分類補注李太白詩文集三十卷（明嘉靖刊本，春陵楊齊賢子見集注，章貢蕭士贇粹可補注，吳會後學郭雲鵬校刻）前有唐宣州當塗令李陽冰序，次朝散大夫行尚書職方員外郎直史館上柱國樂史述別集序，次殿中侍御史李華李公墓誌，次尚書膳部員外郎劉全白撰李君碣記，次常山宋敏求後記，次南豐曾鞏後序。詩二十五卷，先標楊齊賢、蕭士贇之名，以文集無兩家注故也。後有雲鵬自跋，並嘉靖癸卯春元月寶善堂梓行小木記，槧印精潔，殊可珍也。

李翰林别集十卷（明正德刊本）　集前載朝散大夫行尚書職方員外郎直史館上柱國樂史序云：李翰林歌詩李陽冰纂爲草堂集十卷，史又别收歌詩十卷，與草堂集互有得失，因校刊排爲二十卷，號曰李翰林别集，時咸平元年三月三日。此明正德間吴郡袁翼所刊，後有跋稱重刻淳熙本。四庫書目提要云樂史所編罕見，蓋當時此本未出也。

李詩選注十三卷辯疑二卷（明刊本，温州樂清蕩南朱諫選注，姪守仁校刊）　按諫字君佐，吉安太守，居雁蕩山之南，號曰蕩南，選注李白集并爲辯疑。嘉靖間天長志序云：范傳正李翰林新墓碑載文集二十卷，得之文士與其宗族，編輯斷簡，至曾子固序白詩集二十卷，舊七百若干篇，今九百若干篇，宋敏求之所廣也。傳正元和十二年作碑，去白死纔五十七年爾，既云編輯斷簡，則已不能無誤。況敏求去傳正又二百餘年，更五代亂，所廣二百餘篇安在必爲白作無疑也？乃取諸家注覽之類，旁引曲證，少所發明，而是非真僞往往莫能辯正。今觀所著，如朱子釋經例，先解文義，次述興意，微辭奥旨，燦然明白。其辯疑則取舛悖卑陋煩複者，指摘疵纇而雪洗其贋誣之辱，將没封遺厥子守宣，俾守掌焉。隆慶壬申知温州府婺洪垣又因其從子瑶山刻於郡齋，並加序於首。

北宋本李太白文集跋

陸心源

李太白文集三十卷，每葉二十二行，每行二十字，即吴門繆武子刊本所從出也。繆本摹刊精工，幾欲亂真。愚竊謂行款避諱及刊工姓名既一一摹刊，宋本即有誤處，亦宜仍之，别爲考異注於下，繆本改易既多，譌誤亦不少，且有不照宋本摹刊者，卷一李翰林别集序，揮翰霧散耳，勤有堂李詩注同，今本譌耳爲爾爾，翰林學士李公墓碑，留縣帛，今本譌縣爲緜，巨竹拱墓，今本譌墓爲木。卷二古風第三十五首，一揮成斧斤，勤有本同，今本譌斧爲風。卷三中山孺子妾歌，不如延年妹，勤有本同，今本譌妹爲姝。此宋本不誤而繆本譌誤者也。卷四上之回，千旗揚采虹，宋本虹誤紅。卷七永王東巡歌，却似文皇欲渡遼，宋本文譌天。卷八上李邕，宣父猶能畏後生，宋本父譌公。卷十六五月東魯行，能取聊城功，宋本聊譌遼。卷十七崔成甫贈李十二攝監察御史詩，宋本列於酬崔侍御之前。卷十七遊南陽清泠泉，西耀逐水流，宋本逐譌遊。卷二十四秋浦感主人歸燕寄内，雙雙語前簷，宋本簷誤詹。此宋本誤字而繆本改易者也。宋本卷二第十葉末行有卷終二字，無第十一葉，今本不摹卷終二字，而增一葉於後，宋本目録一葉至第十葉板心皆有六七二字，繆本僅摹三四兩葉，餘則否。此失於摹刊者也。是書有乾學之印四字白文方印，王氏敬美白文方印，崑山徐氏家藏朱文長方印，錢應庚白文方印，南金朱文方印，丕烈、蕘夫兩朱文小方印。元豐距今九百餘年，屢經王敬美、徐乾學、黄丕烈、錢應庚諸家收藏，完善如新，可寶也。

録自儀顧堂集卷二十

陸心源皕宋樓藏書志

李太白文集三十卷（北宋蜀刊本，王敬美舊藏）　案此北宋蜀刊本，每葉二十二行，每行二十字，版心有六七四一等字，即百宋一廛賦中所謂翰林歌詩，古香益紙，據染亂真，對此色死者也。卷中有徐乾學印白文方印，健菴二字白文方印，崑山徐氏家藏朱文長印，錢氏南金朱文方印，錢應庚白文方印，王杲之印、王氏敬美白文兩方印，百宋一廛朱文長印。

繆荃孫藝風藏書記

李翰林集三十卷　宋刊本，次行題翰林供奉李白，與他刻本不同。每卷有目録，連屬正文。每半葉十行，每行二十字，白口，前有李陽冰、樂史、魏顥、曾鞏序，李華撰墓志，劉全白撰碣記，范傳正、裴敬撰墓碑，後有咸淳己巳戴覺民希尹跋，此集即覺民所刻，又有江萬里跋，大行書。

劉世珩景刻宋咸淳本跋

戴覺民

予一日與同舍劉辰翁會孟評詩至太白，會孟曰：且止。當塗稱太白太白，且其詩安在。

予於是曉然媿於其言。蓋舊刻之不存，雷電取將久矣。予爲學官，修復經始，每每不暇給，抑豈不可後，顧將去此，獨不能爲太白一日之役，以藏不朽，孰有如予之汩且陋乎？明日以告古心公，公喟然曰：歲晚矣，奈何！吾成子之志，亟爲之。則裨凡費集衆工，不足則布之諸郡，不兩月而集，集成而公亦召矣。或謂白雖天才，了不可莊語，少删之其庶幾乎？孟曰：不然，近年甫有此論，子美退之所不敢聞也。詩患不深於情，今人地（第）稱脱韡脱韡，直偶然固不自以爲高，高固不可及，彼無所擇，自不害其超然耳。予愛其言有理，因復識之。是集多趙同舍崇鍪養大所校正。咸淳乙巳三月望天台戴覺民希尹書。

劉世珩景刻宋咸淳本跋

劉世珩

李翰林集三十卷，宋刻本每葉二十行，行二十字，白口單邊，每邊目録連屬正文，復附新唐書本傳。有紹熙元年七月開封趙汝愚題云，右李太白題司空山瀑布詩得之東里周子中，附之卷末。又咸淳乙巳三月天台戴覺民希尹跋云，是集多趙同舍崇鍪養大所校正。又有江萬里序，係手書上板。晏知止本歌吟在六七兩卷，此則在第十七卷，餘亦前後參差。丁陸兩家書目有此本而江序均佚去，亦可貴也。近時李集止繆刻蜀本爲當世所重，不知此本有勝繆刻處，具詳札記中。且爲當塗本。予池人也，亟影刊之，以增吾皖南一故事云。光緒戊申四月八日貴池劉世珩記，時在天津幣廠。

劉世珩景刻宋咸淳本李翰林集校記

劉世珩

太白集分類本，世所傳楊子見蕭粹可合注及繆武子翻宋臨川晏氏本皆三十卷。錢唐王琢厓氏太白詩文注雖不標分類，其編第與楊繆略同，而遵用繆本幾十之八九。王又間采霏玉本許本郭本，所幸尚未遽改原本。霏玉本即明霏玉齋翻蕭粹可本，非别有一本也，王氏與蕭本岐而言之，誤矣。王依楊本以古賦居首，詩次之，雜文又次之，與繆小異。余所得宋咸淳戴覺民刊李翰林集三十卷，每卷次行題翰林供奉李白，卷爲一目，連屬正文，與他本不同。集中一作較異於楊繆兩本，有此作某而與兩本一作同者，或爲兩本原文而此爲一作者，又或王氏所據别本而與此本同者，此本分類與兩本稍有不同，編目次第自八卷下羼廁出入漫以意定，遂與兩本迥異。蓋宋人結習如是，不足怪也。自卷二十一至三十，計文十卷，與明人覆宋淳熙本李翰林集十卷白口十行一作悉同。惟此本行二十字，淳熙本十八字，少異耳。淳熙中自用樂子正别集本刊行，至咸淳本而合之，獨不失宋次道與子正編次離合之舊，及楊本與晏處善本或改詩爲二十五卷或二十四卷，而原第盡失，則此本固仍可貴也。

附録四　詩文

贈李白

杜甫

秋來相顧尚飄蓬，未就丹砂媿葛洪。痛飲狂歌空度日，飛揚跋扈爲誰雄？

贈李白

杜甫

二年客東都，所歷厭機巧。野人對羶腥，蔬食常不飽。豈無青精飯，使我顔色好？苦乏買藥資，山林跡如掃。李侯金閨彦，脱身事幽討。亦有梁宋遊，方期拾瑶草。

與李十二白同尋范十隱居

杜甫

李侯有佳句，往往似陰鏗。余亦東蒙客，憐君如弟兄。醉眠秋共被，攜手日同行。更想幽期處，還尋北郭生。入門高興發，侍立小童清。落景聞寒杵，屯雲對古城。向來吟橘頌，誰欲討蓴羹？不願淪簪笏，悠悠滄海情。

送孔巢父謝病歸遊江東兼呈李白

杜　甫

巢父掉頭不肯住，東將入海隨烟霧。詩卷長留天地間，釣竿欲拂珊瑚樹。深山大澤龍蛇遠，春寒野陰風景暮。蓬萊織女迴雲車，指點虛無引歸路。自是君身有仙骨，世人那得知其故？惜君只欲苦死留，富貴何如草頭露？蔡侯静者意有餘，清夜置酒臨前除。罷琴惆悵月照席，幾歲寄我空中書。南尋禹穴見李白，道甫問信今何如。

飲中八仙歌

杜　甫

知章騎馬似乘船。眼花落井水底眠。汝陽三斗始朝天。道逢麴車口流涎。恨不移封向酒泉。左相日興費萬錢。飲如長鯨吸百川。銜杯樂聖稱避賢。宗之瀟灑美少年。舉觴白眼望青天。皎如玉樹臨風前。蘇晉長齋繡佛前。醉中往往愛逃禪。李白一斗詩百篇。長安市上酒家眠。天子呼來不上船。自稱臣是酒中仙。張旭三盃草聖傳。脱帽露頂王公前。揮毫落紙如雲烟。焦遂五斗方卓然。高談雄辯驚四筵。

冬日有懷李白

杜　甫

寂寞書齋裏，終朝獨爾思。更尋嘉樹傳；不忘角弓詩。短褐風霜入；還丹日月遲。未因乘興去，空有鹿門期。

春日憶李白

杜　甫

白也詩無敵；飄然思不羣。清新庾開府；俊逸鮑參軍。渭北春天樹；江東日暮雲。何時一尊酒，重與細論文？

夢李白二首

杜　甫

死別已吞聲，生別常惻惻。江南瘴癘地，逐客無消息。故人入我夢，明我常相憶。恐非平生魂，路遠不可測。魂來楓林青，魂返關塞黑。君今在羅網，何似有羽翼？落月滿屋梁，猶疑照顏色。水深波浪闊，無使蛟龍得。

其二

浮雲終日行，遊子久不至。三夜頻夢君，情親見君意。告歸常局促，苦道來不易。江湖多風波，舟楫恐失墜。出門搔白首，若負平生志。冠蓋滿京華，斯人獨顦顇。孰云網恢恢，將老身反累。千秋萬歲名，寂寞身後事。

天末懷李白

杜　甫

涼風起天末，君子意如何？鴻雁幾時到，江湖秋水多。文章憎命達，魑魅喜人過。應共冤魂語，投詩弔汨羅。

寄李十二白二十韻

杜　甫

昔年有狂客，號爾謫仙人。筆落驚風雨，詩成泣鬼神。聲名從此大，汨没一朝伸。文采承殊渥，流傳必絶倫。龍舟移棹晚，獸錦奪袍新。白日來深殿，青雲滿後塵。乞歸優詔許，遇我宿心親。未負幽棲志，兼全寵辱身。劇談憐野逸，嗜酒見天真。醉舞梁園夜，行歌泗水春。才高心不展，道屈善無鄰。處士禰衡俊，諸生原憲貧。稻粱求未足，薏苡謗何頻？五嶺炎蒸地，三危放逐臣。幾年遭鵩鳥，獨泣向麒麟。蘇武先還漢，黄公豈事秦？楚筵辭醴日，梁獄上書辰。已用當時法，誰將此義陳？老吟秋月下，病起暮江濱。莫怪恩波隔，乘槎與問津。

不見 近無李白消息

杜甫

不見李生久，佯狂真可哀。世人皆欲殺；吾意獨憐才。敏捷詩千首；飄零酒一盃。匡山讀書處，頭白好歸來。

蘇端薛復筵簡薛華醉歌

杜甫

坐中薛華能醉歌，歌辭自作風格老。近來海内爲長句，汝與山東李白好。何劉沈謝力未工，才兼鮑照愁絶倒。

昔遊

杜甫

昔者與高李，晚登單父臺。寒蕪際碣石，萬里風雲來。桑柘葉如雨，飛藿去徘徊。清霜大澤凍，禽獸有餘哀。

遣懷

杜甫

憶與高李輩，論交入酒壚。兩公壯藻思，得我色敷腴。氣酣登吹臺，懷古視平蕪。芒碭雲一去，雁鶩空相呼。

初至巴陵與李十二白裴九同泛洞庭湖三首　賈至

江上相逢皆舊遊，湘山永望不堪愁。明月秋風洞庭水，孤鴻落葉一扁舟。

其二

楓岸紛紛落葉多，洞庭秋水晚來波。乘興輕舟無近遠，白雲明月弔湘娥。

其三

江畔楓葉初帶霜，渚邊菊花亦已黄。輕舟落日興不盡，三湘五湖意何長！

洞庭送李十二赴零陵　賈至

今日相逢落葉前，洞庭秋水遠連天。共説金華舊遊處，迴看北斗欲潸然。

雜言寄李白

任　華

古來文章有奔逸氣，聳高格，清人心神，驚人魂魄。我聞當今有李白。大鵬賦，鴻猷文，嗤長卿，笑子雲，班張所作瑣細不入耳，未知卿雲得在嗤笑限否？登廬山，觀瀑布，海風吹不斷，江月照還空，余愛此兩句。登天台，望渤海，雲垂大鵬飛，山壓巨鰲背，斯言亦好在。至于他作，多不拘常律。振擺超騰，既俊且逸。或醉中操紙，或興來走筆。手下忽然片雲飛，眼前劃見孤峯出。而我有時白日忽欲睡，睡覺忽然起攘臂。任生知有君，君還知有任生未？中間聞道在長安，及余戾止，君已江東訪元丹。邂逅不得見君面，每常把酒向東望良久。見説往年在翰林，胸中矛戟何森森！新詩傳在宮人口，佳句不離明主心。身騎天馬多意氣，目送飛鴻對豪貴。承恩召入凡幾回，待詔歸來仍半醉。權臣妒盛名，羣犬多吠聲。有敕放君却歸隱淪處，高歌大笑出關去。且向東山爲外臣，諸侯交迓馳朱輪。白璧一雙買交者，黄金百鎰相知人。平生傲岸，其志不可測。數十年爲客，未嘗一日低顔色。八詠樓中坦腹眠，五侯門下無心憶。繁花越臺上，細柳吴宫側。緑水青山知有君，白雲明月偏相識。養高兼養閑，可望不可攀。莊周萬物外，范蠡五湖間。又聞訪道滄海上，丁令王喬時還往。蓬萊經是曾到來，方丈豈惟方一丈。伊余每欲乘興遠相尋，江湖擁隔勞寸心。今朝忽遇東飛翼，寄此一章表胸臆。倘能報我一片言，但訪任華有人識。

送李白之曹南序

獨孤及

曩子之入秦也，上方覽子虛之賦，喜相如同時。由是朝詣公車，夕揮宸翰。一旦褁被金馬，蓬累而行。出入燕宋，與白雲爲伍。然則適來時行也，適去時止也。彼碌碌者徒見三河之游倦，百鎰之金盡，乃議子于得失虧成之間，曾不知才全者無虧成，志全者無得失，進與退于道德乎何有？是日也，出車桐門，將駕于曹。仙藥滿囊，道書盈篋。異乎莊舄之辭越，仲尼之去魯矣。送子何所，平臺之隅。短歌薄酒，擊筑相和。大丈夫各乘風波，未始有極。哀樂且不足累上士之心，況小別乎！請偕賦詩以見交態。

調張籍

韓愈

李杜文章在，光燄萬丈長。不知羣兒愚，那用故謗傷？蚍蜉撼大樹，可笑不自量。伊我生其後，舉頸遥相望。夜夢多見之，晝思反微茫。徒觀斧鑿痕，不矚治水航。想當施手時，巨刃磨天揚。垠崖劃崩豁，乾坤擺雷硠。惟此兩夫子，家居率荒涼。帝欲長吟哦，故遣起且僵。翦翎送籠中，使看百鳥翔。平生千萬篇，金薤垂琳琅。仙官勅六丁，雷電下取將。流落人間者，泰山一毫芒。我願生兩翅，捕逐出八荒。精誠忽交通，百怪入我腸。刺手拔鯨牙，舉瓢酌天漿。騰身跨汗漫，不著織女襄。顧語地上友，經營無夭茫。乞君飛霞佩，與我高頡頏。

讀李杜詩集因題卷後

白居易

翰林江左日，員外劍南時。不得高官職，仍逢苦亂離。暮年逋客恨，浮世謫仙悲。吟詠留千古，聲名動四夷。文場供秀句，樂府待新詞。天意君須會，人間要好詩。

江行無題

錢　起

高浪如銀屋，江風一發時。筆端降太白，才大語終奇。

漫成

李商隱

李杜操持事略齊，三才萬象共端倪。集仙殿與金鑾殿，可是蒼蠅惑曙雞！

讀李白集

鄭　谷

何事文星與酒星，一時鍾在李先生。高吟大醉三千首，留著人間伴月明。

弔李翰林

曹松

李白雖然成異物，逸名猶與萬方傳。昔朝曾侍玄宗側；大夜應歸賀老邊。山木易高迷故壠；國風長在見遺編。投金渚畔春楊柳，自此何人繫酒船？

李翰林　負逸氣者必有真放以李翰林爲真放焉

皮日休

吾愛李太白，身是酒星魄。口吐天上文，跡作人間客。磥砢千丈林，澄徹萬尋碧。醉中草樂府，十幅筆一息。召見承明廬，天子親賜食。醉曾吐御牀，傲幾觸天澤。權臣妒逸才，心如斗筲窄。失恩出内署，海岳甘自適。刺謁戴接䍦，赴宴著穀屐。諸侯百步迎，明君九天憶。竟遭腐脇疾，醉魄歸八極。大鵬不可籠，大椿不可植。蓬壺不可見，姑射不可識。五岳爲辭鋒，四海作胸臆。惜哉千萬年，此俊不可得。

古意

釋貫休

常思李太白，仙筆驅造化。玄宗致之七寶牀，虎殿龍樓無不可。一朝力士脱靴後，玉上青蠅生一箇。紫皇案前五色麟，忽然掣斷黄金鎖。五湖大浪如銀山，滿船載酒撾鼓過。賀老成異物，顛狂誰敢和？寧知江邊墳，不是猶醉卧。

讀李白集

釋齊己

竭雲濤，刳巨鰲，搜括造化空牢牢。冥心入海海神怖，驪龍不敢爲珠主。人間物象不供取，飽飲遊神向玄圃。鏘金鏗玉千餘篇，膾吞炙嚼人口傳。須知一二丈夫氣，不是綺羅兒女言。

李翰林

徐夤

謫下三清列八仙，獲調羹鼎侍龍顔。吟開鎖闥窺天近；醉卧金鑾待詔閑。舊隱不歸劉備國；旅魂常寄謝公山。遺編往簡應飛去，散入祥雲瑞日間。

經李翰林廬山屏風疊所居

許彬

放逐非多罪；江湖偶不迴。深居應有爲；濟代豈無才？疊巘晴舒障；寒川暗動雷。誰能續高興，醉死一千杯。

太白戲聖俞

歐陽修

開元無事二十年，五兵不用太白閑。太白之精下人間，李白高歌蜀道難。蜀道之難難于上青天，李白落筆生雲烟。千奇萬險不可攀，却視蜀道猶平川。宫娃扶來白已醉，醉裏詩成醒不記。忽然乘興登名山，龍咆虎嘯松風寒。山頭婆娑弄明月，九域塵土悲人寰。吹笙飲酒紫陽家，紫陽真人駕雲車。空山流水空落花，飄然已去流青霞。下視區區郊與島，螢飛露濕吟秋草。

李太白雜言

徐積

噫嘻欷奇哉！自開闢以來，不知幾千萬餘年。至于開元間，忽生李詩仙。是時五星中，一星不在天。不知何物爲形容，何物爲心胸，何物爲五臟，何物爲喉嚨。開口動舌生雲風。當時大醉騎遊龍。開口向天吐玉虹。玉虹不死蟠胸中。然後吐出光燄萬丈淩虚空。蓋自有詩人以來，我未嘗見大澤深山，雪霜冰霰，晨霞夕霏，千變萬化，雷轟電掣，花葩玉潔，青天白雲，秋江曉月，有如此之人，如此之詩。屈生何悴，宋玉何悲。賈生何戚，相如何疲。人生何用自縲絏，當須犖犖不可羈。乃知公是真英物，萬疊秋山清聳骨。當時杜甫亦能詩，恰如老驥追霜鵲。戴烏紗，著宫錦。不是高歌即酣飲。飲時獨對月明中，醉來還抱清風寢。嗟君逸氣何飄飄！枉教謫下青雲霄。大抵人生有用有不用，豈可戚戚反効兒女曹？採蟠桃於海上，尋紫芝於山腰。吞漢武之金莖沆瀣，吹弄玉之秦樓鳳簫。

讀李白集戲用奴字韻

李　綱

謫仙英豪蓋一世，醉使力士如使奴。當時左右悉佞諛，驚怪恇怯應逃逋。我生端在千載後，祭公只用一束芻。遺編凜凜有生氣，玩味無斁誰如吾？

讀四家詩選 四首之一

李　綱

謫仙乃天人，薄遊人間世。詞章號俊逸，邁往有英氣。明皇重其名，召見如綺季。萬乘尚僚友，公卿何芥蔕？脱靴使將軍，故耳非爲醉。乞身歸舊隱，來去同一戲。沉吟紫芝歌，緬邈青霞志。笑著宫錦袍，江山聊傲睨。肯從永王璘？此事不須洗。垂天賦大鵬，端爲真隱子，神遊八極表，捉月初不死。

題漢陽郎官湖

夏　倪

太白當年夜郎謫，一樽聊與故人留。南湖乞得郎官號，自此名傳五百秋。

讀李杜詩

陸游

濯錦滄浪客；青蓮澹蕩人。才名塞天地；身世老風塵。士固難推挽；人誰不賤貧？明窗數編在，長與物華新。

讀李翰林詩

陳藻

杜陵尊酒罕相逢，舉世誰堪入此公？莫怪篇篇吟婦女，別無人物與形容。

經采石渡留一絶句

吴璞

抗議金鑾反見仇，一抔蟬蜕楚江頭。當時醉弄波間月，今作寒光萬里流。

白下亭

任斯菴

金鑾殿上脱靴去，白下亭東索酒嘗。一自青山冥漠後，何人來道柳花香？（見景定建康志）

雜書

方回

人言太白豪，其詩麗以富。樂府信皆爾，一掃梁陳腐。餘篇細讀之，要自有樸處。最于贈答篇，肺腑露情愫。何至昌谷生，一一雕麗句？亦焉用玉溪，纂組失天趣？沈宋非不工，子昂獨高步。畫肉不畫骨，乃以帝閑故。

過池陽有懷唐李翰林

薩天錫

我思李太白，有如雲中龍。垂光紫皇案，御筆生青紅。羣臣不敢視，射目目盡盲。脱靴手污蠛，蹴踏將軍雄。沉香走白兔，玉環失顔容。春風不成雨，殿閣懸妖虹。長嘯拂紫髯，手撚青芙蓉。挂席千萬里，遨遊江之東。濯足五湖水，挂巾九華峯。放舟玉鏡潭，弄月秋浦中。羈懷正浩蕩，行樂未及終。白石爛齒齒，貂裘淚濛濛。神光走霹靂，水底鞭雷公。采石波浪惡；青山雲霧重。我有一斗酒，和淚洒天風。

采石懷太白

薩天錫

夢斷金雞萬里天，醉揮禿筆掃鸞箋。錦袍日進酒一斗，采石江空月滿船。金馬重門深似海，青山荒塚夜如年。祇應風骨蛾眉妒，不作天仙作水仙。

李謫仙

舒　遜

召對金鑾殿，榮膺白玉堂。氣吞高力士，眼識郭汾陽。醉骨生疑蜕，詩名死更香。何由見顔色？月落照空梁。

夜聞謝太史讀李杜詩

高　啓

前歌蜀道難，後歌偪仄行。商聲激烈出破屋，林烏夜起鄰人驚。我愁寂寞正欲眠，聽此起坐心茫然。高歌隔舍與相和，雙淚迸落青燈前。李供奉，杜拾遺。當時流落俱堪悲。嚴公欲殺力士怒，白骨江海常憂飢。二公高才且如此，君今謂我將何如？

弔李白

方孝孺

君不見唐朝李白特達士，其人雖亡神不死。聲名流落天地間，千載高風有誰似？我今誦詩篇，亂髮飄蕭寒。若非胸中湖海闊，定有九曲蛟龍蟠。却憶金鑾殿上見天子，玉山已頽扶不起。脱靴力士祇羞顔，捧硯楊妃勞玉指。當時豪俠應一人，豈愛富貴留其身？歸來長安弄明月，從此不復朝金闕。酒家有酒頻典衣，日日醉倒身忘歸。詩成不管鬼神泣，筆下自有烟雲飛。丈夫襟懷真磊落，將口談天日月薄。泰山高兮高可夷，滄海深兮深可涸。惟有李白天才奪造化，世人孰得窺其作？我言李白古無雙，至今采石生輝光。嗟哉石崇空豪富，終當埋没聲不揚。黄金白璧不足貴，但願男兒有筆如長杠。

過采石弔李謫仙

丘　濬

蛾眉亭下弔詩魂，千古才名世共聞。江上洪濤生德色；磯頭草木帶餘醺。光争日月常如在；思入風雲迥不羣。岸芷汀蘭無限意，臨風三復楚騷文。

丁卯歲過采石弔李白

丘　濬

采石江頭，黄土一抔。其東有蛾眉之亭，其西有謫仙之樓。謫仙仙去不復返，惟有江水日夜流。人生一世幾何久，不如眼前一杯酒。飢來文字不堪餐，死後虚名竟何有？請君看此李謫仙，掀揭宇宙聲轟然。長安市上眠不足，長來采石江頭眠。百世光陰一大夢，衾天枕地無人共。寧知浩浩長江流，不是糟丘春酒甕？此翁自是太白精，星月自合相隨行。當時落水非失脚，直駕長鯨歸紫清。至人雖死神不滅，終古長庚伴月明。

李太白

李東陽

醉别蓬萊定幾年，被人呼是謫神仙。人間未有飛騰地，老去騎鯨却上天。

過采石懷李白

宗　臣

閶闔天門夜不關，酒星何事謫人間？爲君五斗金莖露，醉殺江南千萬山。

其二

憶君乘月下金陵，何處吴山不夜登？一曲瀟湘秋萬里，至今疑在白雲層。

其三

楚水秋風薜荔高，千帆明月大江濤。蛾眉亭下芙蓉色，猶似當年宫錦袍。

其四

夜夜銀河倒不流，長虹西挂綵雲愁。醉來江底抱明月，驚落天心萬片秋。

其五

到處孤槎秋萬重，滄江終夜卧魚龍。天風驅盡瀟湘色，祇爲仙人破醉容。

其六

秋山萬仞落秋潭，無限青楓好駐驂。君跨長鯨去不返，獨留明月照江南。

其七

采石磯頭望白雲，青楓滿地落紛紛。夜深吹笛江亭上，明月窺人恐是君。

其八

楚江南折是天門，江上蛟龍日夜喧。爲爾片帆開暮雨，至今秋色鎖雲根。

其九

短筇踏破楚山青，日日蒼梧醉洞庭。何事淹留姑熟水，千秋風雨怨湘靈。

其十

西望匡廬接九華，當年醉色傲烟霞。可憐一片寒江月，猶爲千峯護落花。

采石磯弔李太白

王叔承

插江采石三千尺，何處蒼苔酣李白？乘風夜上金陵船，宫錦袍明浪花赤。天子將袍覆酒仙，沉香亭下百花前。幸臣脱靴紫貂恥，貴妃捧硯青娥憐。詞成投筆六宫羨，教坊回首新聲傳。一斗百篇猶未半，零落風騷走江漢。夜郎逐客潯陽囚，一片青山魂爛熳。山頭問月呼蒼旻，笑傲萬古空無人。古人既往君亦去，杯中舊月年年新。古今一明月，大化同精靈。人間傳羽蜕，天上懸才名。椒漿酹君還自傾，釣磯采采如飛鯨。安知太白不在此？江東忽見長庚星。

采石磯弔李太白

梁辰魚

停橈磯下奠椒觴，草木猶聞翰墨香。飛燕已辭青瑣闥；長鯨自上白雲鄉。他年有夢游天姥；此夕無魂到夜郎。西望長安漫惆悵，金鑾春殿久荒涼。

過南陵太白酒坊

許夢熊

謫仙過日酒初熟，此日猶傳新酒坊。風度不隨茅屋改；山川時作錦衣香。千秋客到千留珮；一歲花開一舉觴。莫向斜陽嗟往事，人生不朽是文章。

五君詠 五首之一

尤侗

酒星不在天，謫向人間住。玉環斂繡巾，笑領春風句。采石漾蘭舟，足踏鼉龍去。却入廣寒宫，醉倒珊瑚樹。

七思 七首之一

尤侗

我思李供奉，醉草金花箋。玉笛媚新聲，天香照嬋娟。一朝夜郎去，錦繡埋蠻烟。惟餘一杯酒，搔首問青天。

讀李青蓮集

鄭日奎

青蓮詩負一代豪，横掃六宇無前茅。英雄心魄神仙骨，溟渤爲闊天爲高。興酣染翰恣狂逸，獨任天機摧格律。筆鋒縹緲生雲烟，墨騎縱横飛霹靂。有如懷素作草書，崩騰歷亂龍蛇攄。更如公孫舞劍器，渾脱瀏漓雷電避。冥心一往搜微茫，乾端坤倪失伏藏。佛子嵌空鬼母泣，千秋詞客孰雁行？我讀君詩起我意，飄然如有淩雲思。便欲麾手謝塵緣，相從飲酒學仙去。

讀李太白詩

魏裔介

三謝與鮑庾，江左稱獨步。太白更絶塵，汗血如飛兔。擲筆振金石，有文懸瀑布。萬象羅胸中，百代生指顧。是氣曰浩然，不祇爲章句。沉香亭畔詞，諷諫有微趣。奴視高將軍，才人豈能慕？羽翮落九天，挂席逐烟霧。留滯東魯雲，蹭蹬采石路。我思汾陽王，再衍晉陽祚。云誰識此人？青蓮慧眼故。無知功未酬？夜郎竟遠戍。璘也實惷愚，偶而被籠致。龍章與鳳姿，豈若争食鶩？古今稱謫仙，斯言良不誤。黄金如可成，須並子美鑄。

論詩絶句

王士禛

青蓮才筆九州横，六代淫哇總廢聲。白紵青山魂魄在，一生低首謝宣城。

李太白碑陰記

蘇　軾

李太白狂士也，又嘗失節于永王璘，此豈濟世之人哉！而畢文簡公以王佐期之，不亦過乎！曰：士固有大言而無實，虛名不適于用者，然不可以此料天下士。士以氣爲主，方高力士用事，公卿大夫争事之，而太白使脱靴殿上，固已氣蓋天下矣。使之得志，必不肯附權倖以取容，其肯從君于昏乎！夏侯湛贊東方生云：開濟明豁，包含弘大。陵轢卿相，嘲哂豪傑。籠罩靡前，跆籍貴勢。出不休顯，賤不憂戚。戲萬乘若僚友，視儔列如草芥。雄節邁倫，高氣蓋世，可謂拔乎其萃游方之外者也。吾于太白亦云。太白之從永王璘，當由迫脅。不然，璘之狂肆寢陋，雖庸人知其必敗也！太白識郭子儀之爲人傑，而不能知璘之無成，此理之必不然者也。吾不可以不辨。端明殿學士兼翰林侍讀學士眉山蘇軾撰。

代人祭李白文

曾　鞏

子之文章，傑立人上。地闢天開，雲蒸雨降。播産萬物，瑋麗瑰奇。大巧自然，人力何施？又如長河，浩浩奔放。萬里一瀉，末勢猶壯。大騁厥辭，至于如此。意氣飄然，發揚儁偉。飛黄駃騠，軼羣絶類。擺棄羈靮，脱遺轍軌。捷出横步，志狹四裔。側睨駑駘，與無物比。始來玉堂，旋去江湖。麒麟鳳凰，世豈能拘？古今僻儒，鉤章摘字。下里之學，辭卑義鄙。士有一曲，拘牽泥滯。亦或狡巧，争馳勢利。子之可異，豈獨兹文？輕世肆志，有激斯人。姑孰之野，予來長民。舉觴墓下，感嘆餘芬。

李太白贊

馬光祖

天地英靈之氣，曠千載而幾人。恍天仙之下墮，驂雲霧而絶風塵。以匹夫而動九重，乃供奉乎翰林。將國論其與聞之，奚兒女子之云云？蓋其抱負霸王之略，或庶幾乎少伸。手攜郭令公，足蹋賀季真。至于奉珪印以贖之，有以信志業之等倫。豈爲其道骨之可蜕，詩思之不羣耶！鬱鬱此山，悠悠大川。公不來游，今五百年。

李太白贊

方孝孺

唐治既極，氣鬱弗舒。乃生人豪，泄天之奇。矯矯李公，雄蓋一世。麟遊龍驤，不可控制。心粃糠萬物，甕盎乾坤。狂呼怒叱，日月爲奔。或入金門，或登玉堂。東遊滄海，西歷夜郎。心觸化機，噴珠湧璣。翰墨所在，百靈護持。此氣之充，無上無下。安能瞑目，閟于黄土？手搏長鯨，鞭之如羊。至于扶桑，飛騰帝鄉。惟昔戰國，其豪莊周。公生雖後，其文可侔。彼何小儒！氣餒如鬼。仰瞻英風，猶虎與鼠。斯文之雄，實以氣充。後有作者，尚視于公。

李白贊

楊　榮

匡廬之山，神秀所鍾。瀑布千尺，宛然飛虹。偉哉謫仙，銀河在目。咳吐天風，燦然珠玉。

附録五　叢説

國朝能爲歌詩者不少，獨李太白爲稱首。蓋氣骨高舉，不失頌詠風刺之道。（吴融禪月集序）

歌詩之風，蕩來久矣。大抵喪於南朝，壞於陳叔寶。然今之業是者，苟不能求古於建安，即江左矣，苟不能求麗於江左，即南朝矣。或過爲豔傷麗病者，即南朝之罪人也。吾唐來有業是者，言出天地外，思出鬼神表，讀之則神馳八極，測之則心懷四溟，磊磊落落，真非世間語者，有李太白。（皮日休劉棗强碑文）

張碧，貞元中人，自序其詩云：碧嘗讀李長吉集，謂春拆紅翠，闢開蟄户，其奇峭者不可攻也。及覽李太白辭，天與俱高，青且無際，鵾觸巨海，瀾濤怒翻，則觀長吉之篇，若陟嵩之巔視

諸皇者耶！（唐詩紀事）

宋景文諸公在館，嘗評唐人詩云：太白仙才，長吉鬼才。（文獻通考）

人言太白仙才，長吉鬼才。不然，太白天仙之詞，長吉鬼仙之詞耳。（滄浪詩話）

世傳杜甫詩，天才也；李白詩，仙才也；長吉詩，鬼才也。（迂齋詩話）

唐人以李白爲天才絶，白樂天人才絶，李賀鬼才絶。（海録碎事）

詩總不離乎才也，有天才，有地才，有人才。吾于天才得李太白，於地才得杜子美，於人才得王摩詰。太白以氣韻勝，子美以格律勝，摩詰以理趣勝。太白千秋逸調，子美一代規模，摩詰精大雄氏之學，句句皆合聖教。（徐而菴說唐詩）

嘗戲論唐人詩，王維佛語，孟浩然菩薩語，李白飛仙語，杜甫聖語，李賀才鬼語。（居易録）

荆公云：詩人各有所得，清水出芙蓉，天然去雕飾，此李白所得也。或看翡翠蘭苕上，未掣鯨魚碧海中。此老杜所得也。横空盤硬語，妥帖力排奡。此韓愈所得也。（漁隱叢話）

李文叔云：予嘗與宋遐叔言：孟子之言道，如項羽用兵，直行曲施，逆見錯出，皆當大敗。而舉世莫能當者，何其横也！左丘明之於辭令亦甚横，自漢後千年，唯韓退之之於文，李太白之於詩，亦皆横者。（墨莊漫録）

李唐羣英，唯韓文公之文，李太白之詩，務去陳言，多出新意。至於盧仝、貫休輩效其顰，張籍、皇甫湜輩學其步，則怪且醜，僵且仆矣。（珊瑚鈎詩話）

雪浪齋日記：爲詩欲氣格豪逸，當看退之太白。（詩人玉屑）

莊周、李白，神于文者也，非工于文者所及也。文非至工，則不可爲神。然神非工之所可至也。（楊升菴外集）

文至莊，詩至太白，草書至懷素，皆兵法所謂奇也。正有法可循，奇則非神解不能及。（顧璘息園存稿）

觀太白詩者，要識真太白處。太白天才豪逸，語多卒然而成者。學者於每篇中要識其安身立命處可也。太白發句，謂之開門見山。（滄浪詩話）

臞翁詩評：李太白如劉安雞犬，遺響白雲，覈其歸存，恍無定處。（詩人玉屑）

李太白詩語帶烟霞，肺腑纏錦繡。（釋德洪跋蘇養直詩）

李太白周覽四海名山大川，一泉之旁，一山之阻，神林鬼冢，魑魅之穴，猿狖所家，魚龍所宮，往往遊焉。故其爲詩疎宕有奇氣。（孫覿送删定姪歸南安序）

太白歌詩度越六代，與漢魏樂府争衡。（黄山谷文集）

明皇世章句之風，大得建安體，論者推李翰林、杜工部爲尤。（皮日休郢州孟亭記）

詩眼云：建安詩辯而不華，質而不俚，風調高雅，格力遒壯。其言直致而少對偶，指事情而綺麗，得風雅騷人之氣骨，最爲近古者也。唐諸詩人，高者學陶、謝，下者學徐、庾，惟老杜、李太白、韓退之早年皆學建安，晚乃各自變成一家耳。如老杜：崆峒小麥熟，人生不相見，皆全體作建安語。今所存集第一第二卷中頗多。韓退之孤臣昔放逐，暮行河堤上，亦皆此體，但頗自加新奇。李太白亦多建安句法，而罕全篇，多雜以鮑明遠體。（漁隱叢話）

李太白始終學選詩，所以好。杜子美詩好者，亦多是倣選詩。後漸放手，夔州諸詩則不然也。（朱子語類）

李、杜、韓、柳初亦皆學選詩者，然杜、韓變多而李、柳變少，變不可學而不變可學。（朱考亭跋病翁先生詩）

鮑明遠才健，其詩乃選之變體，李太白專學之。（朱子語類）

雪浪齋日記云：或云太白詩其源流出于鮑明遠，如樂府多用白紵，故子美云：俊逸鮑參軍，蓋有譏也。（漁隱叢話）

李、杜二子往往推重鮑、謝，用其全句甚多。（李夢陽章園餞會詩引）

郭璞構思險怪，而造語精圓，李、杜精奇處皆取此。謝靈運以險爲主，以自然爲宗，李、杜深處多取此。六朝文氣衰緩，惟劉越石、鮑明遠有西漢氣骨，李、杜筋骨取此。（陳繹曾詩譜）

李太白詩逸態淩雲，映照千載，然時作齊、梁間人體段，略不近渾厚。（西清詩話）

李太白詩非無法度，乃從容于法度之中，蓋聖於詩者也。古風兩卷多效陳子昂，亦有全用其句處。太白去子昂不遠，其尊慕之如此。然多爲人所亂，有一篇分爲三篇者，有二篇合爲一

篇者。（朱子語類）

唐之有天下，陳子昂、蘇源明、元結、李白、杜甫、李觀皆各以其所能鳴。（韓退之送孟東野序）

陳子昂懸文宗之正鵠，李太白曜風雅之絶麟。（楊升菴四川總志序）

陳子昂爲海内文宗，李太白爲古今詩聖。（楊升菴周受菴詩選序）

王荆公嘗謂太白才高而識卑。山谷又云：好作奇語，自是文章之病。建安以來好作奇語，故其氣象衰薾。愚謂二公所言太白病處，正在裏許。（古賦辯體）

太白詩飄逸絶塵而傷於易，學之者又不至，玉川子是也，猶有可觀者。有狂人李赤乃敢自比謫仙，比律不應從重。又有崔顥者，曾未豁達，李老作黄鶴樓詩頗似上士遊山水，而世俗云李白，蓋與徐凝一場決殺醉中聯爲一笑。（蘇東坡集）

周伯弼云：言詩而本於唐，非因於唐也，自河梁而後，詩之變至於唐而止也。謫仙號爲雄俊，而法度最爲森嚴，況餘者乎！（趙宧光彈雅）

潘禎應昌嘗言其父受于鄉先輩曰：詩有五聲，全備者少，惟得宫聲者爲最優。蓋可以兼衆聲也。李太白、杜子美之詩爲宫，韓退之之詩爲角，以此例之，雖百家可知也。（懷麓堂詩話）

詩人多蹇，如陳子昂、杜甫各授一拾遺，而迍剥至死，李白、孟浩然輩不及一命，窮悴終身。

（白樂天與元微之書）

人徒知李、杜爲詩人而已矣，而不知其行之高識之卓也。杜甫能知君，故陷賊能自拔，而從明肅於搶攘之中也。李白能知人，故陷賊而有救，以能知郭汾陽於卒伍之中也。（草木子）

李白、杜甫、陶淵明皆有志於吾道。（陸象山語録）

新唐書杜甫傳贊曰：昌黎韓愈於文章慎許可，至歌詩獨推曰李、杜文章在，光燄萬丈長，誠可信云。予讀韓詩，其稱李、杜者數端。石鼓歌曰：少陵無人謫仙死，才薄將奈石鼓何！酬盧雲夫曰：高揖羣公謝名譽，遠追甫白感至誠。薦士曰：國朝盛文章，子昂始高蹈。勃興得李杜，萬類困凌暴。醉留東野曰：昔年因讀李白杜甫詩，長恨二人不相從。感春曰：近憐李、杜無檢束，爛熳長醉多文辭。并唐書所引，蓋六用之。（容齋四筆）

予嘗論書，以爲鍾、王之跡蕭散簡遠，妙在筆墨之外，至顔、柳始集古今筆法而盡發之，極書之變。天下翕然以爲宗師，而鍾、王之法益微。至于詩亦然，蘇、李之天成，曹、劉之自得，陶、謝之超然，蓋亦至矣。而李太白、杜子美以英瑋絶世之姿，凌跨百代，古今詩人盡廢，然魏、晉以來高風絶塵，亦少衰矣。（蘇東坡書黄子思詩集後）

作詩先看李、杜，如士人治本經，本既立，方可看蘇、黄以次諸家。（朱子語類）

詩之極至有一，曰入神，詩而入神，至矣盡矣，蔑以加矣。惟李、杜得之，他人得之蓋寡也。（滄浪詩話）

李、杜數公如金翅劈海，香象渡河，下視郊、島輩，直蟲吟草間耳。（滄浪詩話）

李太白、杜子美詩皆掣鯨手也。余觀太白古風，子美偶題二篇，然後知二子之源流遠矣。李云：大雅久不作，吾衰竟誰陳？王風委蔓草，戰國多荆榛。則知李之所得在雅。杜云：文章千古事，得失寸心知。騷人嗟不見，漢道盛於斯。則知杜之所得在騷。（韻語陽秋）

作詩者陶冶萬物，體會光景，必貴乎自得，蓋格有高下，才有分限，不可強力至也。譬之秦武陽，氣蓋全燕，見秦王則戰掉失色。淮南王安雖爲神仙，謁帝猶輕其舉止，此豈由素習哉！予以爲少陵、太白當險阻艱難，流離困躓，意欲卑而語未嘗不高。至于羅隱、貫休得意於偏霸，誇彫逞奇，語欲高而意未嘗不卑，乃知天稟自然有不能易也。（詩人玉屑）

唐自李、杜之出，焜燿一世，後之言詩者皆莫能及。（吕居仁江西宗派圖序）

詩之所以爲詩，所以歌詠性情者，祇見三百篇耳。秦、漢之際，騷賦始盛。大抵怨讟煩冤從諛侈靡之文，性情之作衰矣。至蘇、李贈答，下逮建安，後世之詩，始立根柢，簡静高古，不事夫辭，猶有三代之遺風。至潘、陸、顔、謝則始事夫辭，以及齊、梁辭遂盛矣。至李、杜兼魏、晉以追風雅，尚辭以詠性情，則後世詩之至也。然而高古不逮夫蘇、李之初矣。（郝經與撖彦舉論詩書）

唐人諸體之作與代終始，而李、杜爲正宗。（虞伯生傅于礪詩序）

詩之尊李、杜，文之尚韓、歐，此猶山之有泰、華，水之有江、河，無不仰止而取益焉。（吴偉

業與宋尚木論詩書）

天寶末詩人，杜甫與李白齊名，而白自負文格放達，譏甫齷齪，而有飯顆山之嘲誚。元和中，詞人元稹論李、杜之優劣曰：予讀詩至杜子美而知小大之有所總萃焉。始堯、舜之時君臣以賡歌相和，是後詩人繼作，歷夏、殷、周千餘年。仲尼緝拾選揀，取其干預教化之尤者三百，餘無所聞，騷人作而怨憤之態繁，然猶去風雅日近，尚相比擬。秦、漢以還，採詩之官既廢，天下妖謡民謳，歌頌諷賦，曲度嬉戲之辭，亦隨時間作。至漢武賦柏梁而七言之體興，蘇子卿、李少卿之徒尤工爲五言。雖句讀文律各異，雅鄭之音亦雜，而辭意簡遠，指事言情，自非有爲而爲，則文不妄作。建安之後，天下之士遭罹兵戰。曹氏父子，鞍馬間爲文，往往横槊賦詩，故其遒壯抑揚，冤哀悲離之作，尤極於古。晉世風槩稍存，宋、齊之間教失根本，士以簡謾歙習舒徐相尚，文章以風容色澤放曠精清爲高。蓋吟寫性靈留連光景之文也，意義格力無取焉。陵遲至於梁、陳，淫豔刻飾佻巧小碎之詞劇，又宋、齊之所不取也。唐興，官學大振，歷世之文能者互出，而又沈、宋之流研練精切，穩順聲勢，謂之爲律詩。由是之後，文體之變極焉。然而莫不好古者遺近，務華者去實，効齊、梁則不逮於魏、晉，工樂府則力屈於五言。律切則骨格不存，閒暇則纖濃莫備。至于子美，蓋所謂上薄風騷，下該沈、宋，言奪蘇、李，氣吞曹、劉，掩顏、謝之孤高，雜除、庾之流麗，盡得古今之體勢，而兼人之所獨專矣。使仲尼考鍛其旨要，尚不知貴其多乎哉！苟以爲能所不能，無可無不可，則詩人以來未有如子美者。是時山東人李白，亦以奇文取稱，時人謂之李、杜，余觀其壯浪縱恣，擺去拘束，模寫物象，及樂府歌詩，誠亦差肩於子美矣。至若鋪陳終始，排比聲韻，大或千言，次猶數百，詞氣豪邁而風調清深，屬對律切而脱棄凡近，則李尚不能歷其藩翰，況堂奥乎！自後屬文者以稹論爲是。（舊唐書杜甫傳）

元微之作李杜優劣論，謂太白不能窺杜甫之藩籬，況堂奥乎！唐人未嘗有此論，而稹始爲之。至退之曰："李杜文章在，光燄萬丈長。不知羣兒愚，那用故謗傷？"則不復爲優劣矣。洪慶善作韓文辯證，著魏道輔之言，謂退之此詩爲微之作也。微之雖不當自作優劣，然指稹爲愚兒，豈退之之意乎！（竹坡詩話）

予評李白詩，如黄帝張樂於洞庭之野，無首無尾，不主故常，非墨工槧人所可議擬。吾友黄介讀李杜優劣論曰："論文正不當如此。"予以爲知言。（黄山谷文集）

李、杜二公正不當優劣，太白有一二妙處，子美不能道；子美有一二妙處，太白不能作。子美不能爲太白之飄逸，太白不能爲子美之沉鬱。太白夢遊天姥吟、遠别離等，子美不能道；子美北征、兵車行、垂老别等，太白不能作。論詩以李、杜爲準，挾天子以令諸侯也。少陵詩法如孫、吴，太白詩法如李廣。（滄浪詩話）

杜甫、李白以詩齊名。韓退之云："李杜文章在，光燄萬丈長。"似未易以優劣也。然杜詩思苦而語奇，李詩思疾而語豪。杜集中言李白詩處甚多，如"李白一斗詩百篇"，"清新庾開府，俊逸鮑參軍"，"何時一樽酒，重與細論文"之句，似譏其太俊快。李白論杜甫，則曰"飯顆山頭逢杜甫，頭戴笠子日卓午。爲問因何太瘦生，只爲從來作詩苦。似譏其太愁肝腎也。杜牧云：杜詩韓筆愁來讀，似倩麻姑癢處搔。天外鳳凰誰得髓，何人解合續鸞膠？則杜甫詩唐朝已來一人而已，豈白所能望耶？（韻語陽秋）

李太白一斗百篇，援筆立成，杜子美改罷長吟，一字不苟。二公蓋亦互相譏嘲。太白贈子美云：借問因何太瘦生，只爲從前作詩苦。苦之一辭，譏其困雕鎸也。子美寄太白云：何時一樽酒，重與細論文。細之一字，譏其欠縝密也。（鶴林玉露）

詩之豪者世稱李白。李之作才矣奇矣，人不迨矣。索其風雅比興，十無一焉。杜詩最多，可傳者千餘首，至於貫穿古今，覼縷格律，盡工盡善，又過于李焉。然撮其新安、石壕、潼關吏、蘆子關、花門之章，朱門酒肉臭，路有凍死骨之句，亦不過十三四。（白樂天與元微之書）

李、杜號詩人之雄，而白之詩多在于風月草木之間，神仙虚無之説，亦何補於教化哉！惟杜陵野老負王佐之才，有意當世，而骯髒不偶。胸中所蘊一切寫之於詩。（趙次公杜工部草堂記）

李太白當王室多難海宇横潰之日，作爲歌詩，不過豪俠使氣，狂醉於花月之間耳。社稷蒼生，曾不繫其心膂。其視杜少陵之憂國憂民，豈可同年語哉！唐人每以李、杜並稱，韓退之識見高邁，亦惟曰李杜文章在，光燄萬丈長，無所優劣也。至宋朝諸公，始知推尊少陵。東坡云：古今詩人多矣，而惟稱杜子美爲首，豈非以其饑寒流落而一飯未嘗忘君也歟！又曰：北征詩識君臣大體，忠義之氣與秋色争高，可貴也。朱文公曰：李白見永王璘反，便從恿之，詩人没頭腦至於如此。杜子美以稷、契自許，未知做得與否，然子美却高，其救房琯亦正。（鶴林玉露）

李謫仙，詩中龍也，矯矯焉不受約束。杜則麟遊靈囿，鳳鳴朝陽，自是人間瑞物。施諸工用，則力牛服箱，德驥駕輅，李亦不能爲也。（藝圃折中）

李、杜詩雖齊名，而器識迥不同。子美之言曰：廟堂知至理，風俗盡還淳。舜舉十六相，身尊道何高！秦時任商鞅，法令如牛毛。用爲羲和天道平，用爲水土地爲厚。其志意可知。若太白所謂爲君談笑靖胡沙，又如調笑可以安儲皇，此皆何等語也！（水東日記）

清新俊逸，子美嘗稱太白，自謂不如也耶！太白得古詩之奇放，專效之者久則索然。老杜以平實叙悲苦而備衆體，是以平實無奇而得自在者也。（方以智通雅）

太白天才放逸，故其詩自爲一體。子美學優才贍，故其詩兼備衆體，而植綱常繫風化爲多。三百篇以後之詩，子美其集大成也。（傅若金清江集）

李白詩類其爲人，駿發豪放，華而不實，好事喜名而不知義理之所在也。語用兵，則先登陷陣，不以爲難。語游俠，則白晝殺人，不以爲非。此豈其誠能也哉！白始以酒詩奉事明皇，遇讒而去，所至不改其舊。永王將竊據江、淮，白起而從之不疑，遂以放死。今觀其詩固然。唐詩人李、杜稱首，今其詩皆在，杜甫有好義之心，白所不及也。漢高祖歸豐，沛作歌曰：大風起兮雲飛揚，威加海内兮歸故鄉，安得猛士兮守四方！高祖豈以文字高世者哉！帝王之度固然，發於中而不自知也。白詩反之曰：但歌大風雲飛揚，安用猛士守四方！其不達理如此。老杜贈白詩有細論文之句，謂此類也哉。（蘇欒城集）

唐以詩取士，三百年中能詩者不啻千餘家，專其美者獨李、杜二人而已。李頎不及，止又一杜。（草木子）

李、杜光燄，千古人人知之。滄浪並極推尊，而不能致辨。元微之獨重子美，宋人以爲談柄。近時楊用修爲李左袒，輕俊之士往往耳傳。要其所得俱影響之間。五言選體及七言歌行，太白以氣爲主，以自然爲宗，以俊逸高暢爲貴。子美以意爲主，以獨造爲宗，以奇拔沉雄爲貴。其歌行之妙，詠之使人飄飄欲仙者，太白也。使人慷慨激烈歔欷欲絶者，子美也。選體，太白多露語率語，子美多穉語累語，置之陶、謝間便覺傖父面目，乃欲使之奪曹氏父子位耶！五言律七言歌行，子美神矣，七言律，聖矣。五七言絶，太白神矣，七言歌行，聖矣，五言次之。太白之七言律，子美之七言絶皆變體，間爲之可耳，不足多法也。十首以前，少陵較難入，百首以後，青蓮較易厭。揚之則高華，抑之則沉實，有色有聲，有氣有骨，有味有態，濃淡深淺，奇正開闔，各極其則，吾不能不服膺少陵也。青蓮擬古樂府而以己意己才發之，尚沿六朝舊習，不如少陵以時事創新題也。少陵自是卓識，惜不盡得本來面目耳。太白不成語者少，老杜不成語者多，如無食無兒一婦人，舉家聞若欬，及麻鞋見天子，垢膩脚不韤之類。凡看二公詩不必病其累句，亦不必曲爲之護。正使瑕瑜不掩，亦是大家。太白五言沿洄漢、魏、晉，樂府出入齊、梁，近體周旋開、寶，獨絶句超然自得，冠絶古今。子美五言，北征、述懷、新婚、垂老等作，雖格本前人，而調由己創。五七言律廣大悉備，上自垂拱，下逮元和，宋人之蒼，元人之綺，靡不兼總，故古體則脱棄陳規，近體則兼該衆善，此杜所獨長也。太白筆力變化，極於歌行。少陵筆力變化，極於近體。李變化在調與辭，杜變化在意與格。然歌行無常矱，易於錯綜，近體有定規，難於伸縮。詞調超逸，驟如駭耳，索之易窮，意格精深，始若無奇，繹之難盡。此其微不同者也。以古詩爲律詩，其調自高，太白、浩然所長，儲侍御亦多此體，以律詩爲古詩，其格易卑，雖子美不免。（藝苑卮言）

才超一代者李也，體兼一代者杜也。李如星懸日揭，照耀太虚；杜若地負海涵，包羅萬彙。李唯超出一代，故高華莫並，色相難求。杜唯兼綜一代，故利鈍雜陳，巨細咸蓄。李才高氣逸而調雄，杜體大思精而格渾。超出唐人而不離唐人者李也，不盡唐調而兼得唐調者杜也。

備諸體於建安者陳王也，集大成於開元者工部也。青蓮才之逸並駕陳王，氣之雄齊驅工部，可謂撮勝二家。第古風既乏温醇，律體微乖整栗，故令評者不無軒輊。少陵不效四言，不倣離騷，不用樂府舊題，自是此老胸中壁立處。然風騷樂府遺意往往得之。太白以百憂等篇擬風雅，鳴皋等作擬離騷，俱相去懸遠，樂府奇偉，高出六朝，古拙不如兩漢，較輸杜一籌也。（胡應麟詩藪）

四明沈明臣嘉則嘗言：今人多稱李、杜，率無定品。余謂李如春草秋波，無不可愛。然注目易盡耳。至如老杜，如堪輿中然，太山喬岳，長河巨海，纖草穠花，怪松古柏，惠風微波，嚴霜烈日，何所不有？吾當李則雁行，當杜則北面。聞者驚愕。

王安石所選杜、韓、歐、李詩，其置李於末而歐反在其上，或亦謂有抑揚云。（文獻通考）

舒王以李太白、杜子美、韓退之、歐陽永叔編爲四家詩，而以歐公居太白之上，世莫曉其意。舒王嘗曰：太白詞語迅快，無疎脱處，然其識汚下，詩詞十句九句言婦人酒耳。（冷齋夜話）

荆公論李、杜、韓、歐四家詩，而以歐公居太白之上，曰：李白詩詞迅快，無疎脱處，然其識汚下，十句九句言婦人酒耳。予謂詩者妙思逸想所寓而已。太白之神氣當游戲萬物之表，其於詩寓意焉耳。豈以婦人與酒敗其志乎？不然，則淵明篇篇有酒，謝安石每遊山必攜妓，亦可謂之其識不高耶？歐陽公文字寓興高遠，多喜爲風月閑適之語，蓋效太白爲之，故東坡作歐公集序亦云詩賦似李白，此未可以優劣論也。（捫虱新話）

世言荆公四家詩後李白，以其十首九首説酒及婦人。恐非荆公之言。白詩樂府外及婦人者亦少。言酒固多，比之陶淵明輩亦未爲過。此乃讀白詩未熟者，妄立此論耳。四家詩未必有次序，使誠不喜白，當自有故。蓋白識度甚淺，觀其詩中如中宵出飲三百杯，明朝歸揖二千石，揄揚九重萬乘主，謔浪赤墀青瑣賢，王公大人借顔色，金章紫綬來相趨，一别蹉跎朝市間，青雲之交不可攀，歸來入咸陽，談笑皆王公，高冠佩雄劍，長揖韓荆州之類，淺陋有索客之風。集中此等語至多，世但以其辭豪俊動人，故不深考耳。又如以布衣得一翰林供奉，此何足道？遂云當時笑我微賤者，却來請謁爲交歡。宜其終身坎壈也。（老學菴筆記）

鍾山語録云：荆公次第四家詩，以李白最下，俗人多疑之。公曰：白詩近俗，人易悦故也。白識見污下，十首九説婦人與酒。然其材豪俊，亦可取也。王定國聞見録云：黄魯直嘗問王荆公：世謂四選詩丞相以韓歐高於李太白耶！荆公曰：不然。陳和叔嘗問四家之詩，乘間簽示和叔，時書史適先持杜詩來，而和叔遂以其所送先後編集，初無高下也。李杜自昔齊名者也，何可下之？魯直歸問和叔，和叔與荆公之説同。今乃以太白下韓、歐而不可破也。遯齋閑覽云：或問王荆公云：編四家詩以杜甫爲第一，太白爲第四，豈白之才格詞致不逮甫耶！公曰：白之歌詩，豪放飄逸，人固莫及。然其格止於此而已，不知變也。至於甫則悲歡窮泰，發斂抑揚，疾徐縱横，無施不可。故其詩有平淡簡易者，有綺麗精確者，有嚴重威武若三軍之帥者，有奮迅馳驟若泛駕之馬者，有淡泊閑静若山谷隱士者，有風流藴籍若貴介公子者，蓋其緒密而思深，觀者苟不能臻其閫奥，未易識其妙處，夫豈淺近者所能窺哉！此甫所以光掩前人而後來無繼也。元稹以爲兼人所獨專，斯言信矣。或者又曰：評詩謂甫期白太過，反爲白所誚。公曰：不然。子美贈白詩則曰：清新庾開府，俊逸鮑參軍，但比之庾信鮑照而已。又曰：李侯有佳句，往往似陰鏗，鏗之詩又在庾鮑下矣。飯顆之嘲，雖一時戲劇之談，然二人名

既相逼，亦不能無相忌也。（漁隱叢話）

介甫選四家之詩，第其質文，以爲先後之序。余謂子美詩閎深典麗，集諸家之大成。永叔詩温潤藻豔，有廊廟富貴之器。退之詩雄厚雅健，毅然不可屈。太白詩豪邁清逸，飄然有淩雲之志。皆詩傑也。其先後固自有次第。誦其詩者，可以想見其爲人。乃知心聲之發，言志詠情，得於自然，不可以勉強到也。（李綱讀四家詩選序）

子美之詩非無文也，而質勝文。永叔之詩非無質也，而文勝質。退之之詩質而無文。太白之詩文而無質。介甫選四家詩而次第之，其序如此。（李綱書四家詩選後）

王荆公以杜詩後來莫繼信矣。若子美第一太白第四，無乃太遠！子美憐君如弟兄之句，正可爲二家詩評耳。或謂杜稱李太過，反爲所誚，不然也。斗酒百篇，遺逸多矣。韓退之詩已有泰山毫芒之慨，當時相贈答者可盡見耶！太白雖天仙之才，豈無心人！黄鶴樓推崔顥不啻己出，乃輕子美耶！或又以杜比李於庾鮑爲輕之，又不然。庾、鮑豈可易者耶！文人齊名如李杜之相得者，足爲古今美談，後人乃以浮薄意妄測前賢耳。（方弘静千一録）

五言長篇自古樂府焦仲卿而下，繼者絶少。唐初亦不多見，逮李、杜二公始盛。至其鋪陳終始，排比聲韻，大或千言，次猶數百，詞意曲折，隊仗森嚴。人皆雕飾乎語言，我則直露其肺腑。人皆專犯乎忌諱，我則回護其褒貶。此少陵所長也，太白次之。（唐詩品彙）

李青蓮是快活人，當其得意，斗酒百篇，無一語一字不是高華氣象。及流竄夜郎後，作詩甚少，當由興趣消索。杜少陵是固窮之士，平生無大得意事，中間兵戈亂離，飢寒老病，皆其實歷，而所閱苦楚，都于詩中寫出。故讀少陵詩即當得少陵年譜看。（江盈科雪濤詩評）

李、杜齊名，古今不敢軒輊。予謂太白才由天縱，故能以其高敵子美之大，至論其胎骨，則清新庾開府，俊逸鮑參軍，杜之目李確不可易。豈與攀屈、宋而駕曹、劉者可同日論哉！（黄生白山杜詩説）

李白詩祖風騷，宗漢、魏，下至鮑照、徐、庾亦時用之。善掉弄造出奇怪，驚動心目，忽然撇出，妙入無聲，其詩家之仙者乎！格高於杜，變化不及。（陳繹曾詩譜）

杜子美上薄風雅，下該沈、宋，才奪蘇、李，氣吞曹、劉，掩顔、謝之孤高，雜徐、庾之流麗，真所謂集大成者。而諸作皆廢矣。並時而作有李太白，宗風騷及建安七子，其格極高，其變化若神龍之不可羈。（宋濂答章秀才論詩書）

或謂杜萬景皆實，李萬景皆虚，乃右實而左虚，遂謂李、杜優劣在虚實之間。顧詩有虚有實，有虚虚，有實實，有虚而實，有實而虚，並行錯出，何可端倪？且杜若秋興諸篇，託意深遠，畫馬行諸作，神情横逸，直將播弄三才，鼓鑄羣品，安在其萬景皆實！李如古風數十首感時託物，慷慨沉著，安在其萬景皆虚？（屠緯真文集）

太白詩宗風騷，薄聲律，開口成文，揮翰霧散，似天仙之詞。而樂府詩連類引義，尤多諷興，爲近古所未有。迄今稱詩者推白與少陵爲兩大家曰李、杜，莫能軒輊云。（李詩通）

鍾山語録云：杜甫固奇，就其分擇之好句亦自有數。李白雖無深意，大體俊逸，無疎謬處。（漁隱叢話）

歐公不甚喜杜詩，謂韓吏部絶倫。吏部於唐世文章未嘗屈下，獨稱道李、杜不已，歐貴韓而不悦子美，所不可曉。然於李白甚賞愛，將由李白超趠飛揚爲感動也。（中山詩話）

唐世詩稱李、杜，文章稱韓、柳，今杜詩語及太白處，無論數十篇，而太白未嘗有與杜子美詩。只有飯顆一篇，意頗輕甚。論者謂以此可知子美傾倒太白至難。晏元獻公嘗言韓退之扶導聖教，剗除異端，是其所長。若其祖述墳典，憲章騷雅，上傳三古，下籠百氏，横行闊視於綴述之場，子厚一人而已。然學者至今但雷同稱述，其實李杜韓柳豈無優劣！達者觀之自可默喻。（捫虱新話）

論詩文雅正，則少陵、昌黎。若倚馬千言，放辭追古，則杜、韓恐不及太白、子厚也。（楊升菴外集）

楊誠齋云：李太白之詩，列子之御風也。杜少陵之詩，靈均之乘桂舟駕玉車也。無待者神於詩者與！有待而未嘗有待者，聖於詩者與！宋則東坡似太白，山谷似少陵。徐仲車云：太白之詩，神鷹瞥漢，少陵之詩，駿馬絶塵。二公之評，意同而語亦相近。予謂太白詩，仙翁劍客之語，少陵詩，雅士騷人之詞。比之文，太白則史記，少陵則漢書也。（楊升菴外集）

歌行，李飄逸工部老而或失於俚，趙宋藉爲帡幪，翰林逸而或流於滑，胡元拾爲香草。

而失之輕率，杜沉雄而失之粗硬，選家辨其兩短，斯爲失之。（詩辨坻）

以天分勝者近李，以學力勝者近杜，學者各自審焉可也。（陶開虞説杜）

李白樂府三卷，於三綱五常之道數致意焉。慮君臣之義不篤也，則有君道曲之篇，所謂軒后爪牙常先太山稽，如心之使臂，小白鴻翼於夷吾，劉葛魚水本無二。慮父子之義不篤也，則有東海勇婦之篇，所謂淳于免詔獄，漢主爲緹縈，津妾一棹歌，脱父於嚴刑，十子若不肖，不如一女英。慮兄弟之義不篤也，則有上留田之篇，所謂田氏倉卒骨肉分，青天白日摧紫荆，交柯之木本同形，東枝顦顇西枝榮，無心之物尚如此，參商胡乃尋天兵！慮朋友之義不篤也，則有箜篌謡之篇，所謂貴賤結交心不移，惟有嚴陵及光武，輕言託朋友，對面九疑峯，管鮑久已死，何人繼其踪！慮夫婦之情不篤也，則有雙燕離之篇，所謂雙燕復雙燕，雙飛令人羨，玉樓珠閣不獨棲，金窗繡户長相見。（韻語陽秋）

近讀古樂府，始知後作者皆有所本。至李謫仙絶出衆作，真詩豪也。然古詞務協律而猶未工。陳仲孚嘗問詩工所從始，予謂謝玄暉。杜子美曰：謝脁每篇堪諷詠，蓋嘗得法於此耳。李云：解道澄江浄如練，令人却憶謝玄暉，與子美同意。（陳傅良記陳仲孚問語）

予嘗評諸家之作，李太白最高。而微短於韻。（周紫芝古今諸家樂府序）

古樂府：暫出白門前，楊柳可藏烏。歡作沉水香，儂作博山爐。李白用其意，衍爲楊叛兒歌曰：君歌楊叛兒，妾勸新豐酒。何許最關情？烏啼白門柳。烏啼隱楊花，君醉留妾家。博山爐中沉香火，雙烟一氣淩紫霞。古樂府：朝見黄牛，暮見黄牛。三朝三暮，黄牛如故。李白則云：三朝見黄牛，三暮行太遲。三朝又三暮，不覺鬢成絲。古樂府云：郎今欲渡畏風波。李白則云：郎今欲渡緣何事，如此風波不可行。古樂府云：春風復多情，吹我羅裳開。李反其意云：春風復無情，吹我夢魂散。古人謂李詩出自樂府古選，信矣。其楊叛兒一篇即暫出白門前之鄭箋也。因其拈用而古樂府之意益顯，其妙益見。如李光弼將子儀軍，旗幟益精明。又如神僧拈佛祖語，信口無非妙道。豈生吞義山拆洗杜詩者比乎？故其贈杜甫詩有飯顆山前之句，蓋譏其拘束也。（楊升菴外集）

太白古樂府杳冥惝恍，縱横變幻，極才人之致，然自是太白樂府。（藝苑巵言）

樂府則太白擅奇古今，少陵嗣跡風雅，蜀道難遠別離等篇出鬼入神，惝恍莫測。兵車行新婚别等作述情陳事，懇惻如見。張、王欲以拙勝，所謂差之毫釐，温、李欲以巧勝，所謂謬以千里。（詩藪）

樂府體不尚論宗而叙事，故每以緩失之，故杜少陵無樂府也。太白篇什雖繁，而自放者多矣，然有出乎唐人之上者。似晉雜曲而清雋過之。天實生才，豈易言哉！吾定古唐諸樂府，攷其正變，則其人與世可知矣。而獨於太白尤低佪三復云。（李詩緯）

太白愠於羣小，乃放還山，而縱酒以浪游，豈得已哉！故於樂府多清怨，蓋不敢忘君也。夫怨生於情，而情每於兒女間爲切切焉，讀者勿以辭害意可矣。（李詩緯）

詩至開元、天寶間，神秀聲律，粲然大備。李翰林天才縱逸，軼蕩人羣，上薄曹、劉，下該沈、鮑，其樂府古調能使儲光羲、王昌齡失步，高適、岑參絶倒，況其下乎？（唐詩品彙）

唐五言古詩凡數變。約而舉之，奪魏、晉之風骨，變梁、陳之俳優，陳伯玉之力最大，曲江公繼之，太白又繼之，感寓古風諸篇，可追嗣宗詠懷、景陽雜詩。（王阮亭五言詩選凡例）

唐五言詩，杜甫沉鬱，多出變調，李白韋應物超然復古。然李詩有古調，有唐調，要須分別觀之。（居易録）

新城阮亭王先生五言詩選，於漢取全，於魏、晉以下遞嚴，而遞有所録，而猶不廢夫齊、梁、陳、隋之作者。於唐僅得五人，曰陳子昂、張九齡、李白、韋應物、柳宗元，蓋以齊、梁、陳、隋之詩雖遠於古，尚不失爲古詩之餘派。唐賢風氣自爲畛域，成其爲唐人之詩而已。而五人者，其力足以存古詩於唐詩之中，則以其類合之，明其變而不失於古云爾。（姜宸英阮亭選五言古詩序）

七言古詩要鋪叙，要開合，要風度，要迢遞險怪，雄峻鏗鏘，忌庸俗軟腐。須是波瀾開合，如江海之波，一波未平，一波復起。又如兵家之陣，方以爲正，又復爲奇，方以爲奇，忽復是正，奇正出入，變化不可紀極。備此法者，惟李、杜也。（范德機詩評）

盛唐工七言古調者多張皇氣勢，陟頓始終，綜覈乎古今，博大其文辭，則李、杜尚矣。（唐詩品彙）

太白天仙之詞，語多率然而成者，故樂府歌詞咸善。或謂其始以蜀道難一篇見賞於知音，爲明主所愛重。此豈淺材者儌幸際其時而馳騁哉！不然也。白之所蘊非止是，今觀其遠别離、長相思、烏棲曲、鳴皐歌、梁園吟、天姥吟、廬山謡等作，長篇短韻，驅駕氣勢，殆與南山秋氣並高可也。雖少陵猶有讓焉，餘子瑣瑣矣。（唐詩品彙）

七言古詩惟杜子美不失初唐氣格，而縱横有之。太白縱横往往强弩之末，間雜長語，英雄欺人耳。（李攀龍選唐詩序）

七言古，初唐以才藻勝，盛唐以風神勝，李杜以氣槩勝，而才藻風神稱之，加以變化靈異，遂爲大家。

七言歌行，垂拱四子詞極藻豔，然未脱梁、陳也。張、李、沈、宋稍汰浮華，漸趨平實，唐體肇矣，然而未暢也。高、岑、王、李音節鮮明，情致委折，濃纖修短，得衷合度，暢矣，然而未大也。太白、少陵大而化矣，能事畢矣。

歌行至唐大暢，王、楊四子，宛轉流麗，李、杜二家，逸宕縱横。

闔闢縱横，變幻超忽，疾雷震電，淒風急雨，歌也。位置森嚴，筋脈聯絡，走月流雲，輕車熟路，行也。太白多近歌，少陵多近行。

李、杜歌行擴漢、魏而大之，而古質不及。盧、駱歌行衍齊、梁而暢之，而富麗有餘。

古詩窘於格調，近體束於聲律。唯歌行大小短長，錯綜闔闢，素無定體，故極能發人才思。李、杜之才不盡於古詩而盡於歌行。

李、杜歌行雖沉鬱逸宕不同，然皆才大氣雄，非子建、淵明判不相入者比。（詩藪）

七言歌行，唐代盧、駱粗壯，沈、宋軒華，高、岑豪激而近質，李、杜迂佚而好變，元、白迤邐而詳盡，温、李朦朧而綺密。陳其格律，校其高下，各有耑詣，不容班雜。太白天縱逸才，落筆警挺，其歌行跌宕自喜，不閑整栗，唐初規制掃地欲盡矣。（詩辨坻）

開元大曆諸作者，七言爲盛，王、李、高、岑四家篇什尤多。李太白馳騁筆力，自成一家。大抵嘉州之奇峭，供奉之豪放，更爲創獲。（王阮亭七言詩歌行鈔）

七言古詩惟杜甫横絶古今，同時大匠無敢抗行。李白、岑參二家别出機杼，語羞雷同，亦稱奇特。（居易録）

盛唐五言律句之妙，李翰林氣象雄逸。（唐詩品彙）

太白恥爲鄭、衛之作，律詩故少，編者多以律類入古中，不知其近體猶存雅調耳。集中五言仄律亦多。（千一録）

青蓮五言律自流水法外，頗近正始，不似子美達夫諸公創體，迥異昔觀。（詩辨坻）

吾讀五言律一體，知唐人反正之功爲多云，靡麗如南五季，文敝甚矣。文質彬彬，唐人有之，向使唐人無所取裁，其不流爲宋、元末尚也幾希！然或失之矜持，蓋從齊、梁而變也。若太白五律猶爲古詩之遺，情深而詞顯，又出乎自然，要其旨趣所歸，開鬱宣滯，特於風騷爲近焉。（李詩緯）

畢忠吉曰：予觀唐三百年以二律並稱擅長者，獨子美一人，供奉長於五而短於七。（辟疆園杜詩注解序）

李白古風六十首富於子昂之感遇，儉於嗣宗之詠懷，其詩宗風騷，薄聲律，故終身作七言近體，僅八首而已。（陸生口譜）（王琦云：按陽冰詩序謂太白著述十喪其九，當時翰林應制之作，集賢倡和之章，所作七言近體，今皆不見。大抵亡失者多耳。陸氏謂其終身所作僅只集中所存之八首，誤矣。）

李、杜爲有唐宗匠，而子美不長於文，太白不長於七律，故集中厥體遂少。（柴虎臣家誡）

五言排律，開元後作者爲盛，聲律之備，獨王右丞、李翰林爲多，而孟襄陽、高渤海輩實相與並鳴。（唐詩品彙）

讀盛唐排律，太白輕爽雄麗，如明堂黼黻，冠蓋輝煌，武庫甲兵，旌旗飛動。少陵變幻閎深，如涉崑崙，泛溟渤，千峯羅列，萬彙汪洋。（詩藪）

排律宋、沈二氏藻贍精工，太白、右丞明秀高爽。（詩藪）

唐人樂府多唱詩人絶句，王少伯、李太白爲多。（楊升菴外集）

絶句之源出於樂府，貴有風人之致，其聲可歌，其趣在有意無意之間，使人莫可捉著，盛唐惟青蓮、龍標二家。（李維楨）

五七言絶句，李青蓮、王龍標最稱擅場，爲有唐絶唱。少陵雖工力悉敵，風韻殊不逮也。（藝苑卮言）

天生太白、少伯以主絶句之席，勿論有唐三百年，兩人爲政，亘古今來無復有驂乘者矣。

子美恰與兩公同時，又與太白同遊，乃恣其崛強之性，頽然自放，獨成一家。可謂巧於用拙，長於用短，精於用粗，婉於用讟者也。（盧世漼紫房餘論）

予嘗品唐人之詩，樂府本效古體而意反近，絶句本自近體而意實遠，欲求風雅之仿佛者莫如絶句。唐人之所偏長獨至而後人力追莫嗣者也。擅長則王江寧，驂乘則李彰明，偏美則劉中山，遺響則杜樊川。少陵雖號大家，不能兼善。一則拘於對偶，二則汩於典故，拘則未成之律詩而非絶體，汩則儒生之書袋而乏性情。故觀其全集，自錦城絲管之外，咸無譏焉。近世有愛而忘其醜者，專取而効之惑矣。（楊升菴唐絶增奇序）

盛唐長五言絶而不長七言絶者，孟浩然也。長七言絶而不長五言絶者，高達夫也。五七言各極其工者太白，五七言俱無所解者少陵也。少陵、太白七言律絶獨出詞場，然少陵律多險拗，太白絶間率露，大家故宜有此。杜之律，李之絶，皆天授神詣，然杜以律爲絶，如窗含西嶺千秋雪，門泊東吴萬里船等句，本七律壯語，而以爲絶句，則斷錦裂繒類也。李以絶爲律，如十月吴山曉，梅花落敬亭等句，本五言絶句，而以爲律詩，則駢拇枝指類也。古人作詩，各成己調，未嘗互相師襲。以太白之才就聲律，即不能爲杜，何至遽減嘉州？以少陵之才攻絶句，即不能爲李，詎謂不若摩詰？彼自有不可磨滅者，無事更屑屑也。（詩藪）

詩以神行，使人得其意於言之外，若遠若近，若無若有，若雲之於天，月之於水，心得而會之，口不得而言之，斯詩之神者也。而五七言絶尤貴以此道行之。昔之擅其妙者，在唐有太白一人，蓋非摩詰、龍標之所及。吾嘗以太白爲五七言絶之聖，所謂鼓之舞之以盡神，由神入化，爲盛德之至者也。（屈紹隆粤遊雜詠序）

小樂府之遺，唐人裁爲絶句，體之流變，蓋微有辨焉。惟李白所製猶得其遺，篇什雖簡，而如入思婦勞人之心，何婉曲可諷耶！濟南李氏曰：李白五七言絶句實唐三百年一人。蓋以不用意得之，即太白亦不自知其所至，而工者顧失焉。至哉言乎！自唐以來能爲詩者多矣，其詞與理未始不璀璨焉，然而觀止矣。予讀李白詩，想見其心，如入天際，渺乎莫從其所之。太史公曰：詩有之，高山仰止，景行行止，雖不能至，然心鄉往之。予於李詩亦云。（李詩緯）

丁龍友曰：李白樂府本晉三調雜曲，其絶句從六朝清商小樂府來。至其氣槩揮斥，迴飈掣電，且令人縹緲天際，此殆天授，非人力也。（李詩緯）

五言絶句，開元後李白、王維尤勝諸人。（唐詩品彙）

五言絶句起自古樂府，至唐而盛，李白、崔國輔號爲擅場。（宋牧仲漫堂説詩）

五言絶句惟太白擅場。杜子美詩曰：李侯有佳句，往往似陰鏗。陰工此體，子美之稱太白者在是。（徐而菴説唐詩）

五言絶句，李太白氣體高妙。（王阮亭唐人萬首絶句選凡例）

七言絶句，太白高於諸人，王少伯次之。（唐詩品彙）

七言絶句，王少伯與太白争勝毫釐，俱是神品。（藝苑卮言）

七言絶，太白、江寧各有至處，大槩李寫景入神，王言情造極，王宫辭樂府李不能爲，李覽勝紀行王不能作。（詩藪）

三唐七絶並堪不朽，太白、龍標絶倫逸羣。（漫堂説詩）龍標、隴西真七絶當家，足稱聯璧。（焦弱侯詩評）

七言絶起忌矜勢，太白多直抒旨邕，兩言後只用溢思作波掉，唱嘆有餘響。拙手往往安排起法，欲留佳思在後作好，首既嚼蠟，後十四字中地窄而舞拙，意滿而詞滯。（詩辨坻）

李太白詩不專是豪放，亦有雍容和緩的。如首篇大雅久不作，多少和緩。（朱子語類）

古風第四十四首不言棄絶，但言恩畢，斯得怨而不怒之意。欲言難言，而又不能無言，將何爲三字無限深情。（嚴滄浪評）

朱文公題廣成子像云：陳光澤見示此像，偶記李太白詩云：世道日交喪，澆風變淳源。不求桂樹枝，反棲惡木根。所以桃李樹，吐花竟不言。大運有興没，羣動争飛奔。歸來廣成子，去入無窮門。因寫以示之。今人捨命作詩，開口便説李、杜，以此觀之，何曾夢見他脚板耶？（鶴林玉露）

李太白遠别離、蜀道難，與子美寓居同谷七歌，風騷之極致，不在屈原之下。（李廌師友記聞）

遠别離篇最有楚人風。所貴乎楚言者，斷如復斷，亂如復亂，而詞義反復屈折行乎其間，實未嘗斷而亂也。使人一唱三嘆而有遺音。至於收淚謳吟，又足以興夫三綱五典之重者，豈虛也哉！兹太白所以爲不可及也。（范德機評）

文章如精金美玉，經百鍊歷萬選而後見，今觀昔人所選，雖互有得失，至其盡善盡美，則所謂鳳凰芝草人人皆以爲瑞，閲數千百年經千萬人而莫有異議焉。如李太白遠别離、蜀道難，杜子美秋興、諸將、詠懷、古跡、新婚别、兵車行，終日誦之不厭也。（懷麓堂詩話）

古律詩各有音節，然皆限於字數，求之不難。惟樂府長短句初無定數，最難調疊。然亦有自然之聲。古所謂聲依永者，謂有長短之節，非徒永也。故隨其長短，皆可以播之律吕，而其太長太短之無節者則不足以爲樂。若往復諷詠，久而自有所得，得之於心而發之乎聲，則雖千變萬化，如珠之走盤，自不越乎法度之外矣。如李太白遠别離、杜子美桃竹杖皆極其操縱，曷嘗按古人聲調，而和順委曲乃如此。固初學所未到，然學而未至於是，亦未可與言詩也。（懷麓堂詩話）

太白公無渡河，乃從堯、禹治水説起，迂癡有致，然筆墨率肆，無足取焉。蜀道難等篇亦然，開後人惡道。（詩辨坻）

李白性嗜酒，志不拘檢，常林棲十數載，故其爲文章率皆縱逸，至如蜀道難等篇，可謂奇之又奇，自騷人以還鮮有此體調也。（河岳英靈集）

李太白作蜀道難，乃爲房、杜危之也。其略曰：劍閣峥嶸而崔嵬，一夫當關，萬夫莫開。

所守或非人，化爲狼與豺。朝避猛虎，夕避長蛇。磨牙吮血，殺人如麻。錦城雖云樂，不如早還家。蜀道之難難於上青天，側身西望長咨嗟。李翰林作此歌，朝右聞之，疑嚴武有劉焉之志。（雲溪友議）

李白嘗爲蜀道難歌，曰：蜀道難難於上青天，以刺嚴武也。（太平廣記）

蜀道難或曰作於天寶初，或曰作於天寶末，二説皆出於後世，以意逆之曰：此爲房、杜危之也，陸暢去白未遠，作蜀道易以美韋臯，傳之當時。而蜀道難之詞曰：錦城雖云樂，不如早還家，其意必有所屬，房、杜之説，蓋近之矣。（南部新書）

嚴武傳：武爲劍南節度使，房琯以故相爲部内刺史，武慢倨不爲禮。最厚杜甫，然欲殺甫數矣，李白爲蜀道難者，乃爲房、杜危之也。韋臯傳：天寶時，李白爲蜀道難以斥嚴武，陸暢更爲蜀道易以美韋臯。摭言云：太白自蜀至京，以新業贄謁賀知章，知章覽蜀道難一篇，揚眉謂之曰：公非人世人，豈非太白星精耶！然則蜀道難之作久矣，非爲房、杜也。（唐詩紀事）

嚴武傳：李白作蜀道難者，乃爲房、杜危之也，此宋人穿鑿之論，其説又見韋臯傳。蓋因陸暢之蜀道易而造爲之耳。李白蜀道難之作當在開元、天寶間，時人共言錦城之樂而不知畏塗之險，異地之虞，即事成篇，别無寓意。及玄宗西幸，升爲南京，則又爲詩曰：誰道君王行路難？六龍西幸萬人歡。地轉錦江成渭水，山迴玉壘作長安。一人之作前後不同如此，亦時爲之矣。（日知録）

蜀道之難難於上青天，篇中凡三見，與莊子逍遥篇同。吾嘗謂作古詩長篇須讀莊子、史記，子美歌行純學史記，太白歌行純學莊子。（徐而菴説唐詩）

李太白古風兩卷近七十篇，身欲爲神仙者殆十三四。或欲把芙蓉而躡太清，或欲挾兩龍而淩倒影，或欲留玉舄而上蓬山，或欲折若木而遊八極，或欲結交王子晉，或欲高揖衛叔卿，或欲借白鹿於赤松，或欲餐金光於安期。豈非因賀季真有謫仙之目，而因爲是以信其説耶！抑身不用鬱鬱不得志，而思高舉遠引耶！嘗觀其所作梁父吟，首言釣叟遇文王，又言酒徒遇高祖，卒自嘆己之不遇。有云：我欲攀龍見明主，雷公砰訇震天鼓，帝旁投壺多玉女。三時大笑開電光，倏爍晦冥起風雨。閶闔九門不可通，以額扣關閽者怒。人間門户尚不可入，則太清倒景豈易淩躡乎！太白忤楊妃而去國，所謂玉女起風雨者，乃怨懟妃子之詞也。（韻語陽秋）

黄雲城邊烏欲棲，邊一作南，聲調便惡，此用字陰陽之殊。（趙宧光彈雅）

漢、魏詩多不可點，所以爲好者，其氣象自不同耳。李詩好處亦難點，點之則全篇有所不可擇焉。若烏棲曲與烏夜啼可謂精金粹玉矣。（范德機評）

國初人有作九言者，謂昨夜西風擺落千林稍，渡頭小艇捲入寒塘坳，以爲可備一體。不知九言起於高貴鄉公，鮑明遠、沈休文亦有此體，唐人則李太白蜀道難然後天梯石棧相鈎連，上有六龍迴日之高標，下有衝波逆折之回川。杜集中炯如一段清冰出萬壑，置在迎風露寒之玉壺。又何時眼前突兀見此屋，吾廬獨破受凍死亦足。此九言之最妙者。詩有十字成句者，太白黄帝鑄鼎於荆山鍊丹砂，丹砂成騎龍飛上太清家。又有十一字成句者，杜詩：王郎酒酣拔劍斫地歌莫哀，我能拔爾抑塞磊落之奇才。李詩：紫皇乃賜白兔所搗之藥方。韋應物詩：一百二十鳳凰羅列含明珠。若坡公山中故人應有招我歸來篇，似可讀作兩句矣。（懷麓堂詩話）

揚子雲長楊賦：西壓月窟，東震日域。服虔注以爲日月所生，恐非。李太白詩：天馬來出月支窟，月窟即指月支之國，日域指日逐單于也。蓋借日月字以形容威伏四夷之遠耳。太白妙得其解矣。（楊升菴外集）

王彦輔曰：古之善賦詩者，工於用人語，渾然若出於己意。予於李、杜見之。顔延年赭白馬賦曰：旦刷幽、燕，晝秣荆、楚。子美驄馬行云：晝洗須騰涇、渭深，夕移可刷幽、并夜。太白天馬歌云：雞鳴刷燕晡秣越，蓋皆用顔賦也。韓退之曰：李、杜文章在，光燄萬丈長，信哉！（楊升菴外集）

客言李、杜詩中説馬，如相馬經，有能過之者乎？僕曰：毛詩過之。曰：六經固不可擬，然亦未嘗仔細説馬態相行步也。僕曰：願熟讀之，兩驂如舞，此駔語所謂花踏羊蹄行也。兩驂如手，此駔語所謂熟使唤也。思之便覺走過掣電傾城，知與神行電邁躡恍惚爲難騎耳。（許彦周詩話）

東坡寫李白行路難闕其中間八句，道子胥、屈原、陸機、李斯事，此老不應有所遺忘，意其删去必當有説。（朱子語類）

蔡寬夫詩話云：唐末五代俗流以詩自名者，多好妄立格法，取前人詩句爲例，議論鋒出，甚有獅子跳躑毒龍顧尾等勢，覽之每使人拊掌不已。大抵皆宗賈島輩，謂之賈島格。而於李、杜詩不少假借。李白女媧戲黄土，搏作愚下人。散在六合間，濛濛若埃塵。目曰調笑格，以爲調笑之資。子美冉冉谷中寺，娟娟林外峯。闌干更上處，結締坐來重。目爲病格，以爲言語突兀，聲勢蹇澀。此豈韓退之所謂蚍蜉撼大木，可笑不自量者耶！（漁隱叢話）

李太白北風行云：燕山雪花大如席。秋浦歌云：白髮三千丈，其句可謂豪矣。奈無此理何！（漁隱叢話）

李太白俠客行云：事了拂衣去，深藏身與名。元微之俠客行云：俠客不怕死，怕死事不成。事成不肯藏姓名。或云：二詩同詠俠客，而意不同如此。予謂不然。太白詠俠不肯受報，如朱家終身不見季布是也。微之詠俠欲有聞於後世，如聶政姊之死恐終滅吾賢弟之名是也。（邵氏聞見後録）

吕氏童蒙訓云：曉月出天山，蒼茫雲海間，長風幾萬里，吹度玉門關。及沙墩至梁苑，二十五長亭，大舶夾雙櫓，中流鵝鸛鳴之類。皆氣蓋一世。學者能熟味之，自然不褊淺矣。（漁隱叢話）

李太白詩過人，其生平所享如浮花浪蕊。其詩云：羅帷舒卷，似有人開。明月直入，無心可猜。不可及也。（蘇欒城集）

詩言窮則盡，意褻則醜，韻軟則庫。杜少陵麗人行、李太白楊叛兒一以雅道行之，故君子言有則也。（陸時雍評）

李太白荆州歌有漢謡之風。唐人詩可入漢、魏樂府者，惟太白此首及張文昌白竈謡，李長吉鄴城謡三首而止。杜子美却無一篇可入此格。（楊升菴外集）

太白白頭吟二首頗有優劣，其一蓋初本也。天仙之才不廢討潤，何必不加點！今人落筆便刊布，縱云揮珠，無怪多纇耳。（千一録）

閨裏佳人年十餘，頗有四傑風格，差逸宕耳。要之此等是太白佳作。（詩辨坻）

太白集中少年行只有數句類太白，其他皆淺近浮俗，決非太白所作，必誤入也。（滄浪詩話）

六一居士曰：落日欲没峴山西，倒著接䍦花下迷。襄陽小兒齊拍手，大家争唱白銅鞮。此常語也。至於清風明月不用一錢買，玉山自倒非人推。然後見太白之横發，所以驚動千古者，固不在此乎。（漁隱叢話）

杜子美飲中八仙歌：知章騎馬似乘船，又天子呼來不上船，用兩船字韻。汝陽三斗始朝天，又舉觴白眼望青天，用二天字韻。蘇晉長齋繡佛前，又皎如玉樹臨風前，又脱帽露頂王公前，用三前字韻。眼花落井水底眠，又長安市上酒家眠，用兩眠字韻。牽牛織女詩：蛛絲小人態，曲綴瓜果中，又防身動如律，竭力機杼中，用兩中字韻。李太白襄陽歌：鸕鷀杓，鸚鵡杯，百年三萬六千日，一日須傾三百杯，用兩杯字韻。廬山謡：影落前湖青黛光，金闕前開二峯長，又翠影紅霞映朝日，鳥飛不到吴天長，用兩長字韻。韓退之李花詩：冰盤夏薦碧實脆，斥去不御慚其花，又誰堆平地萬堆雪，剪刻作此連天花，用兩花字韻。雙鳥詩：兩鳥各閉口，萬象銜口頭，又百舌舊饒聲，從此嘗低頭，用兩頭字韻。示爽詩：冬夜豈不長，達旦燈燭然，又此來南北近，閭里故依然，用兩然字韻。猛虎行：猛虎死不辭，但慚前所爲，又親故且不保，人誰信汝爲，用兩爲字韻。子美、太白、退之於詩無遺恨矣，當自有體耶！（邵氏聞見後録）

絶句字少意多，四句而反覆議論，如李白横江詞氣格合歌行之盛，使人嘆詠。其贈汪倫非必其詩之佳，要見古人風致如此。（范德機評）

太白横江辭六首，章雖分局，意如貫珠。俗本以第一首編入長短句，後五首編入七言絶句，首尾衡決，殊失作者之意。如杜詩秋興八首亦分作二處，予特正之。凡古人詩歌不可分類以此。（楊升菴外集）

東坡送人守嘉州古詩，其中云：峨眉山月半輪秋，影入平羌江水流，謫仙此語誰解道？請君見月時登樓。上兩句全是李謫仙詩，故繼之以謫仙此語誰解道，請君見月時登樓之句，此格本出於李謫仙。其詩云：解道澄江静如練，令人還憶謝玄暉，蓋澄江浄如練即玄暉全句也。後人襲用此格，愈變愈工。（漁隱叢話）

金沙集有公取古詩一條，謂始於太白，未必也。任華贈白詩已用海風吹不斷及雲垂大鵬

飛等句，則知彼時作此格者蓋多矣。（彈雅）

玄宗棄國出奔，太白乃盛稱蜀中之美。西巡果盛事乎！猗嗟譏莊而贊其藝，副笄刺宣而美其容，太白雖爲亡國諱，而亡國之恥正在言表。（唐汝詢唐詩解）

沈雲卿詩：船如天上坐，人似鏡中行，原於王逸少語，所謂山陰路上行如在鏡中遊之句，然李太白入清溪山詩云：人行明鏡中，鳥度屏風裏，雖有所襲而語益工。（胡元任評）

竹未嘗香也，而杜子美詩云：雨洗娟娟静，風吹細細香。雪未嘗香也，而李太白詩云：瑶臺雪花數千點，片片吹落春風香。（韻語陽秋）

詩用淚字，若沾衣沾裳之類，不爲剽竊，然亦有出奇者。潘岳涕淚應情隕，杜子美近淚無乾土，李太白淚盡日南珠，劉禹錫巴人淚應猿聲落，賈島淚落故山遠，孟雲卿至哀反無淚。（謝榛四溟山人集）

李太白以布衣入翰林，既而不得官，唐史言高力士以脱韡爲恥，摘其詩以激楊貴妃，爲妃所沮止。今集中有雪讒詩一章，大率言婦人淫亂敗國。其略云：彼婦人之猖狂，不如鵲之彊彊。彼婦人之淫昏，不如鶉之奔奔。坦蕩君子，無容簧言。又云：妲己滅紂，褒女惑周，漢祖吕氏，食其在旁。秦皇太后，毐亦淫荒。螮蝀作昏，遂掩太陽。萬乘尚爾，匹夫何傷？詞殫意窮，心切理直。如或妄談，昊天是殛。予味此詩，豈貴妃與禄山淫亂而太白曾發其奸乎！不然，則飛燕在昭陽之句，何足深怨也！（容齋隨筆）

宋之問不愁明月盡，自有夜珠來，李白只愁歌舞散，化作彩雲飛，語意皆殊，調亦不類。高下則差足雁行。宋又有夜絃響松月，朝楫弄苔泉，李有蘿月挂朝鏡，松風鳴夜絃，詞意皆同，李直出數丈。（彈雅）

李白跌宕不羈，鍾情於花酒風月則有矣，而肯自縛於枯禪，則知淡泊之味賢於膾炙遠矣。白始學於白眉空，得大地了徹鏡，迴旋寄輪風之旨，中謁太山君，得冥機發天光獨照謝世氛之旨，晚見道崖，則此心豁然更無凝滯矣。所謂啓開八窗牖，託宿掣雷霆，又有談玄之作云：茫茫大夢中，惟我獨先覺。騰轉風火來，假合作容貌。問語前後際，始知金仙妙。則所得於佛氏者益邃。（韻語陽秋）

李、杜長篇全集中不多見。北征一首沉著森嚴，龍門叙事之筆也。憶舊書懷一首，飄揚恣肆，南華寓言之遺也。光燄萬丈，於此乎見之。（柳亭詩話）

李白詩：清水出芙蕖，天然去彫飾。論詩者謂只一出字便是去彫飾也。（餘冬序録）

子美詩以後二句續前二句處甚多。如寄張山人詩云：曹植休前輩，張芝更後身，數篇吟可老，一字買堪貧。喜杜觀到詩云：待爾嗔烏鵲，抛書示鶺鴒。枝間喜不去，原上急曾經。晴詩云：啼烏争引子，鳴鶴不歸林。下食遭泥去，高飛恨久陰。卧病詩云：滑憶彫胡飯，香聞錦帶羹。溜匙兼暖腹，誰欲致杯罌？如此之類多矣。此格起於謝靈運廬陵王之墓下詩云：延州協心許，楚老惜蘭芳。解劍竟何及？撫墳徒自傷。李太白亦時有此格。毛遂不墮井，曾參

寧殺人？虚言誤公子，投杼惑慈親，是也。（韻語陽秋）

梁虞騫詩：落暉散長足，細雨織斜文。太白亦用其字曰：日足森海嶠。然其驚人泣鬼，所謂自鑄偉辭前無古人者乎！（楊升菴外集）

太白楊花落盡與樂天殘燈無燄，體同題類，而風趣高卑，自覺天壤。（詩辨坻）

曹植怨詩：願作東北風，吹我入君懷。懷徐幹詩：將心寄明月，流影入君懷。太白詩：我寄愁心與明月，隨風直到夜郎西。兼裁其意，撰成奇語。（梅禹金）

詩眼云：山谷言學者若不見古人用意處，但得其皮毛，所以去之愈遠。若風吹柳花滿店香，若人能復爲此句，亦未是太白。至於吴姬壓酒勸客嘗，壓字他人亦難及。金陵子弟來相送，欲行不行各盡觴，益不同。請君試問東流水，別意與之誰短長！此乃真太白妙處，當潛心焉。故學者先以識爲主，禪家所謂正法眼，直須具此眼目方可入道。（漁隱叢話）

金陵酒肆留別，山谷云：此乃真太白妙處，而須溪云：終是太白語別。予許須溪知言云。（詩辨坻）

李太白詩：風吹柳花滿店香，温庭筠詠柳詩：香隨静婉歌塵起，影伴嬌嬈舞袖垂。傳奇詩：莫唱踏陽春，令人離腸結。郎行久不歸，柳自飄香雪。其實柳花亦有微香，詩人之言非誣也。柳花之香，非太白不能道，竹之香，非子美不能道。（楊升菴外集）

太白詩：吴姬壓酒唤客嘗。説者以爲工在壓字，不知吴人方言至酒家有旋壓酒子相待之

語。（雲麓漫抄）

李白人分千里外，興在一杯中，高適功名萬里外，心事一杯中，如武夫之對韻士。而胡元瑞云：二詩甚類。予謂字面則同，句意懸絶。（彈雅）

杜之北征述懷皆長篇叙事，然高者尚有漢人遺意，平者遂爲元、白濫觴。李送魏萬等篇，自是齊、梁，但才力加雄，辭藻加富耳。（詩藪）

太白詩：浮雲遊子意，落日故人情，對景懷人，意味深永。少陵詩：寒空巫峽曙，落日渭陽情，亦是寫景贈別，而語意淺短。杜詩佳處固多，此等句法却不如李。（仇滄柱杜詩詳注）

太白讀書匡山，十年不下山，潯陽獄中猶讀留侯傳。以彼仙才苦心如此，今忽忽白日而嘐嘐古人，是自絆而希千里也。（千一録）

詩貴意，意貴遠不貴近，貴淡不貴濃。濃而近者易識，淡而遠者難知。如杜子美鈎簾宿鷺起，丸藥流鶯轉，李太白桃花流水窅然去，别有天地非人間，王摩詰反景入深林，復照青苔上，皆淡而愈濃，近而愈遠，可爲知者道，難與俗人言也。（懷麓堂詩話）

曹子建詩：譬海出明珠，與太白如天落雲錦句法同。太白五言如菖蒲花紫茸，及登華不注峯，與此句皆奇崛異常。（楊升菴外集）

世多言李太白以醉入水捉月溺死，此談者好奇之過。太白對月，能作今人不見古時月，今月曾經照古人之句，意氣本自超出宇宙，對影三人，雖醉豈復狂惑至此！（玉澗雜書）

李太白云：剗却君山好，平鋪湘水流。杜子美云：斫却月中桂，清光應更多。二公所以爲詩人冠冕者，胸衿闊大故也。此皆自然流出，不假安排。（鶴林玉露）

洞庭西望楚江分，水盡南天不見雲。日落長沙秋色遠，不知何處弔湘君。此詩之妙不待贊，前句云不見，後句云不知，讀之不覺其複。此二不字決不可易。大抵盛唐大家正宗作詩，取其流暢，不似後人之拘拘耳。（楊升菴絶句衍義）

宋之問所得駱氏靈隱警句：樓觀滄海日，門對浙江潮，李太白天台曉望詩：門標赤城霞，樓棲滄島月，最相似。（文翔鳳雲夢藥溪談）

吟詠瀑水衆矣，大抵比況耳，未有得於所見鑿空下語爲興詩者。太白獨曰：海風吹不斷，江月照還空，氣象雄傑，古今絶唱。（王阮義豐集）

李白鸚鵡洲詩，調既迅急而多複字，兼離唐韻，當是五言古詩耳。（詩辨坻）

七言絶句，初唐風調未諧，開元、天寶諸名家無美不備，李白、王昌齡尤爲擅場。昔李滄溟推秦時明月漢時關一首壓卷，余以爲未允。必求壓卷，則王維之渭城朝雨，李白之朝辭白帝，王昌齡之奉帚平明，王之涣之黄河遠上，其庶幾乎！而終唐之世絶句亦無出四章之右者矣。（王阮亭唐人萬首絶句選凡例）

盛弘之荆州記狀巫峽江水之迅，云朝發白帝，暮到江陵，其間千二百里，雖乘奔御風不以疾也。杜子美詩：朝發白帝暮江陵，頃來目擊信有徵。李太白詩：朝辭白帝彩雲間，千里江陵一日還。兩岸猿聲啼不盡，扁舟已過萬重山。雖同用盛弘之語，而優劣自別。今人謂李杜不可以優劣論，此語亦太憒憒。（楊升菴外集）

盛弘之荆州記云：白帝至江陵一千二百里，春水盛時，行舟朝發夕至，雲飛鳥逝，不是過也。太白述之爲韻語，驚風雨而泣鬼神矣。（楊升菴絶句衍義）

越中覽古詩，前三句賦昔日豪華之盛，末一句詠今日淒涼之景。大抵唐人弔古之作，多以今昔盛衰搆意，而縱横變化存乎體裁。此與韓退之遊曲江寄白舍人詩、元微之劉阮天台詩皆以落句轉合，有抑揚，有開合，此格唐詩中亦不多得。（敖子發）

太白詩：牛渚西江夜，青天無片雲。登舟望秋月，空憶謝將軍。余亦能高咏，斯人不可聞。明朝挂帆席，楓樹落紛紛。襄陽詩：挂席幾千里，名山都未逢。泊舟尋陽郭，始見香爐峯。嘗讀遠公傳，永懷塵外蹤。東林不可見，日暮空聞鐘。詩至此，色相俱空，如羚羊挂角，無跡可求，畫家所謂逸品是也。（王阮亭分甘餘話）

寧國府志載胡安定先生石壁詩一首，其序曰：余嘗覽李翰林題涇川汪倫别業二章，其詞俊逸，欲屬和之。今十月自新安歷旌德，而仙尉曾公望同遊石壁，蓋勝境也。奇峯對聳，清溪中流，路出半峯，佳秀可愛。傳聞新建汪公所居不遠，掩映溪岫，率類於此。且欲尋訪，迫暮不獲。因思旌川即涇川接境也，而幽勝過之，汪公亦倫之别派也，而儒雅勝之。豈可使諷詠不及於古乎！輒成一首，題於汪公屋壁，雖不及藻飾佳境，比肩英流，庶俾謫仙之詩不獨專美。

其詩曰：李白好溪山，浩蕩涇川遊。題詩汪氏壁，聲動桃花洲。英辭逸無繼，爾來三百秋云云。按太白本集詩題祇云過汪氏別業，而此序乃云題涇川汪倫別業。先生非妄言者，又去唐時未遠，當必有據。

詩五平五仄句，或謂自宋始有之，非也。顔延年詩：獨靜闕偶語，陰蟲先秋聞。李太白詩：處世若大夢，胡爲勞其生？孟東野詩：夜鏡不照物，朝光何時升？（餘冬序録）

法藏碎金云：太白夜懷有句云：宴坐寂不動，大千入毫髮。潘佑獨坐有句云：凝神入混茫，萬象成虚宇。予愛二子吐辭精敏之力，入道深密之狀，合而書之聊爲己用。（漁隱叢話）

今人作詩多忌重疊。右丞早朝，妙絶古今，猶未免五用衣冠之論。太白訪戴天山道士不遇詩：水聲飛泉，樹松桃竹，語皆犯重。吁！古人言外求佳，今人於句中求隙，去之遠矣。（唐詩解）

太白詩：斗酒渭城邊，爐頭耐醉眠，乃岑參之詩誤入。塞上曲：騮馬新跨白玉鞍，乃王昌齡之詩，亦誤入。昌齡本有二篇，前篇乃秦時明月漢時關也。（滄浪詩話）

蜀國曾聞子規鳥，宣城還見杜鵑花，一叫一迴腸一斷，三春三月憶三巴。此太白寓宣州懷西蜀故鄉之作也。太白爲蜀人，見於劉全白誌銘，曾南豐集序，楊遂故宅記，及自叙書，不一而足。此詩又一證也。近日吾鄉一士夫爲山東人作詩序云，太白非蜀人，乃山東人也，予以前所引證詰之。答曰：且諂山東人，祈綽楔資，何暇核實？（楊升菴外集）

哭宣城善釀紀叟，予家古本作夜臺無李白，此句絶妙，不但齊一生死，又且雄視幽明矣。昧者改爲夜臺無曉日。夜臺自無曉日，又與下句何人字不相干，甚矣士俗不可醫也。（楊升菴外集）

小曲有咸陽沽酒寶釵空之句，云是李白所製，然李白集中有清平樂詞四首，獨欠是詩，而花間集所載咸陽沽酒寶釵空乃云是張泌所爲，莫知孰是。（夢溪筆談）

附録六　外記

逸事

李太白少時，夢所用之筆頭上生花，後天才贍逸，名聞天下。（天寶遺事）

李白有天才俊逸之譽，每與人談論，皆成句讀，如春葩麗藻，粲於齒牙之下，時人號曰李白粲花之論。（天寶遺事）

李白嗜酒，不拘小節，然沉酣中所撰文章未嘗錯誤，而與不醉之人相對議事，皆不出太白所見，時人號爲醉聖。（天寶遺事）

李白於便殿對明皇撰詔誥，時十月大寒，筆凍莫能書字。帝敕宮嬪數十人侍白左右，各執牙筆呵之，遂取而書其詔。其受聖眷如此。（天寶遺事）

明皇召諸學士宴於便殿，因酒酣，顧謂李白曰：我朝與天后之朝何如？白曰：天后朝政出多門，國由奸幸，任人之道如小兒市瓜，不擇香味，惟揀肥大者。我朝任人如淘沙取金，剖石采玉，皆得其精粹。明皇笑曰：學士過有所飾。（天寶遺事）

寧王宫有樂妓寵姐，美姿色，善謳唱，每宴外客，其諸妓女盡在目前，惟寵姐客莫能見。飲故半酣，詞客李太白恃醉戲曰：白久聞王有寵姐善歌，今酒殽醉飽，羣公宴倦，王何怯此女示於衆！王笑謂左右曰：設七寶花障，召寵姐於障後歌之。白起謝曰：雖不許見面，聞其聲亦幸矣。（天寶遺事）

李白登華山落雁峯曰：此山最高，呼吸之氣想通天帝座矣。恨不攜謝朓驚人詩來，搔首問青天耳。搔首集。（雲仙雜記）

李白遊慈恩寺，寺僧用水松牌刷以吴膠粉，捧乞新詩。白爲題訖，僧獻元沙鉢緑英梅檀香筆蘭縑袴紫瓊霜。海墨徽言。（雲仙雜記）

李白開元中謁宰相，封一板，上題云海上釣鰲客李白，相問曰：先生臨滄海，釣巨鰲，以何物爲鈎線？白曰：以風浪逸其情，乾坤縱其志，以虹蜺爲絲，明月爲鈎。相曰：何物爲餌？曰：以天下無義丈夫爲餌。時相悚然。（侯鯖録）

唐劍具稍短，常施於脇下者名腰品。隴西人韋景珍有四方志，呼盧酣酒，衣玉篆袍，佩玉鞾兒腰品，修飾若神人，李太白常識之，見感寓詩云：玉劍誰家子，西秦豪俠兒。謂景珍也。（清異録）

舊聞李太白好飲玉浮梁，不知其果何物。余得吴婢使釀酒，因促其功。答曰：尚未熟，但浮梁耳。試取一盞至，則浮蛆酒脂也。乃悟太白所飲蓋此耳。（清異録）

薛稷，天后朝位至少保，文章學術，名冠當時，學書師褚河南，畫蹤閻令。祕書省有畫鶴，時號一絶。曾旅遊新安郡，遇李白，因留連書永安寺額，兼畫西方像一壁，筆力瀟洒，風姿逸發，曹、張之亞也。二跡之美，李翰林題贊見在。（太平廣記）（王琦云：按薛稷本傳：稷坐竇懷貞事賜死。開元元年七月中事也。是時太白年甫十五，未出蜀中，安得與稷相遇於新安郡？蓋傳聞之謡也。）

李太白有薛稷之畫贊。（宣和畫譜）（王琦云：按：薛稷畫贊本集不載，蓋已佚之矣。）

許雲封，樂工知笛者。貞元初，韋應物自蘭臺郎出爲和州牧，輕舟東下，夜泊靈壁驛。時雲天初瑩，秋露凝冷，舟中吟諷，將以屬詞。忽聞雲封笛聲，嗟嘆良久。韋公洞曉音律，謂其笛聲酷似天寶中梨園法曲李謩所吹者，遂召雲封問之，乃是李外孫也。雲封曰：某任城舊士，多年不歸，天寶改元，初生一月，時東封迴駕，次至任城。（王琦云：按玄宗東封泰山乃開元十三年事，去天寶改元時凡十八年，小説家言固多舛誤。）外祖聞某初生，相見甚喜，乃抱詣李白學士，乞撰令名。李白方坐旗亭，高聲命酒，當壚賀蘭氏年且九十餘，邀李置飲於樓上，外祖送酒，李公握管，醉書某胸前曰：樹下彼何人，不語真吾好。語若及日中，烟霏謝成寶。外祖辭曰：本於學士乞名，今不解所書之語。李公曰：此即名在其間也。樹下人是木子，木子李字也。不語是莫言，莫言謩也。好是女子，女子外孫也。語及日中是言午，言午許也。烟霏謝成寶，是雲出封中，乃是雲封也。即李謩外孫許雲封也。後遂名之。（楊巨源李謩吹笛記及甘

澤謡）

李白前後三擬文選，不如意，悉焚之，惟留恨、別賦。（酉陽雜俎）

李白才逸氣高，與陳拾遺齊名，先後合德。其論詩云：梁、陳以來，豔薄斯極，沈休文又尚以聲律，將復古道，非我而誰與！故陳、李二集，律詩殊少。嘗言興寄深微，五言不如四言，七言又其靡也。況使束於聲調俳優哉？故戲杜曰：飯顆山頭逢杜甫，頭戴笠子日卓午。借問別來太瘦生，總爲從前作詩苦。蓋譏其拘束也。（本事詩）

李白有馬名黄芝。採蘭雜志。（瑯嬛記）

每宴飲無不先及，每慶具無不先霑。中厩之馬代其勞，内廚之膳給其食。李白傳。（合璧事類）

李白外傳云：白作樂章賜錦袍。（蔡夢弼杜詩注）

李白遊華陰，縣令開門方決事，白乘醉跨驢過門，宰怒，引至庭下，汝何人輒敢無禮。白乞供狀曰：無姓名，曾用龍巾拭吐，御手調羹。力士脱靴，貴妃捧硯。天子殿前尚容走馬；華陰縣裏不得騎驢。（合璧事類）

毛文岐李太白騎驢處詩：華陰道上華山側，想見當年李太白。縣令不許騎驢過，自稱天子殿中客。一斗百篇逸興豪，到處山水皆故宅。胸懷放曠天地小，應是玉皇香案謫。予亦廿載喜遨遊，勞勞萬里媿行役。

吴筠東遊會稽，嘗於天台剡中往來，與詩人李白、孔巢父詩篇酬和，逍遥泉石，人多從之。（舊唐書）

吴筠所善孔巢父、李白，歌詩略相甲乙云。（新唐書）

唐司馬承禎與陳子昂、盧藏用、宋之問、王適、畢構、李白、孟浩然、王維、賀知章爲仙宗十友。（海録碎事）

李太白僧伽歌曰：此僧本住南天竺，爲法頭陀來此國。又云：嗟予落泊江、淮久，罕遇真僧説空有。時僧伽已顯於淮、泗之上矣。豪傑中識郭子儀，隱逸中識司馬子微，浮屠中識僧伽，則太白亦異人也哉！（邵氏聞見後録）

杜甫與李白、高適、衛賓相友善，時賓年最少，號小友。（唐史拾遺）

許宣平，新安歙人也。睿宗景雲中，隱於城陽山南塢，結菴以居。不知其服餌，但見不食，顔若四十許人，輕健行疾奔馬。時或負薪以賣，薪擔常挂一花瓢及曲竹杖。每醉行騰騰以歸，吟曰：負薪朝出賣，沽酒日西歸。借問家何處，穿雲入翠微。邇來三十餘年，或濟人危急，或救人疾苦，城市之人多訪之不見。但覽菴壁題詩曰：隱居三十載，築室南山巔。静夜翫明月；閑朝飲碧泉。樵人歌隴上；谷鳥戲巖前。樂矣不知老，都忘甲子年。好事者多誦其詩。有抵長安者，於驛路洛陽同、華間傳舍是處題之。天寶中，李白自翰林出，東遊經傳舍，覽詩吟之，嘆曰：此仙人詩也。詰之于人，得宣平之實，白於是遊新安，涉溪登山，累訪之不得。乃題詩於菴壁曰：我吟傳舍詩，來訪仙人居。烟嶺迷高跡；雲林隔太虚。窺庭但蕭索；倚杖空躊躕。應化遼天鶴，歸當千歲餘。宣平歸菴，見壁詩，又吟曰：一池荷葉衣無盡，兩畝黄精食有餘。又被人來尋討著，移菴不免更深居。其菴後爲野火燒之，莫知宣平踪跡。（續仙傳）

李白來訪許宣平，於紫陽山下過渡，得破船，有老翁在，問宣平家，老翁指船篙賦詩曰：面前一竿竹，便是許公家。即宣平也。二仙相遇甚奇。（方虚谷詩集）

州南數里有岸特高，號浣紗阜，隔溪對龍井山，望城陽不遠，相傳李太白訪許宣平，徘徊岸上甚久。（羅願新安郡志）

浣沙阜在徽州府南二里，相傳李白來訪許宣平，阜上待渡。（江南通志）

南康軍圖經云：李白性喜名山，飄然有物外志，以廬阜水石佳處，遂往遊焉。至五老峯，愛其險峭奇勝，曰：天下之壯觀也。卜築於此，吾將老焉。今峯下有書堂舊基。白後北歸猶不忍去，乃指廬山曰：與君再會，不敢寒盟，丹崖緑壑，神其鑒之。（黄鶴杜詩注）

唐人言李白不能屈身，以腰間有傲骨。（鼠璞）

李太白作玉關定、望遠、黄鶴樓、玉堂清、對月吟。（楊正表琴譜）（王琦云：按：譜中對月吟凡十二段，并有詞，詞不類太白。其第八段隱括漢下白登道一詩在内。第十一段有彷彿浮槎遨遊赤壁之句，乃後人所擬也，故不録。）

唐文宗曾以時諺謂杜甫李白輩爲四絶問丁居晦。（册府元龜）

李白嘗作長相思樂府一章，末曰：不信妾腸斷，歸來看取明鏡前。其婦從旁觀之曰：君不聞武后詩乎！不信比來常下淚，開箱驗取石榴裙。太白爽然自失，此即所謂相門女也，具此才情，故當與尋真騰空爲侶，第不知嬌女平陽能繼林下風否。（柳亭詩話）

遺跡

龍安府平武縣有蠻婆渡，在江油青蓮壩，相傳李白母浣紗於此，有魚躍入籃内，烹食之，覺有孕，是生白。廣輿記：白生蜀之青蓮鄉，舊志以爲彰明人，蓋平武實割江、彰、劍、梓之地以爲邑，今蠻婆渡青蓮鄉俱隸平武，則白生之地在今平武無疑矣。（四川總志）

李白故宅在綿州彰明縣南二十里，古碑刻猶有存者。（四川總志）

清廉壩一名青蓮鄉，太白故宅在焉，去江油縣三十里，壩有太白墨池。（朱樟白舫集）

楊遂李太白故宅記：先生諱白，字太白，事蹟已具范傳正姑孰碑及李陽冰文集序矣。夫蛟龍能神於雲雨，不能爲人用；鳳凰能瑞於王者，不能爲人畜。先生以天成之材，能神於爲文，異人之表，能瑞於當世，始投袂而來，竟解組而去。所謂不能爲人用與人畜也。爍哉庚星，儲精參絡。屬開元天子御宇日久，天下無事，聿修文教，卷四溟而袂寰宇，頓八紘而羅英傑。先生拖屐劍閣，西入長安，天子聞其名，忻若有得。召見之日，前席禮之，延於金鑾，待如僚友。自是疇咨若采，潛俾草奏，造膝説詞，人莫知者。恩隆寵洽，王公向風，不浹日而聲烜於華夏。亦先生之遇代之盛也。夫有高世之德，則訕謗者伺其隙；有超人之行，則嫉妒者窺其釁。故士無賢與不肖，女無美與醜，睹先生以興嘆也。值非常之時，遭非常之主，宜必立非常之事，建非常之功。以開元之盛，非謂無時矣，以玄宗之明，非謂無主矣，然而青蠅之營營，棘藩斯止；貝錦之萋菲，豺虎可投。賈誼既疎，崔駰亦棄。豈非得時不難，得君難，得君不難，立事難，立事不難，建功難，故功難成而易敗，事難就而易毁者歟！先生所以卷舒無悔吝，趨舍有進退。遂乃北遊燕、趙，東訪梁、宋，南憩郢、楚，周流數十載，思與喬松遊而餌金丹爲事耳。由是縱情肆志，劉伯倫之遨世也，賦詩寓懷，阮嗣宗之窮途也，學仙養生，嵇叔夜之邁俗也。觀其才思駿發，浩蕩無涯，組繡史籍，粉繪經典，若鼓號鐘而鬼神雜沓，闢武庫而劍戟森羅。而又縹緲悠揚，迴出風塵之外，不作人間之語。故當時號爲謫仙人焉。如蜀道難可以戒爲政之人矣，梁甫吟可以勵有志之臣矣，猛虎行可以勗立節之士矣，上雲曲可以化愚夫之懵矣，懷古可以革澆風之俗矣。其餘所作，雖以感物因事而發，終以輔世匡君爲意。自西竄夜郎，南流江左，坎壈頓躓，飄泊羈屑。悲夫！僕嘗論蜀中自古多出名人才士。其尤者，漢則司馬長卿、王子淵、揚子雲，唐則陳子昂暨先生耳。長卿遇武皇之重，終卧病而閑，子淵獲宣帝之好，亦無用於世，子雲會王莽之亂，復貧困而卒，子昂憤文章之壞，一變有道，又以貶爲退，先生振風雅之綱，再革今弊，竟以放而去。噫！天厚其才而薄其命乎！不然，以褒貶聖賢，毁譽今古，主陰者罸之乎！又不然，以才學富多，器識儁茂，司命者黜之乎！是烏可知也？然此數子，千百年後莫不聳慕，宗爲楷則，亦可謂拔乎其萃者矣。先生舊宅在清廉鄉，後往戴天山讀書，今舊宅已爲浮屠者居之。僕少覽先生之文，每爲太息。辛卯謫涖斯邑，因暇披莽，挈侶來尋，嗟乎！城郭皆是，丘陵如故，其人已往，其迹空在。遼海玄鶴，尚千年而却歸；蒼梧白雲，竟一去而不返。爲銘勒石，寘之金田。其辭曰：岷山之精，上爲金星。母乃協夢，先生以生。厥名與字，則而象之。出風塵表，標天人資。詞源學派，若洩尾閭。自古王佐，欲致唐、虞。謂予弗起，蒼生其如！遂來京師，荃芬蘭藹。天子詔我，金鑾賜對。禮爲前席，千載一會。王公卿士，莫不傾蓋。英聲雷飛，轎於區外。有始有卒，其惟聖人。孰謂誰來，我思奉身。稽顙丹陛，願乞骸骨。天子從之，出蒼龍闕。鶴返青漢，雲歸碧天。緬追安期，邈尋偓佺。夕餌瓊蕊，晨漱玉泉。放情肆志，養吾浩然。詩吟千首，酒飲百船。西浮南泛，夫何繫焉？龍飲山前，涪江之涘。先生一去，宅留故里。數變喬木，幾千人世。草蔓荒蹊，棘羅廢址。鄉人故老，猶話厥美。吁哉先生，不爲不遇。命也如何！拂衣自去。蓬萊金闕，崑崙珠樹。定往遊否，孰知其故？悠悠我思，傷心日暮。

遵義府有太白宅在夜郎里，有題碑記。（四川總志）

磨鍼溪在眉州象耳山下，世傳李太白讀書山中，未成棄去。過小溪，逢老媪方磨鐵杵，問之，曰：欲作鍼。太白感其意，還卒業。媪自言姓武，今溪旁有武氏巖。（方輿勝覽）

讀書臺在四川眉州象耳山，唐李白嘗讀書於此。上有石刻白詞。宋杜光庭詩：山中猶有讀書臺，風掃晴嵐畫嶂開。華月冰壺依舊在，青蓮居士幾時來？（一統志）

太白臺在龍州江油縣，太白與江油尉往來，故有臺在尉廳，蒲翰爲之記。（方輿勝覽）

太白讀書臺在龍安府平武縣牛心山，宋州守史祁手書石刻，并太白贈江油尉詩，一在大匡山。（四川總志）

太白臺在四川龍州牛心山上，太白嘗讀書於此，遺址尚存。（一統志）

龍安府江油縣大明寺，在治西南，有李白讀書臺。（四川總志）

龍安府平武縣有明月沉潭，在明月渡，舊傳每夜有月影，李白有詩，歲久漫滅，今石壁上存宋宇文通詩刻。（四川通志）

龍安府平武縣有匡山碑，鐫李白出山詩，或云在江油縣。（四川通志）

龍安府江油縣有大匡山，在縣治西三十里，山勢高聳，狀如匡字，唐李白讀書處。（全蜀總志）

大匡山在保寧府江油縣西三十里，唐李白嘗讀書於此。（一統志）

大匡山在成都府彰明縣北三十里，一名康山，唐杜甫寄李白詩：匡山讀書處，頭白好歸來。亦名戴天山。（一統志）

彰明縣北五十里有李白讀書臺。（四川通志）

點燈山在龍安府江油縣南二十里，一名小匡山，夜有光如燈，故名。上有李白讀書臺及白祠。（四川通志）

杜詩云：匡山讀書處，頭白早歸來。李太白青州人，多遊匡廬，故謂之匡山。綿州圖經云：戴天山在縣北五十里，有大明寺，開元中李白讀書於此寺，又名大康山，即杜甫所謂康山讀書處也。恐圖經之妄。（西溪叢語）

載籍之間所言地理，訛舛甚多，不可勝述。李白讀書於匡山，正綿州大匡山小匡山之處，而寰海記舊注乃指江州匡廬山爲白讀書之所。（野客叢書）

王琦云：按太白臥廬山，爲永王璘迫致幕府，坐是得罪，杜少陵匡山讀書處，頭白早歸來之句，當以匡廬之解爲正。至於太白讀書之處，不但地志所云歷歷可據，即鄭谷蜀中詩亦有雪下文君沽酒店，雲藏李白讀書山之句，在唐時已相傳若此矣。因杜注之援引未確，乃并太白讀書之地而亦疑其出於附會，抑又偏矣。

濯筆溪在潼川州西一里，古傳李白訪趙蕤，習書於此。（四川通志）

李白彰明人，周遊四方，經宕渠過南陽有詩。（四川通志）

白雲寺在夔州奉節縣治北，李白寓夔州，有白雲寺詩刻懸崖間。（四川總志）

太白巖在夔州府萬縣西山，上有絶塵龕三字在石壁，有唐人詩刻，相傳太白讀書於此。（潛確居類書）

曹學佺萬縣西太白祠堂記：縣西有太白巖，在西山，即絶塵龕也。王象之輿地碑目云：絶塵龕三字在西山上石壁，字畫瘦勁，類晉、宋間物，唐人題詠甚多。相傳李太白讀書於此，有大醉西巖一局棋之語。太白蜀人也，其詩之見於蜀者，若成都散花樓、漢嘉峨眉山、白帝城、蜀道難等篇，在集中可考。而紀事稱其爲彰明小吏時，令屬辭不偶，輒爲接之，令遜其佳，以此見妒。則東蜀楊天惠所載也。予得諸碑刻，有題江油主簿廳，爲米芾書，及象耳山留題云：夜來醉卧月下，花影零亂，滿人衣袖，恍如濯魄於冰壺也。此真天仙語。本集皆不載。而涪陵有渡曰李渡，以太白曾渡此，即婦人稚子能知之矣。獨萬縣西山者，不甚著聞，至爲天仙橋以别之，而過者未嘗問也。予詩落句云：一自金陵問消息，無人指向萬州看。蓋甚致慨。然黄魯直勒風院記爲西山之勝，東望巫峽，西盡郁鄢，不敢與之争抗。魯直在蜀久，斯言不誣。予謂太白讀書此巖中，宜有太白祠，而萬令方君好古樂善，予門人典客陸昇彤等唯唯叶力，遂書原委於道士常明，且係以詞曰：太白先生，金行之精。隴西帝裔，産於昌明。起家小吏，不習逢迎。牽牛堂下，諧謔隨聲。逢彼之怒，離鄉遂輕。扁舟下峽，出白帝城。顧瞻西山，岪嵂峥嶸。挺然拔出，巧類削成。青開練石，翠點秋屏。絶塵龕上，夫非世情。栖泊厥跡，讀書著名。何時非醉，而忍獨醒？何事非幻，遑問變更？事在有無，語類不經。人心愛之，夸詡爲真。樹若曾倚，其色敷榮。泉若曾酌，其聲清泠。何以祠之，广廣上平。裁虹爲棟，架壑作楹。峽江蒼蒼，白雲自横。飛鳥時過，嚶彼其鳴。薄言訪之，而懷友生。悵然不見，涕淚沾巾。聿觀兹役，堂構以新。懷賢述古，二美則并。江山勝豁，文明道亨。千秋之後，令名不湮。

錦江山在四川嘉定州北四十里。太白亭在錦江山之巔，唐李白嘗於此賦詩，宋黄庭堅因以名亭。（一統志）

太白亭在嘉定州北十里錦岡山上，下即平羌峽，相傳太白曾遊此，黄庭堅建亭於山之絶頂，遂以太白名之。亭今廢，尚有石斗石鯨在荒址中。（四川志）

竹溪六逸堂在徂徠山西北巉石峯下，唐天寶間，孔巢父、李白、韓準、裴政、張叔明、陶沔隱居於此，有金翰林承旨党懷英撰碑石刻。（一統志）

方豪竹溪記：李白與孔巢父、韓準、裴政、張叔明、陶沔居徂徠山，日沉飲，號竹溪六逸，而竹溪之名滿天下。自予有知，即慕其地，意必清流之上，修竹萬竿，蕭森潔爽，若神仙之居，使人即之而忘去，去之思復即也。近予以審録之行，登太山，望徂徠，詢所謂竹溪者，不過荒烟野草之區。溪既非舊，竹亦何嘗一幹之存哉？然而言竹溪者不絶焉，無乃六逸之力耶！夫六逸者，固一時之英也，而唯太白爲最顯。其他若孔巢父，人亦稍知其姓名而已。餘則併姓名而昧之。嗚呼！白於竹溪可謂有獨力者矣。

李白自幼好酒，於兖州習業，平居多飲，又於任城縣構酒樓，日與同志荒宴，客至少有醒時。邑人皆以白重名，望其里而加敬焉。（太平廣記）

李白酒樓在濟寧州南城上，唐李白客任城時，縣令賀知章觴之於此，今樓與當時碑刻俱存。元著作郎陳儼重修李白酒樓記，其末有歌曰：公昔去兮乘龍，脊雲氣兮蓬萊宮。衿青霞兮佩明月，横四海兮焉窮？濟水兮無波，泰山繚兮鬱峩峩。思故國兮神遊，怳臨風兮浩歌。醉而生兮醉而死，曩孰非兮今孰是？千鍾百榼兮彼且奚適，操一瓢兮吉其止。攬香風兮折瓊芳，援北斗兮斟桂漿。浩溟溟兮徙倚以望，歸來歸來兮舉我觴。（一統志）（王琦云：按太白任城縣廳壁記所云邑宰賀公，其名不可考，後人遽以賀知章當之，誤也。據新、舊二書，知章初未嘗爲任城令。噫！因一人之誤，致後人詩文遂因之而皆誤，職蒐討者可不慎歟！）

濟寧州太白樓下俯漕河，憑高眺遠，據一州之勝，碑板林立，惟唐人沈光記大篆最古。碑製六面如幢，其左爲二賢祠，祀太白賀監，其東有太白浣筆泉。（王阮亭秦蜀驛程後記）

沈光李白酒樓記：有唐咸通辛巳歲正月壬午，吴興沈光過任城，題李白酒樓。夫觸强者覗緬而不發，乘險者帖蘮而不進，潰毒者隱忍而不能就其鍼砭，搏猛者持疑而不能盡其膽勇。而復視其强者弱之，險者夷之，毒者甘之，猛者柔之，信乎酒之作於人也如是。翰林李公太白，聰明才韻，至今爲天下倡首。業術匡救，天必付之矣。致其君如古帝王，進其臣如古藥石，揮直刃以血其邪者，推義轂以輦其正者，豈憑酒而作也？憑酒而作者，强非真勇。太白既以峭訐矯時之狀，不得大用，流斥齊魯，眼明耳聰，恐貽顛蹟，故狎弄杯觴，沉溺麴蘖，耳一淫雅，目混黑白。或酒醒神健，視聽鋭發，振筆著紙，乃以聰明移於月露風雲，使之涓潔飛動，移於草木禽魚，使之妍茂軒騰，移於邊情閨思，使之壯氣激人，離情溢目，移於幽巖邃谷，使之遼歷物外，爽人精魄，移於車馬弓矢悲憤酣歌，使之馳騁決發，如睨幽并，而失意放懷盡見窮通焉。嗚呼！太白觸文之強，乘文之險，潰文之毒，搏文之猛而作，狎弄杯觴，沉溺麴蘖，是真塞其聰，翳其明，醒則移于賦詠，宜乎醉而生，醉而死。予徐思之，使太白疎其聰，決其明，移於行事，強犯時忌，其不得醉而生死也。當時骨鯁忠赤，遮有其人，收其逸才，萃於太白。至於齊、魯，結構淩雲者無限。獨斯樓也，廣不踰數席，瓦缺椽蠹，雖樵兒牧豎，過亦指之曰：李白嘗醉於此矣。

劉楚登太白酒樓記：太白酒樓在故濟州今濟寧府南城門上。壯麗雄偉，四望夷曠，有汶、泗二水經其前，開河、安山、山湖諸水匯其西，鳧繹、龜蒙、徂徠、岱宗諸山復左顧聯絡於東北。皆紆青浮白，以舒斂出没於雲烟縹緲之際，而齊、魯方千里之勝可指顧而見矣。樓之規制，不知重修何時，其與昔之高卑大小殆不可辯。意其上下千數百年間，其修葺而因仍者，殆皆類此耳。右階西南上有古石柱，高可丈四五，觚植而湧蓋，其上周圍刻小篆記文者，唐沈光之所作也。其左階東南隅有二賢祠記石刻二通，蓋昔之州人嘗祀太白與知章賀公於其上者也。祠有二賢何，舊傳開元中以知章爲任城宰而來，其來而止也嘗飲於此，此樓之所以名也。惟李白負奇氣，好仙遊，其足跡幾半天下，凡江、漢、荆、湘、吴、楚、巴、蜀與夫秦、晉、齊、魯山水名勝之區，亦何所不登眺，何日不酣暢？而以酒樓名，天下有二焉。其在洛陽天津橋南董糟丘所造者，其事尤奇偉卓絶。今其存亡興廢，類不可知，獨兹樓以沈光記文遂留傳至今，豈偶然哉！

趙弼太白酒樓賦：濟城之巔，有樓巋焉。檐阿翼以四出，觚棱揭其高騫。謝溷濁於埃壒，焕金碧於雲煙。可以騁遐矚，寫幽悁，蓋太白昔所登臨而盤桓者也。粤惟濟郡，唐爲任城。雜舟車於水陸，紛人物之俊英。俗尚詩書而民勤稼穡，夫豈他邦可與抗衡？於是四明狂客，適宰兹邑。温恭克脩，儼碩有立。訟庭闃其虚閒，聊遊衍乎原隰。爾其長庚真人，輿聖孫子。薄遊東魯，寄家於此。邂逅之間，亶其樂只。想夫二賢之登斯樓也，形忘兮有終，心超兮無始。藩五嶽兮張屏，隱三山兮列几。斢天漢兮爲漿，舉斗筐兮作匕。左浮丘伯喬以振衣，右安期羨門而正履。豪吟吐萬丈之虹，醉吻涸三江之水。嘯歌玩空界之日月，震盪駐人寰之風雨。眼空四海，氣蓋千古。風流豪邁，直使人精神飛越，欲淩風而遐舉。爰有豪梁趙子，博謇好脩。倦遊湖海，養疴林丘。乘休暇，偕朋儔。攜濁醪，昇芳羞。而相與登兹樓。仰天宇兮嵺廓，俯山川兮樛流。草木黄落兮氣蕭瑟，禽獸號鳴兮悲窮秋。凭闌兮四望，豁我兮遠眸。東則皀嶧突起，嶔崟摧嵬。削芙蓉於半空，挹蒼翠於百里。悵禹桐之安在，慨秦碑之就毁。西則平湖浸空，灝漾皎潔。霜露降而潦水澂，蒲荷瘁而蒹葭折。惟漁艇與鷗羣，互出没而明滅。南則野蕪蒼蒼，河流湯湯。濤靁波雪，歕注吕梁。微神禹之疏鑿，民何由而奠康？北則平原淼漫，一望無極。泰山巖巖，遠露秋色。顧汶、泗之縈迴，知發源乎其側。周覽既畢，逡巡就席。浩歌起舞，痛飲盡石。客有徘徊歔欷，淚下霑襟而告趙子曰：太白不云乎！既無長繩繫白日，又無大藥駐朱顏。昔人安在，登高望遠，但見山青青而水潺潺。而況吾儕小人，皇皇朝夕，汩汩塵埃，死與草木同腐，不亦可哀也哉！趙子逌爾而笑，舉酒觴客而謂之曰：吾亦聞諸太白云：天地者萬物之逆旅，光陰者百代之過客。故由今而眡昔，則既往之日焉窮，由今而眡後，則方來之日未嗇。徒以區區百年之身，欲與之計銖兩而較尋尺。良非惑與！吾聞之也，君子見其大而略其細，薄於人而厚於躬。惟脩身以俟命，舍聖哲吾誰從？故遇則伊尹周公，道行於當時，不遇則仲尼孟軻，言垂於無窮。彼死生得喪，如蝨虻之過乎前，曾何足以蒂芥乎胸中？且夫夏蟲不可與語冰，井蛙不可與言大。非達人之大觀，其孰能邈圜方而無外也？客於是囅然而歎，灑然而饋。洗觴酌酒，爲太白之酹。已而長烟冪於林薄，明月出於東山。衆客皆醉，盡興而思還矣。履霜磴之溜滑，挾天風之高寒。各扶攜而雲散，及清夜之未闌。念兹會兮不偶，獨喟然而永歎也。

趙孟頫太白酒樓詩，城迥當平野；樓高屬暮陰。謫仙何俊逸！此地昔登臨。慷慨空懷古；徘徊獨賞心。嶧山明眼望，百里見遥岑。

陳中孚題太白酒樓：昔聞李太白，山東飲酒有酒樓。我今登樓來，北風吹髮寒颼颼。太白天酒仙，人間不可留。金光絳氣九萬里，翩然而上騎赤虬。左蹴大江濤，右翻黃河流。手攀北斗招摇柄，瓊田倒瀉銀灣秋。銀灣吸乾日月液，蟾驚兔泣黃姑愁。太白方悠然，掀髯送汀鷗。炯如曉霞一點映秋水，紅痕微湧玉色浮。太虛變化如蜉蝣，仙今何在不可求。惟有胸中燦爛五色錦，化爲元氣包神州。我欲起從仙之遊，安得羽翮飛上崑崙丘？

宋褧太白酒樓詩：我昔在髫年，知有謫仙人。少壯讀所作，天才氣淩雲。潯陽紫極宮，往歲聞佳句。采石青山頭，前月拜荒墓。夜宿簷下雲，秋弄江上月。何如任城樓，狂飲興豪發。況有任城宰，具酒復知音。酒酣溢八極，世事徒駸駸。內子香閨夢，伯禽嬌且啼。人間火宅謾煎逼，正是玉山傾倒時。散披紫綺裘，倒著白接䍦。銀臺金馬直一吐，方瀛絳闕行將去。仙之酒杯失，遺基樓觀雄。垣表暗題詠，石榴海柏森西東。謫仙人，今何在？汶水鳧山暗蒼靄。手揮玉鞭騎玉鯨，應在浮雲九州外。仙人魂魄茫氛氳，望之不見矧可親。明朝我亦玉京去，願謁蓬山賀季真。

周權謫仙樓詩：大羅仙人李太白，秋水疎蓮浮玉色。笑傲玉堂金馬中，詩酒猖狂天子客。飄飄豪氣秋風起，登樓曾醉山東市。放浪形骸宮錦袍，榮華富貴東流水。酒酣揮灑翻河筆，險語能令鬼神泣。至今光燄照塵寰，一字堪償雙白璧。我來懷古空悽愴，風月千年尚無恙。何時相見崑崙丘，汗漫從遊九天上？

趙文輝登太白酒樓詩：火冷昆明棟宇新，笑談應覺半天聞。坐邀采石江頭月；卧看徂徠頂上雲。寓意自知非嗜酒；傷心誰與共論文？騎鯨一去無消息，雲海茫茫澹夕曛。

劉基李白酒樓詩：小徑紆行客，危樓舍酒星。河分洸水碧；天倚嶧山青。昭代空文藻；斯人憶斷萍。登臨無賀老，誰與共忘形？

王世貞太白酒樓詩：昔聞李供奉，長嘯獨登樓。此地一垂顧，高名百代留。白雲海色曙；明月天門秋。欲竟重來者，潺湲濟水流。

陸深登太白樓詩：夜郎一去幾千秋，尚有任城太白樓。身後功名空自好；眼前汶、泗只交流。當年狂客心偏戀；近代風人誰與儔？拍碎闌干呼不起，月明風細憶神遊。

屠應峻太白樓詩：當時不見謫仙人，城上高樓空復春。勢極中原臨岱岳；境非吾土異三秦。遥鄰避世東方朔；生有相知賀季真。斗酒狂歌自今古，志存删述與誰論？

莫如忠太白樓詩：縹緲層樓霄漢隈，南城山色鏡中開。不知仙馭遊何處；長擬星辰謫上台。林杪鶴巢珠樹徧；日邊鯨負海濤來。秦碑魯殿俱銷歇，未覺浮名勝酒杯。

鄺堯齡太白樓詩：謫仙人去已千秋，河水依然盡日流。滿地濕雲生紫閣；半天晴雨落滄洲。名從白雪空詞苑；興到青山買酒樓。遥憶賀公能醉客，齊名二老至今留。

汪琬李太白酒樓歌：任城酒樓高插天，樓東桃樹非昔年。騎鯨仙人不知處，狂客還歸四明路。誰能醉卧胡姬壚，惟見春風拂花絮。我作東門遊，攜尊樓上頭。可憐魯酒薄，無復蘭陵篘。借問當時造酒者，何如紀叟董糟丘？堯祠遺蹟空荒荊，遠望徂徠何限情？放歌一曲下樓去，汶水東流日夕聲。

汪琬濟寧太白樓詩：先生本非狂，古之天人也。至今矚遺像，丰采猶瀟灑。憶當供奉時，才譽傾朝野。高標南山松，駿氣西極馬。勳名不能羈，況乃富貴假？一醉詩百篇，吐納皆大雅。吰然鍾吕鳴，餘子悉喑啞。游戲酒人中，夫豈沈湎者？遺址任城隅，千年構廣廈。隱隱面層巒，鱗鱗俛萬瓦。尊罍時見酹，碑文每争打。（原注：其碑記爲吾家文節公所作。）神爽遊八極，乘雲儻來下。

王士禛雨中登太白樓詩：開元陳跡去悠悠，猶有城南舊酒樓。吴語曾呼狂太白；洛陽何必董糟丘？黿鼉縹緲當窗出；汶泗蒼茫遶檻流。眼底無人具賓主，任城烟雨可憐秋。

浣筆泉在兗州府濟寧州東門外，舊傳李太白浣筆處。嘉靖間，主事白沛築亭其上。（潛確居類書）

浣筆泉在濟寧州城東關外，去會通河不數武，出土中，一方池，一圓池，相傳爲李太白浣筆處。（行水金鑑）

太白山在汶上縣東五十里，李白遊魯，嘗登其上。（山東通志）

濟南西北匡山，濟河路出其下，世傳李白嘗讀書于此。（元好問濟南行記）（王琦云：按山東通志：濟南府無匡山，而有筐山。山在府城西十里，其形如筐，故名。疑元氏記中所云之匡山即此山也。謂李白嘗讀書于此，殆彼土之人將依附杜詩「匡山讀書處，頭白好歸來」之句，以證太白爲山東人耳。）

浮休既投跡少陵，一日有以水磨求售者。相其地乃古之宜春苑也，今謂之韋曲，自漢唐以來諸韋居之，與後周逍遥公晒書臺，唐杜岐公韓退之舊業，鄭都官之園池，鄰里籬落垠塄皆在。又云：李太白常居此也，仰終南之雲物，俯滈水之清湍，喬木隱天，修竹蔽日，真天下之奇觀，關中之絶景也。（張舜民水磨賦序）

唐吴融題兖州泗河中石牀詩：一片苔牀水漱痕，何人清賞動乾坤？謫仙醉後雲爲態，野客吟時月作魂。光景不回波自遠，風流難問石無心。邇來多少登臨客，千載誰將勝事論？注云：李白杜甫皆此飲詠。

李白書堂在五老峯下，唐李白嘗至此，愛其險峭，嘆曰：天下之壯觀。因卜築讀書於此。（一統志）

李太白書堂在南康府青玉峽西一里，太白過此，愛其峭峻，嘆爲天下壯觀，因築堂讀書於此。杜子美贈白詩曰：匡廬讀書處，頭白好歸來，遂因以傳焉。（江西通志）

簡寂觀後有樵徑，涉石澗，攀崇岡，屈折而上五六里許，則日照菴，四圍山色，空翠欲滴，香爐、犀牛、漢陽三峯，縹緲插雲，即太白讀書處也。（吴道賢匡廬紀遊）

太白書堂在華頂峯，李白嘗遊天台，後人因爲建堂。（天台山志）

諸葛羲太白書堂詩：太白已千載，書堂今在兹。丹青銷畫壁，苔蘚没殘碑。山暝涼生早，天長鳥去遲。屋梁新月色，彷彿見鬚眉。

值雪山在安慶府望江縣西十八里，上有平岡，相傳唐李白遊此山值雪，故名。（一統志）

太白書堂在安慶府望江縣，唐李白避禄山之亂於此讀書，遺址尚存。（江南通志）
獨臯山在安慶府太湖縣北五十里，上有石刻隴西字，世傳李白嘗避地於此。（江南通志）
對酌亭在安慶府宿松縣南臺，李白舉杯邀月處。（江南通志）
讀書臺在安慶府宿松縣南三里，唐李白避禄山亂至宿松，依邑宰閭丘，築臺讀書。（江南通志）

李太白書堂在化城寺龍女泉之側。天寶間，李白訪道江、漢，遥望九子山，顧而樂之，易號九華，會故人韋仲堪爲邑令，遂僑居焉，建讀書堂於其地。宋南渡後蕪没不存。（九華山志）
九華山龍女泉，其旁乃李太白書堂，今爲張氏墳地，或謂書堂在半霄亭旁者非。（周必大泛舟遊山録）

醉石在香泉溪滸，昔李青蓮遊此，遶石醉呼，故名。（黄山志）
有醉石酩酊層巖上，行者懼其迎風墮也，相傳李謫仙曾踏歌其旁。（汪灝遊黄山記）
婺源縣西七十里有湖山，山外有太白渡，相傳唐李白過此，故名。（弘治徽州府志）
施愚山歙城西太平十寺詩曰：數峯存十字，紺宇入蒼烟，得徑穿雲窟，從僧問雪泉。江橋秋樹外，山郭夕嵐邊。太好留詩處，何人繼謫仙？注云：李太白經此留詩。又有集河西太平寺詩曰：僧廬路入披雲嶺，仙客詩留碎月篇。注云：唐許宣平隱居披雲嶺，李白有灘前流碎月之句。（學餘詩集）

李白書堂在五松山，李白來遊，樂其山水之勝，建堂讀書於此。（一統志）

林桷太白五松書院詩：翰林最愛五松山，嘗説千年未擬還。而我抗塵良自媿，來遊只得片時閑。

李白巖在梧州藤縣東六十里赤水峽，深闊丈餘，項有竅通日光，相傳唐李白謫夜郎時過此。（一統志）

太白巖在柳州懷遠縣下石門，李白謫夜郎，築石嘯詠於此。（廣西通志）

問月亭在湖廣施州衛，城北有臺，孤高獨出碧波峯之中，建亭其上，相傳李白謫夜郎嘗于此賞月。（一統志）

湖廣武昌府治南三十里有李白讀書堂。（一統志）

大安山在湖廣德安府城西六十里。唐相許圉師家此山下。李白忤高力士放還，許相家以孫女娶之。黄晦叔桃花巖詩云：大安婦翁舍，時來枕流眠。正謂此。（王琦云：事見方輿勝覽及一統志。考太白娶于許氏在未入長安之前，謂忤力士以後事大繆。）

太白湖在漢陽九真山南，一名白湖，周二百餘里，半屬沔陽州，舊傳李太白游泛于此。（潛確居類書）

梁山在靖州會同縣東四十里。昔李白遊其巔，手引一泉，清凉甘美，久旱不竭，俗名凉山。（湖廣通志）

輿地紀勝：白社山在靖州會同縣，李白流夜郎時于此結社。（潛確居類書）

李白宅在當塗縣青山麓，白至姑熟，依當塗令族人陽冰，見兹山幽邃，營宅以居。裴敬碑云：余過當塗訪李翰林舊宅，即此。（江南通志）

采石山在太平府城北二十五里牛渚北，昔人于此取石，因名。臨江有磯曰采石磯，唐李白嘗乘月與崔宗之自采石至金陵，著宫錦袍坐舟中，即此。（一統志）

牟存叟端明（名子才。）守當塗日，郡圃有脱靴亭，以謫仙采石得名。存叟繪以爲圖，系以讚曰：錦袍兮烏幘，神清兮氣逸。淩轢兮萬象，麾斥兮八極。我思古人，伊李太白。孰爲使之，朝禁林而暮采石也，其天寶之嬖幸與！疏擿詞章，浸潤宫掖。吾觀脱靴之圖，未嘗不嫉小人之情狀而傷君子之疎直。公之高躅兮，霍神龍之不可以羈紲。矧富貴如敝屣兮，其得失又何所欣戚也？（齊東野語）（王琦云：或以讚詞爲元人貫酸齋之作，自天寶之嬖幸以下摘去五十餘字，未知孰是。）

捉月亭在采石山，世傳李白過采石酒狂水中捉月，後人因以名亭。（一統志）

暮雲亭在采石鎮唐賢坊神霄宫内，舊名捉月亭，元時圮，後重建，乃藏李白宫錦處。（太平府志）

王綬暮雲亭記：余治郡之二年，防禦使王侯明護軍犀渚，江波不動，烽燧不驚，鎮以無事。顧瞻唐李翰林墓下，祠宇卑陋，勿稱揭虔。三年春，撤而新之，築亭其旁，高明顯敞，足爲游觀吟眺之勝。聞與見者咸咨嗟嘆異，謂侯能爲人所未暇爲之事，是可喜也。余曰：太白聲名在天地間，猶青天白日，鳳凰芝草，孰不知爲美瑞？何待騷人墨客始知敬耶？又世之論太白者徒知錦繡心口，明月肺腸，才思清新，歌詞婉麗，獨步當時。然此餘事耳。方高力士驟貴，公卿大夫争相取容，惴惴然恐失其意，而太白使脱靴殿上，奴視弗顧，可謂氣蓋天下矣。士以氣爲主，脂韋軟熟，脅肩諂笑，同流合污者，氣之不足也。富貴不能淫，威武不能屈，稱大丈夫者，氣之所充也。使太白得時行志，寄命託孤，臨大節而不可奪，非斯人吾誰與！昔畢文簡公以王佐期之，豈過論哉？晚歲脱屣軒冕，縱情詩酒，樂天知命，遺形釋智，澹乎若深淵之靚，泛乎若不繫之舟，飄然超世之志，曾不以生死動其心，未可以清狂少之也。余遂書其事，俾刻諸石，且摭杜少陵春日憶白之句，名其亭曰暮雲。宋紹定六年。

李白墓在太平府城東青山之北，白嘗依族人當塗令李陽冰，悦謝家青山，欲終焉。及卒，葬采石之龍山，後改葬青山。宋郡守趙松年爲建祠，給田付僧看護。（一統志）

姑熟青山李白墓生蘆，其形如筆，號筆蘆。績溪舒頔道原有詩云：筆蘆蕭蕭青山巔。

（池北偶談）

筆蘆星竹生青山李白墓上，陶安李翰林墓詩云：自别金鑾抵夜郎，江南有夢到朝堂。酒酣采石風生袂；崖老青山月滿梁。龍管鳳笙遺韻事；筆蘆星竹借文章。雲飛荒野苔碑斷，時有詩人醉一觴。注云：墓上産蘆如筆，有竹散點如星。（太平府志）

李白墳在太平州采石鎮民家菜圃中，遊人亦多留詩，然州之南有青山，乃有正墳。或曰：太白平生愛謝家青山，葬其處，采石特空墳耳。世傳太白過采石，酒狂捉月，竊意當時藁葬於此，至范侍郎爲遷窆青山焉。（侯鯖録）

采石江之南岸田畈間有墓，世傳爲李白葬所，累甓圍之，其墳略可高三尺許，前有小祠堂甚草草，中繪白像，布袍裹軟脚幞頭，不知其傳真否也。白嘗供奉翰林，終不得官，則所衣白袍是矣。范傳正作白碑曰：白之孫女言曰：嘗殯龍山之東麓，墳高三尺，傳正時爲宣歙觀察使，諭當塗令諸葛縱改葬于青山，則在舊瘞之東六里矣。其時元和十二年也。然則龍山青山兩地皆著白墳，亦有實矣。至謂白以捉月自投於江，則傳者誤也。曾鞏曰：范傳正志白墓，稱白偶乘扁舟一日千里，白之歌詩亦自云如此。或者因其豪逸，又嘗草瘞江邊，乃飾爲此説耳。正史及范碑皆無捉月事，則可證矣。（演繁露）

采石江頭李太白墓在焉。往來詩人題詠殆徧。有客書一絶云：采石江邊一抔土，李白詩名耀千古。來的去的寫兩行，魯班門前掉大斧。亦確論也。（蓬軒别記）

白居易李白墓詩：采石江邊李白墳，遶田無限草連雲。可憐荒隴窮泉骨，曾有驚天動地文。但是詩人多薄命，就中淪落不過君。

項斯經李白墓詩：夜郎歸未老，醉死此江邊。葬闕官家禮，詩殘樂府篇。遊魂應到蜀，小碣豈旌賢？身没猶何罪，遺墳野火燃。

許渾途經李白翰林墓詩：氣逸何人識，才高舉世疑。禰生狂善賦；陶令醉能詩。碧水鱸魚興；青山鵩鳥悲。不堪遺塚在，荆棘楚江湄。

杜荀鶴經謝公青山弔李翰林詩：何謂先生死，先生道日新。青山明月夜；千古一詩人。天地空銷骨；聲名不傍身。誰移耒陽塚，來此作吟鄰。

姚合送潘秀才歸宣州詩：李白墳三尺，嵯峩萬古名。因君還故里；爲我弔先生。晴日移虹影；空山出鶴聲。老郎閑未得，無計此中行。

殷文圭經李翰林墓詩：詩中日月酒中仙，平地雄飛上九天。身謫蓬萊金籍外；寶裝方丈玉堂前。虎靴醉索將軍脱；鴻筆悲無令子傳。十字遺碑三尺墓，只應吟客弔秋烟。

曾鞏謁李白墓詩：世間遺草三千首；林下荒墳二百年。信矣輝光爭日月；依然精爽動山川。曾無近屬持門户；空有鄉人拂几筵。顧我自慚才力薄，欲將何物弔前賢？

晁補之采石李白墓詩：客星一點太微旁，談笑青蠅玉失光。載酒五湖狂到死，只今天地不能藏。

陸游弔李翰林墓詩：飲似長鯨快吸川；思如渴驥勇奔泉。客從縣令初何有；醉忤將軍亦偶然。駿馬名姬如昨日；斷碑喬木不知年。浮生今古同歸此，回首桓公亦故阡。（桓温塚亦在當塗。）

尤袤李白墓：嗚呼謫仙，一世之英。乘雲御風，捉月騎鯨。來遊人間，蜕骨遺形。其卓然不朽，與江山相爲終始者，則有萬古之名。吾意其峥嶸犖落，决不與化俱盡，或吐爲長虹而聚爲華星。青山之下，埋玉荒塋。祠貌巍然，斷碑誰銘？

高翥經李謫仙墓詩：蕭蕭高塚倚雲根，父老相傳太白墳。白骨定隨風月冷，青山常共姓名存。平生出處猶如見，一死浮沉那可論？客子開元書記後，故來澆酒些清魂。

宋無李翰林墓詩：嗜酒傲明時，何因賀監知？承恩金馬詔，失意玉環詞。名與三閭並，身將四皓期。匡山有書讀，應亦嘆歸遲。一騎紫鯨去，空掩謝山塋。落月今誰弔，長庚夜自明。乾坤沉秀氣，江水帶哀聲。天上多官府，文章不可輕。

白珽李翰林墓詩：出城得佳山，兩峯特奇詭。一如植躬圭，一峯拱而侍。我見猶愛之，而況謫仙子。孤墳在其下，政爾直一死。謫仙真天人，出處見諸史。豈敢傲吾君？辛苦植唐祀。嗟予倔倔者，塵土正如此。停車不忍發，載拜顙有泚。仰止青山高，清風與終始。孰謂千載人，不在天地裏？

施閏章經李太白墓詩：共説騎鯨捉月遊，孤墳細草野風秋。夜郎幽憤無多淚，萬古長江楚水流。

異聞

頃在祕閣抄書，得續樹萱録一卷，其中載隱君子元撰夜見吴王夫差，與唐諸詩人吟詠事，李翰林詩曰：芙蓉露濃紅壓枝，幽禽感秋花畔啼。玉人一去未回馬，梁間燕子三見歸。張司業曰：緑頭鴨兒咂萍藻，採蓮女郎笑花老。杜舍人曰：鼓鼙夜戰北窗風，霜葉沿階貼亂紅。三人皆全篇，杜工部曰：紫領寬袍漉酒巾，江頭蕭散作閑人。白少傅曰：不因霜葉辭林去，的當山翁未覺秋。李賀曰：魚鱗砌空排嫩碧，露桂稍寒挂團璧。三人皆未終篇，細味其體格語句，往往逼真。後閲秦少游集，有秋興九首，皆擬唐人，前所載咸在焉。關子東爲秦集序云：擬古數篇曲盡唐人之體，正謂是也。（容齋隨筆）（王琦云：何子楚云：續樹萱録乃王性之所撰而託名他人。今其書才有三事，其一曰賈博喻，一曰全若虛，一曰元撰，詳命名之義，蓋取諸子虛亡是公云。）

東坡集中載李白謫仙詩一首，其詞曰：我居清空裏，君隱黄埃中。聲形不相弔，心事難形容。欲乘明月光，訪君開素懷。天盃飲清露，展翼登蓬萊。佳人持玉尺，度君多少才。玉尺不可盡，君才無時休。對面一笑語，共躡金鰲頭。絳宫樓闕百千仞，霞衣誰與雲烟浮。東觀餘論曰：我居青空表，君處紅埃中。仙人持玉尺，度君多少才。玉尺不可盡，君才無時休。此上清寶典李太白詩也。

紹聖二年四月甲申，山谷以史事謫黔南，道間作竹枝辭二篇，題歌羅驛曰：撑崖拄谷蝮蛇愁，入箐攀天猿掉頭。鬼門關外莫言遠，五十三驛是皇州。浮雲一百八盤縈，落日四十九渡明。鬼門關外莫言遠，四海一家皆弟兄。又自書其後曰：古樂府有巴東三峽巫峽長，猿鳴三聲淚沾裳。但以抑怨之音，和爲數疊，惜其聲今不傳。余自荆州上峽入黔中，備嘗山川險阻，因作二疊，傳與巴娘，令以竹枝歌之。前一疊可和云：鬼門關外莫言遠，五十三驛是皇州。後一疊可和云：鬼門關外莫言遠，四海一家皆弟兄。或各用四句入陽關小秦王，亦可歌也。是夜宿于驛，夢李白相見於山間，曰：予往謫夜郎，於此聞杜鵑，作竹枝詞三疊，世傳之否？予細憶集中無有，三誦而使之傳焉。其辭曰：一聲望帝花片飛，萬里明妃雪打圍。馬上胡兒那解聽？琵琶應道不如歸。竹竿坡面蛇倒退，摩圍山腰胡孫愁。杜鵑無血可續淚，何日金雞赦九州？命輕人鮓甕頭船，日瘦鬼門關外天。北人墮淚南人笑，青壁無梯聞杜鵑。今豫章集所刊，蓋自謂夢中語也。音響節奏似矣，而不能掩其真，亦寓言之流歟！（桯史）

先伯父熙寧九年四月二十七日夜夢至一處，牓曰清香館。東偏有别院，東壁有詩牌云：題冀公功德院，山東李白。其詩曰：秋風吹桂子，只在此山中。待得春風起，還應生桂叢。桂叢日以滿，清香何時斷？只爲愛清香，故號清香館。伯父自作記夢一篇，書之甚詳。（許彦周詩話）

徐積夢李白詩：烏紗巾，紫綺裘。夢中太白從吾遊。陶陶爛醉江山秋。半夜起來覓不見。頭背長安淚如霰。

陳廷敬夢太白詩：太白天上人，入世思沉冥。昔過酒樓下，扁舟繫客情。昨夜忽夢公，千載猶峥嶸。花月十年醉，聲名一日榮。此義我贈君，出處亦甚明。年至不歸去，惜哉身後名。風雅亦細故，所患在有生。無生斯無死，天人渾一成。餘語不可悉，孤蓬急晨征。明當過酒樓，靈爽使人驚。（自注：十年花月西園醉，一日聲名北斗高。予庚子歲夢中所得句。）

貞元五年，李白子伯禽充嘉興監徐浦下場糴鹽官，場界有蔡侍郎廟，伯禽因謁廟，顧見廟中神女數人，中有美麗者，因戲言曰：娶婦得如此足矣。遂瀝酒祝語之。後數日，正晝視事，忽聞門外有車騎聲，伯禽驚起良久，具服迎於門，折旋而入，人吏驚愕，莫知其由。乃命酒殺，久之祇叙而去。後乃語蔡侍郎來，明日又來，旁人並不知見。伯禽迎於門庭，言叙云：幸蒙見録，得事高門，再拜而坐，竟夕飲食而去。伯禽乃告其家曰：吾已許蔡侍郎論親。治家事，別親黨，數日而卒。出通幽録。（太平廣記）（王琦云：紫桃軒又綴：通幽録載貞元中李白子伯禽爲乍浦下場鹽官，戲侮神祠玉女，發狂而卒。魏顥李翰林集叙載白初娶許，生子曰明月奴，又合於魯一婦人，生子曰玻璃，所謂伯禽者其即明月奴耶！太白一生作詩，喜言酒與婦人，又喜言神仙，最不耐塵俗事。其子縱誕，乃至垂情木偶，自取夭折，豈其氣類鍾育固有自也！琦按范傳正新墓碑，據其二女所云伯禽以貞元八年不祿而卒，與通幽録所傳貞元五年者不合。又云父存無官，則又與所傳充嘉興監徐浦下場糴鹽官者不合。蓋一時訛傳，而小説家以爲異而記之。其真僞固不得而定也。胡應麟筆叢似欲爲太白諱者，乃云有兩李伯禽，一太白子，一嘉興監與神昏，析而二之，亦恐未是。）

法書

李白，字太白，生於巴西，彌月之初，母夢長庚，故因以取名。丱歲知通書，及長好擊劍，落落不羈束。喜與酒徒縱飲，世有六逸八仙之目。賀知章一見，號謫仙人，薦之明皇，以布衣召見金鑾殿，爲降輦步迎，如見園綺，論當世務，草答蕃書，筆不停綴。帝嘉之，以寶牀賜食于前，手爲和羹，令待詔金馬門，當時榮之。未幾，不爲親近所喜，有詔放還。徘徊江左，依李陽冰，愛謝家青山，有終焉之志。澄江月滿，拏舟夜渡，著宫錦袍，吟嘯其間，端是風塵表物也。唐人作詩未有如杜甫，時白亦得差肩于甫，至其名章俊語，鬱鬱芊芊之氣，見於毫端者，固已逼人。是豈可與泥筆墨蹊徑者爭工拙哉！嘗作行書，有乘興踏月，西入酒家，不覺人物兩忘，身在世外一帖，字畫尤飄逸，乃知白不特以詩名也。今御府所藏五，行書太華峯乘興帖，草書歲時文詠酒詩醉中帖。（宣和書譜）

中興館閣儲藏名賢墨蹟一百二十六軸，有李白廿日醉題詩一，送賀八歸越詩一。（陳騤中興館閣録）

賈似道留心書畫，家藏名蹟多至千卷，其宣和紹興祕府故物往往乞請得之，有李白乘興帖。（清河書畫舫）

予評李白詩如黄帝張樂於洞庭之野，無首無尾，不主故常，非墨工槧人所可擬議。及觀其藁書，大類其詩，彌使人遠想慨然。白在開元、至德間，不以能書傳，今其行草殊不減古人，蓋所謂不煩繩削而自合者與。（黄山谷題李白詩草後）

潤州蘇氏家有李太白天馬歌真跡。（墨莊漫録）

李翰林醉墨是葛八叔忱贋作，以嘗其婦翁，諸蘇果不能別，蓋叔忱翰墨亦自度越諸賢，可寶藏也。（黄山谷跋翟公巽所藏石刻）

李太白醉草葛叔忱戲欺其婦公者，山谷嘗言之矣。雖自九天分派，不與萬李同林。步處雷驚電繞，空餘翰墨窺尋。此趙德麟跋蘧所藏李太白醉草後，其實自謂也。（何蘧春渚紀聞）

世傳李太白草書數軸，乃葛叔忱僞書。叔忱豪放不羣，或嘆太白無字畫可傳，叔忱偶在僧舍，縱筆作字一軸，題之曰李太白書，且與其僧約，異日無語人，蓋欲其僧信於人也。其所謂得之丹徒僧舍者，乃書之丹徒僧舍也。今世所傳法書要録、法書苑、墨藪等書，著古今能書人姓名盡矣，皆無太白書之品第也。太白自負王霸之略，飲酒鼓琴，論兵擊劍，鍊丹燒金，乘雲仙去，其志之所存者靡不振發之，而草書奇崛如此，寧謙退自晦無一言及之乎？叔忱翰墨自絶人，故可以戲一世之士也。晁以道爲予言如此。（邵氏聞見後録）

藁書世傳李太白遺文，或謂謝氏子弟誑武功蘇才元所書，更不復詳考所出，而推舉過重，便謂不減魯公。然此書雖少繩墨，不可考以法度，要是軒前輊後，度越淩突，令人想見酒酣賦詩時也。王僧虔論書，或以其人可想，或以其法可存，世人悉（悉，小篆愛字。）李太白名，至僞書一卷亦聲價增重，豈以人可想故耶！（廣川書跋）

李白在開元間不以能書名，今其行草不減古人，龍江夢餘録載其二帖是也。本事詩言太白筆迹遒利，鳳跌龍拏，今世傳有二帖。（楊升菴外集）

蜀之石泉，禹生之地，謂之禹穴，其石杳深，人跡不到，頃巡撫儀封劉遠夫脩蜀志，搜訪古碑刻，有禹穴二字，乃李白所書。（楊升菴外集）

禹穴在四川石泉縣治之北石紐村，大禹生此。石穴杳深，人跡不到，掘地得古碑有禹穴二字，乃李白所書。識者因疑會稽禹穴之誤。（潛確居類書）

壯觀碑在金鄉縣儒學明倫堂前，二大字乃唐李白所書。碑陰題云：賀知章爲任城令與太白友善，過城鎮有所觀覽，書此二字。元至治初，新豐里人得此碑於沛中，置諸堂。元末兵起，付於草萊，明初置今所。（山東通志）

滕陽驛廳事前古槐之下有石碣刻壯觀二字，殊勁挺，蓋青蓮筆也。（六研齋筆記）

壯觀，唐李太白書，刻於大同府懷仁縣磁峽東崖上，筆力遒勁，人多摹榻。（山西通志）

宴喜臺在徐州碭城縣東五十步，臺上有石刻三大字，相傳唐李白筆。（江南通志）

吴天章雯説薊州獨樂寺觀音閣凡三層，其額乃李太白書。（居易録）

宋牧仲薊州獨樂寺詩曰：署書傳太白，遺碣有蒙哥。注云：寺有李太白書觀音之閣四字，及元蒙哥帝爲賽典赤所立賢牧碑。（西陂類稿）

李白清風亭墨蹟，舊在化城寺，今亡。（太平府志）

金陵僧志安於化城寺得會昌中所傳李太白真本，知縣滕宗諒繪傳之。（太平府志）

太白書得無法之法。（鄭杓衍極）

李士訓紀異曰：大曆初，霸上耕得石函絹素古文孝經，初傳李白受李陽冰，盡通其法，皆三十二章，今本亦如之。（墨池編）

張長史旭傳顔平原真卿、李翰林白、徐會稽浩。（解縉春雨雜述中序書學傳授一條）

圖畫

中興館閣儲藏圖畫有李白像一，不知名氏。（宋中興館閣續録）

祕閣畫有小本李白寫真，崔令欽題。（周必大二老堂雜志）

釋貫休觀李翰林真二首：日角浮紫氣，凜然塵外清。雖稱李太白，知是那星精。御宴千鍾飲；蕃書一筆成。宜哉杜工部，不錯道騎鯨。　誰氏子丹青，毫端曲有靈。屹如山忽墮；爽似酒初醒。天馬難攏勒；仙房向閉扃。若非如此輩，何以傲彤庭？

蘇軾書丹元子所示李太白真詩：天人幾何同一漚，謫仙非謫乃其遊。麾斥八極隘九州，化爲兩鳥鳴相酬，一鳴一止三千秋。開元有道爲少留，縻之不得矧肯求。西望太白横峩岷，眼高四海空無人。大兒汾陽中令君，小兒天台坐忘身。生平不識高將軍，手污吾足乃敢嗔？作詩一笑君應聞。（王琦云：春渚紀聞：士之所尚，忠義節氣，不以摛詞摘句爲勝。唐室宦官用事，呼吸之間，生殺隨之。李太白以天挺之才，自結明主，意有所疾，殺身不顧。王舒公言太白人品污下，詩中十句九句説婦人與酒。先生作太白贊則曰：開元有道爲少留，縻之不得矧肯求。又平生不識高將軍，手污吾足乃敢嗔。二公立論，正以見二公胸次也。漁隱叢話：李杜畫像，古今詩人題詠多矣。若杜子美，其詩高妙固不待言，要當知其平生用心處，則半山老人之詩得之矣。若太白，其高氣蓋世，千載之下，猶可嘆想，則東坡居士之贊盡之矣。）

饒節李太白畫像歌：先生之氣蓋天下，當時流輩退百舍。醉中咳唾落珠璣，身後聲名滿夷夏。青山木拱三百年，今晨乃拜先生畫。烏紗之巾白紵袍，岸巾攘臂方出遨。神遊八極氣自穩，冰壺玉斗霜風高。嗚呼先生態絶倫，仙風道骨語甚真。蕭然可望不可親，懸知野鶴非雞羣。天寶之初天子逸，先生辭去不肯屈。采石江頭明月出，鼓枻酣歌志願畢。只今遺像粉墨間，尚有英風爽毛骨。宣州長史粉黛工，誰令寫此人中龍。細看筆意有俯仰，妙處果在阿堵中。人云此畫人莫比，吴侯得之喜不寐。意侯所愛豈徒爾，亦惜真才死泥滓。先生朽骨如可起，誰爲獵之奉天子。作爲文章文聖世，千秋萬古誦盛美。再拜先生淚如洗，振衣濯足吾往矣。

陳師道和饒節詠周昉畫李白真詩：君不見，浣花老翁醉騎驢，熊兒捉轡驥子扶。金華仙伯哦七字，好事不勝千金摹。青蓮居士亦其亞，斗酒百篇天所借。英姿秀骨尚可似，逸氣高懷那得畫？周郎韻勝筆有神，解衣磅礴未必真。一朝寫此英妙質，似悔只識如花人。醉色欲盡玉色起，分明尚帶金井水。烏紗白苧真天人，不須更著山巖裏。平生潦倒飽丘園，禁省不識將軍尊。袖手猶懷脱靴氣，豈是從來骨相屯？仰視雲空鴻鵠舉，眼前紛紛那得顧？是非榮辱不到處，正恐朝來有新句。勿言身後不要名，尚得吴侯費百金。江西勝士與長吟，後來不憂身陸沉。（王琦云：文獻通考：後村劉氏曰：陳後山題太白畫像云：江西勝士與我吟，後來不憂身陸沉。勝士謂饒德操。按德操詩云手污吾足之作，大争地位。太白非德操，遂陸沉耶？似非篤論。）

周紫芝李太白畫像二首：欲與天仙論等差，短長何止但詞華？誰人解屈將軍手，爲脱烏皮六縫靴。

少陵詩瘦平生苦，太白才高一醉間。捉得江心波底月，却歸天上玉京仙。

李俊民李太白圖：謫在人間凡幾年，詩中豪傑酒中仙。不因采石江頭月，那得騎鯨去上天？

李端甫李白扇頭：巖冰澗雪謫仙才，碧海騎鯨望不回。今日霜紈見遺像，飄然疑自月中來。

王彝題李太白像：青天無人代天語，一星西落銀雲渚。嫦娥戲弄青瑤波，傾向人間金叵羅。龍孫醉吸海爲酒，日月雙飛織錦梭。仙鬼千年王母宴，謫來醉卧金鑾殿。玉環腮上桃花小，玉尖香膩龍涎硯。靴塵煖撲貂璫兒，踏破青天捉月飛，一聲叫斷扶桑雞。海枯化作蓬萊雪，夢裏長庚大如月。

高啓題謫仙像：妃子嗔來供奉歸，金陵酒涴舊宫衣。若教直上樓船去，此像人間寫亦稀。

徐賁題謫仙像：鼙鼓聲來已亂離，錦袍脱却恨歸遲。秋風江上長吟裏，不唱清平古調詞。

僧大圭題太白像：歌罷秦樓月滿闌，天風兩袖錦袍寬。花前莫草清平調，飛燕深宫不耐寒。

王澤李太白像：春殿龍香試綵毫，詩成奪得錦宫袍。歸來笑擁如花妓，卧看薔薇月上高。

沈周題李太白像：風骨神仙品，文章浩蕩人。世間金鷟鷟；天上玉麒麟。江月狂歌夜；宫花醉眼春。獨輸蕭穎士，不見永王璘。

文徵明題太白像：宫袍錯落洒春風，玉雪淋漓殢酒容。殘夜屋梁棲落月；碧天秋水洗芙蓉。麒麟豈是人間物？眉宇今從畫裏逢。一語不酬千載話，匡廬山下有雲松。

宋濂李太白像贊：元行臺治書侍御史亦憐真班所藏李太白像，係祕閣傳本，吾友危君太樸嘗爲之贊，自後流落於金陵駱氏酒家。洪武己酉秋，郡士王宗溥購獲之，尋以摹本見貺，因造贊曰：長庚降精，下爲列仙。陵厲日月，呼噏風烟。錦衣玉顔，揮毫帝前。氣吞閹豎，視若烏鳶。頓挫萬象，隨機回旋。金童來迎，絡節翠旜。下土穢濁，孰堪後先？䁖然一笑，騎鯨上天。

唐韓幹畫，御府所藏，有李白封官圖。（宣和畫譜）

賀知章李白合像，不知誰作。

樓鑰題賀監李謫仙二像詩：不有風流賀季真，更誰能識謫仙人？金龜換酒今何在，相對畫圖如有神。斗酒澆詩動百篇，鑑湖牛渚兩俱仙。早知今日猶相對，不向稽山回酒船。

李白送别杜子美圖

華愛題李白送别杜子美發魯郡圖：杜陵有客才名早，却與東山李白好。短褐飄飄泗水春，登臨落日同傾倒。浮踪轉盼各飛蓬，石門一别風烟渺。同心之誼袪形骸，相期直在雲霞表。渭北江東日渺茫，王孫不見凄芳草。由來造化蹟英賢，奈爾風流天地老。

李白脱靴圖

陳旅題李白脱靴圖：威鳳翔寥廓，妖蟇窟廣寒。翻令趙飛燕，無處倚闌干。

李白還山圖

劉秉忠太白還山圖：一片靈臺照世明，共傳太白是元精。心中有道時時樂；眼底無塵物物清。千首未知詩作癖；百杯尋與酒爲盟。長安多少風和月，不盡先生吟醉情。

李白騎驢圖

元好問李白騎驢圖：八表神遊下筆難，畫師胸次自酸寒。風流五鳳樓前客，枉作襄陽雪裏看。

邵寶太白像：仙人騎驢如騎鯨，睥睨塵海思東瀛。等閑相逢但叱咤，誰知萬古千秋情？醉來天地小於斗，鞭策雷霆鬼神走。豪奇自比齊東人，大雅猶懷魯中叟。青春想像華清宫，解識仙人圖畫中。拍浮緑酒喚不醒，葛巾颯颯生天風。

喬仲常有李白捉月圖。（畫繼）

蔡珪太白捉月圖：寒江覓得釣魚船，月影江心月在天。世上不能容此老，畫圖常看水中仙。

程鉅夫謫仙捉月圖：牛渚磯前白錦袍，蛾眉亭上月初高。江波滿眼平如地，醉倒長庚一世豪。

王惲李白捫月圖：詩中無敵飲中豪，四海飄蕭一錦袍。千丈醉魂無處着，青山磯上月輪高。

李白泛月圖

宋九嘉題李白泛月圖：江心月影盡一掬，船頭月影盡一吸。夜涼風露點宮袍，天地之間一李白。

李白玩月圖

余闕李白玩月圖：春池細雨柳纖纖，手倦揮毫日上簾。想得停杯江海夜，月明照見水精盤。

嚴氏書畫記有戴文進李白問月圖。（汪砢玉珊瑚網）

張以寧題李白問月圖：誰提明月天上懸，九州蕩蕩青無煙。天東天西走不駐，姮娥鬢霜垂兩肩。中有桂樹萬里長，吳剛玉斧聲闐闐。顧兔杵藥宵不眠，天翁下視爲爾憐。頗聞昔時錦袍客，乃是月中之謫仙。帝命和予羽衣曲，虹橋一斷心茫然。竹王祠前霧如雨，躑躅花開啼杜鵑。月在天上缺復圓，人間塵土多英賢。舉杯問月月不言，風吹海水秋無邊。滄波盡捲金尊裏，清影長隨舞袖前。相期迢迢在雲漢，嗚呼此意誰能傳？騎鯨寥廓忽千年，金薤青熒垂萬篇。浮雲起滅焉足異？終古明月懸青天。

張以寧題李白問月圖：青天出皓月，碧海收微煙。舉杯一問月，我本月中仙。醉狂謫人世，於今幾何年？桂樹日已老，我別何當還？兔藥日已熟，我鬢何由玄？迢迢夜郎外，垂光一何偏？問月月不語，舉杯復陶然。青天自萬古，皓月長在天。明當躡倒影，飛步崑崙巔。

李白獨酌圖，宣和所藏，李伯時筆。（元遺山集）

元好問太白獨酌圖：謫仙去世三百年，海中鯨魚渺翩翩。豈知龍眠天馬筆，忽有玉樹秋風前。金鑾歸來身散仙，世事悠悠白髮邊。會稽賀老何處在？千里名山入酒船。清景已隨詩句盡，風流合向畫圖傳。往時長安酒家眠，焦遂不狂張不顛。想得三更風露下，醉和江月弄江烟。

王惲太白獨酌圖：九重春色醉仙桃，何似江山照賜袍。千丈氣豪愁不管，青山磯上月輪高。

李白醉飲圖

詹同李白醉飲圖：百川鯨吸散清狂，豈但文章萬丈光？最是有功唐社稷，眼中先識郭汾陽。

李白扶醉圖

李東陽太白扶醉圖：半擁宮袍拂錦韉，有誰扶醉敢朝天？玉堂記得風流事，知是吾宗老謫仙。

李白醉歸圖

呂子羽李白醉歸圖：春風醉袖玉山頹，落魄長安酒肆迴。忙殺中官尋不得，沉香亭北牡丹開。

劉秉忠太白醉歸圖：五斗先生未解酲，一生愛酒不曾醒。人間詞翰傳名字；天上星辰粹性靈。雁帶煖回波泛緑；燕銜春至草抽青。紗巾醉岸南山道，幾處哦詩補畫屏。

顧觀太白醉歸圖：歌成芍藥倒金壺，並轡宫官馬上扶。樂部餘音隨彩旆；仙班小隊下清都。長庚萬丈文章燄；後世千年粉墨圖。江左青山舊時月，一杯誰慰客墳孤？

王惲李白醉歸圖：雲陣横陳大渡河，一書能解六蠻和。仙韶莫詫君王寵，七寶莊嚴未是多。

陳顥太白醉歸圖：偶向長安醉市沽，春風十里倩人扶。金鑾殿上文章客，不減高陽舊酒徒。

李白舟中醉卧圖

劉秉忠太白舟中醉卧圖：仙籍標名世不收，錦袍當在酒家樓。水天上下兩輪月；吴越經過一葉舟。壺内乾坤無晝夜；江邊花鳥自春秋。浮雲能蔽長安日，萬事紛紛一醉休。

李白酒船圖

趙孟頫題太白酒船圖二首：載酒向何處，稽山鏡水邊。若爲無賀老，興盡便回船。瀟洒稽山道，風流賀季真。相思不相見，愁殺謫仙人。

李白扁舟圖

宋無太白扁舟圖：錦袍烟艇夜郎西，酒思金鑾入直時。不道相思杜陵老，愁吟落月屋梁詩。

潘伯修題李伯時畫太白泛舟小像：李白自號謫仙人，更得龍眠爲寫真。一箇青蓮初出水；千年金粟再來身。胸中元氣詩如海；物外還丹酒借春。一笑掀髯緣底事，桃花潭上見汪倫。

李白納涼圖

陳高題太白納涼圖：六月炎天飛火烏，土焦石爍河流枯。邇來衰病更畏熱，呼叫欲狂揮汗珠。飲冰嚼藕廢朝夕，小室如爐眠不得。閒將圖畫懸四壁，漫想深山好泉石。就中此圖尤絶奇，青林飛瀑吹涼颸。何人展席坐蒼蘚？乃是謫仙初醉時。露頂裸裎投羽扇，仰看雲生白成練。松陰如雨毛骨寒，豈識人間絆促倦？只今匡廬道阻修，雁蕩天台近可遊。便欲致身丘壑裏，挂巾石壁繼風流。

李白泰山觀日出圖

段輔題李白泰山觀日出圖：岱宗鬱鬱天下雄。謫仙落落人中龍。玆山玆人乃相從。氣奪直宰愁豐隆。玉堂一任雲霧封。長嘯飛渡秦皇松。夜呼日出滄海東。再爲斯世開鴻濛。鈞天帝居深九重。醉舞踏碎青芙蓉。天孫玉女爲斂容。却視五岳秋毫同。長鯨一去不復逢。乾坤萬里號秋蟲。當年咳唾留絶峯。至今樹石生春風。我欲追之杳無蹤。不意邂逅會此中。屋梁六月依然空。

成化戊戌仲秋，姚子購得趙孟頫所製李白廬山觀瀑圖，尺紙而匡廬五老宛如目擊，妙入神品。國朝鉅公珠玉輝映，誠古圖史中之奇品也。（姚綬穀菴集）

王世貞爾雅樓所藏名畫有錢舜舉李白觀瀑圖。（珊瑚網）

錢選舜舉寫李青蓮觀開先瀑布圖，無論此君神采欲飛動，即一騎一從亦見生色。唯兩瀑不甚雄，乏直下三千尺勢，當由小窘邊幅耳。圖後綴舜舉一詩，不免蛇足。又有劉文成、宋文憲、胡文穆題詩，皆名手，而首則解大紳印記及小楷五字極佳。當是劉、宋題後歸大紳而文穆始題之耳。後爲上海朱太學邦憲家物。邦憲，予故人也，白皙美姿容，酒態絶出青蓮上，詩亦雁行，没可二十年矣。嗣子上林家教舉以遺予。噫，在人間世作太白觀，在上林所作邦憲觀亦可也。予何所與？爲成二歌，題後還之上林，聊寓雪鴻之跡而已。（弇州續集）

張黄門靖之先生性喜繪事，不輕與人點染。余曾見其李白看廬山爆布圖，泉壑樹石，終横森布，一唐帽紅衫人仰面掀髯，豪態溢出，知其有傾河倒峽之氣，鬱盤於胸也。（紫桃軒雜綴）

張翥題李白觀瀑泉圖：玻璃杯中春酒緑，醉墨淋漓牡丹曲。平生合置七寶牀，白紵烏紗美如玉。阿瞞荒宴百不理，寧計宫花銜野鹿？何物老媪生此兒，偷向金雞帳中宿。高將軍纔奴隸耳，誤使脱靴吾所辱。要留汙韤蹋鯨魚，鼠子何堪煩一蹴？尋常溝瀆不可濯，何處容伸遭汙足。翩然却下匡廬雲，五老峯前看飛瀑。

僧大訢題太白觀瀑布圖：我本白雲人，見山每回首。披圖得松泉，感我塵埃久。我家只在九江口，從此扁舟到牛斗。翻愁天下銀濤堆，石轉雲崩萬雷吼。水行地底不上天，龍泓豈與滄溟連？風葉無聲飛鳥絶，月光雲影天茫然。丈人何來自空谷，謫仙招隱當不辱。林梢噴雪舞飛華，尚想隨風唾珠玉。馬首青山如喚人，歸來好及松華春。泉香入新釀，解公頭上巾。今者孰不樂？荒墳委荆榛。遂令畫師意，萬古留酸辛。酸辛復何益？東海飛紅塵。

劉基題李太白觀瀑布圖：憶昔李謫仙，泛舟彭湖東。遂登廬山頂，直上香爐峯。遥望瀑布水，自天垂白虹。大聲回九地，浮光散虚空。萬木震辟易，千崖殷鐘鏞。清涼入肌骨，如歸廣寒宫。賦詩留人間，至今響渢渢。丹青極摹寫，欲代元造功。逸駕不可追，舉頭睇飛鴻。倚歌無人和，引袖垂長風。

宋濂題李太白觀瀑布圖：長庚曄曄天之章。精英下化爲酒狂。匡廬五老森開張。銀河萬丈挂石梁。下馬傲睨立欲僵。聳肩袖手神揚揚。憶昔開元朝上皇。宫中賜食七寶牀。淋漓醉墨蛟龍驤。人疑錦繡爲肝腸。麾斥力士如犬羊。營營青蠅集於房。金鑾不復承龍光。并州幸識郭汾陽。不幸丹陽逢永王。大風吹沙日爲黄。狻猊哀啼聞夜郎。蒼天欲使詩道昌。頓挫萬物歸奚囊。何處更覓延年方？北海天師八尺長。芙蓉作冠雲爲裳。授以蕊笈青琳瑯。蓬萊屹起滄海洋。羣仙遲汝相翱翔。誰將粉墨圖縑緗？顧我一見心倀倀。

詩成仰視天茫茫。夜半太白生寒芒。

方孝孺題李太白觀瀑圖：天寶之亂唐已亡，中興幸有汾陽王。孤軍疋馬跨河北，手扶紅日照萬方。淩烟功臣世争羡，李侯先識英雄面。沉香亭北對蛾眉，眼中已見漁陽亂。故令邊將儲虎臣，爲君談笑清胡塵。朝廷策勳當第一，珪組不敢縻天人。西遊夜郎探月窟，南浮萬里窮楚越。雲山勝地有匡廬，銀河挂空洒飛雪。醉中信馬踏清秋，白眼望天天爲愁。金閨老奴污吾足，更欲坐濯清溪流。英風逸氣掀宇宙，千載人間寧復有？夢魂飛度南斗旁，笑酹廬山一巵酒。雲松可巢今在無，九江落照連蒼梧。欲從李侯叫虞舜，盡傾江水洗寰區。

王世貞題錢舜舉太白觀瀑圖：匡廬萬古瀑，太白千秋才。兩奇偶相值，後人何有哉！及展舜舉圖，怳登文殊臺。立起青蓮枯，來聽萬壑雷。始知丹青力，可以迴寒荄。

王世貞爾雅樓所藏名畫有周官飲中八仙圖。（珊瑚網）

鄭虔遺跡，傳世絶少，新都王氏藏虔竹溪六逸卷，紙本淺絳色極佳，後有蘇子瞻題跋，米元暉鑒定，紹興御府等印記。（清河書畫舫）

錢舜舉有竹溪六逸圖。（都穆寓意編）

陳旅題竹溪六逸圖：千畝松篁野徑開，一溪流水碧于苔。山樽共醉徂徠石，何用楊妃七寶杯。

舊有唐人出遊圖，謂宋之問、王維、李白、高適、史白、岑參六人，多畫七賢，不知第七人爲

誰，或云是潘逍遥，然未見據。（樓鑰攻媿集）

世傳七賢過關圖，或以爲即竹林七賢，屢有人持其畫來求題跋，漫無所據。觀其畫衣冠騎從，當是晉、魏間人物，意態若將避地者，或謂即論語作者七人像而爲畫爾。姜南賓舉人曰：鄭虔圖是開元間冬雪後，張説、張九齡、李白、李華、王維、鄭虔、孟浩然出藍田關遊龍門寺，鄭虔圖之。虞伯生有題孟浩然像詩：風雪高堂破帽温，七人圖裏一人存。又有槎溪張輅詩：二李清狂狎二張，吟鞭遥指孟襄陽。鄭虔筆底春風滿，摩詰圖中詩興長。是必有所傳云。（玉堂漫筆）（王琦云：按開元時太白未嘗至京師，至天寶改元，則張説已亡矣，安得有並轡出藍田關事？至攻媿集所載之七人，其生死先後更不同時，蓋出自後人以生平所慕好者而妄指以實圖畫中人，何足據乎？）

論七賢過關圖者多矣，會稽劉孟熙霏雪録所載差詳，蓋黄山谷嘗題之曰：眉山老書生作此圖，人物各有意態。又謂七子者皆詩人，此筆乃少丘壑意，以爲趙雲子之苗裔，摹擬漸密，而放浪閒遠則不逮。其言止此，不指爲誰某也。元曹文貞公伯啓集有詩曰：清談飄逸事陵遲，七子高風世所師。公室傾危無底柱，服牛乘馬欲何之？意指當代清談之流，不知何據。今漢泉集乃無此詩，不知有别本否也。録又稱虞邵菴有題孟浩然像詩曰：風雪高堂破帽温，七人圖裏一人存。又稱國初唐愚士有詩曰：七騎從容出帝閽，蹇驢驄馬襟山猼。瀛洲學士參差出，十八人中一半人。則是皆以爲唐人矣。予觀雪樓程鉅夫集有詩曰：長庚自是謫仙人，子美逢時稷契臣。風雪茫茫五君子，醉吟猶得繼清塵。又嘗聞吾友倪文毅公岳稱其父文僖公嘗見舊圖，人各有標目，有王維史白者，而不能悉記也。吾甥崔禮部傑世興近得錢舜舉白描卷，自題曰：七賢相顧度關時，正是天寒雪又飛。大抵功名俱有分，跨鞍何事不知歸？卷後西河李進者題長句有曰：開元天寶全盛時，閭閻巷陌皆能詩。又曰：承平何事有行役，況復衝寒欲何適？無乃漁陽兵亂後，奔走天涯共爲客。又曰：宋公七言變風雅，崔、李、王、岑各相亞。誰言行輩不同時？雪裏芭蕉古曾畫。又海鹽李孟璿題曰：摩詰也知偏善畫，謫仙應是最能詩。又三山泰懋題曰：輞川圖繪吴興畫，太白文章檇李詩。海鹽李季衡曰：謫仙、之問詩無敵，輞川繪事尤難匹。高、岑、崔、史總奇才，豈少佳章紀行役。大抵以爲唐人也。今此圖摹寫徧天下，而牛驢羸馬，氊裘大帽，關山風雪之狀，皆略相似，蓋必有所本者。而鑒賞考索之家竟不能得其本末何哉？崔甥間以質予，予亦不能悉也，姑輯舊聞以俟。（李東陽七賢過關圖跋）

七賢過關事，不經見於書傳，而畫家乃徧傳於好事者之家，究其姓名，未的其誰何？先師李文正公嘗辨之。慎近見洪武中高得暘題錢舜舉寒林七賢圖古風云：尚疑高、李六君子，當時未見潘逍遥。道同氣合志相感，雖曠百世如同僚。畫史貌出有深意，況自昔日傳今朝。屋梁落月見顔色，妙氣不待窮摹描。又能直題云：七賢之名奚所徵？七賢去國身何輕？歲晚征途天雨雪，數騎聯翩行欲歇。不如灞陵橋上翁，破帽吟詩自清絶。惜哉命不偶，奔走半道周。

人生遇坎軻，窮苦奚足尤？左遷與投散，逝者良悠悠。他人未足説，所惜柳與劉。天涯相聚一回首，往事于人亦何有？莫念玄都舊種桃，且往愚溪賸裁柳。風流畫史真絶倫，毫端點染太精神。據此則高適、李白、孟浩然與劉禹錫、柳宗元不同時，潘逍遥宋人，又在後矣。合而圖之繆甚，亦不足深辨也。博雅之士，賞其畫則可，必湊合姓名，不亦鑿乎！（楊升菴集）

祠廟

太白祠在彰明縣治南。（四川總志）

銅陵縣有寶雲寺，李白祠堂在焉。（周必大乾道庚寅奏事録）

李白祠舊在銅陵縣五松山，後移置縣學之側。（一統志）

李綱遊五松山觀李太白祠堂詩：大江東南流，鼓枻江水上。薄遊五松山，獲見謫仙像。嗚呼天寶間，治亂如反掌。兵戈暗中原，豪傑多長往。謫仙當此時，逸氣溢天壤。脱身來江東，縹緲青霞賞。作詩幾千篇，醉筆籠萬象。迄今有遺祠，識者共瞻仰。嗟予豈後裔？愚拙誰復尚？珥筆玉殿螭，謫官閩嶺瘴。荷恩許生還，冒險理歸槳。於焉覿仙風，足以慰遐想。願言繼清芬，何由挹英爽？

載昺五松山太白祠堂詩：艤舟來訪寶雲寺，快上山頭尋五松。捉月仙人呼不醒，一間老屋戰西風。（自注：太白讀書之地，詩有要迴長舞袖，拂盡五松山，即此地也。）

李白書院有四：一在貴州苦竹嶺。一在青陽九華山化城寺西，斷碑存焉。一在銅陵五松山。一在石埭杉山。（江南通志）

李翰林祠在寧國府涇縣震山，祀唐李白。（江南通志）

李白祠在漢陽府郎官湖北，宋咸淳間學官蕭鑒因其亭久廢，重建祠塑太白像。（一統志）

范椁題郎官湖李白祠詩：當時郎官奉使出咸京，仙人千里來相迎。畫船吹笛弄緑水，何意芳洲遺舊名？唐祠蕪没知何代，惟有東流水長在。黎侯獨起梁棟之，彷彿雲中昔軒蓋。南飛越鳥北飛鴻，今古悠悠去住同。富貴何如一杯酒？愁來無地酹西風。大别山高幾千尺，隔城正與祠相值。青猿夜抱月光啼，挂在東湖之石壁。黎侯本在斗南家，枕戈猶自憶煙霞。祇擬將身報天子，不負胸中書五車。昨者相逢玉闕下，别來幾日秋瀟灑。黄葉當頭亂打人，門前繫著青驄馬。君今歸去釣晴湖，我亦明年辭帝都。若過湖邊定相見，爲問仙人安穩無？

屈紹隆太白祠詩：翰林餘俎豆，宫錦至今香。光復真由汝；功名亦可王。山川增氣勢；風雅有輝光。一片郎官水，風流未忍忘。

太平府有謫仙樓，即采石山太白祠。始基於唐，明正統間巡撫周忱建清風亭於江滸祀之。皇清順治間燬，知府吴季瀛命僧募建。（江南通志）

雲烟。

程大約采石阻風謁太白祠詩：北風遥阻渡江船，因喜從容覲謫仙。一代詩名誰與共？千秋酒態自堪憐。錦袍却憶清波映；玉貌長瞻白日懸。欲薦渚蘋行又迫，不堪回首隔雲烟。

屈紹隆采石題太白祠四首：才人自古蛟龍得，太白三間兩水仙。辭賦已同雙日月；精靈還作一山川。江間絶壁丹青出；木末飛樓俎豆懸。千載人稱詩聖好，風流長在少陵前。（朱紫陽嘗謂太白聖于詩，祠上有亭，當翠螺山頂，予因題曰詩聖亭。）英雄有命在文章，豈惜飄零蜀道長？談笑不須同太傅；功名自可比汾陽。青蓮一去無仙客；金粟重來只醉鄉。白玉盤中雙照影，輸君華髮似秋霜。牛渚西江月色新，清光常見謫仙人。詩多諷諫因天寶；道在佯狂得季真。金鉉已銷飛燕口；錦袍空映鳳凰身。垂輝不用多删述，天與英雄只老春。樂府篇篇是楚詞，湘纍之後汝爲師。烏棲豈寫亡吴怨；猿嘯唯傳幸蜀悲。湘水蒼茫投賦地，霜林寂歷禮魂時。重華一别無消息，終古魚龍恨在兹。

王士禛太白祠詩：白也祠堂在，前臨牛渚磯。風流映江左，山水尚清暉。小謝東田近；開元舊事非。姑溪好風月，遊子亦忘歸。

端宏謫仙樓詩：謫仙樓閣倚江頭，一度登臨一繫舟。遺像有涯天地老；雄才無敵古今留。天門雨過雙蛾出；牛渚潮平萬馬收。倚偏闌干追往事，斷雲殘照若爲愁？

李東陽采石登謫仙樓詩：江天日暮雨蕭蕭，城邊野亭春寂寥。浮雲東來蔽江色，明月墮地誰當招？我懷古人坐不寐，鯨背之子神仙標。風鬟露鬣事恍惚，豈有赤脚淩青霄？舉杯問天天不語，予亦沉吟俯江渚。縱有神仙亦妒才，不然豈謫來中土？昭陽殿前牝雞午，老鳳低飛入簾户。網羅横空鎩其羽，雝雝和鳴竟何補？燕雀之輩安足數？平生豪氣隘九區，寸地未可容公軀。有才如此不得意，自古非一誰當吁？杜陵野老憐才客，思君不負青山色。千古波濤百丈深，至今猶恐蛟龍得。英雄一去俱陳迹，楚水吴山眼中碧。鳳去龍飛不復還，仗劍悲歌竟何益？

王寵月夜謫仙樓詩：秋月出海珊瑚明，舉眼忽見太白精。雲光錯落照顔色，草堂拂拭蛟龍驚。修眉玉頰桃李春，虬鬚如戟真天人。屋梁落月想像真，彷佛猶得交其神。我聞王孫豪氣昔如龍，天然不與凡骨同。江湖落魄黄金盡，昂霄吐氣成飛虹。蓬萊閬苑在掌上，長覺兩腋生清風。天子不能屈，四海不足容。飄飄九華山，自有青芙蓉。獨留神采照天地，令人萬古如相逢。

鄭廉謫仙樓上作：昔日曾聞太白樓，偶經牛渚暫維舟。攀巖竹樹襟前動；躡磴風雲脚下浮。圖畫兩間驚絶調；龍蛇千載枕寒流。夜郎遷客留遺像，記取人豪據上游。

太平府采石鎮唐賢坊神霄宫内有太白祠。宋嘉泰年建。（江南通志）

唐拾遺李白祠在太平府治青山麓，每歲清明前一日祭。（太平府志）

李太白祠堂在青山之西北，距山尚十五里。墓在祠後，有小岡阜起伏，蓋亦青山之别支也。祠莫知其始，有唐劉全白所作墓碣，及近歲張真甫舍人所作重修祠碑。太白烏巾白衣錦袍，又有道帽氅裘，侑食於側者郭功甫也。（陸放翁入蜀記）（王琦云：按郭功甫名祥正，當塗人，舉進士，元豐中知端州，元祐初階至朝請大夫，請老歸家青山下。其生也，母夢李白而生，少有詩名，句調俊逸。梅聖俞嘗稱之曰：天才如此，真太白後身也。有贈功甫詩曰：采石月下訪謫仙，夜披錦袍坐釣船。醉中愛月江底懸，以手弄月身翻然。不應暴落飢蛟涎，便當騎鯨上青天。青山有塚人謾傳，却來人間知幾年？在昔熟識汾陽王，納官貰死義難忘。今觀郭裔奇俊郎，眉目真似工文章。死生往復如康莊，樹穴探環知姓羊。蓋用其事。後人以功父配享太白以此哉。）

隆慶府有李杜祠，按劍門題詩，以太白子美爲重，而世未有並祠之者。會從李參預壁得所賜阜陵御書蜀道難，又從李左史得趙忠定汝愚大書劍門詩，因建祠刻二書于前，榜其堂曰文焰，取韓退之詩語也。（方輿勝覽）

李杜祠在秦州天靖山玉泉觀，祀李翰林白、杜工部甫。（陝西通志）

楊恩李杜祠詩：吁嗟天水一抔土，兩賢遺跡留今古。磊落嶔崎千載人，流離奔走一生苦。淋漓醉墨帝王前，怨起清平第二篇。言路豈能留闇相，覆師不見濤斜川。禍福自掇寧自保，當時無乃惑草草？失脚千重雲霧深，去國一日乾坤老。蜀道崎嶇走欲僵，何日金雞下夜郎？耒陽縣外船難進，采石江頭事可傷。當時不得一日樂，後世徒瞻萬丈光。秦川城下聊迴步，手拂塵埃開像塑。安知天靖山頭今日祠，不是二賢昔日經行處？並袂聯榻儼若生，安得杯酒一相賡？瓣香拜罷高回首，滿目山川無限情。

濟寧州太白樓旁有二賢祠，祀唐李太白、賀知章。（一統志）

二仙祠在寧國府治後，祀謝朓、李白。（江南通志）

五賢祠在寧國府敬亭山，祀南齊謝朓，唐李白、韓愈，宋晏殊、范仲淹。（江南通志）

三賢祠在開封府城東南三里吹臺上，祀唐李白、杜甫、高適。以天寶中三人相遇於梁、宋間，共飲吹臺上，酒酣悲嘯，懷古賦詩，後人因立祠以祀之。（河南通志）

十賢堂在綿州學東，繪龐統、蔣琬、杜微、尹默、李白、陳該、蘇易簡、王仲華、歐陽修、黄庭堅十人之像以祀之。（一統志）

思賢堂在綿州治東，内繪揚雄、杜甫、李白、樊紹述、蘇易簡、歐陽修、司馬光、蘇軾、唐庚九賢之像以祀之。（一統志）

尊賢堂在嘉定州治，有唐李太白等八畫像。（一統志）

名世堂在潼川府治，畫屈原、司馬相如、王褒、揚雄、嚴君平、陳子昂、李太白、蘇子瞻八人。（方輿勝覽）

思賢樓在劍州東北七十五里劍門關水門上，有張載、李白、杜甫、柳宗元畫像。（一統志）

安賢祠在寧國府南陵縣開化寺，祀張巡、李白、杜牧、李經、何琦、吴景。（江南通志）

王琦云：太白事蹟，自新、舊二史外，其雜書所載半出于好事者僞撰。乃愛古嗜奇之士多樂引之，非以其人可思慕故耶！余既采正史及諸家文集之傳信者以補薛氏年譜之闕，其附會叵信及流傳細瑣諸事另録爲外記一卷，并蒐輯後人詩賦碑記綴于其下。自笑不免爲蛇畫足，蓋亦愛古嗜奇之癖有明知而故蹈者。曹石倉作萬縣西山太白祠堂記有云：事在有無，語類不經。人心愛之，夸詡爲真。樹若曾倚，其色敷榮。泉若曾酌，其聲清泠數語，余最喜其警策。夫非其人爲人所深思而極慕者，何以能至是？後之人苟得斯意以讀斯編，一展卷而太白宛然在矣。彼事之雜于真僞有無又遑論乎哉？

後記

朱金城

李白是我國繼往開來的偉大詩人，可是千餘年來，他的全集的注釋整理工作，却是做得比較少的。譬如和李白齊名的杜甫，在生前也是非常窮愁潦倒的，但死後經過元稹、白居易和宋人的推崇、提倡，整理和注釋杜集者輩出，號稱千家。惟有李白集的注釋却寥寥無幾。所以清人杭世駿慨嘆説：「注杜者自宋已後，已有千家。至我朝而錢、朱、顧、仇之書出，搜括無遺蘊矣。太白之集，歷五百年而始有蕭、楊二家。又歷五百年而始有鹽官胡氏孝轅。孝轅亡後，今且百餘年矣。文士林立，未有起而補其闕者。」（杭世駿李太白集輯注序）杭氏的話是符合實際情況的。一直到了清代乾隆時著名學者王琦，他嫌南宋楊齊賢注的李翰林集二十五卷繁瑣而有錯誤，又認爲元代蕭士贇刪補楊注而成的分類補注李太白集繁蕪而有疏漏，明代胡震亨的李詩通二十一卷又過於簡略，乃積數十年的精力，彙集了楊、蕭、胡三家注的長處，補充和改正了他們的疏漏和錯誤，輯注李太白文集三十六卷，成爲當時李白詩文合注最完備的本子。

王琦注本對於典故和地理方面的詮釋考證，用力最勤。他生當乾隆初年，樸學風氣還没有大開，注李集頗能不爲舊説所囿，提出較新的見解。如秋浦歌十七首之十四（卷八）：「爐火照天地，紅星亂紫烟。赧郎明月夜，歌曲動寒川。」他據新唐書地理志證其係指冶煉而言，爲李白生活經濟基礎的研究提供一新綫索。涇溪東亭寄鄭少府諤詩（卷十四）「龍門蹙波虎眼轉」注引劉禹錫詩「汴水東流虎眼文」，解釋「虎眼轉」爲「水波旋轉，有光相映，若虎眼之光」。在潯陽非所寄内詩（卷二五）中的「吴章嶺」注，引江西通志證以宋孔武仲吴章嶺詩「廬山北轉是吴章」，知其地與廬山相接。這些都有助於對原詩的正確理解。在校勘方面，王注不是機械地迷信版本，而能從文義及有關旁證，作出非常精確的論斷。如東海有勇婦詩（卷五）「何慚蘇子卿」注，引曹植精微篇「關東有賢女，自字蘇來卿」。壯年報父仇，身没垂功名」證「蘇子卿」爲「蘇來卿」之誤。憶舊遊寄譙郡元參軍詩（卷十三）「行來北涼歲月深」，注云：「北涼即張掖郡。按：漢武帝始置張掖郡，魏、晉時隸涼州，及沮渠蒙遜立國於此，號爲北涼，以涼州五郡，張掖在其北也。唐時爲甘州，又謂之張掖郡。然上文言并州太行，下文言晉祠，中間忽言北涼，不合，當是北京之訛耳。蓋天寶之初號太原爲北京也。」王氏的考證很精闢，今天我們看到的李白集，包括最早的宋本在内，都誤作「北涼」，可是河嶽英靈集和流傳到現在的黄山谷書太白詩卷墨跡都作「北京」，翁方綱復初齋文集卷二九跋黄山谷書太白詩卷一文，也認爲應作

「北京」。又夢遊天姥吟留別詩（卷十五）「天台四萬八千丈」句中之「四」字，王本注云：「當作一。」考李壁王荊文公詩箋注卷四八引此詩正作「一萬八千丈」。凡此都足以説明王注本具有較高的學術質量。當然，王注本也是有不少缺點的，首先是徵引和採集資料「傷於蕪雜」〔一〕，其次是箋釋的繆誤及人事考證的疏陋，這有待於下文論及。

今人在李白作品的研究、考證方面也取得了不少的成就。如岑仲勉在唐史研究中，對李白的人事交遊，作出了很多考證。詹鍈李白詩文繫年繼王琦之後，系統地將李白詩文的編年、箋釋、考證工作向前大大推進了一步，解決了很多歷來李集中存在的學術問題。又如李白兩入長安及遊邠州、坊州問題，本書曾在酬坊州王司馬與閻正字對雪見贈（卷十九）、春陪商州裴使君遊石娥溪（卷二十）、春歸終南山松龍舊隱（卷二三）等詩箋釋中，對傳統的論點提出了疑問，當時得到稗山同志的贊同。他不久就發表了李白兩入長安辨（中華文史論叢第二輯），最先系統地提出了李白兩次進長安的主張，初步解決了李白生平和作品編年中的重要關鍵問題，并把第一次入長安的時間擬定在開元二十六年與二十八年之間。這個發現逐漸爲學術界所接受，如郭沫若李白與杜甫中，不僅承認李白開元年間到過長安，而且還推定他第一次入長安在開元十八年，比稗山的説法還提早了十年左右。近年郁賢皓李白兩入長安及有關交游考辨（南京師院學報一九七八年第四期）一文，又肯定、補充了稗山和郭沫若「李白兩次入長安」的論點。又如他的李白詩中崔侍御考辨（文史哲一九七九年第一期）一文，從稀見的唐代墓誌拓片中，考證出李白詩中的「崔侍御」、「崔成甫」、「崔宗之」三者不能混爲一人，從而弄清了崔成甫的家世和生平，糾正了歷來李白研究者所没有搞清楚的問題。這些都足以説明，我國對李白的學術研究，通過不斷的刻苦鑽研，不斷深入，後來居上，在某些方面突破舊説，取得了十分可喜的成就。

李白的全部作品，在唐代已經亡佚很多，至今保存下來的只是其中的一部份。李陽冰草堂集序説：「草稿萬卷，手集未修。……自中原有事，公避地八年，當時著述，十喪其九，今所存者，皆得之他人焉。」舊唐書李白傳説他有文集二十卷，新唐書藝文志也著録李白草堂集二十卷。北宋時宋敏求把樂史編的二十卷七百七十六篇擴充到三十卷一千篇，搜求雖然比較完備，但收入了不少僞作。元豐中晏知止據宋敏求所編、曾鞏考次三十卷本鏤板行世，後世稱作蘇本，根據蘇本翻刻的蜀本，就是現在流傳最早的宋本，也就是清繆曰芑影刻的祖本。另一系統是繼承蜀本的南宋楊齊賢注的左綿刊本，元至元時蕭士贇刪補楊注而成蕭本。王本二十五卷以前略依蕭本，雜文四卷略依郭本（郭雲鵬本，這是蕭本舊注的刪節本，但比蕭本增多五卷，共爲三十卷），而以繆本參訂其間，另外輯録詩文拾遺一卷、附録六卷，共爲三十六卷。王本的卷次雖然和蕭本相同，但刪去了蕭本的分類標目及詩題下原來宋本所注的李白遊踪，給讀者和研究者帶來了不便，這是它的不足之處。

王琦輯注的李太白文集，雖然採摭宏富，考訂精確，較前人大爲提高，然而還没有達到應有的精密和完備程度。尤其是王注編成二百多年來，李集研究領域中不斷出現新的研究成果，爲了適應今天研究者的需要，我們編注了這部李白集校注。此書共分校、注、評箋三部份。校的部份以王琦注本爲底本，並校勘北京圖書館藏宋刊本李太白文集（這個刊本原缺卷十五至卷二十四十卷，以繆刻本配補）、日本京都大學人文科學研究所影印静嘉堂藏宋刊本李太白文集（即陸心源皕宋樓藏本）等重要刊本十餘種及唐、宋兩代重要總集及選本多種。注和評箋部份，以王琦注本爲基礎，並參考楊、蕭、胡三家注本，滙集歷代筆記、詩話、研究專著及有關考證評論等，尤着重總結王琦以後的研究成果，並糾正了前人及王注本不少校勘、注釋錯誤。如經亂離後天恩流夜郎憶舊遊贈江夏韋太守良宰詩（卷十一）中的「韋太守良宰」王注誤爲韋景駿。江夏贈韋南陵冰詩（卷十一）王注失考韋冰的世系（據岑仲勉唐集質疑考證）。又如贈別從甥高五詩（卷十）中的高五即醉後贈從甥高鎮詩（卷十）中的高鎮。贈盧司户詩（卷十一）中的盧司户是盧象。夜別張五詩（卷十五），據岑仲勉唐人行第録補注爲張垍之弟張埱。王注均失考。早過漆林渡寄萬巨詩（卷十四）中的萬巨，王氏無注，從盧綸及韓翃兩人送萬巨詩，可以考知，萬巨曾爲江南幕職，他和李白交往時還很年輕。陪族叔當塗宰遊化城寺升公清風亭詩（卷二〇）中的「族叔當塗宰」是天寶十四載前後任當塗令的李有則明化，絶非寶應初任當塗令的李陽冰。爲竇氏小師祭璿和尚文（卷二九）中的璿和尚，據宋高僧傳卷十七唐金陵鍾山元崇傳、王維謁璿上人詩、李頎題璿公山池，知其人爲金陵瓦官寺僧。王注也都無考。以上這些例子足以説明，王注在人事的箋釋、考證方面没有盡到搜羅的能事。此外，在前人和王注中，也有不少值得商榷和補充的。如司馬將軍歌（卷四）「將軍自起舞長劍，壯士呼聲動九垓」，楊注誤釋指「項莊舞劍」，王注無考，據唐覬延州筆記，這裏用的是洛陽伽藍記中田僧超、崔延伯的典故。丁督護歌〔二〕（卷六）「君看石芒碭，掩淚悲千古」，王注説：「謂芒碭産此文石，千古不絶，則千古嘗爲民累，有心者能不睹之而生悲哉！」其中將「芒碭」注釋成地名。而胡震亨李詩通的注説：「芒，石稜；碭，石文。指所鑿盤石而言。」假如照王注的解釋，芒碭是地名，那麽「石芒碭」應該寫作「芒碭石」，否則語法不通。實際上「芒碭」二字是叠韻聯緜字，也形容石頭的粗重難移，似乎仍以胡氏的解釋比較合理。少年行（卷六）「五陵年少金市東，銀鞍白馬度春風」中的「金市」，王注誤以爲在洛陽，今據向達唐代長安與西域文明引日本石田幹之助所考，并旁證薛用弱集異記王四郎條，知李詩中的金市是長安的西市。又如贈劉都使詩（卷十一）王注誤都水監使爲兼銜，獻從叔當塗宰陽冰詩（卷十二）王注誤釋「廣漢水萬里」爲漢水，憶舊遊寄譙郡元參軍詩（卷十三）「漢中太守醉起舞」係漢東之誤，金陵白下亭留别詩（卷十五）「正當白下門」引沈家本日南隨筆補注爲「泛指白下之門」，送姪良攜二妓赴會稽戲有此贈（卷十七）及與從姪杭州刺史良遊天竺寺（卷二〇）二詩據勞格讀書雜識杭州刺史考補注李良爲開元間刺史，宣州謝朓樓餞别校書叔雲詩（卷十八）中之「中間小謝又清發」王注誤爲謝惠連，入彭蠡經松門觀石鏡緬懷謝康樂題詩書遊覽之志詩（卷二二）「金精」王注引郭璞江賦誤作木華海賦，代壽山答孟少府移文書（卷二六）、上安州李長史書（卷二六）王注引方輿勝覽德安府俱誤爲常德府等。又如夜泛洞庭尋裴侍御清酌詩（卷二〇）中之裴逸人，各家俱無注，今據晉書卷三五裴頠傳補注「裴頠，字逸民，唐諱民字改爲人，非泛指爲逸人」。哭晁卿衡詩（卷二五），據日本方面考證資料補注晁衡的生平，并糾正王注的錯誤。虞城縣令李公去思頌碑（卷二九）中「員外丞」補注爲「唐代之閑職有員外置同正員者，此丞即員外置之縣丞也」。除上述者外，其他糾正前人繆誤和補充的地方還有很多，這裏不一一列舉了。

本書是瞿蜕園師和我兩人共同編撰，付型于一九六五年，當時未及印行。蜕園師已于一九七三年去世，現略加修訂，附校補記于後，并請王運熙同志撰寫前言。由于作者水平所限，書中難免存在不少錯誤，殷切地希望得到專家和讀者的指正。

一九七九年九月

〔一〕四庫全書總目提要對它的評價。

〔二〕據資治通鑑胡注，此詩各本俱誤作都護。

重版後記

瞿蜕園先生（一八九四——一九七三）在新中國成立後，寓居滬上，以著述爲業，後被中華書局上海編輯所（即上海古籍出版社前身）聘爲特約編輯，在此期間，與朱金城先生（一九二一——二〇一一）合作，撰成李白集校注。書稿於一九六五年業已付型待刊，然「文革」興起，出版之事即告中斷，直至一九七九年方續前業。重新發稿後，上海古籍出版社請原責任編輯亦即本書的合撰者朱金城先生重讀校樣，又得若干增訂，其中部分可挖改紙型，尚有部分增補和少量改動無法以挖改紙型處理，則以朱金城先生所撰本書後記所説的「校補記」的形式補排附後。今再版重排，上述校補記内容自當納入正文。原校補記凡四十八條，於校、注、評箋均有局部補説訂誤，唯第四十七條將原補遺文中的建丑月十五日虎丘山夜宴序、冬夜裴郎中薛侍御宴集序、鄭縣劉少府兄宅月夜登臺宴集序三篇删去。朱金城先生以爲上述三篇本爲獨孤及文，文苑英華卷七一〇編於李白夏日諸從弟登汝州龍興閣序後，脱獨孤及名，清人黄錫珪李太白年譜僅據四六法海及古今圖書集成輯録，而未能窮本溯源、細校文苑英華，致有此誤。這是新版李白集校注與初版最大的不同之處，今補記於此，以便讀者明白其中原委。也以此書紀念爲古籍整理事業作出貢獻的前輩。

上海古籍出版社
二〇一五年五月